九歌一〇七年散文選

胡晴舫 主編

九歌107年散文選
年度散文獎得主

張輝誠

〈再會囉，我的心肝阿母〉

得獎感言

張輝誠　悲欣交織

上五指山，為我阿母和先父的合葬墳，掃墓。

掃墓前幾天，午寐，忽聽得有人敲門，我還來不及起身，門已經被推開了，我回頭一看，竟是父親和我阿母。

我先是愣了一下，因為我清楚知道，父母親已經過世了，完全沒料到父母重現眼前，一時內心悲欣交織，我想衝過去，抱住他們：「阿母、爸，我足想慕恁。恁敢知影，我足想慕恁。」但我還來不及奔過去、更來不及說話，人便從夢裡醒過來了。——張開雙眼，頓覺戚戚惘惘，不久，卻又湧出許多喜悅，我馬上意識到，我阿母臨終前一直交代我：「以後我若過身，要叫你爸來接我，不可乎伊找無人！」方才夢中，不正是過世多年的父親想要告訴我，他已經順利接到我阿母，他會繼續照顧我阿母，讓我安心嗎？

——這種悲欣交織的心情，差不多就是我得知〈再會囉，我的心肝阿母〉獲得年度散文獎的心情，悲也不是，欣也不是。

我寫我阿母，曾陸續集結《我的心肝阿母》和《祖孫小品》，加上十多年前我寫父親，出版過《離別賦》，這三書說起來其實就是「老人化社會」與「兒子奉養實錄」的一例社會縮影，裡頭自然有許多艱辛與眼淚，同時洋溢著歡樂和笑聲，還有親子間難以言說的種種美好。

謝謝九歌和主編，給了我這個悲欣交織的獎，我多麼希望可以藉由這個獎，鼓勵和我一樣此刻還艱辛照顧著父母的朋友們，何其幸運我們有機會陪著父母老去、陪著父母走完人生最後一程，過程種種固然悲欣交織，但裡頭伏流著親子間流動的愛，超越生死，緊緊相連。

目錄

輯五　時代與省思

輯六　上路與觀看

附　錄

《九歌107年散文選》編序

一名普通讀者的文學意見

——胡晴舫

對一個自己作品根本很少被收入各類台灣文選、也不曾拿過文學獎的作者來說，九歌出版社今年請我來推選二〇一八年一整年發表在台灣的散文，如果不算逆常、至少也算令人吃驚的決定，為了這份出乎我人生意料之外的信託，我不自量力接下了陳素芳總編賦予我的這份任務。

但，我當然不適合這項工作，因為，我從不相信文學有任何既定俗成的標準，倘若真有成文、不成文的標準，那麼，純粹的文學精神會戮力打破它、擊碎它或嘲諷它，絕不可能心甘情願地遵守路徑。我並不希望藉此樹立一個什麼連我自己都不相信的標準。我個人的美學觀向來斑駁，閱讀範圍龐雜，從不嚴謹，天底下各類文章我都能讀出滋味來，而能夠在台灣主流刊物發表的文章，其實已經過幾個眼睛快要瞎掉的辛勤編輯的欽定，我這名普通讀者才能讀到，所以能讓我讀到的文章已全是嚴選的好文章。依然，自從我意識到自己不再是一名單純的讀者、也是一本書的編輯之後，一整年，我感到深深的焦慮，面對台灣的各地好文，我就像一名香港人進到茶餐廳，面對各式各樣的粉麵飯搭配，眼花撩亂，覺得什麼都好吃，陷入嚴重的選擇困難症。我深怕自己讀得不夠多、不夠廣，遺漏了這篇那篇的，在這個什麼都能發表、分秒都在發表的網路年代，我很確信我一定讀得不夠多也不夠廣。因此，我先向那些因為我個人偏頗的閱讀習慣、有限的時間精力因之而遺漏疏忽的優秀作者致歉。作為讀者，我希望，在越來越短的人生路途上，很快有機會認識你們的作品。

雖然沒有偉大精深的文學觀，但，我想，我仍應解說一下此次選文的原則。因為我非專業編輯、也非學院背景，僅是一名普通讀者，能接觸到的文章大致上都出現於普及的大眾管道，像是報紙副刊、文學雜誌、網路媒體、書店書榜等，因此，此次選文雖然不乏名家，然而，均具普世性格，易讀易懂，情深意賅，簡簡單單地觸動人心。我不挑選「美文」，我就讀中小學時的台灣仍是處於戒嚴時代，我因此被餵養了不少美麗過頭、毫無魂魄的抒情散文，導致我長大之後無法吞嚥一點只講究雕工精細的「美文」，只要求文筆優美而無視思想精神，內容腐朽，無趣當有趣。然而，如我先前所說，我能讀到的文章基本上已經過專業編輯嚴選，因此，文筆不可能不美。

我個人傾向推崇文章有刺點。一張照片過度美化，雖然賞心悅目，畢竟媚俗。刺點會刺進觀者的眼瞳，過目不忘。這個刺點即作者的觀點，令讀者掩卷之後依然不斷回想、思索。文章的魂魄，我想，在於真實兩字。作為一名普通讀者，我在網上閱讀過台北文壇曾爭吵過「散文」定義的各類文章，如果我沒有誤會的話，當時主要的爭論點在於散文必須真實，而這個所謂「真實」在於事實的客觀存在。而我個人所謂的真實，則是情感的真實。因為，說真的，我相信每一名寫作者下筆時都在說謊，操弄現實細節以達到事物的真相，像是「子欲養而親不在」的懺情文，作者都可能在回述事件時不自覺裁剪過往，只為了凸顯內心的悔恨。因為作為讀者，我無從親身查證事實的真偽，我只能相信文字的「面值」（Face Value），這是讀者與作者之間的不成文規定，他說事實就是事實，他說魔幻就是魔幻，尤其小說這個文類，必須透過虛構才能說出事物的真相。我不認為散文就不虛構、或小說一定不真實，尤其這些年來，許多台灣小說的筆法採取散文風格，譬如此次李紀的〈浮雲〉，我以為是作者回憶年輕歲月的散文，根據他本人回應為私小說。只能說，「姑且信之」是進行閱讀的前提。虛虛實實，作為讀者，我必須盲目信賴作者的主觀設定，才能搭乘文學這列快車，作一趟閱讀之旅。

我期待的真實，卻是情感的真實。在沒圖沒真相、流行美圖秀秀的高科技時代，奇怪的是，文字始終無法說謊。一個人在說大謊的時候，再動人的辭藻，都無法說服任何人，這是為何許多政治當權者縱使語言再具煽動性都無法令民眾信服的原因；一個人若真誠表達自己的心意，有時候，只吐露一兩個字，亦令人動容。因此，我無法證明這些散文的真實性，我只能說，作為一名讀者，我讀到了作者通過文字所欲傳達的情感，赤裸裸向我展現一個人類的內在活動，所謂的刺點。

我根據今年大眾關注的主題，將全年散文分為六大類：家園與棲身，依戀與依賴，成長與回望，日常與微光，時代與省思，上路與觀看。其中親情家族、旅行寫作、女性意識、童年回憶、日常書寫以及時代觀察，一向是台灣文學的強項，今年亦交出了一張漂亮的成績單，而又比往年多樣，歧出不少新路。譬如，親情書寫除了親子之間的糾葛悔恨，今年大量出現長照議題。全球許多先進國家早已進入高齡化社會，不僅少子化，人口年齡分布出現柱狀、甚至倒金字塔，老人要照顧更老的人，台灣的文學寫作已即時反映出當代現象。張曼娟毫不避醜，質樸寫出了長照者的矛盾心情，在〈後來我們都認了——關於五十歲而知天命〉一文裡，一輩子追求自我實踐的文藝青年如她自己與郭強生，不但知了天命，開始獨力照顧年長父母的漫漫長路。張輝誠的〈再會囉，我的心肝阿母〉一開始，兒子要帶母親出院。兒子喊母親「我的心肝」，人老了便返童，人生此時，角色逆轉，兒女變父母，父母變孩子，張輝誠以溺愛的口吻描述母親人生第一次住院開刀的經驗，兒子細心推著母親的輪椅去星巴克吃蛋糕，像照顧小孩一樣陪她去廁所尿尿，穿脫褲子，在她的央求下，留下來陪伴她入睡。通篇語氣平靜，只有一句，「醫生要我簽『放棄急救聲明書』，我抖著手，一邊簽字，一邊流淚」，突然洩漏了作者的錐心痛苦，像一把利刃劃破一張靜謐的靜物油畫。到了文末，讀者才明白這趟出院的意義。父母相繼離開後，逐一進入高齡的手足依賴彼此，廖玉蕙的〈今生有幸做了姊妹〉寫出了真摯的手足之情，不再只是人生初期的童年，在人生最後一段路也一道走。相對之下，年輕世代的田威寧、沈信宏仍有父母可怨復可愛，沈信宏的〈冷血〉文筆別緻，看似負面（負氣）的筆法反手寫出了對母愛的渴望，而田威寧的〈歲月奈何〉寫出了真正的殘酷不在親情的難解，卻是時間的無情。

而有親情的地方，才是家嗎？美國經典作品《冷血》的作家柯波帝曾說，「家是你覺得是家的地方，我仍在尋找。」我個人欣見台灣出現了許多關於「何處是家」的寫作，掙脫了國族主義，擺脫了噁心八股，認認真真探討文化認同。棲身在另一個語文寫小說的哈金用中文寫〈故鄉與家園〉，用胡錦濤、余英時與猶太人保爾的故事，探索了故國與家園的分野。温又柔的〈自我介紹〉用自身的生命故事，說明出入不同文化的成長經驗，而洪滋敏的〈我只能成為我自己〉假借第一人稱寫出泰國男孩的生命故事，為了成為他自己，冒險跨越種族、語言以及性別的障礙。特別引我注意的是鍾怡雯的〈吃自己〉以及馬尼尼為的〈我的美術系少年〉，因為他們不是發生在遙遠西方社會的文本內，而就在台灣，即我們自己的故事。藉由回憶母親的種樹經驗，鍾怡雯寫出移民的唯一本能，就是生存，時代的風怎麼吹，環境如何改變，生活上的各種驚嚇彷彿都只是為了逼自己活下去。相對於蔡明亮終於成為台灣國寶級導演，馬尼尼為彷彿年輕時代的蔡明亮，仍在台灣跌撞，努力不讓自己像一張無名的畫遭社會遺棄、銷毀。然而，詹宏志的〈餐桌上的他鄉〉藉由母親的一次廚藝實驗，寫出了台灣社會的真相，我們的身體充滿各式飲食記憶，就像我們的身分認同、文化傳承，既是外來的，也混雜了誤打誤撞的自創。我將房慧真的〈一路向北〉放進家園與棲身的類別，僅因我個人認為此文真實反映了社會的多元存在，路上問路的陌生人不見得是持外國護照的觀光客，有時候生活中會碰觸到的疆界不僅是國界、文化差異，也是經濟階級、教育背景等等社會邊界。藉由掃墓，整理祖母的記憶，楊富閔的〈地號：墓寮〉描繪了一幅眾生終將在此地安息的遠景，世世代代埋葬在同一塊土地上，彷彿大樹往下扎根，開枝散葉，生生不息。

女性意識的寫作在台灣，自上世紀末開始，已是一道美麗而強悍的文學風景。張亦絢的〈路易想到她們的下面〉用幽默而性感的法式語調，看似輕鬆優雅，寫出性的沉重。葉佳怡的〈敲碎鋼琴〉暗喻了女性成長時如何按照某種標準被養育，無法從樓上搬下來的鋼琴似乎也象徵被鎖在高塔上的女性。楊婕的〈我的女性主義的第一堂課〉則用大白話毫不留情地寫下自己如何慘痛經歷一段權力不對等的男女關係。夏夏的〈旅行，計畫中〉筆調溫柔，描述一趟不得不擱置的旅程，點出女性隨著人生角色的改變，也不斷調整夢想。剛剛去世的李維菁交出最後一張成績單，〈一個人參加婚禮〉依然冰雪慧黠，寫出一名女性單身抵抗來自婚姻制度、社會觀念以及文化默契的壓力。女性成長需要掙脫各種社會的設定與箝制，男性成長亦是如此。〈無知的孤獨〉一文中，年輕的吳賢愷躺在軍營床上，回想自己在人群中體認到孤獨的滋味，寫出一個男人如何伸出生命的觸角，開始探索自己與外界的關係。林孟寰的〈白目少年〉寫出自己的格格不入，既絕望無力、又充滿反抗的力量、無論如何都要勇敢走在地表上，非常可愛。向來聰明博學的祁立峰在〈得獎的是〉誠實寫出男性面對功名的焦慮與矛盾，這個社會對女性諸多期待，同樣，給予男性許多既定框架，要求他們像電器一樣符合標準。楊邦尼的〈修身〉藉由鉅細靡遺的健身細節，寫出了現代人對身體的執念與迷戀，在健身房這座供奉肉身的當代寺廟裡，這場對抗肉體衰敗的戰爭真不知道將會如何結束。石曉楓的〈那時的公車〉與吳鈞堯的〈你也來了〉均回述一次情慾的啟蒙，皆與軍人有關，石曉楓回憶金門的成長，少女搭公車碰上一群阿兵哥，軍訓課後收到一封字跡歪斜的情書，而吳鈞堯回憶當兵時認識的另一名同袍，彼此之間似有若無的曖昧情愫，他們真正的功力在於精準寫出了當時的時代氛圍。李紀的〈浮雲〉則像是一則久遠、彷彿要遭時間湮滅的時代故事，筆法古典，情感細膩，讀來頗有現代〈牡丹亭〉的況味。

說到成長憶往與時代背景，《聯合報》副刊這一年有一系列關於地方寫作的文章，許多名家紛紛慷慨出手，字字珠玉，篇篇經典，身為讀者是幸福的，但身為選文編輯是痛苦的，因為不可能全部收錄，選擇困難症再一次嚴重發作。最後，反而只能捨棄最明顯的選擇，譬如阿盛寫台南、蘇偉貞寫台南、鄭順聰寫嘉義等等，而挑選令人驚喜的幾篇文章，譬如，詩人楊澤願意執筆寫〈你好，童年！〉的嘉義，詩人葉覓覓罕見寫散文〈發源地〉（想起另一個詩人李宗榮也是來自嘉義，詩人彷佛是嘉義的地方特產……），袁瓊瓊回憶〈十九歲的台南〉，蔡素芬的〈港邊煙塵〉柔情細數高雄的變遷，陳雨航的〈歸鄉〉、凌性傑的〈記憶所繫之處〉皆回頭檢視自己與高雄之間的關係。我不可能那麼天真膽大去一一評點這些文章，我只想強調，這一系列文章每篇都是作文範本，如果有時間，請務必找來閱讀。在此謝謝《聯合報》副刊的用心。

關於時代的觀察與抒情，也未見得全是溫柔回望或甜蜜往事，張北海的〈去後方：日本人和燒雞〉回憶七十多年前與母親在二戰時期從天津逃往重慶的故事，孩子的純真無知更顯出整段旅程的驚心動魄，而陳芳明的〈十五年後，鮭魚返鄉〉回述一九八九年結束長期海外流亡生涯、決心無論如何都要回到台灣的忐忑歷程。回到今日耙梳歷史、討論轉型正義的台灣社會脈絡中，賴香吟的〈我愛過這個國家〉本是一篇關於東德小說《分裂的天空》的書評，值得細讀思考。近幾年台灣出現新一批擁有一支文學之筆的優秀記者，資深新聞人李雪莉與同事們深度挖掘並追蹤報導一系列台灣高風險家庭被遺忘的少年案例，〈一封燒毀的爸爸遺書——沉默的藍領單爸與下一代〉文筆動人而不煽情，寫出弱勢家庭的悲哀與無助。寫過一系列轉型正義報導的年輕記者張子午專訪國寶級文化大師林懷民，〈林懷民：從緘默的歷史中探索家族記憶〉問出一段鮮為人知的台灣歷史，也頗有世代對話的況味。我個人一直偏愛閱讀媒體的訃聞版，因為你可以閱讀到一個人生的濃縮版，像篇好看的小說，也能觀測一個時代的改變與對個人的影響，由於社交媒體發達，名人文化盛行，悼念文章變成一種流行，但寫得好並不容易，馬世芳的〈曾經少年〉寫政治名人楊偉中，不急於臧否功過或粉飾青史，而是真真切切寫一位朋友；後輩詩人廖偉棠的〈洛夫的得失，我們的得失〉仰望詩歌巨人洛夫，檢視分析洛夫所遺下的龐大文學遺產；作家三毛的作品近年又重新熱了起來，擅寫旅行文學的李黎〈迴音〉夾雜了對故友的回憶與旅行的經驗，為讀者勾勒了作家三毛生前的生活樣貌。回到活著的人的當代觀察，劉崇鳳的〈鐵牛不是牛〉反映了現在台灣年輕人想要回家種田、過有機生活的嚮往，卻遭遇種種困難，幽默而有趣。美學大師蔣勳這篇〈修阿羅漢——選舉美學〉用佛學觀點來看待所謂的「中華民國美學」，讓人拍案叫絕，頗有療癒感。

解嚴之後提筆的年輕世代沒有大江大海的包袱，唯有真實面對自我，最擅長描寫日常瑣事，捕捉一閃而過的靈光，玩味生命的意義與無意義。崔舜華的〈市場〉描繪傳統市場裡滋滋有味的生命感，楊索的〈貓來的時候〉細寫貓與人之間的依存關係，神神的〈搶購衛生紙〉諷刺了消費主義社會每隔一陣就會不知從何吹起的莫名恐慌，丁名慶的〈遲紀〉哀嘆人的生活如何遭時針割裂，不斷被時間追趕。簡莉穎的〈頂樓的Jealous〉與陳栢青的〈零點〉皆聰明地抓住生命中稍縱即逝、幾乎看不到、很容易忽略就過去了的微細片段，將之凝結，從那個畫面呈現一個完整的個人宇宙。而最近年輕人競相模仿其靈氣文筆的言叔夏在〈枕草一年〉一文裡，寫出身為人就不得不一再直視並接受生命中的徒勞感，而朱嘉漢的〈尋回的時光〉雖然談的是巴黎二十世紀初的普魯斯特時光，卻似乎遙遙回應了人生活過等於沒活過的疑惑。

年輕世代寫旅行上路，也不再只是走馬看花寫景、寫維基典故、寫沿途美食，而是投身那個看似陌生又熟悉、看似熟悉又陌生的世界，看見世界更看見自己。李桐豪的〈和小朋友一起搭飛機〉把沉悶的長途飛行變成一趟青春的回憶之旅，謝旺霖的〈巴布與茱莉亞〉描述了一個旅人與旅人臨時組成的日常小社會，王盛弘的〈尋找孔雀〉在旅途中領悟，尋找野生孔雀的行動其實就像在尋找愛情。連明偉的〈辨神〉將故鄉當作遠方來描寫，細節豐富迷人。特別的一篇是徐振輔的〈湖泊會記得哪些事？〉，不信神的現代人終究要在大自然面前謙卑，明白我們只屬於地球歷史最新而且最短的一個篇章。

此次選輯的散文沒有一篇來自主流文學獎，因為文學獎作品皆已經受到注意且得到鼓勵，我想不必再錦上添花，而將讀者的目光導向其他同樣優秀的散文。最後，我慎重選定張輝誠的〈再會囉，我的心肝阿母〉為年度散文，原因一是長照主題的散文今年最受大眾讀者關切，具時代意義，二是這篇散文技巧嫻熟高明，文氣流暢，中間情緒有轉折，台語入句渾然成體，三是作者打破一般親情文章的常規，不哭天搶地，不懺情悔恨，讀者能夠輕易讀到母子之間圓融深情的相互依戀，一起面對死亡的坦然，最後一點可能是出自我本人的偏見，我以為我讀到了傳統台灣人特有的溫良純善，總是願意包容，隨時準備原諒。親情如此，天地如此，文學亦當如此。

輯一

家園與棲身

故鄉與家園——哈金

胡錦濤一九七八年曾回江蘇泰州為父親奔喪，此後三十四年間就再沒去過那裡。泰州是他的出生地，他中小學都在那裡上的，可以說是他的故鄉。一九七八年胡錦濤三十六歲，在甘肅省委任一個副處長，算是中層官員。他回老家奔喪還有一個目的，就是希望能給文革期間被冤枉打成「貪污犯」的父親平反。為此他花了五十元人民幣，相當於那時中低層官員的月薪，擺了酒席要宴請縣委領導和父親原來所在的供銷社的負責人。但當地官員沒人賞臉，胡家只能招呼飯店裡的服務員和廚師、雜工等一些素不相識的人吃掉了宴席。可想而知，對胡錦濤來說，那次返鄉是羞辱和傷心之旅。後來他發達了，就把安徽績溪縣作為原籍，不再提江蘇泰州。我想沒有人會責怪胡錦濤不認泰州為老家，因為那個地方只給他剩下不愉快的記憶。當然泰州的官員們也識趣，不敢去北京攀親——胡主席不問罪他們、不找他們的麻煩就算開恩了。直到二〇一二年胡退休後才最終又回過泰州一次。

沒人詬病胡錦濤多年不認江蘇泰州為老家。這除了政治權利的威懾，還有另一層原因，即他在國內的一個鄰省選認了自己的老家。這是在一國之內的取捨，不涉及故國情懷。在海外余英時先生以「沒有鄉愁」著稱。他祖籍是安徽，二十歲就去了香港，後來赴美讀書，在哈佛拿到博士，逐漸成為史學界一代宗師。余先生回過大陸幾次，但從一九七八年後就再也不回去了。而北京那邊常與他聯繫，要他回去「走走看看」。有一次安徽還派了一個十九人的代表團，邀請他回老家訪問，並承諾重修他家的祖墳。對這些，余先生都回絕了，說「我沒有鄉愁」。大陸那邊不斷的統戰工作，似乎有些情感上的綁架，這種做法是建立在這樣一個假設上：你的故鄉就是你的家，就是你的家園。其實，這個想法是錯誤的，卻很有感染力。就連余英時先生有時也得盡力招架。一次一家香港電台採訪他時，又提起不回大陸訪問之事，他說：「我在哪裡，哪裡就是中國。為什麼要到某一塊土地上才叫中國？那土地上反而沒有中國。」顯然，故國情懷是很難釋懷的。當權者們往往利用它來丈量人們的忠誠，從道德上綁架離開中國的人們。

中國是余先生的故國，是原籍，而不是他的家園。從本質上說，余先生的沒有鄉愁跟胡錦濤的不認泰州為老家同樣無可厚非，但人們一碰到故國情懷這個坎就很難跨過去。其實，故鄉跟家園是兩碼事。你回訪故國，不是回家，最多是去了一趟老家。如今背井離鄉已經成為人生常態，絕大部分人都得離開家鄉去別處尋找、建立家園。從這個意義上說，中國只是我們的原籍或老家，但很少有人以原籍來決定自己生活的品質和生命的意義。甚至對許多人來說，老家也可以變換，就像胡錦濤那樣棄江蘇泰州而取安徽績溪。這應該是個人正常的選擇。

在生活中混淆原籍和家園會很危險。上篇文章中我提到《移居者》一書，其中的第二個故事是關於保爾—博雷特的生涯。保爾生長在德國鄉下的一個邊遠小城，S鎮。他父親是半個猶太人，擁有鎮上最豐富的商場，生活優裕，開著豪車。中學後保爾進了師範學校，希望將來在家鄉做教師。但他畢業時，納粹開始迫害猶太人了，像他這樣擁有四分之一猶太血統的人也不許教書，所以他就去法國當了一位家庭教師。在他去國期間，家鄉S鎮裡開始迫害猶太人了；他父親的商場被強迫廉價出售，就連他那沒有猶太血統的母親也成為不受歡迎的人。結果，父母很快就雙雙去世了。保爾隱約地感覺到家鄉發生反猶的事情，但他並沒上心，卻回到柏林參加了德國軍隊，為納粹轉戰歐洲各地，做了六年砲兵。德國戰敗後，他可以教書了，就回到家鄉做小學教師。保爾是非常聰明的人，敏感又教學有方，是天生的老師。他並不喜歡S鎮，甚至希望這個小城被從地球上抹掉，連同鎮上那些滿腦子偏見的人，但他始終視S鎮為自己的家園。由於不喜歡，他就常去瑞士，在那邊認識了一位猶太女士，開始研讀舊報紙，逐漸發現了多年前鎮上反猶的真相：他父母被害致死。這裡值得注意的是他只有離開了故鄉，才能客觀地審視S鎮。他讀到那時學校裡的許多女孩和男孩都參加了打砸搶，這讓他心生厭惡，再也無法面對自己的學生，就辭職了。晚年他住在瑞士，但在德國S鎮上保持了一所公寓，常常去那邊把屋裡打掃清潔。同時，他在瑞士讀了大量的德語著作，還手抄了許多段落，最終得出結論：他屬於那些流亡作家和思想家的群體，而不屬於S鎮。同時他也在瑞士為女友經管花園，把原來零亂的園子經營得十分繁茂。心理上他本能地要重建自己的家園，所以花園就占據了他的身心。但他已經年過七旬，力不從心了，無法去別處建立家園。最終，他宣布要放棄S鎮上的公寓。不過和女友去S鎮那邊收拾整理時，他溜了出去，臥軌自殺了。不管保爾怎樣掙扎努力，都無法把自己從家鄉解放出來。他的悲劇源自混淆了故鄉和家園，一輩子沒有真正建立起自己的家園。這樣一位受過良好教育、聰明善良的人，在感情上卻沒有長大，盲目地活了一生。結果，自盡成了他唯一有意義的選擇。

保爾的悲劇告訴我們必須要保持故鄉和家園的區別。由此，對余英時先生的「我沒有鄉愁」的說法，我們可以進一步解釋：因為故國只是我的原籍，不是我的家園。

——原載二〇一八年三月《聯合文學》第四〇一期

哈金，一九八五年去美國讀書，於一九九三年在布蘭戴斯大學拿到英美文學博士學位。八九年天安門事件後他決定移民，並開始英文寫作。至今他用英語出版了八部長篇小說，四本短篇小說集，四卷詩集，和一本論文集。他最新的書是《通天之路：李白傳》。他的作品被翻譯成三十多種語言。他的中文作品均由聯經和時報出版公司出版。

自我介紹——温又柔

我是在日本與台灣之間，如果說得嚴格一點，應該說是在東京與台北之間長大的。

我父親與母親都是台北人，因此對我來說，台灣就是祖父母和親戚們所居住的台北。

小時候，我總是很期待一家人一起去台灣。

回台灣是我們家的例行公事，每年兩次，只要到了學校的春假和暑假，我們就會一起去台灣。父母與我，以及比我小四歲的妹妹，一家四口總是一大清早就從當時住的公寓出發。在機場一面等待著前往台灣的飛機，我就會一面開始想像即將展開的愉快假期，心裡高興得不得了。反之，當要搭乘前往日本的飛機而到達機場時，我就會有一種「哎呀，接下來就要回到日常的日子裡了，又要開始普通的日子了」的心情。

回到東京公寓的隔天，母親嘴裡便會一邊說著：「恢復正常！」一邊把還在賴床的我和妹妹叫醒。說不定她也和我有著同樣的心情吧。當然，回到東京後，父親星期一到星期五就會到公司去上班。

儘管如此，父親和母親還是會把「去台灣」這件事說成「回台灣」。

父親和母親在說「回台灣」這句話中的「回」字，在我聽起來，與其說是「回去」，還不如有種「前往」的感覺。因為對我來說，「回台灣」有種是去玩、去休息，很正面的氛圍。

回想起來，在我還是小學低年級的時候，從台灣回日本才給我一種「回去」的感覺。而且這種感覺是「唉，差不多到了該回去的時候啦」，其中多少還夾雜了些許不耐煩的心情。

然而由於我們一家人並沒有日本護照，所以在日本的機場，並不會被視為「歸國」，而是被視為長期居留的外國人「再次入國」來進行入境手續。

反之，在台灣的機場進行入境手續時，因為我們持有中華民國護照，就會被視為是「本國人」的「歸國」來處理。

我就是反覆的在到台灣「歸國」，以及到日本的「再度入國」之間長大的。

在日本生活的日子，也已經經過三十五年的歲月了，然而至今我的護照仍然是台灣的護照。

在這層意義上，我從出生到今天，都可以稱得上是個「台灣人」，從沒變過。至少，我自己從孩提時代起，就一直認為自己是個台灣人。

——因為我們是台灣人，所以放假就是要在台灣過啊。

還記得我曾經這麼告訴年紀幼小的妹妹。

當我得意的這麼告訴妹妹後，妹妹也開心的學我說：「我是台灣人。」

我是特別的。

小時候我真的半認真的這麼認為。

不，或許是「想要」這麼認為吧。

因為這個願望如此強烈，因此需要一個達成這個願望的理由。

終於，幼小的我內心悄悄的自尊心，終於找到了一個我和別的小孩子不一樣的確鑿證據。

我是台灣人。

所以我是特別的。

在日本，我上的是日本當地的學校，周遭的環境中除了自己之外，大家全都是日本人，所以我就認為「自己是台灣人，跟別的小孩子不一樣」，所以很特別。這種想法還真是單純得令人吃驚啊。

除了是台灣人這一點之外，我和其他的孩子真的沒有什麼兩樣，是個很普通的小孩。所以要是我是在台灣長大的，又要去哪裡尋找「自己是特別的」的證據呢？一想到這，還真是有點好笑。

不管怎麼說，我擁有許多「自己如果不是在日本長大的台灣人，就不會經歷的經驗、不會感受到的事物，甚至連思考都不會思考的想法。」

比方說，今天我終於得到了一個想法，也是其中之一：

我在台灣出生，在日語中長大。

我是成長於日語中的台灣人。

——原載二〇一八年一月《聯合文學》第三九九期

温又柔，作家。一九八〇年生於台灣台北市。三歲舉家遷往東京，由說中文時會混雜著台語的雙親養育長大。二〇〇六年，法政大學大學院・國際文化專攻碩士課程修了。二〇〇九年，〈好去好來歌〉獲得昴文學獎佳作。二〇一一年，出版《來福之家》（集英社）。同年九月起至二〇一五年九月於白水社網頁發表連載〈追尋逝去的母語〉。二〇一三年，開始與音樂家小島ケイタニーラブ一同展開朗讀加演奏的混合表演活動「言語和聲音的書信往來」。同年，於紀錄片《異境中的故鄉——作家李維英雄五十二年後重訪台中》（大川景子導演）中登場。二〇一四年，於台灣出版《來福之家》（聯合文學）。二〇一六年，《我住在日語》獲得日本隨筆作家俱樂部獎。

【譯者】

郭凡嘉，台灣大學文學院畢業，東京大學語言學博士班。關注日本外籍兒童之教育議題。譯有温又柔《來福之家》、《中間的孩子們》、陳舜臣《青雲之軸》、中村地平的殖民地小說《霧之番社》、森見登美彥《空轉小說家》、角田光代《肉記》等，並撰有日本小說家評論數篇。

吃自己——鍾怡雯

吉野櫻的樹幹布滿深淺不一的刀痕。原來它是棵不肯好好開花的樹，春天來時，開著應付季節應付我的花。幫它找了許多不開花的藉口，陽光不足土地缺肥天氣不夠靚，或者跟人一樣心情不好，安撫它的話我也悄悄說了。終於有一年年底，拿出菜刀毫不留情的往它最粗壯的主幹砍下去，不入骨，只傷及皮。鄰人見我拿菜刀對著花樹喃喃自語，問我怎麼了？

恐嚇它一下。免不了要再說一遍母親種樹的經驗，再劃它幾刀。

自此每年爆開。有砍有差。如今它非常賞臉，什麼時候葉子該黃該落盡，花苞何時該冒花兒怎麼個開法才最動人，完全心裡有數。肯定是開悟了，花樹就該有花樹的樣子。

給它幾刀，這是種地人留下的實戰經驗。母親用這個方法對付過木瓜樹和芒果樹，非常有效。不開花不結果，或只開花不結果都適用，幾刀下去，公木瓜都得變成母的，而且碩果累累，結得毫不含糊。樹木是寵不得的，人當然也是，母親彷彿這樣暗示，她揮刀砍樹時毫不留情。樹肯定很痛。痛激發生存的本能，這是多年後我才領悟的道理。台灣的農人甚至讓木瓜樹傾斜著長，生存的威脅逼出高產量，讀到這則新聞時，心裡動了一下。

一九八八年秋天到了台灣，邊當大學生，邊學習如何生存和生活。同寢室的朋友都是中南部上來的新鮮人，剛脫離高中的桎梏，新鮮人的身分跟台北一樣讓她們好奇，每天都有分享不完的話題和故事，寢室永遠不缺笑聲，玩四年看來是可能的。我卻滿腦子錢的陰影，離家是自由了，生活費卻讓我發愁。原來想像師大的公費充裕，足以無後顧之憂好好讀四年，沒想到是兩千多，只怪我沒打聽清楚。學姊傳下的經驗，一定要打工存錢，不然開學連買書的錢都沒有。一定要存點老本，萬一有急用。還有，暑假要返馬吧。機票錢也得存一下。

來台前沒人告訴我這些事。

來台前當過工廠秘書、小學臨時教師的薪水付了機票錢，剩下的省著用，夠第一年生活。接下來呢？還沒嘗到當大學生的喜悅，先感受到生活的艱難。沒錢的壓力比讀書大太多了。以前用「吃自己」調侃別人，這下可好，真正要吃自己時，完全笑不出來。吃飯是腦袋放空的時刻，我卻常常在師大地下餐廳吃飯時想到錢，想著探底的存款，看不見的未來，常常食不知味。寒冷的冬天，菜冷得快，底下汪著的油都成果凍狀，吃下肚還要胃去暖它。我不想家，卻想念熱騰騰上桌激發食慾的食物。吃冷的食物身體沒能量，連講話都變慢變小了。

打菜時我還常常對著沒看過的魚和菜發呆。海帶類來台前我從未吃過，卻是自助餐最家常的菜，曲曲的、切絲的、片狀的，炒的、滷的、煮湯，每天一定吃得到。很常出現的豆皮類食物是拒絕往來戶，豆皮炸了之後用番茄醬煮得暗紅，還是用看的比較保險。最怪的是雪白的豆腐上扒著半個皮蛋，兩個現成食物硬湊成黑白配，比較像藝術品，不知道為什麼我老是把這道菜想成你死我活。吳郭魚和筍子都不是我家餐桌會出現的菜，卻是宿舍的熱門菜色。還有，我們叫包蜀或玉黍蜀的玉米，不是應該水煮之後整支抓著當零嘴啃的嗎？第一次在湯裡撈到黃澄澄的玉米時，還猶豫著這是不是湯渣，可不可以吃？玉米粒炒紅蘿蔔，紅黃配，好看是好看，可是，那都不是我的菜。

湯也是。從小喝大的湯少說在爐子上慢火煲了兩小時，火候夠，底氣十足。自助餐最常出現的豆腐海帶味噌湯或竹筍湯嚐起來都很寡淡，我寧願喝開水。在這種事情上跟自己過意不去，在不該堅持的事情上堅持，其實是自討苦吃，也叫折磨自己。母親如果在旁邊，那把刀肯定會劈下來。

挑剔食物，缺錢，苦惱無處可訴。從小到大，我不太訴苦，也無人可訴，大概也不覺得吃了什麼苦。沒有苦的概念就不會有苦的實質感受，而且，承認吃苦是跟命運示弱，鍾家的家教裡沒有弱者。母親砍樹的狠勁，很可以說明我們是怎麼被養大的。

食物可以挑著吃，沒錢是事實。無論怎麼省，錢都慢慢變少了。

從沒想到要擔憂沒錢吃飯，沒錢過活。沒想過跟家人開口，有本事離家就得有本事過活，以前日子有父母扛著，再怎麼窮，總是過得下去。我還沒有嘗過跟錢切身搏鬥的滋味。

這一年，我對「吃自己」這三個字充滿了敬意。

六月五日是西瓜節，師大校慶。夏天比校慶早來，西瓜也早在校慶之前就進駐了女一舍。熱氣蒸騰的師大路上，飄散著甜膩的西瓜味，水果攤成了西瓜攤，蒼蠅亂飛，女生宿舍可以改名叫西瓜宿舍了。有的寢室把收到的西瓜擺到走廊，炫耀意味很濃。沒有冷氣的六人宿舍，夏天留下充滿汗水和熱氣的回憶，沒有發熱病也算有練過，從前我們家哪有什麼錢裝冷氣，睡覺時連電扇都沒開。這種擁擠的日子到了校慶達到顛峰，人跟人擦身而過時都會搧來熱風和汗味。我的心也如熱鍋上的螞蟻。收到西瓜又怎樣？暑假快到，找到兼差才是正事。

每天醒來我都想，沒錢了沒錢了，像個緊箍勒住我，讓我愈來愈焦慮。偏偏五點天已亮，天一亮，焦慮就跟著甦醒。從前不懂得什麼叫自我排解或釋放情緒，不曉得只要不放眼裡，天下本無事，或者船到橋頭自然直。那陣子，終於能體會走投無路、無依無靠這些社會新聞用濫的形容。

就在這時，發生了六四事件。大馬傳統華人家庭長大的小孩，政治向來是熱門的茶餘飯後，六四撼動我的，是他們實踐青春和理想的形式，那些影像的衝擊力和後座力，讓我暫時放下迫在眉睫的生活費。沒上小學便知道毛澤東和孫中山，還有選舉時的火箭，那是反對黨的標誌。祖父投票必然投火箭，他對執政黨向來沒好話。他說國父我們都直接切換成孫中山。至於書本裡的國父東姑阿都拉曼，他會從鼻子哼出不屑。兩個叔公很年輕時就死在日本鬼仔手裡，屍首都沒找到，這事他從來沒提。倒是父親在祖父過世後不經意說起，讓我立刻聯想起祖父半醉時的神情。他坐在籐椅裡不言不語猛抽菸，眼神定格天花板，或者前方的虛空。叫他，他會回神一下，換個姿勢。如此坐上一晚。很多晚。喝到爛醉睡去。從小看大的熟悉神情，說明生存的艱難。那一輩的華人歷經戰爭和離亂，活下來到底是勝利還是無奈，實在難說，過日子多麼不容易，過上好日子更是前世修來的福氣。

我在五一三事件三個月前出生，不知道哪來的風聲，說馬來人要殺華人的新生兒，母親不敢去政府醫院待產，花錢到私人醫院，連隔年六月出生的大妹也是私人醫院出生的。殺小孩子啊，誰敢拿自己的小孩開玩笑，母親說話的語氣很惶恐，彷彿事情剛剛發生。她不會用什麼種族、血腥、暴力這些複雜的字眼，連恐懼這兩個字也不懂，只會用客家話不斷說驚這個字。驚。這個字讓我一輩子都忘不了，母親的驚字是立體的，那語氣和發音自動在我腦海轉製成畫面。二十歲的母親花錢生女兒，在我們家叫賠雙。母親說這事時我已經教書，卻讓我想起最早的跟政治有關的記憶。童年最早的畫面，跟生存有關，跟馬共有關。

大概三四歲左右吧，還住新村。突然有一天母親拆了我的紅布小枕頭，她拆得很急很亂，棉花灑了整個睡房的地板。好端端的枕頭怎麼了？祖母提醒她哪裡又哪裡可能還有紅布，要全部銷毀，語氣不太對。我看不到，你要細心找，不然就死了。祖母的叮囑很不尋常，到底搜出紅布會怎樣？枕頭套原是母親結婚時掛門楣的紅布裁成，紅布是馬共支持者的暗號，當然也可能成為警察逮人的證據，不知道那陣子究竟有什麼風吹草動，華人對政治一向過敏。幾年前讀馬共的資料，說是七〇年代還有人陸續加入馬共，這段記憶立刻竄出來跟資料接了頭。祖母說的死了，究竟是怕馬共還是警察上門，我沒懂，只記得那種慌亂的語氣。出了大事，家裡就會有人用這種語調講話。我很怕。

多年前問過母親這事的始末，她反問，有嗎？你會不會記錯了？

不可能是我的杜撰，連畫面都還在腦海生根。生存的威脅或艱難，母親肯定經歷得夠多了，那件事對她或許虛驚一場，完全沒印象。對我卻是最早的驚嚇，一輩子銘心。

從來沒有問過母親的成長。母親的少女時代我來不及參與，也沒刻意問。我們閒聊的時間太少，少到沒機會回顧她的青春，她不太提往事，大概不堪回首，像棵刀痕斑駁的橡膠樹。近十個兄弟姊妹的割膠家庭，只讀到小學三年級，大姨還送養，應該沒有幸福快樂的故事可以說嘴。以前我有個外號叫「鍾意問」。用廣東話唸我的名字，就是「很愛問」，但是不知道為什麼，我不愛問母親的從前，直到她過世，才弄清楚原來她排行第四。大學時家裡沒電話，我們沒電話粥可煲；她識字少，一版報紙要看很久，讀懂多少，只有自己知道。她從沒給我寫過信，我連母親的字跡都不認得。

母親沒過問我的大學生活，我也沒主動提過，過日子嘛，這麼尋常的事，有什麼好說的，甚至連夢都懶得理它。大學生活幾乎不入夢，意味著它沒有搖晃我的生命，沒有驚動我，生活的利刃只劃傷了皮，沒有傷到本，倒是激發了生存的本能，像老家那些木瓜、芒果，或我家櫻花。比較起來，母親的狀況壞多了，在我念大學的年紀嫁入鍾家，欠下沉重的子女債，健康債，過了沒得選擇的一生，像被割了一輩子的橡膠樹，膠汁流盡，全身傷。吃自己的辛苦實在太微小，寫下來，還是算給它面子了。

——原載二〇一八年四月二日《自由時報》副刊

鍾怡雯，現任元智大學中語系教授兼系主任。著有散文集《河宴》、《垂釣睡眠》、《聽說》、《我和我豢養的宇宙》、《飄浮書房》、《野半島》、《陽光如此明媚》、《鍾怡雯精選集》、《麻雀樹》；論文集《莫言小說：「歷史」的重構》、《亞洲華文散文的中國圖象》、《無盡的追尋：當代散文的詮釋與批評》、《靈魂的經緯度：馬華散文的雨林和心靈圖景》、《內斂的抒情：華文文學論評》、《馬華文學史與浪漫傳統》、《經典的誤讀與定位：華文文學專題研究》、《當代散文論Ⅰ：雄辯風景》、《當代散文論Ⅱ：后土繪測》、《永夏之雨：馬華散文史研究》；翻譯《我相信我能飛》；並主編多部選集。

我的美術系少年——馬尼尼為

我讀師大美術系的時候。班上沒有一位台灣同學和我說話。四年下來，一句話也沒說過的同學很多。就算十年過去。這班同學都比便利店店員更令人陌生。三十餘歲時，班上最優秀的同學突然過世了。唯一一位會和我說話的台灣人問我要不要去告別式。是同學一場沒錯。可我和她沒說過話。我沒去。死去的人應該也不會要我去。她不會在乎少我一個人的。我死的時候也不希望這班同學的出席。

我運氣不好。沒能遇到好老師。那四年，只有上課地點。沒有老師。像是今天素描課要去地下室畫石膏像。今天去郵局外寫生。今天去台大寫生。今天在五樓。人體寫生課教室就那兩間。同學分兩組。那幫男生霸著那位美麗豐滿的模特兒。其他人就在隔壁。畫的是身體已經快失去曲線的老女人。她的臉蛋還是漂亮。但所有肉體的光彩已經褪去。連老師都在年輕模特兒那間教室。我也想去畫年輕模特。那是所有人都會想看的。因為那一看就知道這種美不多得。我看過的模特兒算多。因為我很愛畫人體。我從來不錯過人體課。還付錢去外面畫。我很慶幸自己是女生所以能夠毫無欲望單純地欣賞這種美。我感到敬意。感到肉體的光亮。

某年學姊們辦了僑生聯展。就是系上所有僑生，也許十餘位每人出幾件作品就好。學姊取了「角落」畫展這個名字。這名字很沒氣勢。也反映所有人在這裡的處境。你們怎可以在那裡展？這是我聽到班上同學說的話。我想系上老師沒有人進去看，系上老師沒有人對僑生有興趣。「角落」並沒有留下什麼。因為在那樣的環境我們都失去了創作的能力。我畫了很多人體速寫。很多的風景。在宿舍後面樓梯間畫。偷拿了一個系上的畫架。因為我床位就在門打開的最壞床位。弄了一塊布。還是沒有其他床位好。我好想在最裡面的那兩床。但那些早早就被學姊們占了。樓梯間也好。打掃阿姨也不會罵。

系上畫賣最多最紅那位老師其實我也不討厭他的作品。還買了他的畫冊。有時也拿畫請他看。我放在走廊上。油畫就靠在牆上。老師不會蹲下來看。他還用腳「指」畫。但那種時候你不會想到這些事。只會很有禮貌地道謝。每年期末大掃除時我們幾位僑生都會去撿畫布。那些被遺棄的畫壞的。我們會把畫布割下來拆掉。再自己繃上新的（重複使用了畫布內框）。也許會省一些錢。也許那時也沒有精確地算過。好像那種潛意識的窮又作祟。我很清楚我們不是為了環保資源再用的想法。因為只有我們幾位所謂落後國家的僑生會去撿畫布。從來也沒有台灣人主動把他們不要的畫布給我們。他們就是留在教室裡。等工友清掉。

我的創作力是無處發洩的。也不知道要怎樣發表。畫展也沒有帶來任何機會。學校附近高級的咖啡店簡餐店很多。很多店家也願意讓美術系展。但去的人就是吃飯。沒有任何一個人注意到牆上的畫。我在不同的店家展過兩次。除了自己和朋友要付錢去吃飯（也沒有打折），完全什麼都沒有。我就是做油畫的搬運工。只能用走路搬來搬去。一堆人在留言本裡寫：我喜歡你的作品。你作品很棒。對我一點實質用處都沒有。這些路人的稱讚有什麼用呢？我後來再也不會在咖啡店展畫。也不再放留言本。我只標價錢。

畢業那年我實在受夠了搬家搬那些畫布。我想把有框的都送走。我問了一位教育系老師。他算是上課有內容的。他選了一張有石膏像的靜物。因為石膏像是哲學家他特別有感。當然，那些畫我都畫了很久。但也談不上捨不得。我的作品太多了沒有捨不得的。我把那裱了銀框的油畫搬到他的研究室。幫他掛上去。就在他座位後方。他說他同事也想要油畫。我又搬了一張去。他們都沒有讓我感到誠意。多年後我看到我先生的同事跟美工科同學要了一張畫。給了他三千塊裱框錢。我突然想起了這件事。才突然感到憤怒。

我有很多被垃圾一樣處理掉的畫。是在它們的命運中消失的。我大意處理自己的作品。有時我會想起它們。在命運中有太多時候顧不了那麼多。自己的畫到底是什麼。我不留戀物質。甚至討厭。所以才會丟了很多。這世界上被丟掉變垃圾的畫很多。它們不會寂寞。

油畫是一種不切實際的媒材。只有學生和專職畫家會畫。顏料畫材都不算比其他媒材貴。但空間最貴。油畫需要的空間最多。油畫的臭油味需要通風良好的空間。不然你找死。油畫慢乾。它一天一天地揮發臭氣。我丟過兩次油畫顏料。有過幾次想重拾油畫的激動。我看到有工作室的人會嫉妒得眼紅。我後來在牆上貼了很多拍賣圖錄上切下來的圖。因為拍賣圖錄在二手書店很便宜。而且印得比過去看的所有藝術類書籍都好。我需要想像自己有一天會畫。會自己做畫布。做真正的麻布。那種畫布畫起來質感就是很好。我需要這種想像。就僅止想像也好。

我如果在那個時候懂抽象畫就好了。就不會活得那麼抑悶。什麼也不懂只會埋頭畫的少年是無用的。那只是一場空的夢。沒有人看得出來那是什麼的。如果我那個時候懂詩也好。

也許我不說話的下場就是畫了很多畫。但這些畫沒有想法也沒有激情。那只是一個人面對一個陌生環境的方式。沒有人注意到我。也沒有人喜歡我的畫。一張畫能賣多少錢。水彩、油畫、版畫、速寫價錢不一樣。我沒有想過這些。那些是我後來去畫廊上班才懂的。全班同學都在畫一百號的畫。他們沒有問題。他們是社會的菁英。畫什麼都沒有問題。

我只有三個朋友。同鄉同學菱。我們幾乎形影不離。緬甸華僑皓。他是名副其實的僑生。父親是緬甸華僑學校校長。在台灣也有家。他是同志。以及另一位怪咖台灣女同學青。三位都是邊陲人。同志家境很好。但他從來沒有看不起我們。他喝星巴克咖啡。有一次買一送一。他帶了一杯給我。我生平第一次喝星巴克。很冷的時候我會抱怨。他說穿一件小毛衣就好了。我不知道什麼是小毛衣。他喜歡借用我的身體當衣架。我就給他用。穿他做的衣服。讓他拍照。我們好像在玩遊戲一樣。他畢業後用那些拍我的照片去了倫敦。再也再也沒有聯絡過。

那四年遇到過喜歡我的人就只是要借用外形。其他再也沒有。同性間也沒有太大熱情。我和菱在一起就是我們上什麼課都在一起。因為我們都沒有朋友。就是這樣而已。她後來找到了教會也拋棄了我。她從來沒叫我去教會就是。她後來也回去了。回去不久後母親過世。我見過她漂亮的母親。漂亮的妹妹們。我們都算長得不錯。但沒有人喜歡我們。我們的作品可能也不錯。但沒有人稱讚過。我們還一起參加過系上的啦啦隊。跳過那種很幼稚的舞。那時候，在那很多次的練習之中。我們沒有交到任何一個台灣朋友。也都還是我們兩個。很多年後，我走在師大附近都會想起她。我要是遇見任何同班同學，就是裝作沒看見。

山學姊跟我住過一陣。我們分租一間雅房。我躲在房東附的衣櫃後面。架我從系上偷來的畫架。她在另一角。我們都畫油畫。那時也都抽菸。但菸很貴。她用的也是切過的舊畫框。我的第一塊畫布。小小的。是她送我的。是她換過自己繃的。她比我好一些。她有台灣朋友。去過台灣人的家。跟朋友聊天的樣子也比較開心。她打的工也跟我們不太一樣。她上畫室教小朋友。我們都打餐廳工。後來我們有一起在二手書店排班過一陣子。她的朋友會來買很多書。我們都會用員工價幫他們算錢。

她後來回國。我的朋友都回了國。因為在台灣找不到工作。她的工作似乎沒有很順利。還和盲人談了戀愛。後來她發現得了乳癌。那個時候我們去看過她幾次。最後一次她已走了。她的母親叫我們拿走她的東西。她母親什麼都不要留下。那個時候我沒有對任何人付出情感。對於她的死我也沒有太多感觸。但人走了所有作品就瞬間變成垃圾。她的母親跟我母親一樣不會懂這些。就變成垃圾。沒有主人捍衛的畫。她生病後還畫了一些。跟我一樣是創作量豐沛的。死亡教會我丟棄作品。我們都無名。沒有弄出過什麼。不過就畫了一些畫而已。她死後。畫還是處於停滯的狀態。我記得我們共住時她在畫一張手斷掉的裸女。她說。某老師看，只說，手，掉下來。再沒有任何話。這群名校教授從來沒有說過任何有用的話。沒有建議。沒有參考。沒有幫助。只有空洞。連一個路人都不如。

我們跟自己的母親或家人都不親。生病成了尷尬的狀態。她有一陣子也都還逃離在外。寄宿在教會友人的家。回到家時似乎也是很末期了。已經無法顧慮太多。教會朋友一直在幫她打氣。美術系朋友或男朋友什麼都做不了。我們沒有看到任何手稿。我害怕我留下的手稿。留下的隻字。缺了會想看你文字、想看你畫的人。死後一切就銷毀。被銷毀。

我們只能平靜和死亡對決。輸了一切。我從山學姊的書架上拿走了一本《夢外之悲》。這中間十年過去了。我還收藏著自己的一些畫。努力把該丟的丟掉。但我也想念那些去向不明的畫。還有掛在教授們牆上的畫。

——原載二〇一八年九月二十三日《自由時報》副刊

啟明出版／提供

馬尼尼為，馬來西亞柔佛州麻坡人。本名不重要。留學台灣。美術系、所畢。三十歲後開始創作。著有散文《帶著你的雜質發亮》、《我不是生來當母親的》、《沒有大路》；繪本《詩人旅館》、《貓面具》，及「隱晦家庭」繪本三部曲：《海的旅館》、《老人臉貓》、《after》；詩畫集《我們明天再說話》；繪《The velveteen rabbit絨毛兔》。現苟生台北。育一子二貓。

我只能成為我自己——洪滋敏

我是二〇一四年五月離開泰國的。我在曼谷出生長大，你可以叫我MiMi。

我沒有辦法告訴你我是怎麼逃出泰國的，不過基本上來說，因為我的護照已經被政府監控了，所以不可能在泰國搭飛機。我不能告訴你離開泰國後我去了哪個國家，總之是朋友幫我找了一個方法，逃出泰國到另一個東南亞國家後，在那裡搭上飛機到南韓首爾。

那天在電視上看到自己的名字出現在因批評泰國皇室而觸犯法律的黑名單上時，當下我馬上切斷所有可以聯絡到我的手機號碼和電子郵件，請朋友幫我買了一張新的電話卡，只有少數幾個我信任的人知道這個號碼，連我的家人都無法聯繫我。當時軍政府當然有到家裡找我，但那時我已經走了。

我完全沒有機會和家人和朋友說再見。

你問我為什麼非得逃走不可？因為我不想進男性監獄，如果我被抓了，因為身分證上的性別，我會被關進男性監獄。不可能，我會受不了。

我是差不多二〇一四年八月的時候抵達南韓，準備從首爾往巴黎。當時在韓國準備登機的時候出了點問題，他們跟我說我的護照已經失效了，我想可能是泰國政府已經註銷了我的護照。我向他們表示我的處境，而且我也已經拿到了法國大使館給我前往歐洲的簽證，但還是一直不讓我出境，直到機場的負責人出現，是他決定讓我上飛機，我才終於到了法國。

當時很多和我一樣被列在黑名單上的朋友也都想辦法逃走了，有些人去了德國，紐西蘭或加拿大。

到了巴黎後，我差不多花了九個月的時間拿到了政治難民的居留權，時間是二〇一五年六月左右。這已經是很快的了，我有聽說很多人花了一年甚至兩年才申請到。我是因為被母國政府威脅的證據充足，難民身分很快就被批准了。

政治難民的身分和一般法國人的權利沒有什麼不同。因為我還不到二十五歲，在法國二十五歲以下在法律上還是家人負責的年紀，滿二十六歲後才可以跟政府申請生活補助。現在法國政府只給我一年兩百歐元的生活津貼和另外兩百歐元的醫療保險補助，所以基本上我得自己想辦法。又因為我的證件上還是男性，真的很不好找工作，所以基本上多是保姆之類的，同時邊學法文。我今年剛申請上巴黎第七大學的社會學系，他們願意收我真的覺得很幸運。

雖然法國政府今年（二〇一六）剛通過了免術換證的新法，也就是對於想更改身分證件性別的人不再需要摘植移除原生性器官和精神科醫師的證明，但由於落實必須等到議會正式頒布新法條目，所以目前我仍不能做任何證件上性別的更動。

保姆的工作當然沒有辦法負擔巴黎昂貴的租金和大學的學費，所以其實我主要的收入是做性工作。

我在巴黎不只代表Acceptess T（一個總部設於巴黎的法國跨性別運動團體），也在STRASS（一個致力於推動全球性工作者權利的網絡組織）裡工作。我們在組織裡鼓勵性工作者不需要對此工作感到羞恥，做這個工作沒有什麼可恥的。法國在二〇一六年四月通過了賣春合法，只處罰嫖客的新法。這個新法其實並沒有讓身為性工作者的我們得到什麼好處，反而因為客源的減少，讓我們沒有足夠的籌碼挑客人。客人也知道這個事實，所以反而會變本加厲。很多和我同樣做這個工作的姊妹，需要跑到德國或者偏僻的小鎮上去找客人，因為在小地方比較沒有競爭，但我們也更沒有保障。客人會跟我們說十歐元做這個跟那個，我們幾乎沒有任何籌碼可以拒絕，因為那可能是一整天唯一的客人。

我一個月得至少繳六百歐元租約莫才十平方米大的巴黎單人公寓，我通常是用一個合法的網路平台認識客人然後在自家住處接客。我只在週間工作，因為週末要陪我法國籍平時是卡車司機的男朋友。當然有一些巴黎當地知道我處境的泰國朋友偶爾會接濟我，他們大多是不願意讓其他同胞知道也同樣反對泰國皇室的人，都是私底下會塞點錢給我這樣。

我到巴黎後的生活並不完全平靜，我還是一直在有十幾萬人追蹤的臉書粉絲頁上發表我對泰國皇室的看法。泰皇駕崩時，我立馬上傳了一部對此表達非常開心的影片，結果隔天就有泰國人在巴黎跟蹤我。當時我人在一家麥當勞吃飯，他們用手機拍下影片上傳告訴別人我現在人所在的位置，並召集人前來攻擊我，當然我的臉書上也收到無不勝數要脅要我去死的攻擊訊息。雖然這也不是第一次收到這樣的留言了。

我把這些留言跟被跟蹤的資料告訴警察，希望他們能夠發給我保護令，但由於在證據翻譯上需要很長的時間，還要上交至法院等法官判決，我也不曉得需要多久時間才能拿到。不過我和學校的同學都處得不錯，並沒有因為我特殊的身分而被歧視或是被騷擾。

我基本上已經很少跟泰國的家人聯絡了，只有非常偶爾透過姊姊稍微傳達一點近況，但因為泰國政府還是不時地會因為我的關係去騷擾我的家人，所以如果非必要我都盡量不讓他們知道太多。

我在泰國不是來自什麼有權有勢的家庭，家裡很窮，我從小就要自己想辦法賺生活費，上大學後除了學費，所有生活開支和服用女性賀爾蒙的藥都是自己一點一點存的。我從小就覺得自己應該是女生，從此非常壓抑，但我又不甘心，所以書都要念到最好，因為我知道這樣才會有人願意聽我說話。你不要覺得泰國好像很接受跨性別，那都只是表面，我們還是會被欺負。在泰國如果你想要成為一個不被別人恥笑的跨性別，你就要變得比女人還要女人。

我大學第一次考上了朱拉隆功大學，但因為不願意穿男生制服而和學校大起衝突而自願放棄學籍。之後考入泰國國立法政大學（Thammasat University），因為這所學校自由的風氣，所以我開始參與各樣校內外相關的政治活動，我強烈反對大學要穿制服的傳統，我們念書是用腦不是用身上穿的衣服。我也反對髮禁，以舉黑旗取代泰國國旗，經常發表攻擊泰國皇室的言論，你知道泰國國王是全世界最有錢的國王嗎？泰國到處都是國王的照片，但幾乎沒有人知道泰國皇室有多腐敗。我的臉書頁面在泰國是被封鎖的。

我知道可能這一輩子都再也見不到家人，再也回不了泰國。但我就是這個樣子，我試過遵守那些規定，真的，我試過，但我真的沒有辦法忍受。我每天都會問自己，為什麼要讓自己落入這個境地？但站上街頭，說出我所相信的事情，是我覺得真正能活出自己價值的方式。那些人想要用恐懼威脅我們，我不會低頭的，絕對不會。

我想要成為我自己，沒有選擇，我不會害怕。

我的人生永遠充滿挑戰，基本上也想不了這麼多了，只能見招拆招。我試著不要太難過，還是很不容易，但仍然要嘗試活下去對吧。至少我知道我的家人現在是安全的。

喔，謝謝妳聽我說了這麼多，煮飯給我吃還收留我，不用幫我鋪床沒關係，沙發已經很好了。明天我得六點起床趕七點回巴黎的火車。

後記：

二〇一六年秋末，我在布魯塞爾的歐洲議會中一場酷兒會議裡認識了MiMi，除了身為記者的我，她是會場裡唯一一位亞洲面孔的女性，不像多數其他來自歐洲各國的LGBTIQ團體代表們總群聚談論著什麼，她安靜地一個人坐在場中央邊吃著會場準備的午餐邊滑著手機。我向會議的負責人問起這位女生：「她是位來自泰國的跨性別女性，同時也是政治難民，目前住在巴黎。」會議休息中間，我端起咖啡走近她介紹自己。一頭及腰的長髮，稍微圓潤的臉型帶著黑框眼鏡，身著灰色長版針織外套，裡頭一件深色洋裝配上黑色的褲襪，泰國人典型深咖啡的膚色。可能因為同為亞洲女性較易卸下心防，當她告訴我因為錯估回巴黎的火車時間而少訂一晚住宿，我便邀請她如不介意可留宿我家一晚時，她欣然答應了。

洪滋敏／攝影

當天布魯塞爾是典型秋天的陰雨綿綿，傍晚她拖著行李來到我家樓下，因突有急事得出門一下，便暫時留她一人獨自在家。待我一小時後回來，她正在與我室友聊天，行李仍留在原處，室友見我進門便說：「你朋友怎麼這麼客氣，我想請她喝點什麼，她都說不用。」她馬上起身說：「真的不用，你們願意讓我住一晚已經很好了。」我帶她介紹一下住所環境，「浴室裡東西都可以用，想洗澡的話不用客氣。」她竟然說：「喔沒關係，我頭髮很長，回巴黎再慢慢洗就好，也不麻煩你們。」

我記得自己聽完她的故事後，胸口像積結了滿腔對這個社會的憤怒，跑去陽台抽了一根菸。最後她衣服都沒換地直接倒在沙發上只裹著一條薄薄的毛毯便睡了。隔天一早她六點多起床，我們在太陽都還沒升起的早晨說了再見，她仍然一樣非常有禮貌地和我道別。自始至終，不論再曲折的過程再糾結的經歷，從她嘴裡說出來都像是情緒被過濾掉似地異常冷靜。

說再見當天午後，我收到她傳來已經安全抵達巴黎的的訊息。

——原載二〇一八年五月《印刻文學生活誌》第一七七期

洪滋敏，自由撰稿人，攝影師。做了半調子的記者五、六年，跑過一些地方，曾經胸懷抱負，後來跑去念心理學，發現好好地把自己和身邊的人照顧好更重要。現居雪梨。

餐桌上的他鄉——詹宏志

這恐怕是超過五十多年以前的往事了，那是除夕夜，母親突然興沖沖地宣布，我們今年不吃老掉牙的年菜，我們不吃雞，不吃香腸，不吃年糕，這次我們要吃「思奇亞奇」（Sukiyaki）。

那時候我們這些大大小小的小孩可能都沒聽過「壽喜燒」這個名字，而母親口中跑出一些日文也是正常的事，我們聽著發音，跟著嘸著嘴說「思奇亞奇」，用日文描述的事物通常意味著比較「高級」的事物，我們也跟著很高興，想著今年年菜將有些變化，我們要吃「思奇亞奇」了。

那一年，父親不在家；我現在已經記不得他為什麼不在，極可能就是另一次病危的住院，留下一個孤獨的母親強顏歡笑帶著六個小孩過年，而那時候的母親，比今日的我還要年輕十多歲。

但畢竟是喜氣洋洋的年節日子，母親還是顯得興致很高，她不用家中的餐桌，先在地上鋪了塑膠布，模仿榻榻米（搬離台灣基隆老家之後，我們就不再住有榻榻米的房子了），把火爐架在地上，又把大燈關掉，點上蠟燭妝點氣氛，她把各種蔬菜、肉片一盤盤擺在地上，好像要吃火鍋的模樣，我們都坐在地上，拿了枕頭當墊子，媽媽給了我們每人一個碗和一只生雞蛋，我們都好奇媽媽接下來要怎麼教我們吃思奇亞奇？

媽媽要我們把雞蛋打在碗裡，然後加了一大匙糖下去，用筷子拌勻；媽媽在爐上一個平底鍋中放進水和醬油，也加了一小匙糖，然後她把肉片（用的是豬肉，那時候台灣人家裡一般不吃牛肉）放下去，略熟之後拿出來，要我們拌著雞蛋吃，我們都輪著吃了一回。

但那味道太奇怪了，加了糖的雞蛋和豬肉完全不合，大我一歲的哥哥鼓起勇氣發問：「沒有沾醬嗎？」媽媽歪著頭認真想了一會兒，猜想似地：「用所司（Sauce），所司就是喔司（osu，日文醋的意思），來加一點喔司。」

小孩子們全叛變了：「唉呀呀，這樣已經夠奇怪了，還要再加醋，不要啦！」

媽媽勉強又試了一回肉，她自己也知道味道非常奇怪，她低聲說：「奇怪，我小時候日本老師說是這樣吃的呀！」但我們幾個小孩都覺得吃不下去，跟我們想像的日本「高級料理」不太一樣，有一兩個小孩顧不得禮貌，忍不住說出：「這個思奇亞奇，不好吃。」

母親紅了眼睛，辯解似地說：「沒法度，你爸爸從來也沒帶我吃過思奇亞奇，我也不知道怎麼做呀！」她只好站起身，打開大燈，進廚房把全部材料煮成一個大火鍋，我們覺得自己闖了禍，除夕夜裡惹母親傷心，全家人圍著圓桌默默吃了一個罪孽深重的年夜飯。這件事距今已經五十多年了，但我總覺得歷歷在目，母親最初的興致勃勃到最後的哀怨神情的影像，一直在我心中揮之不去。

多年之後，我來到東京淺草一家牛肉壽喜燒的老店，看穿著和服的服務生把平底鐵鍋刷上油，下甜醬油和水，然後把大片牛肉放進鍋中輕涮，再用長筷夾到我們面前的盤中，我們的面前各有一個小碗，碗中打了一個生蛋，我們拿燙涮後的牛肉沾著生蛋吃，那霜降牛肉柔軟多汁，生蛋則滑潤適口，而且稍稍減低了浸在醬油中的鹹味。我在心中輕輕嘆了一口氣：「原來是這樣的味道。」

我那位沒有機會出過國的母親，僅憑小學時聽日籍老師對「壽喜燒」的描述，就「幾幾乎乎」都做對了呢。她知道要用糖，可惜她錯把糖放在雞蛋裡，而不是涮燙肉片的醬汁裡，加上用的是味道不同的豬肉，奇怪的滋味讓我們完全無法接受這「異國情調」的思奇亞奇，那是母親引以為憾的一件往事。

是呀，異鄉的食物有時候不容易從想像而來，你必須有機會「見識」它的真正面目；但在那個資訊封閉的時代與社會裡，我那位受教育機會無多、不曾出過遠門的母親又要如何去見識一種異鄉的食物？

話雖如此，你不去敲外人的門，外面卻有人要「破門」進來，很快的，我們家的餐桌上也開始要起巨大的變化，陌生的食物也開始來到我們的餐盤之中。

其實也不奇怪，那是因為「通婚」的緣故。我的外祖母早逝，身為長女的母親必須姊代母職照顧年輕的六個妹妹與一個弟弟；我那位極其聰明的母親，覺得沒有母親的女孩嫁到別人家有時會受到婆家欺負，她力排眾議，把幾個妹妹都嫁了隻身來台的「外省人」。這在鄉下並不是一個很受贊同的主張，有時候鄰居會跟她說：「你的妹妹好手好腳，又長那麼漂亮，為什麼要嫁給阿山仔？」

但媽媽的決定證明是極具智慧的選擇，我的兩個阿姨嫁給了中興新村台灣省政府的公務員，後來建立的家庭都幸福美滿。一方面沒有公婆，家庭單純；一方面這些離鄉背井的外省先生珍惜得來不易的姻緣，對嬌妻與子女都極其疼愛，家庭氣氛是和諧親愛的。

另一個意外收穫是，異鄉人帶來異鄉的食物，我們家的餐桌就不再只是農村台灣人的菜色了。兩位新來的親戚都是北方人，他們帶來的是我們不熟悉的麵食文化；山東人姨丈來家裡教我們怎麼全家包餃子（還送給我們擀麵棍），又讓我們知道餃子餡料千變萬化，可以有多種組合。姨丈又有耐心地教我母親如何做饅頭與包子（一個講山東腔的國語，一個只會閩南語，溝通困難是可以想見的），使麵食變成我們餐桌上的「新日常」。

當我們過年過節到姨丈家裡去作客，我們又看到不曾出現在台灣人桌上的食材與料理，從青椒牛肉絲到酸辣湯，從炒臘肉到粉蒸丸子，這讓我們大開眼界，也讓我那位本來就很聰明的母親產生各種學習模仿和創作靈感，後來連我們帶到學校的便當，內容也和同學都不一樣了。文化混血，的確是創新的重要來源。

這是我們最早經驗到的「飲食文化輸入」，我們的味蕾被開拓了，我們買菜的眼界也改變了。當然，同樣的故事也發生在「外省人」家裡，嫁過去的阿姨走進廚房，山東人、河北人的餐桌上也出現芹菜炒花枝、蚵仔煎之類的台灣美食了。

過了不久，小孩長大了，外出讀書，看到也吃到完全不一樣的食物，他們又帶回來不一樣的飲食想像；第一位帶回他鄉食物的是我的大姊，她到台南讀大學，成了家中第一位「見多識廣」的孩子。她走進廚房幫忙，想的菜色和母親已經截然不同，我生命經驗中第一次的雪菜肉絲麵和酸菜拌麵，都出自大姊之手。然後我們走得更遠，年輕一代開始出國留學或旅行，帶回來各種異鄉的食物想像，相聚的時候我們桌上開始有日本料理、泰國料理、法國菜、義大利菜、土耳其菜，餐桌上的菜色已經成了我們家人「見識的總合」，五十幾年前母親試圖想要複製壽喜燒的傷心往事，我們已經很久沒有提起了……。

——原載二〇一八年十一月七日《蘋果日報》副刊

詹宏志，一九五六年生，南投人，台大經濟系畢業。現職PChome Online網路家庭董事長。為電腦家庭出版集團與城邦出版集團創辦人。擁有超過四十年的媒體經驗，曾任職於《聯合報》、《中國時報》、遠流出版公司、滾石唱片、中華電視台、《商業週刊》等媒體，曾策劃編集超過千本書刊；並創辦了《電腦家庭》、《數位時代》等四十多種雜誌。策劃和監製多部台灣電影史上的經典影片，包括侯孝賢導演的《悲情城市》、《戲夢人生》、《好男好女》，楊德昌導演的《牯嶺街少年殺人事件》、《獨立時代》，以及吳念真導演的《多桑》等。著有《兩種文學心靈》、《趨勢索隱》、《城市人》、《趨勢報告》、《閱讀的反叛》、《城市觀察》、《創意人》、《如何使用百科全書》、《詹宏志私房謀殺》、《人生一瞬》、《綠光往事》、《偵探研究：Study in Detective》、《旅行與讀書》等。

一路向北——房慧真

在十字路口遇到一個男子跟我問路：「碧潭要怎麼走？」

「碧潭要怎麼走？」我重複他的話，尾音提高，問句到了我這邊，還是問句，在二〇一八年的台北市，從古亭步行到碧潭，這句話不在現下的時空脈絡裡。

「你要走路過去？不搭公車或捷運嗎？」

「公車沒有車班了！」他口齒不清地說，操使著他不熟悉的國語，有些彆扭，說話像嘴裡含著東西。

不知是否看起來面善，或是無害，在外我時常被人問路、搭話。有次一個粗工模樣的男子，像蚱蜢一樣跳下他的機車，跟我要三百塊錢加油，看他急用的模樣，彷彿非要趕赴什麼生死交關的大事，我像是被催眠似地，真的掏錢給他，還指引了加油站的位置。

又有一次，在夜雨的金山南路，一個略微發福的中年男人叫住我，說他剛剛打公共電話，錢包放在電話上忘了，再回去就找不到。黑暗中他撐著一把黑傘，在黯淡的路燈下，他跟我借錢，說要買車票回六塊厝。他的衣著整齊，講話字正腔圓，不曉得是不是夜太黑，或者他一雙突出的魚眼直瞪著人，還是這年代已少有人打公共電話，我突然感到恐懼，往街燈下靠近，他還跟過來，我建議他去警察局求助，他惱羞成怒，說警察幫不了他。我說這麼晚已經沒有火車，可以先去警察局過夜，怕他癡纏，我急急地說完就走。

「六塊厝」這個地名在我心底發了芽，上網查在屏東附近，那裡有逐漸荒廢的眷村以及牛肉麵。多年後我到南部演講，從鳳山搭火車到屏東，經過六塊厝，也只是經過而已，忽然想起跟我借錢買車票的男人，我終於來到這個南方之南的陌生地名，而男人繼續隱身在夜雨的黑暗中。

或許他沒騙我。

或許他沒騙我，在台北，每個十字路口都有玉蘭花口香糖，都有輪椅傷殘鰥寡孤獨，那是一道一道數學考題，各種條件的排列組合：斷臂瘸腿的壯年男子，還是肢體健全的佝僂老婦？停下或不停下？買或不買？多數時候心狠，偶一為之買串玉蘭花贖罪，畢竟人都要趕路，捷運手扶梯排排站、往右靠，左側淨空，讓給趕路的人，三步併兩步，那麼匆忙，也那麼現代性的台北。

「碧潭怎麼走？」男人姓呂，來自雲林口湖，在大城市中他為什麼挑中我？《慾望街車》的白蘭琪說：「我只仰賴陌生人的善意」，也可能遭逢的是惡意，更多的是漠然。時間將近晚上十點，師大路口吃飯逛夜市的人潮未散，這是我的日常，老呂的機遇之歌。

晚上十點在雲林口湖的鄉村時間，家家閉戶熄燈，沒有任何車班聲響，只偶爾傳來幾聲深巷狗吠。

老呂說公車沒有了，在我們眼前的公車專用道，隨時呼嘯過一列公車。

老呂黝黑乾瘦，那種乾瘦，像是在歲月的石磨上經年累月地輾壓，再也擠不出一點水分。他像是從《人間雜誌》還是阮義忠《人與土地》的黑白照片裡走出來，帶著八〇年代的光暈，當他突然出現在我眼前，我的生活街區，他提供給我一種抽離的眼光，突然覺得路人一個個都白富美了起來。

城市生活的餘裕是過了晚上九點，還可以找到一家不太高檔的日本料理店開著。遇見老呂前，我才獨自一人用餐，點一碗鋪滿鮪魚甜蝦貝類的海鮮蓋飯，再烤一尾午仔魚，一人占著四人位，對座無人，我備好配飯的書，是香港作詞人周耀輝的散文集《紙上染了藍》。吃完魚，點一壺熱過的清酒解膩，只要帶著書，一個人去哪裡都不奇怪。結帳時我不必捏著錢算計這個月的生活費還夠不夠，我平日不是奢侈行事的人，但偶爾一頓日本料理也不心痛，只因為我是二代台北人。

二代台北人住在有鏽蝕鐵門的五層樓老公寓裡，屋內囤滿舊書雜物，前窗貼著別人家的曬衣後院，居住環境絕不體面，然而只要繼承了一代台北人貸款揹下的殼，就無須擔心房東漲租，不曾被拔離十步一家書店，五步一家咖啡館，三步一家便利商店，我成長的街區。

「碧潭怎麼走？」站在羅斯福路上，我指了往公館的方向，「一直直直走，就會到碧潭嗎？」我不知道，我沒走過。雖則我也是一個善於行走的人，能夠連走兩、三個小時不休息，但那是長久伏案讀書寫字後的行走，讓過度熱機的頭腦休息，無目的性，沒有非得抵達哪裡。

為了出差或演講的島內遠行，通常當日往返，不帶行李。風塵僕僕在路上的老呂將很難理解，今後的「出外人」將再也沒有行李，只有輕薄短小的平板電腦。他將很難理解，一卡皮箱不帶，身上還能保持潔淨。全家就是你家，小七去了離島，免洗內褲、指甲去光水、卸妝保養品、晚安面膜……現代旅人，早沒有一絲狼狽與寒傖。

旅人的階級，顯現在移動途中的真空保鮮程度，越是妝髮不亂、容光煥發、氣味清新，就越具有資本。

沒有資本的人，路上行舟，踽踽獨行。老呂一身黑衣黑褲，外套一件黑色劣質皮衣，皮衣上有無數的裂口，像一張一張吸吮的小嘴，把宿主吸得更乾更瘦。寬大的黑褲褲腳摺起，底下是一雙TOMS

休閒鞋的仿冒品，夜市裡常看到大量粗製濫造的那一種，上頭是美國國旗的拼色，已經變得污黑。靠近他，才發現他的領口袖子也是污黑一片，聞著有一股尿騷味，他說坐客運上來台北，他如果說是一步一步從雲林口湖鄉走上來，我也會信。他全身的旅行「家當」，只有插進後褲袋的一雙免洗筷。脖子上有突起的黑點，看起來不像痣，像是餐風露宿後，不免沾染上身的一點一點，小塵埃。

問他怎麼來到古亭？「從台北車站走過來」，他循著我指的方向，繼續往前走，一條大路之後會有轉彎有岔路，他仍然必須仰賴陌生人的善意，也許深夜兩三點，他會終於來到深沉烏黑的潭邊。

目送他離開時，發覺他的腳一拐一拐，讓我更加相信，那是雙從雲林一路向北，不知走了幾天幾夜的雙腳。我追上去，拍拍他的肩，「我帶你去搭捷運。」

幫他買好單程票，我刷悠遊卡進閘口，他第一次搭捷運，怕跟丟，緊緊跟在我身後，兩個人擠著一個人的空隙過。

陪他等車，我們聊起來，他並不是我想像的，第一次上台北的出外人。三十幾年前，他在板橋的家具工廠當過工人，幫家具噴漆，工廠外移到中國後，他被資遣，回到雲林口湖，「我一直待在鄉下，沒地方去。」

陪他一段，小小一段，目送他上了正確方向的班車，臨別前他說到了碧潭，「跨過一個山頭，我就可以到中和，以前家具工廠的同事在那邊。」

警笛響，門關上，我來不及拉下他，改搭另一班往中和的捷運。

列車急速駛去，奔赴前現代的時空魔區，他一路向北，抵達始終成謎。

——原載二〇一八年十月十七日《自由時報》副刊

房慧真，台大中文系博士班肄業。曾任職於《壹週刊》，撰寫人物專訪，目前為非營利媒體《報導者》資深記者，深耕公共議題報導，曾獲台達能源與氣候特別獎，並二度入圍卓越新聞獎調查報導獎。著有散文集《單向街》、《小塵埃》、《河流》（博客來年度選書），人物訪談集《像我這樣的一個記者》，獲得《鏡文學》年度十大好書、入圍台北國際書展大獎、金鼎獎推薦。〈草莓與灰燼——加害者的日常〉獲九歌一〇五年度散文獎。

地號：墓寮

楊富閔

那天掃墓，我才想起往年的清明節妳都一個人來看他，那時妳還可以勉強行走，只是常常需要停頓歇息，後來的那個阿公載著妳來到墓園的門口之後便離去，妳走過熟悉的柳丁文旦園，下過雨後的泥濘，沿路是竹林與滿地的殘葉，妳一個人來看他，就像妳等候他服役回來一樣，他也隻身在荒涼的草原等候著妳，民國七十八年，當年慌亂中埋葬的老墳重新撿骨安厝，屍體爛完了，土公仔一塊塊的撿入金斗甕裡，妳跟我說衣服還在。新墳的墓碑上，我的名字悄悄攀浮，列在孫輩的位置，位處曠野的這塊風水，坐落在家裡一塊廢耕的田……

這段文字，大學寫的，記得篇名叫做〈等〉，是我第一篇關於祖母祖父的文章，整理隨身碟發現了它，感覺像是重新發現了整座墳，於是也看見當年祖母的身影：她在墳前墳後灑掃，荒郊野外中心點，總是天上一隻老鷹繞飛。祖母時常坐墳邊龍眼樹下歇喘，想到她我就想到她在歇喘，這才記起她也已經死去。文中這座老墳後來再次撿骨，民國一百年，安座善化鎮立納骨塔，祖母骨灰民國一百零二年也接續進駐，上上一代的故事早已走向全新篇幅。

撿骨後的墓穴此刻還會剩下什麼呢？我會嘗試指認方位，告訴你曾經這裡有座墳，在這座名之為墓寮的高地仍有埋著許多人骨，他們多是楊姓十多代傳衍下的近親遠親，你兄我弟，時間最遠得以追至清代。如今現場若想找尋百年古墓則須徒手翻開叢生雜草，目前四處盡是因撿骨而破壞的墳頭、破瓦與碎磚。

在我生長的故鄉，還有許多類似墓寮性質的公山，公山——理解成歸給鄉公所縣政府在管，常是附近居民埋骨先人的臨時墳場，隨著易代遷出遷入，節葬觀念推行，現在即便清明也不易看到掃墓車隊，我也常忘曾經這裡那裡是個墓仔埔。

曾經我就在墓寮親眼目睹漸漸沒人來掃的墓。我尚且認得埋在墳中的那老婦那老翁，這是什麼感覺呢；也有幾座墳，年年清明舉家出動，現場架起五百萬大傘弄得彷若戶外野餐。墓寮其實距離我家腳路不遠，清明我都習慣機車載著供品前來與家人會合，墓寮距離殘仔田地更近，我就聽聞以前上田都會順路從這塊地做到那塊田，大家同時都在同座高地。

我念大學，大白天騎車繞山區，並不清楚自己想去哪裡，身姿卻比巡山員還像巡山員，獨獨不敢駛入墓寮區域，我想起小學時期，曾有幾起棄屍大內山區的新聞案件，總在學校教室引起熱議，棄屍地點剛好都在墓寮、殘仔一代，兇嫌看中的大概就是罕無人煙、少車出沒的隱密特質，原來我住在容易發生棄屍命案的偏遠地帶，而隱密則直是我生命鮮少露出的本質。

民國七十八年埋葬祖父的墓寮雖算集體墳場，但墓址所在根本也是自家祭祀公業，也就是墓寮之中有著一塊良田。大小呢？大概就是適合拿來建座一門風水的大小。墓寮可以種作。作物大抵就以龍眼為主，四棵五棵的龍眼樹，環繞著祖父的墓。以前我常課後跟隨祖母來此摘收龍眼，坐在後來的爺爺的鈴木機車，他先離去，只剩祖母與我。我就緊緊跟著祖母走在對流雨過後泥濘滿地的林中路。墓寮完完全全沒有腳路，只是記得滿路的麻竹殘葉，光線不足的林中小徑，不同時期堆成的竹葉小山，藏有一根特別尖硬的細梗是我的最愛，我就沿路拿它來防身凌空揮舞，或對空氣比畫想像自己正在指著黑板教書。

你是否好奇種在墳場的龍眼樹能吃嗎？其實我從不曾有過這般的擔顧，我們尚且將剛剛摘收的龍眼，全部暫時鋪排在墓的平台，讓它像是個小型集散場，累了我們也坐在墓的伸手歇喘。又是歇喘。因為龍眼收成，祖父的墳墓較之其他祖墳，我們得以擁有更多機會前來，然而身在田裡我們講些什麼呢？仔細想想，原來都在自言自語：比如祖母喜歡開始分析今年果物發育的程度，有時稱讚生得纍纍，有時怨嘆隔壁地主又將枯枝扔到我們這地。墓寮已經顧不動了，龍眼有空才會來看。而我話並不多，話不多才是我真正的樣子，唯獨喜歡四處走動，繼續揮舞來路撿拾的一根細細竹棍。墓寮蚊子特多，一到現場立刻從祖母帆布袋掏出按壓式瓶裝樟腦油東南西北噴灑，自然也幫祖母噴灑。

祖母的帆布袋都裝些什麼呢？不如就像綜藝節目搜給你看，我也很好奇農婦上田一定要帶的好物：

一、柴刀。（遇到柴薪得以隨時砍劈，整理運送回家燒水。）

二、鐮刀。（鋤草時候登場，有時拿來現切水果，切柳丁文旦最俐落。）

三、礦泉水。（太重要了，為此家裡總是買有成箱雜牌礦泉水，有時我們也買五送一手搖飲料，通常都是全家出動之際。）

四、修枝剪。（看到細小的嫩枝，歧生的萎枝，非它不可，我印象深刻的是拿來剪柳丁，柳丁是用剪的不是用挽的摘的。）

五、樟腦油。（野外蚊蟲太多，噴了再上！那些年吹起樟腦風，還有樟腦木塊放衣櫥得以除臭。）

六、頭巾。（可以順便擦汗，祖母頭巾是白底紫色碎花款式。）

七、玩具或者武器。（多數時候出門兩手空空，偶爾才拿手套棒球要去田中練接，落果就是我們的棒球。）

祖母不能前來掃墓之後，後來幾個清明，都是我們父子三人，加上叔叔前來培墓，現場沒人見過墳裡埋葬的祖父，父親四歲時候他就喪父，叔叔根本還在強褓。消防車在鄉間山區跑來跑去，到處都能聽到鳴笛聲響，好像這才是清明的背景音樂，而我們在土丘周邊摸著轉著。中場休息繼續坐在龍眼樹下歇喘，說著這門風水位置真好，真的，背後有靠山，眼前並無遮掩，隱約看見幾門散落的墳塚，感覺沒人來掃，視野拉得相當遼遠，原來有父親有祖父可依傍的感覺就是這樣。天上仍是一隻老鷹繞飛。雖然現在這門風水已經沒了，然而龍眼樹還在，墳的輪廓還在，碑卻完全破壞。

此刻來到墓寮，放眼都是撿骨入塔之後的空墳，連死掉的人都走了，怎麼我還在這裡呢？撿骨之後我會回來看墓，從前的墓地可以種下一棵新的龍眼樹。等候來年林蔭連成一整片的綠顏色。

——原載二〇一八年十月《文訊》第三九六期

本文收錄於二〇一八年十月出版《故事書：三合院靈光乍現》（九歌）

楊富閔，一九八七年生，台南人，台大台文所碩士班畢業，哈佛大學東亞系訪問學人，目前為台大台文所博士候選人。出版《花甲男孩》、《解嚴後台灣囝仔心靈小史》（共二冊）、《休書——我的台南戶外寫作生活》、《書店本事：在你心中的那些書店》、《故事書：福地福人居》、《故事書：三合院靈光乍現》。作品曾獲改編電視、電影、漫畫、歌劇。

輯二

依戀與依賴

再會囉，我的心肝阿母——張輝誠

阿母，出院了，要返來去囉。

雖然我阿母頂受著許多老人家常見的慢性病，糖尿病、高血壓這些有的沒的病，但是她相對勇健，平日依然可以自理生活，經常一個人搭公車在台北四處玩，從未住過院，也未曾開過刀。——這次住院，還是她人生頭一回開刀之故。

我阿母長期服用糖尿病和高血壓藥，前後約二十年，腎功能隨著年紀增長逐漸退化、衰弱，前兩年已經瀕臨洗腎邊緣，醫生建議開始洗腎，幸好在我大姊同住陪伴的悉心照料之下，我阿母腎功能不降反升，又重回安全值之上，腎臟科醫師不再建議洗腎，反倒說再觀察一段時間。我阿母一聽不用洗腎，喜出望外，開心的不得了，我見她開心，自然也就開心的不得了。

我阿母不想洗腎，起因先父也是到了八十歲上下開始洗腎，洗了幾年便故去了。我阿母直覺認為，洗腎等於死亡，她告訴我說：「我就沒咧憨，洗腰子洗乎死喔。」我阿母不想洗腎，現在又可以不用洗，當然兩全其美。

我阿母又開開心心到處玩了兩年。

之所以說我阿母開心，是因為她的人生約略可以分成三階段：結婚前、結婚後和喪偶之後。這三個階段，前兩階段大抵是苦多於樂，但第三階段卻是樂多於苦，而且樂多很多、很多、很多。

我阿母心智年齡大約六歲上下，加上個性乖張，村人常常在有意無意之間施以鄙夷的神情與言語，如果不是遇到戰亂流離的老兵先父，我想我阿母這輩子應該不太可能結婚，即便結了婚也未必能幸福，最有可能的一種情況是獨自一人在偏鄉農村中貧困，孤獨以終。

但在台灣獨身一人的先父或許基於戰亂流離之中試圖尋找某種安定感、或者真切期待擁有一個屬於自己的家庭、甚至可能湧現傳宗接代的渴望，最後經人介紹和我阿母結婚了，兩人結婚後，先是語言不通（先父不會講台語，我阿母不會講國語）、加上大小衝突不斷（經常吵架，起因常是我阿母個性乖張），但是先父依然胼手胝足、咬緊牙關撐持起一整個家，養活了一妻四兒女，更買了一棟兩層樓的樓房，搬離了蔥子寮寄住外公家的三合院小側房，讓原本被蔥子寮人瞧不起的我阿母，頓時成為村人羨慕的對象：「阿葉仔嫁給外省仔尪，有夠好命。」然後先父更在有生之年竭盡全力保護我阿母、愛我阿母一輩子，對她不離不棄，最後臨終前，只對我交代一事：「你的母親再不懂事，終究是你的母親，你必得要好好照顧她一輩子。」（我阿母即便再不懂事，但她也清楚知道，這個世間上對她最好的人只有她外省仔尪，所以她對我說過好幾次：「以後我若是死囉，要叫你爸來接我，有聽到無？」）

先父過世之後，我謹遵遺命，竭盡心力照顧我阿母，同樣在台北買了一間房子，讓我阿母永遠搬離鄉下，然後每逢假日便帶著我阿母到處吃喝玩樂，一玩玩了十二年。直到我結婚，我的兒子張小嚕出生，我阿母又有了媳婦和孫子一起陪她到處玩樂，一玩又再玩了八年，幾乎台北走透透，台灣各地四處玩，也玩到國外，吃遍山珍海味、遊遍了名勝古蹟。有一回，舅舅的女兒結婚，蔥子寮人成群結伴搭遊覽車北上參加婚宴，看到我阿母的神色爽朗，又聽到她每個禮拜到處玩，無不投以羨慕神情。——我阿母自然不曉得這些人前人後的今昔冷暖，她只是真心地分享她的快樂和喜悅，村人也同樣發自真心羨慕她，但我作為她的兒子，內心有說不出的得意和爽快（即使我自己也知道這樣的心態並不好，但我阿母再也不會讓人瞧不起，我是打從心底驕傲）。

但是好景不常，我阿母腎功能又開始逐漸下滑了，先是她的腳開始積水，腫得連穿鞋子都穿不下，也就嚴重影響了她的日常生活，她再也不能如往常一樣，每天數趟出門去坐公車玩。——但我阿母還是執意不肯開刀。我跟醫生說，如果我阿母不想開刀，就不開刀了。但我問醫生，如果不開刀，最後會怎樣？醫生說，最後會陷入昏迷，一昏迷，就必須緊急送急診、立即開刀、馬上洗腎。醫生尊重我阿母的意見，最後只加開了一顆利尿劑，沒想到我阿母吃了利尿劑，小腿積水居然順利排出，我阿母很開心，每天又獨自去搭公車玩，還有幾次跑來學校找我。

又過了一段時間，我阿母的腳又開始積水了，晚上平躺睡覺時都喘得難以入眠，手也偶爾抽筋抖動。醫生說，X光看來肺部已經積水了，最好開始洗腎。我阿母因為這回讓她實在太不舒服，愁眉苦臉，終於軟化，說她要洗腎。

四月十八日在萬芳醫院開刀，順利在右肩胛骨處置放了人工血管。十九日開始嘗試短時間洗（血液透析）一次，二十日、二十一日又各洗了一回，我阿母血液透析之後，濾除掉體內毒素和積水，她整個人變得清爽許多、精神相當好、胃口也好（又吃了她平常最愛吃的雞腿），她的可愛笑容又重新出現了。我們都很開心。大哥、大姊和我輪流到醫院照料她、也輪流夜間睡在醫院陪她。四月二十一日我帶妻和張小嚕去醫院探望我阿母，大姊正帶她到地下室剪頭髮，剪完後，整個人精神更加煥發。我們全家進到一樓的星巴克喝飲料，說說笑笑。我請張小嚕牽一下阿嬤的手、親一下阿嬤，張小嚕說好，走過去靜靜握著阿嬤的手、然後再親吻了阿嬤的額頭。我阿母很開心。

四月二十二日（星期日）早上十點，我到醫院和大姊換班，好讓她回家睡覺休息。正巧九樓病房整層樓施工打蠟，我姊已經帶我阿母在一樓大廳閒坐著，週日門診大廳空蕩蕩，沒什麼人。我姊正在跟我阿母說話：「阿母，你足偏心，看到我哥或是阿誠，你就笑咪咪，若看到我，就面臭臭！」我阿母正想反駁，我正好從後面抱住她，親一下她的額頭，我阿母笑得好開心。姊說：「你看，我說的有影無！」我阿母笑得更開心了，緊緊拉住我的手。

大姊回去後，我推著坐在輪椅上的阿母到大廳旁的星巴克，點了一杯大奶茶、一塊巧克力蛋糕，我阿母又加點了一塊鬆餅。我阿母喝了幾口茶，慢慢吃著我幫她切好一小塊一小塊的鬆餅，我們輕鬆並坐著，我一邊整理前天和昨天張小嚕來看我阿母的照片，他牽著我阿母的手、親吻我阿母的額頭，然後記錄成文字，轉貼在臉書上。

到了下午兩點多，我阿母說她想回病房睡覺。我便推她回病房，她躺在床上睡了一會兒，我隔著簾子在她的腳前通道上看唐內拉．梅多斯（Donella H. Meadows）的《系統思考》，我阿母起來上廁所，我扶她去廁所尿尿，幫她拉下褲子、穿上褲子，她又回床上睡覺，睡覺前問我說，她什麼時候可以回家？她想要回家。我說應該是明天或後天。她聽了很開心，就上床繼續睡覺。

沒想到過了一分鐘，她又下床，撥開簾子，說她要尿尿，我說你不是才剛尿過嗎？她沒回答。我又扶她上廁所，拉下褲子、穿上褲子。再次上床前，我阿母突然很平和地對我說：「阿誠，你也來睏中晝，好否？」若是以前，我可能會說不要，跟她說我要看書，但是我想了一下，就說好。我躺在我阿母旁邊的折疊床休息，我阿母臨睡前，我特地把早上臉書上張貼張小嚕握著她手的照片給她看，她看了之後，開心地笑起來，我又往下滑另一張張小嚕親她額頭的照片，她看了，又笑了一次，然後她就睡著了。

過了幾分鐘，我在睡眼矇矓恍惚當中聽到一聲、兩聲音量略大的打呼聲，我想阿母睡得這樣沉啊，但一下子打呼聲就完全停止了，我躺在小床上覺得怪怪的，便起來看看我阿母，我輕拍一拍她，但我阿母沒有反應，我趕緊按了床頭緊急按鈕，護士透過廣播問：「有什麼事嗎？」我不知道該怎麼回答，沒有答應，只是一直按鈕，一邊又輕拍我阿母，叫著阿母。護士趕來，我說我阿母好像怪怪的？護士一看我阿母，馬上大喊，扭頭衝回護理站，接著幾位醫生、護士推進各種儀器一湧而至，壓胸的壓胸、插針的插針、量血壓的量血壓、準備器材的準備器材，我問怎麼了？護士問我是誰？我說我是她兒子。我們現在正在搶救，請你走到一邊。醫生忽然轉頭問我：「請問家屬，要不要進一步搶救？如果要，要開始電擊，還有打針。但是阿嬤會很辛苦，也許可以再撐一兩天，或幾個小時。」

我趕緊打電話給大哥，我跟大哥說明情況，最後我說：「不要了，不要了，醫生不要了。讓我阿母好好睡覺，不要吵醒她了、請你們不要吵醒她了。」

醫生要我簽「放棄急救聲明書」，我抖著手，一邊簽字，一邊流淚。

醫生和護士開始撤離，醫生說：「阿姨現在還有一點心跳，但是已經無法供應全身養分，如果有家人要見最後一面，可以請他們現在趕過來。」我問醫生：「為什麼會這樣？」醫生說：「有很多可能原因，老人家心臟不好，開刀風險都很大，哪怕只是小小的一個人工血管手術。」

我抱著阿母，像以前我擁抱她一樣，我親了一下她的額頭、右臉頰和左臉頰，告訴她：「阿母，我足愛你，你好好走，免煩惱，我爸會去接你。」然後我的臉靠近她的嘴巴，讓她親我一下。我再緊緊握著她的手，打電話通知我哥、我姊、妻和張小嚕，等到大家逐一到來，親人們一個個湊近我阿母的耳畔，和我阿母說話，告訴阿母好好地走，無須掛念。我讓張小嚕再親一次阿嬤的額頭，跟阿嬤說：「阿嬤好好走，記得往有光的地方走。」

我阿母的心跳就停止了。

謝謝阿母。

我阿母是這樣體貼。——到了人生最後一刻，她都希望是我陪伴在她身邊，因為她最喜歡和我在一起，她感覺好安心，因為我們一起玩了整整二十年，一起去過無數多個好玩的地方、吃過無數好吃的東西、看過無數好看的表演，一起笑、一起開心，她最愛她的小兒子，她臨走前還特地叫我從簾子外進來陪她一起睡，如果不是這樣，我一定會有遺憾吧！即使只是隔著一層薄薄的簾子。

謝謝阿母這樣體貼，也許她也知道接下來的頻繁洗腎，全家會一直受苦，她可以在自理又開心的情況下沉沉入睡，離開人間，不讓兒女操煩、受累，尤其在她入睡前，她看著我、看著金孫親她的照片，她開心地閉上眼睛。

最後我貼近阿母的耳畔，對她說：「阿母，我已經跟我爸講，我爸會去接你，他會好好照顧你，你不用緊張。」又說：「阿母，請你也跟我爸講：『阿誠有聽他的話，二十多年來，有好好照顧阿母，還有，阿誠也很思念他。』」

阿母，出院了，可以返去我阿爸的身邊囉。

再會囉，阿母；再會囉，我的心肝阿母。

這世人，我是你的心肝兒子；後世人，我也要再當你的心肝兒子。

——原載二〇一八年六月十七日《聯合報》副刊

張輝誠，台灣師大文學博士，為前清皇族兼儒者愛新覺羅・毓鋆之入室關門弟子，現為小牛津集團及貝斯特集團教學總監。文學作品曾獲時報文學獎、梁實秋文學獎、九歌年度散文獎等，著有散文集《離別賦》、《相忘於江湖》、《我的心肝阿母》、《毓老真精神》、《祖孫小品》，及繪本集《學思達小學堂》。

後來我們都認了——關於五十歲而知天命

張曼娟

讓生命去等候

認識郭強生那一年，我們都是二十出頭的文藝青年，有時在文學獎頒獎典禮上相遇，有時去參加副刊舉辦的座談會。我們的書剛剛出版，便陸續攻占暢銷排行榜。書店朝向大街的玻璃櫥窗裡，排行榜是以階梯方式陳列的，我看著自己，看著強生和其他幾位文友，一階一階往上，就這麼盤據在階梯上。他們的小說集甚至是以作者沙龍照為封面的，那樣的唇紅齒白，青春無敵。

當年的強生是台大外文系高材生，高中時期就已嶄露頭角，頗受名家青睞。至於我也在第一本暢銷書《海水正藍》上市後，成為受到矚目的新人，並且考上博士班繼續攻讀。我們的人生也都像是站在玻璃櫃的階梯上，一步一步往上爬。

那年夏天，侯文詠約了我和強生一起去澎湖旅行，說是要探訪開放滿山滿谷的天人菊。文詠租了車，與當時的女友，現在的老婆雅麗在前座開車，我和強生就坐在後座，將車窗搖下，吹著在海島巡遊的風。我們有時沿著海岸走，一首又一首的唱著民歌；有時候在港邊等船，聽著強生唱歌，逆光看著他的側臉，心裡想，這真是個快樂的男孩呀，能這樣一直唱到地老天荒嗎？

強生身上有種奇妙的小男孩特質，純粹的，未經磨損，有他的歌聲作為背景的時刻，也像一個又一個永恆停格的畫面。

停留在澎湖的最後一天，雨下個不停，我們只能坐著車子環行島上。文詠插入了卡帶，於是，小小的空間流瀉出一首當時很流行的歌曲，童安格的〈其實你不懂我的心〉：

你說我像雲，捉摸不定，其實你不懂我的心。
你說我像夢，忽遠又忽近，其實你不懂我的心。

車內突然變得寂靜，我說：「天啊，我好喜歡這首歌。」強生轉頭，目光灼灼的看著我：「我也是。」他說。

童安格繼續唱著：

你說我像謎，總是看不清，
其實我用不在乎掩藏真心。
怕自己不能負擔對你的深情，
所以不敢靠你太近。

「這是什麼情況啊？」一直沒說話的文詠開口了：「幹嘛要隱藏真心？為什麼不敢靠你太近？喜歡就去爭取啊，我真的搞不懂耶。」

「怎麼會不懂呢？」我和強生在後座騷動了：「有的感情就是這樣啊。」

「我就是不懂啊。雅麗妳懂嗎？」文詠轉頭問。

雅麗搖頭：「我也不懂。」

當下小小的車裡就出現了楚河漢界，前座是喜歡就爭取，後座是隱藏真心。於是，文詠和雅麗必定會締結良緣，至於我和強生，則有了深切的知己之感。

童安格繼續在小小的匣子裡唱著歌，唱到〈讓生命等候〉時，我們四個人異口同聲的跟著唱起來，在雨中痛快淋漓的唱，「讓生命去等候，候候候候，等候下一個漂流，」一邊扯著嗓子唱，一邊擺動身體，「讓生命去等候，候候候候，等候下一個傷口。」

那次旅行之後，強生離開了台灣，展開漂流，在美國紐約當起了異鄉人，從戲劇碩士到博士，也在一段又一段感情中漂流，時而沉溺深陷，時而孤孑一身，那些傷口都成了他的創作靈感。

我在台灣完成中文博士學位，二十九歲進入大學中文系，成為副教授，情感的道路也走得坎坷險惡，連傷口都必須深深掩藏。

如果沒有輪流這回事

如果這是一部電影，那麼中間的二、三十年該如何交代呢？

此刻我坐在台北的咖啡館一隅，陽光正好的早秋，等候著強生到來。他照常的睡到中午才起床，彷彿仍生活在另一個時區，起床後要抽過菸才真正甦醒。感覺肚子餓了，吃一份很晚的早午餐，一天才要開始。

我們並肩坐在沙發上，雖然是比較不顯老的人，卻都是不折不扣的中年人了，正在老年的門前排隊，等著領號碼牌。

這些年來，強生的家變一樁接著一樁來，若是他寫成一齣舞台劇本，可能會被批評，太過戲劇化了，哪有那麼殘酷荒誕的情節？他的現況是，年過五十之後，從花蓮的東華大學拿了休假，回台北照顧失智症的老父，出了幾本書談到父子與家庭關係，於是成為「照顧老父界名人」。

至於我，則在前幾年便預知了，父母年老之後需要更多時間陪伴，於是毅然決然的向東吳大學辭職了。每當我奔波在心臟科、精神科、泌尿科、骨科、牙科、神經內科、消化科，陪伴著父母候診時，總是很慶幸自己不用請假，毋須調課，也不用盯著跳動緩慢的看診號碼心急如焚。我可以在等待的零碎時間裡，一點一點的拼湊出陪伴並承擔父母老病的意義，於是寫下一系列「照顧著老去的父母，才真正理解人生」專欄，在臉書與數百萬名照顧者分享。

強生的母親前些年癌症過世，他的哥哥這兩年也在美國罹癌往生，於是，他必須獨力承擔照顧失智老父的責任。帶著外籍移工去市場買菜，將家裡菜餚的熟悉滋味一一傳授，為父親打點一切生活所需，也得要陪著父親看病。那個帶著小男孩氣質的大男孩說，老了，就是回家，而父親就是他回家的路。曾經想著在外闖蕩，總得要闖出點名堂來，寶貴的時間應該要留著開會、賺錢或博取上位，如今，為父親挽起衣袖，做著這些勞動的事務，日復一日，不要去想終點在哪裡，也是一種知天命，馴服於生命大河的流勢。

「我是必須要一個人扛起來的，因為我父親只剩我一個兒子了。」強生望著我，眼底有欲言又止的疑問。

父母親不只有我這一個女兒，這也是我曾經躁動不安的原因。特別是在父親初罹急症時，家裡的生活被重擊，變得四分五裂。看顧著無法進食、入睡，譫妄與暴動的父親，安慰著遭逢變故，六神無主的母親，我的睡眠嚴重不足，瀕臨崩潰。

有一次，去中廣上蘭萱的廣播節目，談的是日本作家酒井順子的《無子人生》，開錄之前與廣告口，我們分享的是照顧老父母的經驗。蘭萱告訴我，平常時候老父與兄嫂住在一起，而到了父親需要就醫時，就由蘭萱負責。

「照顧是一件辛苦的事，但是如果大家輪流就會好很多。」我瞬間明瞭了，自己在疲憊之外感到沮喪和怨尤的原因。父母與我同住這麼多年，就連我兩度去香港工作也要接父母同住，當然對於奉養父母是甘之如飴的。然而，兩年前當父親急病，家庭失序，狀況接二連三發生，我確實期望能與手足「輪流」負擔照顧責任，讓我肩上與心上的重擔稍稍減輕。比方說在父親就醫，而我必須工作的時候，能夠幫忙。可惜，這樣的援手並沒有出現，有幾次我幾乎覺得看見希望，結果又破滅了。

於是，我必須一次又一次的振作精神，告訴自己，這條路我就是得一個人走，也為以後的獨生子女摸索出照顧父母的思考與方法。幸運的是，我的工作夥伴總是我最堅強的後盾，他們在工作上支持我，也在我的照顧之路上伸出援手，化解了好幾次的燃眉之急。

漸漸的，我明白了，獨力照顧老父母就是我的天命，不該再有無謂的企盼，徒增煩惱。於是，我重新安排自己的工作與生活，停止了研究所的兼課；減少了廣播節目的時數，讓自己的時間更鬆動，這也是我在二〇一四年毅然決然離開大學教職的初衷：更多時間陪伴照顧父母親。

因著照顧年邁病苦的父母親，我獲得了無血緣關係的家人，他們是我的夥伴與好友，給我很多的安慰與支撐，讓我知道自己並不孤單，也不無助。

與強生坐在一起，我的腦中響起那首主旋律：「讓生命去等候，候候候候……」那一年，我們真的好年輕，如今，兩個中年人笑談歲月的殘酷與慈悲。

如果有音樂，仍舊可以唱歌。

本文收錄於二〇一八年三月出版《我輩中人：寫給中年人的情書》（天下文化）

張曼娟，中國文學博士，具文學作家與大學教授身分，現為東吳大學中文研究所教授。一九八五年出版《海水正藍》，獲選為影響台灣四十年來最鉅的十本小說之一，三十年創作約四十餘本，出版發行擴及全世界華人地區。近年開拓中年書寫，以《我輩中人》一書獲得廣泛共鳴。

今生有幸做了姊妹——廖玉蕙

三年前的七月，二姊無預警查出罹患肺腺癌，已然是末期。家人都不敢置信，她不菸不酒，飲食清簡，居住環境一塵不染，每星期還到清幽的山上別墅住上幾日，這樣的人竟然肺出了問題！

從小，大家都說我和二姊長得最像，我也深以為榮，並一直以她為榜樣，學習為人處事之道。她的情緒穩定，進退得體，總能在兄弟姊妹最需要的時候，提供穩定的力量。母親在世時，我凡得了榮耀，總是在第一時間內和母親分享；在受了委屈時，和母親傾吐並求取奮進的力量。母親仙逝後，我轉而仰賴二姊一如親近母親，而她也從不曾讓我失望，成為我最大的依靠。

母親生前亟欲脫手房產，我捨不得老家易主，便先行買下。母親過世後，我重新改造，當作休憩及家族聚會之所。二姊體恤我的忙碌，當我們回老家時，她總小心拿捏探視的次數與時間，常常還提供大包、小包做好的食物，減輕我投入家務的時間；甚至在我們南下前，從豐原載著清潔婦回潭子，先將屋子打掃乾淨，用窗明几淨的屋宇迎接我們的歸去。我看在眼裡、記在心上。

這一場災厄來得凶險，姊的抗癌之戰因之打得萬分艱難，總計持續三年。姊夫年邁，子女又都遠在海外。首次化療，外子和我刻意排除萬難，空下時間陪伴。永遠記得當日化療過後，已是黃昏，我們驅車往東勢山上奔去，天色逐漸由晴轉暗，山中隱隱的雷聲由遠處穿雲而來。越往深處，天色越暗，雨勢漸強，我們被重重焦慮環繞，彷若被雷雨交迫、被暗夜追索。

凌晨四點多，闃黑中，聽到二姊拖著身子移至臥室外的小廳，躺著喘息。我聞聲躡手躡腳跟出。她說：「有點喘，沒關係！妳去睡。」我知她疼痛到坐立不安，但不想增加她的壓力，遵囑回房。無法身代的哀傷，讓我只能藏在被窩裡飲泣。深知艱苦的戰爭，勢將轟轟烈烈展開，每一步都必然和著淚、揪著椎心之痛。

原本山上空氣新鮮，有利於養病的；但爬樓梯對病人來說有些辛苦，何況八十歲的姊夫持續陪病也真勞累，該有適當休息。其後的療程，我們迎回二姊，在潭子老家，跟她聊天，調劑她的心情；設法烹調有媽媽味道的飯菜，補充她的體力。她也努力配合，對每頓飯都展示相當的誠意。磅秤隨侍在側，只要體重稍增，大家就高興得熱淚盈眶。接著，大嫂也前來陪伴。自母親和大哥相繼仙逝，大嫂就成了家族的掌舵者。她一向優雅自在，和小姑相處如姊妹，我們有事也常對她傾吐。三個女人或坐、或臥，娓娓互道心事，外子則裡裡外外張羅，陪著熬過病痛，別說二姊感謝，連我都備感安心。

一日，我得北上演講並處理耽擱許久的瑣事。那日，空氣有些清冷，我趕早起來做早餐。三碗熱騰騰的豬肝麵線在清晨的廚房內冒著輕煙。那隻常來走動的黑冠麻鷺又到園內來逡巡；我穿著睡袍推門出去，揮動竹竿吆喝驅趕，牠飛到庭園木門上停住，睨視我半晌，才傲然飛離。我悻悻然放下竿子，回頭，見姊姊在玻璃窗內咧嘴笑了，（看我狀至笨拙吧？）我也忍不住笑了。

外子很快吃完，前後收拾著北上的行李；姊和我坐對著漫談。我說：「我走了，妳要好好養病，別擔心。」她說：「妳放心！沒問題的。」我說：「要乖乖吃藥，放鬆心情。」姊回：「我會的。」我東張西望，想再交代些什麼，姊笑說：「找不到東西或有什麼疑問，會打電話問妳的，你們趕緊回去吧！」

我漫應著，東摸摸、西摸摸，延挨著。時間到了，不得不說：「姊！我走了。」然後，走過去，攏攏她清瘦許多的肩膀後，推開紗門著鞋出門。姊起身隨後出來，我沒回頭，知道她必跟出。走出大門，上車，姊從車子左側窗口出現，吩咐外子：「小心開車，你們別擔心。」我不擔心，知道姊不會讓我們擔心。車子開出巷口後，我們才想起，煮好的一壺咖啡竟忘了喝。

二姊是我認識中最強大的病人。抗癌三年間，如烏雲罩頂，病魔如影隨形，但她忍過難忍的痛苦，吃過最苦的苦頭，卻永不言悔，一逕堅此百忍。而我也因為她的求生意志如此堅強而變得勇敢。抗癌期間，家族展示了強大的凝聚力，因二姊不時提起和家人共遊的渴望，我們大大小小幾十人曾經攜手共同度過許多美好的日子。一起遊山玩水，一起飛渡重洋。我們搭飛機去琉球；走過日本四國；行過澎湖；攜手走過南台灣……每一趟的旅程都暗藏著微微的憂慮，卻也充滿了大大的歡樂。

永難忘懷，前年，我們開著車子到南方，一路行過嘉義、台南、高雄。看展覽、吃小吃、尋友人、喝咖啡、大啖海鮮、遊愛河……然後，二姊撐著病體，微風拂面地一路由愛河漫步回旅邸。月光下，她仰天笑說：「啊！這樣的日子真是幸福。」我聞之黯然神傷。

從高雄回台中的途中，我曾坐在駕駛座上一路驚惶地追著遠方一輪鮮紅渾圓的落日奔馳，唯恐無法及時找到嘔吐、方便的所在。她則在事後頻頻解釋：「是因為暈車，不是因為生病。」唯恐我們會因為害怕她過度疲勞引來不良後果而再也不敢帶她出門。我一再重申：「只要妳喜歡，我就勇敢。就算在旅途中求仁得仁，我也不會有愧。姊放心，妳願意，我就無所懼。」

最後的一趟旅行，我們去了南投，並住上一晚。在我女兒盡心的籌畫下，投宿在一家又乾淨又寬敞的民宿「掬月居」，民宿外的小路旁，就可以看到螢火蟲閃啊閃的。病中的姊姊在女兒、姊妹、嫂子、妹婿及外甥、甥女的環繞下，顯得神采奕奕，且談笑風生。原本想繼續前進溪頭的，但夜裡手機裡傳來她孫女和媳婦嘔氣的消息，擔心得夜不成寐。我們憂心她體力不支，臨時取消其後的行程，二姊的最後一趟旅行終成未竟之旅。

二姊一向對家族晚輩百般呵護，二哥的兒子上大學時，正當二哥中風倒下，二姊慷慨地遞了存簿和印章給侄兒，吩咐有需要時隨時可以取用；所有姊妹回娘家生產，她總體貼的把產婦的其他幼小孩童帶開，減輕幫忙坐月子的母親的負擔；而我的兩位小孫女和這位姨婆也最親，因為姨婆最疼她們，最會逗她們玩。她儲備了許多可愛的小衣服和玩具，視兩位小朋友的成長，一件又一件的供應；連病中都還欣然應小孫女之邀跟她們玩遊戲，並忍著病痛摸索著上網為小朋友網購可愛的衣物、玩具。也因為這樣的體貼性格，她生病後，自然有了最堅實的家族成員當她的後盾。

和二姊同樣住在豐原的二哥，日日午覺過後，坐著輪椅，由外傭推著，到二姊家喝一杯咖啡。他寡言，常常在床榻前沉默坐著，不發一語，眼神裡盡是無法言宣的擔憂和愛。他默默地來，一兩個鐘頭後，又默默地走，不管二姊是醒、是睡，日日為之。

曾經，二姊因為電療，昏睡了一日，然後如大夢初醒。她說：「昏睡時，一直提醒自己不能再睡下去，但就是沒法子。」我們原本想帶她外食，但姊說：「今日難得買到我們都喜愛的豆仔葉，不如就在家裡吃了，你們來吧。」於是，我摘了園內的大絲瓜，帶著外子和兩位小孫女，直奔豐原，陪她吃晚餐，二哥也來了。

二姊精神不錯，我笑著跟姊夫邀功：「妹妹回來，姊姊病就好多了。」姊夫欣然附和。飯桌上，紅燒魚是外傭的傑作，豆仔葉是二姊親自烹調（那是她一生所做的最後一道菜了），清炒絲瓜看我的；另外還有牛肉湯和紅燒豬腳，看起來好誘人。二姊說：「紅燒豬腳是四妹昨日送過來的；牛肉湯則是才經歷開刀的二嫂做的，午後剛送過來。」接著，住在台中北屯區的大嫂在雨聲中打來電話採問；而聽說櫃上的雞精補品是三姊前兩日特地從中壢提回的。外頭，大雨滂沱；屋裡每一道菜、每一通電話、每個叮嚀，都是「豐沛」的愛，二姊因之胃口大開。

姊的病情時好時壞的，經過一個又一個的療程，試過一種又一種的新藥，一個月又一個月的，忽焉接近三年。但我清楚感受到，日子彷彿開始進入倒數了，姊終於又住到醫院。一日，我從台中榮總的陪伴中抽空回老家。推開大門，忽然悲從中來。當時，姊已開始陷入沉默，眼神逐漸渙散，眉頭越皺越緊；我知道二姊恐怕再也沒有力氣推開那扇回老家的柴門了。就像園內那落了一地的葉子，焦黃著臉，逐漸趨向塵土。我日日趨車走在陪病的路上，夜裡回家，路燈勾連著曖曖的月光。我好擔心一向膽小怕黑的姊姊即將孤身上路，憂懼著不知黃泉路上是否也有月光？如果能夠，我多麼希望為姊姊所信奉的上帝乞求一點光。

最後的時光，我坐在病房中陪病。她哼哼哀哀鎮日昏沉著，時而勉強張開眼睛，露出茫然失焦的眼神，似乎對去留仍感猶豫。我彎下身子，在她耳邊低語：「路的那邊是爸媽和兄姊，這邊是丈夫、子女與手足。無論妳朝哪邊走，都有最愛的人等著，妳絕不會孤單的。」於是，二姊終於跟母親一樣，在女兒、丈夫和我們的環侍下，吃下最後一口蛋糕、喝下最後一口咖啡後，撒手人寰。在那之前的三星期的某日黃昏，她還曾掙扎著，由外傭推著、我們陪著，扶病去逛了一趟她生平最愛逛的中友百貨，在「無印良品」買了個小小橡皮擦；似乎是用一只橡皮擦向她所眷戀的繁華預先告別。

二姊離開人世後，我久久無法從悲傷裡恢復。一日，最喜歡二姨婆的小孫女，隨手畫了一幅藍、黃交揉的抽象畫，拿過來展示。問她畫什麼？她毫不猶豫說起畫裡的故事：「風吹著，樹上的葉子在天空飛啊、飛的掉下來，變成枯葉。枯葉在地上開Party，開著、開著，又被風吹起來；風吹著、吹著，枯葉變成小鳥；小鳥飛啊、飛的，又在天空開Party。」小孫女這一席話，讓我靈光一閃，想起人生榮枯起落，不也是如此：時而為枯葉，時而飛升成小鳥，無論是人間或天上，都一樣可以歡樂開趴。這個枯葉飛升成小鳥在高空歡喜開趴的故事，對猶然沉浸在二姊往生的悲傷中的我，真有振聾發聵的鮮明啟示。

姊過世沒多久的秋天，白牆邊的那株年年豔紅的楓樹竟然無端乾枯了。當年，改建老家的庭園時，我們鄭重植下這株楓。盼望率先栽下的這棵楓樹為父母已然雙亡的老家種下手足不散的希望。

楓樹當然不是無端萎謝，因為蟲害，樹幹下部被囓咬出一長條裂痕。一直擁有大片山林的姊夫以他的植栽經驗建議外子將白膠灌進隙縫，否則怕樹幹會無法收拾地漸次裂開。於是，楓樹就這樣，在無人照看的老家，獨自寂寞地趨向死亡，彷彿一則寓言。前些日子，這兩位肇禍的男子，站在樹前搖頭嘆氣，毅然合力鋸下那株楓樹的枝葉，只剩一節光潔的肢體。

之後，在楓樹可以遙望的落地窗廚房中聊天。二姊夫說：「已慢慢適應妳姊姊不在的生活，但偶爾還是會感受無人可以對話的空虛，不知道有誰可以商量……」聲音逐漸哽咽，氣氛變得迷離。我繞過桌椅，為姊夫斟上一杯茶，不經意瞥見遠處那株楓和橫躺著的枯枝，不禁想著：「注視著自己散落支解的手足，該是怎樣的心情呢？」

那天，二姊離開人世正好半年。

——原載二〇一八年四月十七日《聯合報》副刊

廖玉蕙，東吳大學中國文學博士，台北教育大學語文與創作學系退休教授，目前專事寫作、演講。曾獲吳三連散文獎、台中文學貢獻獎、中山文藝獎、吳魯芹散文獎等。多篇作品被選入高中、國中課本及各種選集。創作有：《汽車冒煙之必要——廖玉蕙搭車尋趣散文集》、《當蝴蝶款款飛走以後》、《送給妹妹的彩虹》、《後來》、《在碧綠的夏色裡》、《教授別急！——廖玉蕙幽默散文集》、《純真遺落》、《廖玉蕙精選集》、《像我這樣的老師》、《五十歲的公主》等四十餘冊。曾編選《文學盛筵——談閱讀教寫作》、《寫作其實並不難》、《古典其實並不遠》等二十餘種語文教材。

歲月奈何——田威寧

最後一次見到父親是在一個陽光燦爛的午後，那時陽光的溫度、空氣的濕度、風拂過枝葉晃動所發出的沙沙聲清晰如昨，父親眼角的彎度與嘴角上揚的弧度在流水般悠悠流過的歲月中不曾稍改，如堰底的石刻雕像。

我以為那就是父親的永恆定格。

父親消失了，但我閉上眼睛，仍然看得見他。他出現在我做重大決策的時刻，我發現自己會暗暗猜想他會做什麼決定，也會不自主地想著：如果父親在我身邊，一定會帶著笑說：「不試試看怎麼知道最後會發生什麼？你會做得很好的。」我跟不上父親的腳步，當我一猶疑時，步伐就自動地縮小了。父親的野心不算大，但他的心是野的——也許這是父親和我最本質性的差別。

時間之神似乎把指針的運轉速度撥快了許多，一撥一撥日子的飛沙走石豁啦啦地竄前竄後，定睛一看僅存殘影。許多聚散起滅裡，我用力地笑過也痛徹心扉地哭過，跟所有人一樣。日出日落，月昇月落，潮起潮落，我長大後才明白這是最令人安心的力量——而人事的骨牌是不可逆的，即便一切只源於一個無心倒塌的瞬間。

眷村改建時，我以為一紙公文只拆了那棟兩層樓有大庭院的房子。姑姑將那些黑底木牌交給家庭的長子後賃屋而居，從民國三十八年以來被供奉的名字們在幾年內隨著大伯的居無定所而不知去向。

然而，「所託非人」的命運豈只發生祖先牌位上？每個家庭都有一個故事，只是我們家的有比較多條支線罷了，這使我不確定我所參與的究竟是起承轉合的哪一部分？只本能地感到這個故事到現在都還在埋伏筆。

大伯和父親年年都刻意提早幾天掃墓。「大伯來過。你爸爸也來過。」姑姑指著墓前不同的祭品——菸不離手的大伯帶菸，不抽菸的父親帶花。加上姑姑帶來的，小小的墓園竟出現三把鐮刀，兩把發著簇簇新的初脫鞘的光。紅白條袋印有香鋪的地址，「這包是你爸買的。」循著店址問了店家，店家對高大的父親頗有印象，「他一開口就說要買一千元的紙錢。」「這是你爸的說話方式。」聞著尚有香氣的花，我們都知道那只能是父親帶來的，因為大伯中風了。

前年，依舊是清明節近午，墓地的雜草與叢生的枝葉已沒膝。姑姑用鐮刀一抓一砍地劈出一條路，冷不勝防地跌了一跤，令人不安的氣息如影隨形。烈日當頭，揮舞著鐮刀的姑姑一身都是汗，但姑姑從來不要我幫忙。刈去蔓草與枝條，把墓園掃乾淨，用水淋濕抹布後擰乾細細地擦拭墓碑，再擺上鮮花與水果。姑姑在墓前和她的父母說話了，短短幾句報告近況及祈求父母保佑子女平安的話，年年都是講到哽咽。此岸之人生，實難。沒看到先被供奉著的祭品，我本能地迴避繼續想下去，但姑姑一定會想到所有負面的事，畢竟這些年來，這個家發生的都不是令人期待的。最令人懸心的是答案必須在整整一年後才會稍有眉目。

去年的清明節，遠遠看到墓前雜草及膝，心就一沉。那時我才明白雖然未通音訊，但我不擔心父親，是因為父親以他的方式報了平安。每個人都只能活一次，而父親讓我覺得他是例外。父親像是電玩裡的人物，不論遇到什麼怪物或關卡，即便掉落深淵，按個鈕又可重新再來。姑姑清理完之後，再度和她的父母精簡地報告家人近況，並祈求父母保佑健康平安，當然也再度落淚。分崩離析的家裡事是不能想的，在時間的軸上無論往前或往後，每想一樁事，都像踩在一根釘上。鼻腔滿是焚燒雜草與紙錢的氣味，附近的人都離開了，烈日毫無遮蔽地曬得人頭昏。只要等墓碑前的那支菸燒完就可以離開了，再一下下就可以了，這麼想著時，恍惚間看到上坡有人走近，在些微變形的空氣旋中走近，我下意識地知道那人一定是父親。

那當然是父親，高大的身形輪廓與行走姿勢是不可能錯認的。披著黃燦燦的陽光，父親瞇著眼微笑著朝我們走來。定睛一看，後頭還有他的妻子及兒子。戲曲小說裡那麼多的久別重逢都由「巧遇」來，竟是真的——都說人生如戲，這幕堪稱神來之筆。亡者招來了生者，墓地成了家——家在哪裡？在你愛的人和愛你的人彼此凝望的眼神裡，哪裡有這樣的眼神，哪裡就是你的家。父親和他的妻的外型沒有明顯的改變，若非旁邊立著的一百八十五公分的少年，我幾乎要忘了在記憶的淡出與淡入中滄海已成桑田。我和姑姑同時仰頭，帶著微笑示意。父親走到我身邊時，我正要開口，父親把我拉進他的懷裡。我有好多好多話想和父親說，但此刻一個字也說不出口，因為我怕一張口，父親便會知道我哭了。這次的擁抱，是我記憶所及和父親的第二次擁抱，但我恐怕已經記不清楚父親擁抱我的溫度了。沒有哭聲，但鼻涕已流到嘴唇，我沒有拭去，因為不想鬆開環抱父親的手。父親低聲地說：「這輩子有今天就夠了。」我穿的衣服材質太厚，背後全是汗，父親的妻子說：「有什麼話回家再好好說吧，太陽直曬，怕中暑。」父親放開了我，一手仍搭在我的肩上。

回到姑姑的賃居處，姑姑拿出準備好的焗奶油通心粉，父親吃得頭都抬不起來。父親穿著白襯衫與黑背心，胸前別了個徽章，搭的是灰黑色西裝褲與黑皮鞋。父親說他在二線城市買了兩套房子，說他和他的兒子在學開飛機，說他的兒子開飛機很有天分。父親說客戶本來要送他iPhone但他堅持自己花錢買，父親說要努力再拚個幾年。父親說痛風一直沒好，幾個月就需要補充常備藥帶在身邊。父親說他的兒子在學校一直是風雲人物，父親要姑姑教他做義大利麵的白醬……父親沒有問我這些年過得如何？住在哪裡？在哪裡工作？結婚了嗎？坐在對面的我只是盯著父親，連眨眼都捨不得，同時默默在心裡複誦他說的每一句話。

父親要去台北探望不良於行的大伯，我們坐在父親租來的休旅車上，一路上姑姑絮絮叨叨著這些日子的風風雨雨，我知道父親沒有專心聽，因為我知道我們想的是一樣的。副駕駛座的我瞥了一眼時速表，之後在後照鏡裡和父親四目相接。過了一會兒，傳來姑姑的聲音：「開高速公路怎麼開那麼慢？」

父親消失前，在他借錢買來的酒紅色二手敞篷車上若有所思地對我說：

「我最懷念你高中時每天開車載你上學的時光。」當年的我沒有接話，但非常明白父親懷念的是什麼，只是，當時的我怎麼也沒想到——再次與父親同車，那雙後照鏡裡的眼睛已老了十年。

——原載二〇一八年十一月《印刻文學生活誌》第一八三期

田威寧，一九七九年生，A型巨蟹座。人生中的第一個偶像是瑪麗・居禮，二十五歲後的女神是張愛玲，張愛玲是我一切的泉源。喜歡達洋貓和抱著恐龍的George。喜歡喝茶，喜歡打網球，崇拜費德勒。從二十七歲開始回到北一女當國文老師。政大中文所碩士，碩士論文為《台灣張愛玲現象中文化場域的互動》。曾獲台灣文學獎、台北文學獎、林語堂文學獎等。二〇一四年出版散文集《寧視》。

冷血——沈信宏

母親是個冷血的人，自從我到北部念大學，我們就不常聯絡，不像同學為得到更多零用金卻故作無事的家常閒談。我家教打工掙錢，少了經濟供需的牽連，我們之間只剩血脈暗通，連姓氏都不同。她一向討厭我的姓氏，像還養著那欠債外遇的父親，她總問為什麼由她養？在傳統血脈的承遞裡，她是被抽換然後徹底遺忘的那一個，「你又不姓李。」對她來說，我是外姓的異族，離婚後她過年重回娘家，我戴著一個突兀的姓氏躋身其中，像母親手上一袋多提的行李。

我的血被姓氏染髒，明明有一半來自於她，每每帶著熱血親近，常是學校要繳錢的時候，卻無法透過共通的基因鏈烘熱她的冷血，她總先拒絕，冷言冷語砌起一道厚牆，「只會找我要，你姓李嗎？不會去跟你爸要？」最後還是給了，我低頭拿錢就立刻離開，不想瞥見她不甘願的煩躁表情，錢才是她的熱血，養著我像插上抽血針管，只會讓她失血失溫。或是帶著剛烈血氣想與她激辯時，她沒想多說，只冷冷說：「早知道把你還給你爸。」我就一句話也接不下去，畢竟她已經長久捏著鼻子般忍受流著髒血的我，所有事理都該墜入她的大度包容，我只能由衷感謝她的收養，徹底扭轉我的命運，不讓我流落到父親酗酒嗜賭的殘破故事中。

和母親互動，得和她一起降溫，冷霧瀰漫失焦，最好成為滑溜的冰塊，讓她看不清我的根源，揪不出我的血脈。

以前住在家裡，她工作時間長，我們很少見面，常常錯過，見到面時夜已深，連眼睛都快睜不開，凝凍在各自的睡意裡，有時好幾天半句話都沒說。旁觀她在泥淖般的生活掙扎上岸的姿態，還是讓我學會很多事，比如說——在這個世界上，沒什麼比錢更重要。

她為了單親養子的生活一直工作，把別人休息的時間都一把攏進臂彎，把自己兜滿後越走越沉重，我自己在家，讀書、看電視、洗澡，睡著之後，她帶著一具空蕩的軀殼回到家，摔在沙發上，精魂已經磨光了。

我們從不談到愛，她曾淡漠地說那是責任，她選擇擔任養育我的監護人。她說我的責任是把書讀好，找到能養活自己的好工作。我們都在各自崗位盡自己的責任。她要維持家庭，我要讀出好成績，未來才有更多錢。因此我們互動很少，吃飯也不會碰面，像是兩張被剪開的照片，她在廚房煮飯時我不在畫框裡，我在吃飯時換她不在，如果拼在一起，或許就是一幀溫馨的家庭照。有時不煮飯，她會留飯錢給我，壓在電視機上，那就是我零用錢的來源，吃便宜一些，就能積出更多儲蓄。到大學之後，盡量花自己賺來的錢，學費也自貸自償，她覺得我已能自食其力，至此仁至義盡，分道揚鑣。我們各自一方，積守著自己的錢，才漸漸覺得溫暖。

她還是教會我愛，愛自己、愛錢，越愛越冷血。

父親倒是個熱血的人，高中時重新聯絡上，刻意抹銷母親夢魘般不斷重述的他的形象，像認識一個陌生人，竟有股親切感。每次被母親的冷牆碰傷，或沒有更多的零用錢時，就會打電話給他，他的話語熨貼著思念的熱度，錢也立刻入帳。

那就是母親試圖驅趕我的方向，我的血與姓被母親餿水一般潑濺出去，父親會熱情而珍愛地承接起來。他總怕我被異姓且與他結下深怨的母親養久了會叛離變種。「你沒改姓吧？」他第一次與我通話最後有些畏怯地問。原來這不只是被母親看不起的姓氏，我也可以抬頭挺胸，滿腔熱血地走進父親那一側的龐大家系，他們的眼神都是一扇扇開啟的門。

有年冬天早晨她傳訊息跟我說她要到台北一趟，順便給我帶些東西，問我學校宿舍該在哪站下車。我那天約好與長久未見的父親見面，離婚後他定居桃園。我和母親推說和朋友有約，她說沒關係，和我確認是否可以請人代收。我傳訊向她說明路徑，她不常北上，光憑這些，必定無法帶她穿越複雜的路線，「就照著指標走，不然就問人吧！」已讀後，她就沒再回覆。

這城市冬天很冷，常下雨，濕氣讓冷意浸滲得更深。以為躲進地下封閉的捷運管道就不冷，人潮摩擦出熱氣，將大量的氧抽換成濁稠的二氧化碳，但厚重的衣料沾裹潮陰的空氣，冷風就這樣如影隨形環抱著我。在我稍後轉乘火車離開之後，母親就要踏入曲折幽冷的線路，南來的她一定覺得更冷，況且沒有我引路必定迷途。

我和父親向來只通電話，特意去找父親是因為想要一大筆錢，買別人早已經有的機車，而且南邊點，離開多雨的盆地，離開母親，會溫暖許多吧？

父親沒有開車來接我，他在電話裡充滿歉意地叫我搭計程車，他說的地址一再被麻將的聲音磨碎，好不容易才轉述給司機。此地天氣晴朗，未開冷氣的車內塞滿刺熱的光，我脫下外套，汗水還是在衣褲裡浮湧。接近父親的路程全曝曬在豔陽下，沿路燒熱我冷寂許久的血脈，那是一再被母親敵視，因此被我遺棄的管線。我從不和朋友談及父母家事，只空泛地談些花俏討巧，即用即拋的話題，我向來無身世單薄地活著，現在終於要見到父親，我感覺我正在解凍，因熱膨脹。

一個俗豔的阿姨應門，父親不在家，還搓在麻將桌上。等到很晚，說是要和我吃隆重的一餐，他終於出現時已經爛醉，蹣跚地帶我走去附近的熱炒店，斑駁的板桌像老人發顫的牙床不斷震出雜音。父親又叫酒，喝得渾身通紅，他做工的粗繭大手熱呼呼地拽著我，說我是他們家的人，流著一樣的血，千萬不要忘記我姓什麼。他像是大勢將去的巫師，想召喚我體內沉寂的血靈，燒熱衰頹的士氣，壯大他的戰陣。他滔滔不絕，把我的手越捏越緊，直至骨節，我疼到冒冷汗，完全找不到時機要錢。

原來父親的熱血，只是酒燒出來的，還順便燒除他多餘的贅飾，曝露他暴戾的原形。我想起他以前喝醉酒半夜回家發酒瘋，摔砸杯碗，用毫無顧忌的音量辱罵母親，逼我跪下。我感到一股冷意從他碰觸我的地方開始擴散，我急速降溫，冷盯著他，直到最後他趴睡在桌上，握著我的手變得異常冰冷，卻始終沒有鬆開。

他只想扯出我的血脈綁縛我，怕我逸脫，為此他誇張地洶湧沸騰，道貌岸然教我崇宗敬祖。因為他只能憑微薄的血宣稱是我的父親，其他父親的責任他都一一從肩上推下，冷漠地閃躲。他就只能像這樣，短暫現身在我面前，說著這套說不膩的說詞。其他時間他都顧著遣興抒懷，幾年過去，我都幾歲了，他仍然是一個放浪不羈的少年。

如果沒有血，他什麼都不是，即使有血，他其實也什麼都不想是。

就是他逐步凍冷母親的血，直到他簽字離家，家落陷為窖，不見天日，別人都祝賀母親解脫重見天光，但只有我知道，此後母親日日夜夜與他不散的陰魂扳纏不清。

小時候我做錯事，她總說氣話：「早知道不要養你，養條狗還聽話些。」我不哭，我只會咬牙恨，不恨母親，她蔓生戟張的氣話裡包藏著對父親的恨，那是一切的種子，於是她教會幼小的我和她一起恨著不負責的父親，恨他把家的重量留給母親和我撐著，我太矮，母親頂不住全部的重量，一直斜欺過來，我不能像別的孩子天真地堆疊未來的積木，只能挺著抖不停的腿，想著下一秒，是不是下一秒我就要倒下。

不能哭，哭就是認輸，而且哭只有幾分鐘，恨卻能長久而隱秘地存甕釀著，長大之後，記得的話，再歸還給老得難以反擊的大人們。逼自己看著未來，提起腳步離開，比起困在原地哭泣還重要。我終於知道母親長久以來都沒錯，我真是鬼迷心竅，父親果然還是最適合用來切齒地恨著。

我吃光桌上冷掉的飯菜，留下滿桌空盤和空殼般的父親，拿走原本打算過夜的行李，再搭計程車離開。我決定自己存錢，不再聯絡，血冷到底。誰叫我的父母生性冷血，還結刺在外，扎傷所有還會流血的人，他們決意放乾所有人的血，一起屍行人間。

計程車上拿出手機，發現母親來電多次未接，我回撥，她搭錯捷運的方向，左右上下都是路，無盡衍生的指標與出口，這是個沒有絕路與盡頭的大城市，多走好多冤枉路，一天都沒走過這麼多路，但她已經成功抵達，然後又離開了。

我回城，沿路想像母親的糊塗，為看指標頭抬久了難免暈眩，她會一直推揉自己的脖子和太陽穴。她會不會在交叉道口原地旋轉，我覺得可笑。如果問路的話，她說話直接，有時簡直失禮，五官冷漠地僵留在原位，匆忙的行人願意回答她嗎？

想起外套忘在他家，走在地底更覺得冷。想著應該留在這等母親，她絕對被冷氣團嚇傻，南部人特別怕冷，我到現在還是不習慣，對冷特別敏感，偏偏這城裡裡外外都冷，在人群中行走卻得故作冷靜，深色系長大衣、圍巾、修身長褲，手套與雨具一件不少，維持城市整體冷硬時髦形象。回到房間，閉窗蓋被，冷還是無孔不入，但終於可以安心蜷縮，盡情發冷顫。

夜已深，母親已經在台北阿姨家休息了吧？盤算著要不要撥通電話給她。想起大學之後我曾打電話回家，不為要錢，只是想說話，她或許累癱了，或許跟我一樣對兩人必須一來一往，不能轉身回房的對話情境感到陌生，她莫名上火地說沒事別煩她。所以我便打消撥電話給她的念頭，她總會自己想辦法，跟我一樣。走上捷運站出口，風夾雜雨絲迎面披罩下來，一絲絲都被夜晚的燈火染亮，像金蔥絲絨的披巾，卻毫無暖意。

回宿舍發現母親帶來一床冬被，我想像提著大箱冬被的母親在地底迷走，將一路陰冷的通道一步步走熱，迤邐不合時宜的汗跡。母親走到出口時或已滿頭大汗，地面寒風卻颼颼捲至，她擦去汗水，心想快到了，可能有些反悔，牢騷幾句。最後來到宿舍樓下，冷著臉等人開門。

她其實是這樣的人，像列車在地底繁忙鑽竄，地面上卻一點震動也沒有。或是我以為她和我一樣從地底一路冷到地面，從皮冷到骨，但她其實提著被子燒熱體溫，至地面才陡然轉涼。我早知道，卻癡癡地被騙進燥熱的計程車裡，兀自嘲謔母親哆嗦的模樣。因為討厭她的冷血，也就只能看見她的冷血。

來不及了，他們都教會我恨自己的血脈，我已註定成為一個徹頭徹尾的冷血之人。

後來冬天終於過去，熟悉的夏天初至時阿嬤驟然離世，我接到通知卻依然缺席喪禮，他們要一個解釋，我解釋不出來，猶豫像保冷劑，仍持續凝凍住我的思緒。家族用各種管道怒罵我，全在腦中炸響為嗡嗡的警報聲，我只想躲在安全無聲的角落。為什麼因為我的血，我就得乖順低頭站進喪禮中的孫位，即使身邊所有人，包括阿嬤，都是長久未見的陌生人。因此我更確定我不需要血，不需要這代代相傳的神聖贈禮。

然後我打電話給母親，這次有話可說，報告喪禮的事，最後我說：「都怪妳遇人不淑。」

她只是冷笑：「別理他們。」

我也跟著冷笑，說：「誰理他們。」

——原載二〇一八年十一月三十日《聯合報》副刊

沈信宏，一九八五年生，高雄鳳山人，現任教職、夫兼父職，深夜寫字。清華大學台文所畢業，中正大學中文所博士生。曾獲國藝會與文化部創作補助、新北市文學獎、打狗鳳邑文學獎、教育部文藝創作獎、林榮三文學獎等，作品散見報刊。

輯三

成長與回望

敲碎鋼琴——葉佳怡

那架鋼琴每年都得調音。這事家裡只有母親記得。

我其實不知道自己喜不喜歡彈琴，只知道小時住在家裡，每次親戚來，我就得上演一場「我會彈旋律很複雜速度很快的小奏鳴曲唷」的戲碼。若是那天彈好了，親戚讚嘆，我就開心，若彈壞了，心裡一陣糾結，臉上強掛著笑，琴譜也不想好好收，就亂七八糟丟在椅子上。兒時的任何挫敗都是宇宙等級，我得休養好一陣子才能把黑洞癒合起來。

我的學琴故事很通俗：母親在少女時期想學，但沒機會，她有三個手足，家裡不至於窮，但學琴開銷畢竟不小，再加上母親向來善於屈服於情勢，於是決定把青春期的鋼琴夢寄託在女兒身上。好吧持平地說，母親也沒強逼我，只是不停熱切暗示，我一開始似乎也覺得彈琴公主一樣優雅，傻傻就學了，結果就是七、八年時光。但學才藝是這樣，一開始憑藉的是印象及幻想，再來得擠出練習的耐性，最後得面對一開始看不清的真心，而八年之後，我深刻意識到無以為繼。說不上討厭，但就是無以為繼。「我真的沒什麼興趣」，這句話我說了又說，愈說愈被時間刷得淡白，說到最後莫名還會心虛，彷彿誰會從轉角跑出來罵我扯謊。

母親在青春期錯過的不只鋼琴，還有芭蕾。一樣是非常中產階級的夢想。我以前肢體柔軟，反應又快，學舞學游泳總是得到老師盛讚，等級更是快速往上竄升，母親看了總是非常滿意。她跟父親因為我學才藝的事關係緊張，她在我身上看到夢想的可能，父親卻認為我缺乏成為國際巨星的才能，兩人對於投資大把金錢讓我彈琴跳舞的想法總有落差。為了爭一口氣，原本不開車的母親學會開車，帶著我穿梭大街小巷趕場上課。舞蹈教室離我的木柵老家近，她下班就能把我快速帶到現場，連同我可愛的粉橘色舞鞋與連身舞裙，有時候我心情好，一到教室就先趴地把腳尖輕鬆往後碰上頭頂，她看了開心，笑得人生勝利組一樣。

鋼琴教室就不只一間了。一開始是公館附近的YAMAHA，教室就位於寬敞的羅斯福路邊，之後是在自由廣場附近一間老舊的公務員眷舍，就位於金山南路，總之都在國家音樂廳周遭，回想起來簡直像母親帶著女兒在夢想腹地插旗。還記得剛上小學的我某次學完琴，母親為了激勵我特地開車去買麥當勞，結果竟要我自己進去點餐。那可是我人生第一次獨自走進速食店。結果比起薯條帶給我的油滋滋快樂，我只記得打開車門瞬間不停悲壯告訴自己：你要做好這件事，你不要讓媽媽失望。

長大之後，看到華光社區被強拆，一開始對國家暴力憤怒，還去了現場悼念廢墟般光景，結果走著走著，回憶才恍恍然湧現。原來曾被我封存的學琴時光，有一部分正埋在這片斷瓦殘壁中。眷舍周遭有許多外省牛肉麵店及早餐店，小時我學琴從未見過。畢竟當時我經歷的是點對點的運輸，是母親將女兒送上成功彼端的直達火箭。

外婆也知道華光社區被拆毀。某次我和母親去看她，她義憤填膺地說著外省人被辜負了，我愣愣地聽，知道我們憤怒的是同個事件，但立場及原因完全不同。母親一邊安撫，一邊麻煩一旁的看護去準備晚餐。看護才一離開，外婆就防間諜般小聲抱怨，「她都不懂早上該幫我買豆漿，老是買其他的。」母親突然一陣氣急攻心，「你想要她做什麼，你就說出來，她又不是你的女兒，她可不懂猜心。」

很多放棄是一開始就注定的。我的芭蕾考過初級檢定，就要換上讓趾頭次次磨血的硬鞋，我才明白自己不願為此承受那麼艱難的磨練。鋼琴則以一種安寧治療的方式處理。我先從古典鋼琴轉學比較輕鬆的流行鋼琴，然後在發表會其他孩子彈著〈天空之城〉或〈鳳陽花鼓〉時，硬是不合時宜又尷尬地彈著〈克萊曼悌小奏鳴曲op 36 no.3 mrt1.〉，接著母親又讓我考了國中音樂班，「學過的總有幫助，不至於浪費。」她總是這麼說，「不至於浪費。」其實國中音樂班只是為了篩選資優生的幌子，所有人心知肚明，但幌子畢竟比謊話吸引人，是不用繞路就能抵達。

為了幌子，我成為合唱團第一聲部，還參加了全國合唱大賽。音樂欣賞課時老師不停讓我們看各種音樂劇，結果我除了《悲慘世界》之外全忘個精光。為什麼記得《悲慘世界》？因為《悲慘世界》跟當時流行的《鐵達尼號》一樣既煽情又悲劇，而青少女是這樣的，即便沒有窮到害女兒當免費童工的經驗，也可以跟著《悲慘世界》中的芳婷一樣聲淚俱下地唱著〈我曾有夢〉。我還特地買了《悲慘世界》的全曲目CD回家聽，偷偷關在房裡拿著歌詞本一句句背，想像自己可能淪落的悲劇人生。那是無論如何都覺得被辜負的青春時光。

不住家裡之後，帶著轉型正義般的決心，我不停鼓勵母親彈琴。簡單的也行呀，我說。自從我不學琴之後，她總希望我閒散時彈琴「怡情」，但我連「怡情」是什麼都不太確定，但總之後來也跟著慫恿她「怡情」。有那麼一小段時間，她確實也買了兒童琴譜來練，但琴譜沒一下子就消失了。「手太笨。」她只淡淡這麼說。然而她每年仍找人來調音，跟調音師傅聊聊鋼琴近況，彷彿聊一個老宅在家又不找工作的孩子。

直到現在，她看著我的手還是會說，真漂亮，那是一雙彈琴的手。親戚們也愛附和，彷彿共享一個與我無關的秘密。

這陣子家裡漏水嚴重，父親計畫搬家，開始逼迫大家處理舊物，鋼琴首當其衝。「你有沒有朋友會想要鋼琴？」母親傳LINE來問。怎麼可能有人要一架超過二十五歲的立式鋼琴？母親卻還是拍了鋼琴相片給我，彷彿多買了白菜要塞給鄰居一樣。鋼琴上擺了許多我的照片，一張張整齊收在風格完全不一致的各種相框裡，倒是鋼琴本身油光水亮，簡直像從我小時候穿越而來。「如果找不到人送呢？」我打電話過去問。「搬也搬不下去，當初應該是用吊車吊上五樓的，」母親停頓一下，又說，「不然敲碎再丟囉。」奇怪，明明是破壞性的場面，想像起來卻又有一種默劇式的荒唐輕快。母親聽我這樣形容，也跟著笑。

有一些辜負是永遠不能被緩解，也沒打算被緩解。然而青春總是山楂塊一樣甘甘鹹鹹的，還沒搞清楚口味就化掉了。

——原載二〇一八年四月《幼獅文藝》第七七二期

葉佳怡，台北木柵人，東華大學創作與英語文學研究所畢業，目前為自由譯者。曾獲聯合文學小說新人獎、林榮三文學獎、聯合報文學獎。曾出版短篇小說集《溢出》、《染》，散文集《不安全的慾望》。

路易想到她們的下面——張亦絢

路易一直覺得「性」這個字在中文裡，有點啞。像鬆脫的琴鍵，無論按下去時用了多少力，發出的聲音，總是有點糊。快沒水的色筆寫的字，也是這樣，不反覆描上幾次，就會枯空地刷白。每次路易說到這個字，總擔心對方會不會沒聽清楚，變成相信的「信」；又不是次次都可以把「性慾」用在「性」的位置上。如果對方一定要聽不到，「性慾的問題」，無論咬字多清晰，一樣也會變成「信譽的問題」。

十三歲的路易問十四歲的沛：「『我要你的心生』是什麼意思？沒聽過這首歌。」

「看英文。」沛回答。

路易剛開始練習挑自己想要的英文專輯，還不太知道如何檢視手中的錄音帶。

路易低頭，驚訝極了。

「一個心加一個生，看出來了嗎！」

性，乃妳的心，加妳的生。沒有性，心都會死囉？「哀莫大於性死」喔。

沛接著解釋，一定是怕歌被禁，才想出這種繞彎子的辦法。

後來有陣子，路易與沛必定拿這件事開玩笑。然而這卻說不上是什麼性體驗。路易對性沒有知道得更多，也沒有更少；即使把整句話換成了英文來想，路易也還感覺不到熱情挑逗——什麼字眼或什麼句子會對人產生性的刺激，真沒有那麼約定成俗。比如路易的高中同學麗如，就曾以「絕不可以笑我，我才告訴妳」的秘密交託方式告訴路易，她覺得會讓她五內俱焚的最色表達，是「冰清玉潔」四個字。

麗如說，要不然「守身如玉」也有效果。

路易忽然想起自己，小學都被「軟玉溫香抱滿懷」這七個字弄得神魂顛倒，覺得那是非常刺激的什麼。可是回想起來，根本不知道，是什麼。在小路易心底，所有的「性」都應該很棒超棒棒透了，但是抱呀吻呀，卻連字眼都令人反感。如果當年她知道「軟玉溫香抱滿懷」，真的與抱來抱去有關，小路易一定興奮不起來。小學快畢業那年，小路易專喜歡挑露骨的情歌表演，她愛做很敢的女生，她在校外教學的遊覽車上，用嬌嬌浪浪的聲音唱「今生今世，我是你的新娘」，小男生的反應都彷彿她要當眾解衣，連眼睛都用手掌遮住了亂叫一氣——她想要的效果，也就是這樣。掀起一陣莫名亢奮，她很快樂。只因她知道何謂大膽，她就走大膽的棋——除了讓其他人佩服她大膽，路易別無他意。與此同時，路易只要聽到「抱著你的感覺好好」這類的歌，就會臭臉，她還無法想像一個人，竟然喜歡去抱著另一人，那好俗氣喔——小路易與男生傳情最火熱的方式，就是去踩對方的腳，在教室裡，在走廊上，兩個人會踩過來，踩過去，誰也不讓誰。最可愛的男生，是那些識得情趣的，他們會一邊玩，一邊想出好笑的話，逗她開心。概括來說，高中以前的路易，一方面全心希望未來性史豐富，最好閱人無數，擁有無邊無際，有如大海一般的性經驗；另方面，她卻又連與異性牽手這樣的事，都還覺得，有如要伸手去摸毛毛蟲一般，概難從命——路易本人完全沒有注意到，自己身上莫大的矛盾——她怎麼會注意到呢？

多麼驚人呀，幾乎從來沒有人提醒我們，注意妳的性在哪裡，記得它為何發生，看見它的許多形狀、死滅或光亮。我花時間記錄過綠豆與黃豆如何長大、有陣子每天都得觀察蠶寶寶吃了桑葉沒有、也曾為了找到天空上的星星連夜製作工具而弄傷了手指——至於我的性、我的性，如果說它比不過天上的星星，我或許還服氣，但它會不如綠豆與黃豆，也比蠶寶寶吃了多少桑葉，沒有價值嗎？為什麼，沒人用一種說「嗨」的方式讓我知道，妳當留意……。

妳生命中沒有一個性，是與另一個性，一模一樣的……。它們從不重來，一朝一命。

路易讀過一則不顯眼的社會新聞，因為母親打死了女兒而上了報。說是母親發現女兒與小學同學做了性遊戲，就打死了她。報紙沒有說是什麼性遊戲，小男生與小女生，是看了彼此的性器官？摸了彼此？只是——不管做了什麼，那使母親活活打死女兒的暴力，都使任何性接觸，顯得不足為道。

那時，路易還親眼目睹一事。

幼稚園放學回家的小表妹，苦著臉道：「媽媽，我下面那裡好癢。」話聲未完，路易的小阿姨就劈頭劈面打起人。那種打，真是往死裡打。「講那什麼話！」——可是，我下面那裡好癢，有什麼不對嗎？

看到大人的暴怒，路易迅速了解到，這被認為與「性」有關。在劈風砍雨的巴掌開始前，路易認為小表妹說的很可能就是，內褲的質料不舒服——頭髮會癢、鼻子會癢、背部偶爾也會癢——有什麼道理，下面那裡，就完全不會癢呢？路易離做小孩子的年代沒有很遠，她記得在小孩口中，有時沒有性意思的話，會如何被大人錯誤判讀——是什麼給了成年人那種霹靂狠勁？若不是親眼看到發狂場面，路易不會相信，這年代的人，還有這樣的性恐慌。可是當然，路易是錯的。連不是性的表達，都如此危險，真難想像，若有天，真要說點與性有關的東西，誰會死在誰手上。這種恐懼，多麼近於絕望，路易不知道這種絕望，從何而來。

小表妹一拐一拐地走開了。大人給她穿了非常酷的高筒馬靴，那是她被疼愛的方式。但她似乎也沒懂，她應該傲氣逼人的造型語言。漆黑發亮的馬靴，穿得有如釘壞的馬蹄鐵。

一個瘸了的小女孩。不是因為她的腿，而是因為她的鞋；或者也不是因為她的鞋，是因為分派給她的語言——她的下面不可言——那麼，下面的左邊，下面的右邊，下面的上面，或是裡面，下面的後面與前面，下面一層層的每一面，豈有可能，逃脫語言的電擊鐵絲網？

下一次，路易說：因此我們要來談談膝蓋。關於每個人，都有的膝蓋。

——原載二〇一八年一月《聯合文學》第三九九期

張亦絢，巴黎第三大學電影及視聽研究所碩士。早期作品，曾入選同志文學選與台灣文學選。著有《我們沿河冒險》（國片優良劇本佳作）、《晚間娛樂：推理不必入門書》、《小道消息》、《看電影的慾望》，長篇小說《愛的不久時：南特／巴黎回憶錄》（台北國際書展大獎入圍）、《永別書：在我不在的時代》（台北國際書展大獎入圍）。

我的女性主義的第一堂課——楊婕

我的女性主義的第一堂課，是大學時期的男友教我的。

那年我二十歲，跟室友鬧翻，一個人搬出來。我們在校園的頒獎典禮遇見，他大我七歲，在念博士班。當時我正準備考研究所，遇上學術能力強的人就崇拜，而且他又高又帥，講話斬釘截鐵，看上去很可靠的模樣。

我們認識三天就在一起了。當時我太寂寞，決定抓住他。兩人相遇很簡單，可是二十歲的我不知道，要跟另一個人活得一樣簡單，很難。

他說，我對自己、對妳，都懷抱很高的期望。

我們相處的時間幾乎都在我的小房間。他一來就盤踞那張大大的床，我窩在床沿，仰頭看他的臉。「知道妳是寫作者，有點疑慮，怕被妳寫。」這句話在空氣中說出來的時候，我感覺有什麼縫隙裂開來，可我太想被愛，沒多想它。

事情就那麼一點點開始了。

他的口頭禪是：「對就是對，錯就是錯。」跟高中男友在補習班樓梯間親熱，這是錯的，在室外，妳真噁心。和當別人小三的朋友當朋友，有沒有一點道德判斷？「妳腦袋不清楚，我要幫助妳走出以前的噩夢。」我不知道我有什麼噩夢，他說我有，我只好走出。

他解釋給我聽，「情人眼裡容不下一粒沙。」不管教就是不愛，不吃醋就是不愛。「我把妳放在手心上疼愛。」在他的要求下，我開始斷絕與他認為人品有問題的異性朋友往來。可是，他覺得我的每個朋友都有問題。

跟朋友說話，我腦中開始出現兩種聲音：一個是我本來的聲音，一個是他的。從前的那個我欣然聆聽，從他體內長出來的我，則想指責朋友一如他指責我。我不曉得要用哪種聲音回話，漸漸地就不再見朋友。

交往一個月後，我關閉寫了多年的部落格，丟下讀我的人。我發現自己記下的都是衝突——他跟我世界裡的一切都衝突。我不曉得發生了什麼事，但公然講他壞話應該是不對的事。

在那之前我沒談過幾次戀愛，不知道什麼是戀愛。看到他這麼努力接受我，我想這就是愛吧。那麼我也要回報他的愛：我要努力變正常，變得像課本寫的那樣正常，變得像奇摩新聞下面的留言一樣正常。我好謝謝他願意忍耐我的髒，幫我清洗乾淨。他真愛我。

可是好孩子也有忘不掉的往事。遇到他前我曾非常喜歡一個人，他認定那個人弄髒了我，對他恨之入骨。將那件事寫成散文〈時間情書〉，投稿教育部文藝創作獎。過一陣子告訴他，他勃然大怒，問我為什麼不先問他？我困惑了很久，不知道投文學獎要請示他。他要我致電主辦單位退賽。打去教育部，教育部的人說，馬上要進決審了，麻煩妳寫一張切結書，證明自願退賽。我把那張紙拍下來，傳到網路，愛的呈堂證供。

退賽後一段時間，我手賤，又瞞著他投稿《聯合文學》。那時根本沒人知道我是誰，編輯卻留了稿，說會試著排進版面。一年半後，編輯來訊，說下個月刊出。那是碩士班筆試前夕，我們已經很久沒吵這件事了，我早就忘記這是件事，興高采烈告訴他。他罵我罵了整個晚上，要我向聯文退稿。我說來不及了雜誌排版了，其實我不知道排了沒反正我不想退。第二天筆試不曉得怎麼考完的，他說：「妳自找的。」

有時也跟他吵，你永遠不會懂我跟寫作的關係。他反駁：「我怎麼不懂？我也在寫論文啊，我當然懂！」

可以吵的還有很多。期末考去圖書館，留幾樣文具占位子，考完試回來桌上多了一本書，正納悶，對面的男生說，看妳只放一點東西，順手幫妳占位子。我道謝，回家後跟他說，今天碰到好人了欸，他大罵，「妳是不是做了什麼讓別人誤會的舉動？哪有人這麼好心幫別人占位子？叫妳不要亂勾引別人！」跟久未見面的高中老師碰頭，聊到晚上十點半，他也罵，「一個人品沒問題的男老師會跟女學生單獨待這麼晚嗎？以後不准再跟老師出去了！」

他常質問我，妳又拈花惹草了嗎？去影印店跟老闆聊得投機，是勾引影印店老闆，被陌生人搭訕，是勾引陌生人。只要有人想跟我交談，都是我的錯。問他，難道你朋友都不會這樣？他說，都不會。難怪他沒朋友。

一惹他生氣，就罵我，「妳現在列入待觀察！」於是我總陷在被分手的恐懼裡。我害怕分離，一提分手我就完全溫馴。

有時他也照顧我，比如帶我去吃飯，吃完就把衛生紙扔進我還在吃的盤子裡。好好求他，會載我去買東西，是的，求，想去全聯要哀求很久，求到最後他會帶我去。雖然下車必須用跑的，讓他等久了會生氣。

不生氣的時候，他就開玩笑。只要是玩笑，都能無限上綱。他最愛拿我的家人開玩笑，哀求他不要講家人，他會說：「妳自己可以講我為什麼不行？」告訴他我去做任何事，比如導聚，他都回，「不准去。」求他不要開玩笑，說我壓力好大，他笑了，「有什麼好有壓力的？如果我叫妳不要去妳就真的不去，我就不會開玩笑。既然妳會去，那我開玩笑有什麼不可以？」

開玩笑好好玩，他看到傷口就要踩。可我還是覺得他對我很好，因為不知道什麼叫好。很愛就是很好的意思吧？他的世界確實只有我，他要我的世界也只有他。

與外界幾無接觸的日子，系上有個跟我比較有交情的學妹，偶爾把聽來的消息告訴我。有一次學妹轉述別人講我們八卦，他認定學妹針對他。畢業前跟學妹約吃飯，他說，不准去市區吃，只能在學校附近。「她講我壞話，我讓妳跟她吃飯已經很好了，吃飯就吃飯，在哪吃都一樣，為什麼一定要去市區吃？」吵了很久，硬是去市區吃了火鍋。

畢業典禮那天他來陪我，從頭到尾我都很小心不要讓他給我難看。典禮過程他倒是表現得不錯，結束後去校內的摩斯，裡面滿滿畢業生，我在櫃檯等結帳，他說，「把畢業帽拿下來啦，現在典禮已經結束了，戴帽子很做作。」我說不要，「剛剛流汗，現在帽子拿下來頭髮會很亂。」他又催我，

「趕快拿下來，妳看其他人都拿下來了，妳這樣真的很做作。」但今天是畢業典禮欸，「戴畢業帽到底哪裡做作？我不要拿。」於是，他伸出手，直接把我的帽子摘掉。

那一刻我有種衣服被剝光的感覺。我把帽子奪回來，去廁所重戴。走進廁所遇到不熟的同班同學，勉強擠出微笑打招呼，他卻從後面追進來，大喊：「妳知不知道妳這樣真的很做作？」我覺得很想死，我最不堪的感情生活被別人撞見了。

碩士班到了台北，他幾乎每個週末上來找我。房間換了一個，還是整天關在裡面，無路可走。那時我的朋友也在政大，他提議，週末大家可以一起出去玩。有一天他要我約朋友下午一起去淡水，朋友說今天已經排好行程了，下次吧。轉告他，他大罵我朋友不識相，再三向他確認，是不是在開玩笑？他說對啊她很不識相啊，當然不是開玩笑。

那時我已經沒有力氣，再在任何人面前，替他粉飾什麼。過陣子他來，又罵我朋友，我警告上次的話已經告訴她了，他氣急敗壞：「妳聽不出來我在開玩笑嗎？妳居然把這種話轉告妳朋友，我以後再也不要見妳朋友！」那是半夜，他說天亮就要離開，考慮分手。我道歉道到天亮，他才答應再給我機會。

總是這樣。不管他多生氣，只要我低聲下氣道歉，他就會原諒我。一遍又一遍重複，宛如咒語：「只要妳乖乖聽我的就好。」

在這樣的生活裡，思考是禁忌，書寫也是禁忌。為了不惹他生氣，我幾乎什麼都不寫不發，偶爾會想我到底愛寫字還是愛他？只有一次投稿台中文學獎，寫心悸的聲響，不知道為什麼把他寫進去而且寫得很悲哀，我想那是一種下意識的，自己不知道痛的痛。

到台北後，距離畢竟拉遠了些，我想回復跟寫作的關係，偷偷溜去學校的文學寫作坊，在他看不見的地方，因為別人談論我的作品而流淚。

週末來台北，他比以前更喜歡推推打打。我耐痛度極低，抗議無效，抓狂用盡力氣打回去換他翻臉，說我不懂別人在開玩笑。他來的時候，我從不穿毛料或針織，會被扯壞。

有一次逛秋水堂，踏進去才發現是寫作坊的學弟坐櫃檯，我很緊張，怕他又動手，匆匆逃出來。走到馬路上他很生氣，「怎樣？跟我在一起很丟臉嗎？」對啊很丟臉。

我開始瞞著他做心理諮商，好多次諮商主題都是怎樣可以不被打？諮商師到後來也很無奈，說：「那妳就跑啊。」

跑，跑去哪？他甚至常常讓我在床上流血。

上男女板PO文，請大家幫我評估交往狀況。底下的人紛紛推文酸我：「你們真是天生一對」、「妳真的很幼稚」、「絕配啊」、「千萬別分啊」，我想那時我已經壞掉了。後來我寄站內信給其中一個罵我罵最凶的人，寫了長長的細節，對方來信道歉，告訴我一定要堅強。

也許相處得太久，或在台北待久了，自我的意識慢慢長了一點回來。心裡有個聲音告訴我，絕不能跟這樣的人在一起一輩子。可另一個聲音又告訴我，相愛不容易，再拖一陣子吧。

終於下定決心提分手那天，多少做了玉石俱焚的準備。好驚訝他居然沒抓狂，如夢初醒般哭著留我，說一切都願意改。

他對生命的想像畢竟很簡單，可是，三年的時光已經換不回來了。

他悲傷地問我，「我一直非常肯定妳的才華啊。難道妳不知道，自己很有才華嗎？」才華？一個人，被另一個人這樣對待，怎麼還會，保有才華那樣的東西呢？只想起交往之初，哀求他不要一直否定我，他回：「笑死了，從來沒看過有人向別人要讚美的。」可是，看著他深情的眼神，我還是相當難過，覺得自己好殘忍背棄了他。

分手後好一段時間沒有力氣跟任何人說話。有一天跟高中的家教約吃飯，我當時還很衰弱，描述得支離破碎。家教聽完後說，如果這是他女兒，他一定揍死這個傷害他女兒的男生。我才意識到，喔，原來我被傷害了嗎？

那幾年家人朋友都不清楚我發生了什麼事，只隱約覺得我變笨變遲鈍。慢慢察覺自己究竟遭遇了什麼，是每次看電視電影，男主角對著女主角大吼大叫，我都有非常受傷的感覺。

也對「賤貨」、「爛貨」、「沒家教」這類詞彙很敏感，因為從前他都這樣說我。

是到更久之後，才理解，我碰上了一個控制狂，超級恐怖情人。我曾以為我深愛他，其實只是受害者為了活下去，對加害者的信仰。

交往期間唯一意識到自己病了的一次，是下課後在校門口等他載我吃晚餐。他一向不肯提早出門，走出教室才能撥電話。那天他來得晚，我在校門乾等，恰巧以前辦營隊的夥伴騎腳踏車經過，好開心過來找我，聊了幾句我開始緊張，怕他又罵我拈花惹草。於是我竟極其失禮地跟對方說：「對不起我男朋友等一下會過來接我，如果他看到我們在講話一定會罵我，你可以先離開嗎？」他說好好好，趕緊騎車走掉。正鬆一口氣，心想安全了，又有另一個學弟騎腳踏車經過，同樣停下來找我。我只好重複一樣的話，他人也很好，立刻走掉。

如今八年過去了，我沒有忘。八年很久嗎？忘不了就代表不久。

可是在那之後，我再不曾有過那麼安穩的生活。後來交往對象幾乎個個都會劈腿、說謊，才發現他還是有一種老派的好處。就算是非常可怕的愛，至少全心全意，如假包換。

這是後話了。

——原載二〇一八年六月三日《聯合報》副刊

本文收錄於二〇一九年一月出版《她們都是我的，前女友》（印刻）

楊婕，牡羊座。著有散文集《房間》、《她們都是我的，前女友》。蒼井優《她不知道那些鳥的名字》主打「共感度〇%，不快度一〇〇%」，走進電影院卻感到「共感度一〇〇%，不快度〇%」，正在嘗試解決這個問題。

旅行，計畫中——夏夏

女子們的聚會從不間斷。

學校畢業後，不少人相繼出國深造，從碩士一路攻讀到博士，從美國到歐洲。難得回來一趟時，在昔日同窗好友的熟悉氣氛中，不免透露異鄉的生活艱難，也不乏異國情調的新奇與浪漫。串串響亮的笑聲與話語皆是青春的揮霍，儘管當時沒有人察覺到。

留在國內的女孩，在各個領域衝刺打拚，取得學位後，陸續找到穩定的工作，談上幾份戀愛。不急著結婚。那時候少數幾個踏入婚姻，甚至早早生子的女孩只能靜坐在聚會餐桌的邊陲，聽著五光十色的生活與戀情，感嘆著自個兒的青春提前謝幕。那時還是屬於二十幾歲的聚會。

突然間，踏入了三十歲的門檻。聚會中來了幾位作陪的丈夫，靦腆地在女人堆中識相地微笑。就連那幾個之前在國外念書的女孩也紛紛做了異國新娘，洋女婿來台灣玩時，也跟著來聚會，雖然和大夥無從聊起，好歹熱鬧熱鬧。席間，關於戀愛的話題少了，取而代之是工作與家庭，當然一定要聊聊假期到哪一國度假，或者最近又要到哪一國出差。儘管沒有人說破，無論是穩定的感情或婚姻，成為掌握聚會話題的權柄，約莫也是占據餐桌的中心位置。只有幾個尚在流浪的靈魂靜靜伏在餐桌尾端，眼神隱約透露出不置可否與渴望的掙扎。

這些看來再平凡不過的聚會，在每一年度刻下了一些標誌，彷彿提醒著女子們生理時鐘的滴答聲從來不等人，而有些機會更是錯過了就無法再重來。

雖然不婚如今已是一個熱門選擇，若妳要勇敢拒絕從俗，追求夢想與自我，社會上多得是資源來支撐，但不管是女孩或是女人，終究難逃聚會時來自餐桌中心的那股壓力。於是經常質疑自己的選擇，甚至莫名惶恐與不安。

再後來，餐桌中心被嬰兒餐椅占據，聚會的焦點成為孩子們的童言童語。育兒經是不敗的話題，順便講講育嬰假和托嬰中心，從前菜聊到飯後甜點，其他話題只能乾晾在一邊。餐桌尾端原本就不多話的聲音，就變得更沉默了。

不過幸運的是，小小孩的耐性相當有限，甜點結束後，他們便得草草撤離。那時候，餐桌的位置會重新調整一番，剩下不急著回家的女人圍成了一個小小的圓形，說說心底話。在苦難面前，眾生得以平等。所經歷的情感背叛、工作上的挫折、新婚的不協調、難應付的公婆等，帶有苦味的甜點在口中慢慢迴盪，味道延續更久，複雜的後味甚至能延續到散會後的私人訊息中，以及下一次的秘密聚會。

從餐桌的尾端到中心，從中心到尾端，不可言說的默契，像無名的手悄悄地推移著聚會的眾人。從女孩到女人的過程，回頭細想，卻又一時難以數清一路上走過的路。

日本向來對這類都會女子的小滋小味多有觀察與犀利討論，在小說、漫畫、連續劇中，常常抓著女子的痛處窮追猛打，淋漓地演繹一番，讓人又愛又恨，又哭又笑。

二〇一六年由網路媒體推出的劇集《東京女子圖鑑》即大書特書女子成長之路，且將都市文化中特有的地域性帶入，更以「圖鑑」加以殘酷分類。每集二十五分鐘內容，隨著女主角從二十歲到四十歲的生涯發展，以東京各地區特色為代表做呼應，將追求夢想時看似無心的選擇，毫不留情點破，刻畫下女子都市野戰的求生路徑圖。

那次女子的年度例行聚會後，回程不算短的車程上，想起席間各種心情複雜的沉默交會，於是計畫趁著還能輕鬆自在地上路時，向Y告假，替自己規畫一趟單獨旅行。

由於能從家中脫身的時間不長，便決定依著《東京女子圖鑑》的拍攝景點作一趟女孩到女人的巡禮。

第一日。三軒茶屋，是從鄉下來到東京的女孩首選之地，這裡的消費平價，街上洋溢著流行文化的年輕氣息。想要在下班後看個電影或戲劇演出，也能在巷弄間找到具有實驗精神的新生代劇場。若要用台北來比擬，或許可說是中永和區的縮影，生活機能便利，雖然需要花一點車程，但要去到哪裡也不是太困難。

第二日。惠比壽，有高檔的店鋪與奢華的時尚，光是走在路上瀏覽櫥窗與過路女子便足以眼花撩亂。劇中的女主角嚮往能踏入上流社會所屬的花園廣場，那樣的心情就像是第一次存夠了薪水，穿上名牌服飾的基本款，到台北東區的高級餐廳享用夢寐以求的大餐，從高處眺望街頭車水馬龍的景致，璀璨燈火如寶石般鋪陳在眼前直抵幻想中的未來。

第三日。銀座，有著更內斂的品味以及世代累積的豐厚資源，在巷弄間隱藏的是需要熟人介紹才能入內的秘密會所。這時候的女子在工作上累積到相當程度的實力與成就後，卻還沒辦法斷然相信婚姻，亟欲脫離大眾盲目追逐的隊伍，轉而追求內行人才能看出門道的極致享受。不禁讓人想起從天母往陽明山的路上，幾座庭院深深的院落，有些孤寂，有些傲然。

第四日。豐洲，聚集了中產階級的住宅區，稱不上熱門觀光景點，但散發著閒適安逸的舒適感。此時追逐過了，失去過了，才知道最難得的是平淡幸福。女子告別了多情美男，獵捕到工作穩定、個性與長相皆以平凡為美德的如意郎君，分期付款買下小公寓，開始做起美滿家庭的夢。那麼，景美區說不定是個不錯的選擇。少了林立的百貨公司與賣場，倒是有不少令人心儀的綠地。幸運的話，還能找到一條往山上步道的小徑，在午後來一趟林間散步。

但是，幸福的日子真的能天長地久嗎？粗茶淡飯，難保不會想念酸甜苦辣？

第五日，代代木上原，據說有許多新潮麵包、咖啡店。想當然，能在早晨時段悠閒坐在店內品嚐剛出爐的麵包，喝著手沖咖啡，卻毋須急著上班打卡或接送小孩上學的女子，已經從人生許多階段畢業。那份時間與金錢的游刃有餘，常在大安區與永康街見到。此時女子澆熄了對婚姻與家庭的憧憬，在下一次出發前重溫單身的美好。不妨談一段漫不經心的戀愛，好像看見了年輕時候的自己，那樣執著癡傻，想來可愛。

就這樣，按著劇情推演，我在筆記本上規畫路線，計算車程，選定了每一處的景點。還有一天的空檔，就到目黑川走走吧。

目黑川是著名的賞櫻景點，尤其是夜櫻，更是迷惑人心。此外，二〇一三年日劇《最高的離婚》推出後，目黑川更是許多影迷朝聖地。劇中的兩對年輕夫妻，生活圍繞著川畔看四季移轉，生活的磨難是一場互相傷害的拉鋸戰，婚姻中難以言喻的種種酸楚也在觀眾心中千迴百轉。於是劇中人物住家樓下的洗衣店除了成為熱門打卡點，亦有許多多情人來此思念前塵往事。

而《東京女子圖鑑》的女子，在經歷初戀、婚外戀、婚姻、包養等各種情感波瀾後，最後選擇回到鄉下的老家。她回想起從二十到四十歲，一步步成為少女時期心中「了不起的人」，從租屋到購屋，用不同的地區定位自己的身分，最後仍逃不出每個年代的女子耗盡青春苦苦追尋的大哉問，幸福到底是什麼？

那麼關於這個問題，就留待路上慢慢思索吧。

在行事曆上訂下出發日期，查好飛機班次。住宿地點決定在交通方便的新宿區，單人的民宿與膠囊旅館似乎都是不錯的選擇，經濟實惠的商務旅館也別有樂趣。

然而，就如每個旅行總有突發狀況，而意外總讓計畫趕不上變化。

突然間，失去了行動的自主性，我的身體成了載具。新的生命棲身在我腹中的駕駛艙中，指揮著我的作息、飲食、去處，以及心情。我和Y戰戰兢兢學習扮演新角色。而我也因為他的到來，被迫踏上另一段未知的行旅。

幸福到底是什麼？

計畫中的巡禮被迫中斷，旅程延遲至遙遙無期。只好闔上筆記，退掉機票與住宿，讓無常接手安排接下來的行程，這可能也是女子的必修之路。

——原載二〇一八年三月四日《聯合報》副刊

夏夏，著有小說《末日前的啤酒》、《狗說》、《煮海》；詩集《德布希小姐》、《小女兒》、《鬧彆扭》；另編選《沉舟記——消逝的字典》、《一五一時》詩選集、《氣味詩》詩選集。

一個人參加婚禮——李維菁

編輯寫信來向我邀這個專題：「一個人的遊樂園」，信中寫著她覺得我對於單身有種泰然自若的態度，也提到我曾經寫過「這個社會還是很難真正接納，單身或結婚只是不同的選擇，也很難接受這世界上有許多人的自我實踐或自我追求，需要大量的獨處才能完成。」這樣的話。我看了愣了很久，開始反省，也從來沒有想過我在外界眼中的模樣原來是這樣。

事實上若看起來泰然自若，那一定不可能二十四小時，有時候泰然自若，覺得一個人才能享有自我實踐的空間與自由，但有時候會因為一個人的恐慌，很多事受到限制，不可能是全然快樂與美好的，而這一切，都不可能是理性上在某一刻決定我此後要擁抱一個人泰然自若，便做得到的。只能說，我很誠懇地面對自己的每一個過程，並從痛苦或現在看起來令人感到羞恥的時刻，特別是困惑中，真實地追尋答案。當然是不會有答案這東西，這世上真的沒有正確答案這東西，但因為這個過程，人變得踏實，和自己的關係也非常緩慢地，逐漸貼近。所謂獨處的重要，指的是這個，人必須獨處，才能和自己相處，看到自己是什麼樣的人，想要實現的是什麼樣的自己。而因為找到自己的重心，才可能有好的人際關係，不管是和伴侶、家人、朋友或者是整個社會。想一想跳雙人舞的道理，看那明明是兩人手牽手或彼此依靠著跳出各種難度極高的舞蹈，但最基本的道理是兩個人都站在自己的重心上，只有這樣才能合作跳出各種舞姿，如果一個人喪失了重心，或是兩個人都把身體掛在對方身上，那只是抱在一起彼此扯著對方亂成一團，跳不出什麼東西來的。

一個人必須能夠獨處才行，要有充分與自己對話的能力，否則容易活得膚淺扁薄。閱讀是一個人和自己對話的良好方式，各種形式的創作也都是，然而，一個人時上網看店或打遊戲，或一個人頻頻刷臉書，則完全不構成與自己相處對話的狀態，那種狀況等於還是和他人在一起，只是對方在另一頭，你並沒有和自己真正相處。不管幾歲，一個人一定要學習獨處，這和你是單身、不婚或是否孤獨或沒有伴侶是不同的事情。換句話說，不管一個人有沒有伴侶，是不是結了婚，都要學著有能力獨處，只有獨處才能給靈魂充電，才能和自己對話，而只有自己和自己處得好，才能在孤獨時仍有品格，也才能在和伴侶相處時，或和朋友互動時有良好的人際關係品質。

但關於一個人啊，一個人是不是真的好，我真的不知道。我雖常常獨處，特別因為寫作的關係，這種工作本質上就需要大量的一個人獨處的時間，但也因為一個人，有許多事情到現在我都沒辦法一個人去做。

像是我膽子非常小，從來不能一人旅行，因為我不敢一個人住旅館。

可以一個人吃飯，但一個人看電影雖然不是沒有這樣的經驗，次數卻非常少，因為興致不高。可以一個人健身，一個人上舞蹈課，可以一個人研究下廚，但我沒有辦法一個人去游泳，也沒有辦法一人去健行，也沒有辦法一個人去海邊。

總之，不需要因為自己是一個人，就逞強地硬要證明所有的事情一個人也能做，如果做不到就開始悲傷。人也不需要自己有伴，就覺得人生什麼地方都是滿的有依靠，或者淨去說青春被家庭耽誤，早知道一開始就不要結婚這種無聊的後悔話。有時那樣，有時這樣，本來就是常態。

神奇的是，我是那種總是開心地一個人參加婚禮的人。

我有些單身的朋友不太喜歡參加婚禮，有時候是怕心中起波瀾，婚禮中可能想起自己情感上的前仇舊恨，會悲從中來。我也認識幾個已婚多年的人，怎麼樣都不參加婚禮，已經到了原則性的地步，只包禮金人一定不到，因為從根本上質疑婚姻這種社會制度。

但我喜歡參加婚禮，從小就覺得參加婚禮很有趣，雖然我心裡對婚姻這種事情，抱著非常複雜的心情，對著終生要與他人分享自己的空間這事情，充滿困惑與害怕，有時非常想和誰合為一體，有時又恐懼被入侵而無處可逃的殘酷，長期反反覆覆，從沒拿定心思過。我不斷懷疑著，有誰會真的愛著誰真正的樣子嗎？長期將自己的喜悲和另一個人綁在一起，是不是很可怕的事？由於我是做了承諾，就會再難受抗拒也必定要使命必達的性格，總是懷疑著萬一結了婚和誰在一起，萬一要再難受抗拒卻要力撐一生，就從背脊發冷。

但，去參加別人的婚禮，我都興高采烈，突然覺得這世界充滿希望——我所怕得要死的東西，我的朋友張開雙手擁抱，並且咧嘴大笑——我所害怕的事情，說不定沒有那麼可怕也不一定。

更重要的是，每次看到別人熱戀或相愛，我心裡都開心得不得了。

我幾乎不曾因為自己沒有戀愛，或長期單身，看到別人在路上熱烈親密，或看到老友結婚而難受，反而總是高興。那代表愛這種事情應該還是在的，或者，我骨子裡頭非常喜歡相愛這種概念，喜歡兩人彼此眷戀的念頭，雖然因著種種原因我不在那狀態，或常常懷疑，但心裡頭對這件事有著浪漫的執念。說不定因為就是太過執念，反而碰都不敢去碰。

只要看到兩個人彼此喜歡，喜歡到不得了的程度，喜歡到想要一直和對方生活在一起，我就不自覺地想：這種強烈的感情，還存在這世上哪！

有這種衝動不見得保證白頭偕老，但，世上人類若沒有這種衝動，活著幹啥呢。

這讓我覺得這個總是令人悲哀的世界，總算有些可喜美麗之處。

好可愛啊，我看著台上的新人，有的婚禮辦得莊重神聖，有的婚禮辦得像家家酒似的歡樂粉紅，咧嘴大笑或激動流淚，我心裡止不住讚嘆。沒有這種衝動，活著做什麼。

置身在這喜慶熱鬧中，看到花花綠綠，歡騰繽紛，大家都打扮得漂漂亮亮，儘管一個人，我總是笑嘻嘻。平常哪有什麼機會到一個地方，大家都這樣一致地笑嘻嘻眉眼彎彎。比起去藝術圈的開幕，大家酷成一副鼻孔朝天樣，或去文學圈的講座，裝犀利批評東批評西，我比較喜歡婚禮。這裡好，這裡熱鬧，這裡漂亮，台上的新人對以後的命運正充滿期待要開始呢，他們相信人生還大有可為，相信彼此屬於對方，有種新鮮而旺盛的力量。

若台上是再婚的人，我往往鼓掌歡呼得更用力。這種事情人生有過一次經驗很可能就終生傷殘，而他們願意一試再試，對未來仍然還有柔軟的渴望，真是了不起。

一個人參加婚禮，我認真看自己的朋友在人生大關上的美麗燦爛，我奉陪得義無反顧。我總是從新人禮服、雙方家長造型與致詞，還有台下雙方友人，一一認真得像小時候著迷於萬花筒那般地欣賞，就算身邊坐的不是自己認識的人，說不上話，我也每一道菜都吃得很高興。若排座位剛好排到平常不喜歡的人，只有在婚禮不讓人覺得太過彆扭，因為在這片鬧騰中給予祝福，只有婚禮上大家的情感是趨於一致的。看人，被人看，觀察，被觀察，長輩致詞，影片表演，服裝時尚，言語禮俗，還有一道道菜餚。

置身於熱鬧之中，我幻想大家都開成一朵朵花。

我沒有這樣的機運和誰結為連理，並不代表我討厭或否定這件事，婚姻從很多角度來看，也不是個太壞的點子。人畢竟是群性的動物，無法不仰賴他人而生活。在這世上發心想與另一個誰彼此依靠，相互扶持，好好過生活，不賴。

儘管，關於婚姻，現實上太多拉扯，而性別結構下的權力問題，非常龐大，大到超過兩個人或兩個家庭能夠負擔，可能會傷人至深，而且這種傷害不可能只仰賴善意與愛情而能解決。但對某些非常幸運的人，善意與愛情也許可以稍微抒緩那痛感。今天晚上過後，這對寶貝會發生什麼沒人知曉，然而此時總是要大聲加油的。

我想起我的大弟弟結婚那天，婚禮非常簡單，只邀了少少的幾桌親友，弟妹沒請伴娘，也沒請新秘，一切都自己來。婚禮開始前，弟妹的禮服出了小問題，她和弟弟兩人在餐廳的小隔間，自己處理好就出場。婚禮結束後，也沒有鬧場沒有派對。婚禮結束後，我和家人下樓到餐廳門口想等大弟和弟妹，沒想到這對新人已經早就從禮服換回平常T恤牛仔褲球鞋的樸素模樣，連妝都卸得一乾二淨，站在餐廳門口，完全看不出是剛辦過婚禮的主角，身上沒有剛剛一點點餘熱光輝殘留，只是家常，像隨處可見的平凡情侶。

小兩口淡淡地對我們揮手道晚安，手牽手轉身去搭車，就要開始他們的尋常人生了。我覺得很美，覺得所謂伴侶，莫過如此。

說不定就是因為這樣，我常常那樣一個人盛裝赴會，也覺得義無反顧。

本文收錄於二〇一八年十二月出版《有型的豬小姐》（新經典文化）

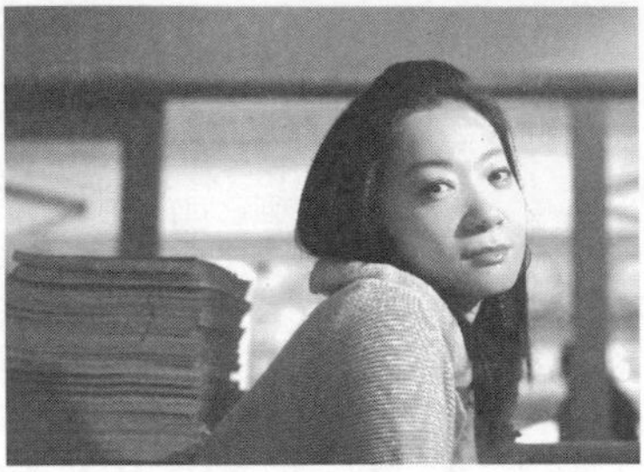

陳昭旨／攝影

李維菁，一九六九年生，小說家，藝評人。台大農經系畢業，熱愛藝術，進入《中國時報》任藝文記者，後離開職場專注寫作。著有小說集《我是許涼涼》、《老派約會之必要》，長篇小說《生活是甜蜜》，散文集《有型的豬小姐》，並與插畫家Soupy合作繪本《罐頭pickle!》。二〇一一年以《我是許涼涼》榮獲台北國際書展大獎，二〇一八年生前最後作品《人魚紀》獲選為台北文學獎年金獎助得主。另有藝術類創作《程式不當藝世代18》、《我是這樣想的——蔡國強》、《家族盒子：陳順築》等多部著作。

無知的孤獨——吳賢愷

天花板的電風扇傳來嘎嘎聲響，在我所未見之處搖晃。我從未感受過如此安靜的夜，沒有都市的人車嘈雜，也沒有鄉間的蟲鳥鳴啼，只有故障電扇傳來的機械聲響，這唯一的噪音使寧靜的夜更加寧靜。

這樣的夜晚適合詩人。電扇的聲音一如我待過的任何一間學校，老舊、殘破。過往如流水襲來，這裡不只留下回憶，也喚起回憶。各式各樣的回憶在此匯流交融，我沒有辦法思索，卻也沒有辦法不思索，剛轉眼到來的回憶倏忽即逝，而另一回憶馬上填補了前者的空缺。我想起了很多人，很多事。有印象鮮明的，有記憶模糊的，既有不能忘懷的，也有難以想起名號的。那些光彩亮麗、陰暗慘淡、痛苦傷悲、愉悅歡笑，湧入我的腦海，真實的、虛假的、真偽不定的、發生過的、未發生的、在想像裡的、在現實中的。我想起了家人、朋友、剛訣別的與許久未見的。

我忘記本該記得的，記起了本該忘記的。忽然，我想起了高中的同學，一名活潑開朗的女同學，卻左思右想憶不起她的名字。又想起了多年前所寫的詩句，明明毫無頭緒，卻印象深刻，既不明前句，也不曉後句。我想起了曾被祖父責罵，卻想不起事故為何。我試圖回想同學的名字，卻想起了幾句唐詩。我寫的應該是情詩，那時候可有所寄託？還是為賦新辭強說愁的稚嫩之作？詩人從不輕書詩篇，除非筆墨裡摻和著愛神的氣息。不知何處吹蘆管，一夜征人盡望鄉。莎士比亞，愛的徒勞？無事生非？應該是愛的徒勞，回去查查。

我想起了幼時在安親班的捉迷藏，躲在鐵製的桌子底下，打開了正上著英文課的教室。我想起了投籃練習，手指微微勾動，不知道兩個月後我那半生不熟的勾射會有多少退步。我想起了少年吸血鬼阿曼達的故事，而後想起了吸血鬼黎斯特。沒有永生的吸血鬼，在人群之中。人們使夜晚比白晝更加閃耀。路燈的光微微散進床頭。吟遊詩人的言語，人們意圖攀附星辰的高度。

熱烈的討論考試題目。神聖羅馬帝國，土壤液化，傑利蠑螈，為伊消得人憔悴。一位又一位的同學，跟這位吵架，和那位和好，討厭這個，喜愛那個，跟他一起打電動，跟她一起看漫畫。恭喜他考上警專，我陪他念了不少國文和社會。刪掉遊戲了？說好一起玩的，算了，這兒也沒法玩。

祖父給了一支冰棒，是荔枝還是草莓？應當是草莓，我只喜歡草莓。喪禮，我沒哭，什麼是死？國小的時候不明白，現在或許也還不明白，跟孤獨一樣。開始想家了，父親給的手錶，橡皮錶帶的電子錶。進來前語重心長地交代。稍不耐煩。

我第一次感覺到這種孤獨。兩旁躺著人，我卻與世隔絕。與沒有朋友的孤獨截然不同，與關上房門的孤獨截然不同，與獨自一人北上的孤獨截然不同。徹底無望，我等不到電話，也打不了電話，通訊軟體吵人的提醒鈴聲如此親切。鼻頭一酸，目光朦朧，父親的聲音在耳邊徘徊，母親溫暖的懷抱令人眷戀。

男兒當自強，進去的時候是男孩，出來的時候是男人。無依無靠，無法求助，不能撒嬌，只能長大。大家都知道四個月很短，父親知道、母親知道、隔壁的鄰居知道、不大熟識的女同學知道，但只有我知道一秒很長。

想得越多便覺得越寂寞。這時候父親在幹嘛？睡了嗎？或許還沒，我躺了一夜，手錶上不到十二點。同學說好假日要去打籃球，但現在應該還在電腦前奮戰。新生要入學了，社團該準備宣傳，不知道準備得如何。但不論哪個場景裡面都沒有我。

我好像被遺忘了，被埋在數十名年紀相仿的青年之間。剃了頭，戴上口罩，我是他，他是我，我是洞四么，他是洞三勾。我不知道他的名字，他沒看過我的面貌，只是一起被埋在這擁擠空洞的房間。

我第一次身在人群之中，卻感到與世隔絕，也是第一次知道孤獨竟是如此難受。我一直以為我與孤獨為伴，感受過各種各樣的孤獨，我能忍受，甚至享受孤獨，但如今才發現我根本不懂何謂孤獨。

我過去嘗試賦予孤獨高貴的意義，在我缺朋少友的童年和浪漫綺麗的哥德小說之後。但我直到北上念書才第一次真正明白孤獨的感覺。在我懵懂無知的青少年時期，我以為關上房門足不出戶，寫些無病呻吟的詩句就是孤獨。當我初嘗戀愛的苦澀，我以為求而不得的相思是孤獨。但當我一個人來到台北我才發現我的可笑。

在除了自己再無二人的房間裡，我感覺到了前所未有的孤獨。白晝與同學相處的歡快、大學生活的新鮮、台北都市的繁華……到了夜裡都成了心理的一塊疙瘩，時時的撓著心頭。若在朋友較少、生活較平淡的中學，或許我不會有這樣的苦悶，但就是在體驗過這樣的熱鬧後，才更覺自己一人的冷清。像日本人講的，祭典後的寂寞。

我感覺到的孤獨和以前截然不同。在這遠離家和家人的地方，我第一次感覺到真正的孤獨。在家裡，即便關上房門帶上耳機，家人的談笑依然能竄進耳縫，但在這裡卻毫無他人的氣息。即便是最深的夜裡，即便未能聽到最輕微的吐息，也能清楚的知道家人就在不遠之處安歇。

不看電視的我開始習慣打開電視，不在乎什麼節目，新聞、電影、連續劇，只希望能在耳邊有點人的聲音。卻只是徒勞無功，當我聽到電視裡的台詞，我就更加懷念真人的聲音。我本來不熱衷於通訊軟體，卻三不五時地拿起來看看，期待能有一兩人來分擔我在夜裡的寂寞，卻往往一夜無聲。

偶爾，會有一兩輛機車呼嘯而過，發出的引擎聲久久不去，在空曠的大街上迴盪。這意外的嘈雜，往往使夜晚落寞，好像硬是要突顯周遭的空虛。有時，往窗外看去，在那刺眼的慘白路燈後，會有一兩盞高掛屋簷的紅燈籠，在風中搖曳看來陰慘嚇人，在心裡揮之不去。

那時我才真正體驗到孤獨，不是風花雪月的高雅文章，而是撓心搔肺的苦悶現實。但即便如此也不能和今夜的孤獨比擬，那時我以為我稍微懂了一點孤獨，現在才知道那不過是另一種自大無知罷了。我依然不懂何謂孤獨。

我身在人群之中，但之間的聯繫卻比空氣還單薄。我才知道與陌生的人在陌生的環境，居然比獨自一人更加使人感到孤獨。或許這是我們除了身為男性外，少有的共同點，認為自己不該屬於這裡。

現在這刻，我或許比以往任何一刻都更靠近孤獨。但這次我再也不敢認為自己瞭解孤獨了。這種說不清，講不明的感覺，只能靠自己感受，如同我和另外數十位被埋在這的男孩。

我們獨自在人群之中，吸著同樣的空氣，想不一樣的回憶，在同一群人身旁，想著不同的人。什麼時候能打電話呢？手機被收走了，手上有三張電話卡——一張鎮公所發的，兩張在超商買的，樓下有公共電話，這三張卡能說多久？我感覺憋了一輩子的話要說。

先說什麼？我很好？家裡怎麼樣？或許直接一點，我很想你們。還有呢？還要說些什麼？明明好像還有許多話想說，卻又沒有話能說。無妨，再想吧！就算說不出什麼，也能聽聽家人的聲音。那聽了十多年的聲音，熟悉，親切，而且令人懷念。

等吧！等到天明吧！那時或許就會讓我們打電話。等了多久？不清楚了，大概比我前面的人生還要漫長。還有多久？不知道，或許要再一個人生。等待的過程中我仍不斷追憶。我想起了在整理相簿時，看過父母結婚時的婚紗照，裡面的父親頭髮真黑啊！我小時候睡覺時總依偎在母親身旁。坐摩托車時總是緊緊抓著父親，深怕給摔到了地上。母親來接我放學時，會聽我毫無邏輯的嘰嘰喳喳……。

傳來了一陣床架搖晃的聲音，打破了那嘈雜的寂靜。電扇還在轉著。該起來了，不知道該準備多久，還是提早起來為好。奇蹟似的，在夜裡，這擠滿了數十名男子的寢室竟無一人打鼾，或許我們運氣很好，又或許，所有人都一夜無眠。

「現在時間洞五三洞，部隊起床！」

——原載二〇一八年九月《聯合文學》第四〇七期

本文獲二〇一八年台北市立大學學燈文學獎散文組二獎

吳賢愷，現就讀台北市立大學中國語文學系。喜歡糖、香料，討厭美好的味道。不喝雞湯，只偶爾拿起雞的骨架做驗屍報告。此人生活單調無趣，沒有什麼光輝的過往或傲人的成就，連自我介紹的表格都留下一片空白。

得獎的是

祁立峰

你飄飄然走過位於城市都心新開發商場的同時，感覺背後汗衫與襯衫接觸的部分，布貼著肉，全被汗漬給浸濕了，黏黏軟軟的，像青春記憶裡那個穿著萊姆黃制服的女孩，第一次把乳房偎在你臂膀交會處的溫潤觸感。

前方是七彩霓虹填充以氤氣的巨大魔幻空橋，連接著一棟又一棟具時尚感的建築，像即將起飛升空的太空艙。你有種錯覺，走上它之後，自己就這麼隨之起飛，離開地球表面。

「人生進階了。」像休旅車廣告裡一對小夫妻在草地上拌著嘴，女方忽然告訴男方該添購兒童安全座椅的對白。

獎座拎起來一瞬，竟比你想的還要還要沉，還要重。那是一長條金屬造型的棒狀物，尖端停著一隻老鷹的雕塑。鳶飛戾天，鷹隼展翅，多好的意象。

雖然已經離開頒獎典禮好一會了，你眼睛還是暫留著剛剛被相機閃光燈不斷跳爍所造成的陣陣炫光。

「我是作家了。」你直到如今始終不太敢相信。踏著紅地毯走上頒獎舞台，從知名前輩作家手上拿下這座雕工精緻的獎盃，前排的攝影師說：「現在請得獎者跟老師合照一張」、「來，把獎座對著我」，接著踏著另一端的紅毯拾階下，掛著記者證、馬尾紮得俐落，露出的耳朵粉粉嫩嫩的女記者靠上前，將預寫了幾個問題的紙抄攤開……

這你曾在好幾個淒冷夢境裡，預習的一幕美麗場景，竟然真實的發生了。就在不到半小時前。住南部的爸媽已經知道了，他們雖然聽不是很懂，但一聽說自己即將在雜誌上刊載文章，就興奮地告訴鄰近村里親戚的這個舉動來說，爸媽現下終於以自己為榮了。從那年不顧他們威逼武嚇，硬填滿了十三個中文系志願，已經多少年了？你依然記得那張用２Ｂ鉛筆塗畫的志願卡，因太過用力而被捏軟捏皺了，窩在手心的質感。

通知得獎消息到正式頒獎這一段空隙，其實只有三個多禮拜，但你一刻也不閒滯下腳步。「文壇是很孤獨的」，這句話是你最崇拜的大作家，被稱為五年級黃金艦隊的首領，在演講時說的。「讀者如流水」，這句是你在電視專訪時，聽到一個外國暢銷女作家，被評為「被故事之神眷顧的女兒」說的。

不到一個月的時間，你著魔似的將之前猶未成型的故事構想，寫成繼這篇得獎作品之後的第二部中篇小說。相對於得獎作品、以當時代的青年男女，配合存在主義，耗費數個月構思修改方得終篇的小說〈西西弗斯的願望〉。你自我要求——這第二篇作品的敘事風格必須嚴縫密接，同時，在人物形塑上也更具立體感，此外，還得兼顧哲學深度與對人生辯證，以及對生命沉重無解的控訴……

成為一個作家，這是多麼艱辛而荊棘滿布的道路啊。然而任重道遠，勇者只管前行。

但這一切終有價值。你回味著剛剛將一疊厚達三十頁左右的Ａ４稿，從牛皮紙袋裡光敞敞抽出來，雙手捧交給《華夏月刊》雜誌的總編輯時，那短髮俐落的女總編既怔忡又驚喜的表情。

「大約有三萬字左右，我知道貴雜誌社比較傾向刊載短篇的小說，但我這一篇說起來已經接近中篇小說的規模了。」

「喔，如果是投稿的話，其實你發Mail寄來雜誌社就可以了。」女總編客套對你說。

「那怎麼行呢，我想總編您對我的新作品難免會迫不及待。」你並不想在頒獎典禮這樣的場合，和她談到太過於深入或艱澀的文學理論課題，只想稍微提一下就好——「與第一篇寫都會青年對自我存在的探索與思辨不大一樣，這一篇小說更具備理論的視角，和後現代、後殖民主義甚至是解殖民等理論，都有些連結。」

「我個人是傾向能一次刊登完啦，也便於我日後集結成書預作準備。」你本來還想補上這句，後來想想算了，身為文壇新人，還是要謙遜點低調些。

「那，就請總編您有時間時再稍稍過目就行了。」拜託，什麼過目？你在內心嘶吼吶喊。這可是即將撼動文壇的巨作，你給我一個字、一個字仔細地品讀啊。連屆時集結出版時的書腰你都給想好了：「新世代生力軍，舊時光老靈魂」、「七年級終於收穫最受矚目的天才系新人」、「初試啼聲即步上文學史經典之列」、「在荒涼的末日，我們還能否只憑著愛與勇氣繼續存活？」

「好，那我就收下了。回去立刻拜讀大作。」總編如少女般靈光乍現的眼瞳裡，看起來有些水汪汪，閃閃亮亮的。「拜讀」兩個字聽在你耳裡，像盛夏的午後雷陣雨，敲擊在壓克力板的清脆聲響。

●

女總編即將抵達辦公室的電梯裡，忽然發現從早上起床就開始的脖頸痠痛，在不知覺間已經消失了。人到哀樂中年，疼痠病痛成了身體感官臟器的一部分，要有天晨起發現病痛全消，要不是不知覺中提早往生了，就是來到迪士尼樂園。

她想起肩包裡的小說稿，剛剛新人獎頒獎典禮，被硬塞過來的小說。說不定負重反而對於肩頸痠痛有意外的療效，總編暗忖著，明天來問問看瑜伽教練。

「這是誰的稿子？」總編進辦公室前，繞到了回收區，將新人的稿件丟進「不予刊登／未附郵資不退稿」的大方磚形紙箱裡，進公司才兩個月的實習生正好在旁邊用影印機。

「你來得正好，幫我寫封信給這個作者，叫什麼的……」總編無須人在辦公桌前就能發號指令，這是她當年還在當小編輯時就學會的高效率，像渦輪自轉的吸塵器，一旦運轉起來就停不下來。「你就寫說，故事大致上讀過了。不對，說看到三分之一左右。『你的文筆非常洗鍊，與新世代的其他作家相比，展現出少有的沉穩』。」

「這是在說他老派的意思嗎？」實習生低聲說。說起來，總編其實還滿喜歡這實習生。創作者必須具備敏銳度，不能只是趕流行，世界就像繭，千絲萬縷糾結在一起著。她說不定才是應該被力捧，當作明年度的出版社力推的新人。

「難道不是嗎？」總編笑起來上唇微微掀起，看起來莫名地輕蔑，明明已經過了嬌滴俏麗的年紀，但她打薄的赫本頭，隨身體動作而搖晃。每年總會有好幾個這種搞不清狀況的傢伙冒出來，得了幾個半大不小的文學獎，接著以為自己是作家似的，到處投稿雜誌和報紙副刊。拜託，每年度全國少說有一兩百個文學獎、新人獎，每個都來亂那還得了？

女總編的iPhone聯絡人清單，僅留基本需要的作者，不拖稿不會盧稿費的最好。其餘的只能當填咖來用。

「然後，你回說我下禮拜出國，回國後再與他聯絡。」誰都知道，那就是不用再聯絡的意思。

「對了，另外想請問總編，剛剛ㄓ先生來信，問到今年報名『菁莪獎』的事情，請問我該怎麼回覆他？」實習生所說的ㄓ先生，是總編入主《華夏月刊》後才終於從其他出版社挖角過來，花了幾年力捧的中生代作家，剃了個霸氣的小平頭，身材不算高卻肩膀寬闊，看上去一點不像文弱作家或上班族，反倒有點日本情色工業AV男優體格。

說起來，ㄓ的前幾本小說還算頗有話題性，聚焦描繪眷村題材，搭配南腔北調交混的華麗魔幻語言，頗受到評論界的重視。但這幾年已經差不多了，倒轉沙漏魔術，遍地灑出了金沙銀粉，像神話裡預借五彩玉石補天的故事，才華幾乎耗盡了。其實總編初開始根本懶得報名了，想也知道獲獎機會渺茫。

加上今年評審的名單已經公布了——其中一個資深女散文家，過去以寫環保主題聞名，晚年還做了本土派政黨的不分區立委，這一票大概不太可能投下去的；另外是一個近來竄紅的、和ㄓ差不多同時期出道的小說家，同輩作家投票的機率，大概小於百分之零點零零幾再四捨五入；至於第三個年紀頗大輩分甚高的老詩人，這幾年專投給女作家自我敢曝的作品，尤其偏好其中性愛場景……

「你記得提醒我回信給他，說如果得獎了我們把他前幾本庫存拿出來，作特陳、作網路特價。」

微乎其微啊。但女總編忖思的是ㄓ應允替雜誌寫的中篇小說。還要分上下集，以兩期篇幅刊載，版面已經預留下來了。「說起來，ㄓ省了我們不少的麻煩啊」，幾個與ㄓ同世代的作家，有得國外書展的文學獎了，也有拿國家文藝獎章了的，就剩下他似乎還是把在這種等級的雜誌發表作品，看得矜矜慎重。

「文壇B咖還是比較好用。」總編不確定僅是在心裡想，還是已經說了出來。

●

實習生不斷地抽衛生紙，然後像在詛咒什麼似的用力吸吮著鼻頭。明明已經來台北上班快半年了，身體對於這種陰冷潮濕的氣候仍然難以適應。來台北半年，進《華夏月刊》雜誌社當實習生也已經滿五個月了。這是她大學畢業後的第一份工作，當然是出於對出版界的嚮往，彷彿書封銅版紙上燙金貼銀的星星圖案。

對中文系畢業沒跟風潮讀研究所的實習生來說，這份工作彌足珍貴。她如愛撫般輕輕整了一下掛在胸前的識別證，《華夏月刊》幾個凹凸玲瓏的魏碑字體，閃閃熠熠。

今天下午「菁莪獎」才剛剛公布，這是由文化區邀請評審，選出年度十大好書的全國性獎項。雖然說從幾百本文學著作裡挑十本出來，看起來萬中選一，但其實那些剛出道的、小牌阿沙布魯等級的作家壓根沒資格入圍決選。

ㄓ雖然沒能得到正獎，但進入了最後的入圍長名單。這其實讓她和編輯部所有同仁都有些驚訝。ㄓ這次入圍決審的小說《博物志》，延續他多年關注外省的族群議題，以及語言混雜的實驗性書寫，她自己讀下來，是覺得整個架構沒什麼太大缺失，但實在平淡乏味，在關鍵處的轉折也頗為老派。

總編讓實習生去和ㄓ恭喜，討論接下來的相關宣傳，但她被過敏性鼻炎所侵擾，實在提不起勁。還是傳個臉書訊息稍微恭喜一下就解決了吧。

「我不知道像ㄓ每次交出這種作品，還能入圍是什麼狀況？」

「哈哈，反正評審可能也沒看過ㄓ的小說就投票了吧。」

實習生開著另外的視窗，一面回應著同事們窸窣輕佻的訕笑，一面望著女總編的透明大玻璃門辦公室。他們的出版社位於大樓的二十三樓，底下就是火樹銀花的熙攘都會區。不知道坐在總編輯的位置，看穿爿爿玻璃窗，望著車潮街景，是什麼樣的體會。其實實習生想著的是——等到自己坐上總編座位的那一天……

就在按下輸入鍵的同時，實習生才驚覺，她將剛剛調侃ㄓ入圍菁莪獎的回訊，誤送到了作家ㄓ的臉書去了。

訊息的右邊亮起「已讀」的藍色圈圈，看來ㄓ也一直在等著出版社通知，但沒想到會是這樣誤遞而來的訊息。完了，一切都太遲了。

座位上的內線分機響了起來，那枚螢綠色的光鍵在黑暗中格外耀眼。這次出版社實習之旅大概得提早結束了，實習生想。其實回南部老家幫忙也好，爸媽早就跟她說不要隻身留在台北上班，食宿開銷都不敷不合算。

同時，她還想到另一件事——這次約好請ㄓ幫忙寫的那上下兩集小說專欄，大概非得開天窗了。

●

你接到總編輯親自打的電話一瞬，掌心手汗幾乎要把折疊掀蓋的舊款智障型手機給握濕了。總編說之前你投稿的第二篇小說〈西西弗斯的願望〉，要分上下兩期連載在《華夏月刊》上，只不過他們需要你多寄一份修改後的原稿電子檔過去。這對新人來說前所未有的矚目啊。

你強抑住高亢的情緒，以刻意壓低的穩重聲線告訴總編，希望這兩期的封面能配合小說的情節，以黑冷色調為構圖，搭配上某某知名設計師的手筆。只不過她似乎表示，目前封面設計已接近完成，實在趕不及修改了。

「那麼這一次就算了，下次記得提早跟我聯繫。」你抬起頭遠眺城市街景，各種紛紜的新作靈感在腦海湧現。專職寫作這行真不容易啊，你對自己說。

公車途經高架橋，一抬頭若神啟般矗立的廣告看板裡——蔡依林身著寶藍色運動勁裝，蜷曲著肌肉線條優美的長腿，大眼睛閃爍著襲襲靈光。「不放棄，我一定做得到」，招牌上寫著這幾個大字。本來就是嘛，早知道自己就是當作家的料，你悄悄聲對自己說。

——收錄於二〇一八年二月出版《來亂》（聯經）

祁立峰，現任中興大學中國文學系副教授。曾獲台北文學獎、教育部文藝創作獎、國藝會創作及出版補助。著有《偏安台北》、《台北逃亡地圖》，《讀古文撞到鄉民》、《來亂》等，並曾於FHM雜誌、《中國時報．人間副刊》「三少四壯集」、「udn讀書人」以及「Readmoo閱讀最前線」擔任專欄作者。

白目少年——林孟寰

1

我其實滿喜歡回雲林老家的，只要不是過年。

雖說是老家，卻是我從小到大住過最新的房子。爸媽用退休金起了一個歸園田居的夢，甜美而滿足。老家視野寬闊，左右是柳丁園，後方是鳳梨田。前方橫亙著寬大的省道，老家就坐落在通往遊樂園的半路上。每到假日遊覽車轟隆而過的，沒有片刻停留。而我也是，回到這個家裡總是留不久。

平時回老家，總在行禮如儀地問候完畢，大家便遁入各自的角落。在偌大的家裡，每個人都能維持一種舒適的距離。後來我才聽說，這就是所謂的「現代家庭」。不過對生於斯，長於斯的我來說，卻沒什麼時髦的感覺。就算同住一個屋簷下，我們仍是獨立的個體。維持人與人之間的尊重是必要，這種愛才不會壓得讓人喘不過氣來。但是每逢農曆新年，就像橫空飛來一張來自遠古的符咒，逼得所有人在那幾天非得打包在一起不可。吃飯，電視，吃飯，電視，穿插著尷尬的聊天，繼續吃飯，電視……家裡吃得不太講究，電視也只看新聞台。孤懸在通往遊樂園半路上的老家，時間彷彿凝滯在一種飄忽的、對團聚的想像中。

「如果你和男朋友要結婚，是不是今年雙方家長就該先吃個飯呢？」

等等，等等，這是什麼催婚的節奏嗎？不是去年才修憲通過同性戀明年可以結婚，然後立刻就輪到我了？——雖然我現在有個交往七年的男朋友，但從憂鬱的同志少年時開始，所有渴望早已磨成絕望。婚姻大事就被拋到腦後，一時片刻你要我從哪裡找回任何關於成家的想像？

「這種事也不是一定要的吧，搞不好我和他之後會遇到更想在一起的人呀。如果已經結了婚不就很麻煩？」

我輕描淡寫地說，換來一臉失落的神情。唉呀，我錯了。就算心裡這麼想，我也不該說出來的。這不是應該是個同志終於被家庭包容，感人肺腑的時刻嗎？我怎麼那麼白目呀！成不了一個普通人家的獨子，就連一個被社會包容的理想同志也做不好，我到底是有什麼毛病？

2

我的白目真的不是兩三天的事。從小就不太看人臉色，才剛想到要做什麼——然後就已經做了。每當我迷上什麼，就一股腦兒投入去做。此時是理直氣壯說我在畫漫畫、寫小說，沒時間讀書拜託不要煩我；彼刻立刻又變成我要考大學，什麼事情都你自己去做啦。——完全自我中心，還會回過頭問別人：啊你為什麼要生氣？長大後，我還認真懷疑過自己，是不是其實有亞斯伯格症？但從一些指標看來應該是沒有，所以應該就是普通的白目而已。

在當年，我十七歲就向家裡出櫃，算是挺早的。高中時，我對什麼是「性向」還懵懵懂懂，只知道雖然有個女朋友，但卻同時覺得班上那個男生多麼可愛。好糟糕呀。我這個「現代家庭」的爸媽，教育態度介於自由和放任之間。儘管如此，性啊愛啊，挫折與失敗，從來都不是餐桌上的話題。「同性戀」是他們世界裡不存在的字彙，因此這三個字也在我的青春裡噤聲了。但憂鬱並無法治癒白目的毛病，還待在櫃中的我，卻大寫同志題材小說，最後還刊登在《聯合報》上！

但沒辦法，都是為了那個男生。我拚命投稿，拿到稿費和比賽獎金就有藉口約他去玩。吃吃喝喝，吵吵鬧鬧，那些在一中街上潮濕、曖昧光暈中遊蕩的溫柔時光，就好像找回了那個我不曾有過的兄弟。——但我要的不只那樣，然後我就越界了。我終於鼓起勇氣向他告白，結果被斷然拒絕了。

只是個失敗的暗戀，對我來說卻是個天崩地裂的毀滅。家裡旁敲側擊無效，然後開始「看小說辦案」從我寫過的文章裡抽絲剝繭，拼湊出那個他們不認識的我。後來，我也順勢出了櫃——出櫃嘛，其實不過就是「我喜歡男生」幾個簡單的字，到底有什麼難的？隔天，他們早上把我叫醒，用榕葉灑水為我全身清淨，接著捧來一杯飄著灰的水要我喝。——太荒謬了！老爸老媽，你們不是知識分子嗎？怎麼還會相信這玩意兒？看著在水面浮沉的灰片，彷彿我心裡某一塊也被燃燒殆盡了。

「你很不孝。」唉呀，怎麼會這樣？

我再也不可能完成，身為一個好兒子的責任了。我那時候沒想到，出櫃是不可逆的——櫃子門不但開了，而且門還掉了！一旦出來，就再也回不去了。我也不可能想得到，父母當時面對的無助，以及我接下來要花將近十年的時間，才讓家人接受了這個真正的我。

當我和前女友出櫃後，她大哭一場後，轉而想和我維持好姊妹般親暱關係。我竟毫不隱藏我的厭惡：「拜託！我是男的耶！」她在冬天時曾編過一雙毛線手套給我，但看到那男生手冷，我卻毫不猶豫借給了他。我做人真是失敗啊！

3

後來，我拚了命考上台北的大學，從此就不曾回家長住。我們默契地假裝這個青春波折不重要，也不存在。他們繼續過著恬靜的南方時間，而我則在一個接一個男伴間，尋找那個朦朧未知的真愛。

白目如我，在愛情裡總是很積極主動的。但沒想到當個同志竟然沒那麼簡單。——不精緻、不時尚，沒品味、沒身材又不幽默，最慘的是，還不擅和女孩們打成一片。我只是遊走在圈子邊緣，看著裡面風生水起，潮起潮落。作為一個不符合社會期待的同性戀者，我隨時都感覺自己的質地粗糙。每次失敗的戀情，都好像在說：連個gay也當不好，我到底還算什麼？彷彿這個世界沒有我的位子，不存在一個屬於我的地方。

我常會回想起國小時，一個似真似幻的場景：夏日蟬聲鳴噪，窗外椰影搖曳。我坐在教室裡，發呆看著外面的海獅噴泉水花四濺。在班上，我總是帶頭做各種事的那個人。我自以為是個孩子王，站在團體的核心。但有天老師辦了個活動，發給每人三張小卡片，給班上三個最要好的朋友。我很開心地寫好卡片送出，滿心期待會收到誰的卡片。最後，我卻一張都沒拿到。「老師，某某某拿到十五張！」同學起鬨著，師院剛畢業的年輕老師，並沒有多想，開始調查某某某拿到十五張，有人拿到更多的嗎？有人拿到十四張的嗎？十三、十二、十一、十……我只感覺到背脊處一陣汗濕，這是什麼感覺？難道就是「背叛」嗎？……三、二、一，那有同學沒有拿到的嗎？——她作夢也沒想到，真有個孩子什麼都沒有，然後他還傻傻地舉起了手。燈暗，黑畫面。

我完全不記得老師怎麼收拾這個尷尬的殘局，只是在反覆輪播記憶裡，變得愈加猙獰。而後，彷佛是老天要懲罰我的白目，這情節竟反覆地在我人生上演，每一次我都痛苦得想死，但白目病一發作，熱血衝上腦門就什麼都忘記，清醒時又已經在向未來衝刺的路上。

白目的我，總是走在最前面。他拖著背後那個身為失敗兒子的我，作為不合格男同志的我，走啊走啊，十多年又過去了。我彷彿正面對決般，和時間瞎耗著。等到了愛情、等到了和解，等到終於在台北有了一方屬於我的立足之地。那些青春時結痂的傷口，就在抓癢間不知不覺地被摳掉。剩下了淡淡斑痕，提醒著我，當年曾經認真地愛過、痛過，然後不顧一切轉身離去，告別我的白目少年時。

——原載二〇一八年八月十一日《聯合晚報》副刊

林孟寰（大資），台灣大學戲劇系劇本創作碩士，劇場與影視創作者，目前於台中歌劇院擔任駐館藝術家。各類文學創作曾獲台北文學獎、香港青年文學獎等，並以電視劇《通靈少女》入圍電視金鐘獎迷你劇集項目最佳編劇。舞台劇編創作品十餘齣，參與作品多次獲台新藝術獎季提名，代表作有《野良犬之家》、《嫁妝一牛車》、《同棲時間》等。出版著作有詩集《美村路上》、短篇小說集《天空之門》等五種。

修身——楊邦尼

有一天，尿尿的時候，低頭看，雞雞呢，被一坨圓頂丘遮擋。

圓頂丘，地理學概念。

你教過的等高線，一圈一圈勻稱的等高距。

「如果有一天我有了大肚腩，你對我是否意興闌珊。」歌裡這麼唱。

你有了隆起的肚腩，如三月孕婦，不是一天之內造山運動形成的，經年累月，不搭理，悄悄然橫陳在你眼下。

從此人雞兩隔，連對望、踮起腳跟，看不見，就是看不見。

牠孤懸垂吊在鼠蹊間，好寂寞的器官啊。你有多久沒有低頭細看琢磨。玉不琢，不成器。況且，你不是玉，是毀壞之身。

這震撼，像小時候，三、四歲吧，看見父親的陽具如此碩大無朋。驚嚇你。

思無邪。

一次，和陌生精瘦腹肌男做完愛，二十來歲，沒急著捻亮燈，圍上棉質白浴巾，洗澡，逕自走人。兩人累癱在黑皮軟墊，汗涔涔，氣吁吁。牆面鑲嵌落地鏡，不知從什麼時候開始，三溫暖的迷宮暗房裡流行安裝成片鏡子，看彼此蛟繞的身體像上古神話女媧伏羲交媾，人蛇不分。福科說的異托邦，遁身之必要，你們在鏡子那裡，那裡不是這裡，既現實又魔幻。

歌曰：「血裡的狂野，對真實與幻覺已無分別。」

慾火滅，精瘦腹肌男撫摸敲打你肚皮鼕鼕啪啪聲。

「是肚腩！裡面都是油欸。」

你來不及回話，不是讚美，是揶揄，是調侃，是告訴你——青春不再。

好比造愛正熾烈的時候，一個大動作假髮摔掉，驚詫。

「蛤，禿頭！」

勃硬的大雕立即疲軟，掃性。

肚腩，禿頭，LP芭樂癟大，這大概是所有中年男的視覺震撼，無異於閹割。

你已經四十歲，大叔之齡，曾遇過如此精實之身，上品。

在猛烈又溫柔磨蹭撞擊抽插，如火山噴發爆漿，疲累問：「你幾歲？」

那人在幽冥中答：「六十。」

你心裡暗忖，天哪，此人幾可當你爸。

六十歲，怎麼可能，沒有老人斑，沒有傳聞中的，好殘酷的，加齡臭。老，身體是會發出腐朽死亡的氣息，你嗅過，驚怕。

你們看不清彼此，面目模糊，視覺如鼠，只有身體可以慰慰然撫摸偎靠。你和一個六十歲的，老人，做愛，他進入你，一點不老，腰力如熊。有種復歸於嬰兒、子宮、太初之感。

老吾老以及人之老，幼吾幼以及人之幼。

你想起，以前遇過的青春尤物少年仔，十八歲，Grindr釣到的。

「欸，小朋友，你怎麼那麼厲害，一點都不像十八歲咧。」

「谷狗就有啦，有什麼奇怪大不了！」

他早已游刃有餘在各種日系泰式歐美情色網站看過各種性愛技巧和姿勢，他倒過來可以喊你爹迪。

十八歲，六十歲，挖靠！根本是兩個平行世界的人。你竟然和他們發生肉體關係，彷彿穿越土星環帶蟲洞，性愛之旅結束，回到地球，人世間，夢一場。

為了膚淺的理由，起碼下次和陌生男，想做愛的時候，在Jack'd貼出無頭身體照，招蜂引蝶來。他傾慕你，誇耀你，身體好健朗，一點都不像年過四十，何來大叔。

你決定，不齊家，不治國，不平天下，你修身，雪恥。

你誓言要把圓頂丘剔除，像愚公移山那樣。你開始一整套的減脂增肌飲控修身計畫。你不要用一件又一件的衣服遮掩走形如山的身體，你要一件一件把衣服脫掉。在週末的夜晚，東方不敗唱道：

「週末的夜，我不哭泣，將所有你喜歡看我穿的衣服脫去。」

荒人說，身體就是衣裳。

下定決心修身，此修身非彼修身。儒家的修身太唯心，太玄幻，太剛正不阿，無慾無求，凡忿懥、恐懼、好樂、憂患，不得其正。心不正，修身不成。

吾人之修身，就只在此身，止於身。不外求，不在心。你就是要有一副好身材，可以孔雀開屏炫耀示人。

修身，只為悅己而容。

知己知彼，百戰能勝。塔尼達體組分析儀，將你看不到的五臟六腑全掀開，潘多拉的盒子，看著長串的英文字，或簡縮，夾以數字和百分比，根本火星文。

Fat%、TBW、Bone Mass、Metabolic Age、Visceral Fat、BMI。

有看，沒懂。

你需要再翻轉成你懂的語詞。

開始追蹤加入臉書公開不公開社團，當潛水員，偷窺、張看各種修身法術和食譜，十幾、廿萬欸，的會員大軍。原來大家都愛身體，愛修身。你不再踽踽獨行，修身之路攜手前行，在虛擬超真實的空間，沒有時差、地差，像在地球之外，找到同樣一顆星球，有陽光、空氣和水，分享各自的修身之道。慷慨分享，不私藏。

藏天下於天下，乃不藏之藏。不藏之藏，自無所失。

別再說臉書虛無、空泛，臉書即現實，好實在。

修身第一步，BMR，基礎代謝率。

維持生命所消耗的最低熱量，史陀說的entropy，熵學，熱量學。愈年輕，基礎代謝率高。反之，年紀愈大，代謝率降低。

所有物種之中，大概只有人族是攝取超過身體所需的熱量，白話文叫卡路里，於是多餘的熱量囤積在腰腹之間，日復一日，成肚腩，宛如瑪麗亞無性受孕。

莊子，他看穿身體所能承載的熱量，不貳過，不逾矩，不，這是孔子的話。莊子是這樣說的：

「鷦鷯巢於深林，不過一枝；偃鼠飲河，不過滿腹。」

不過，多好的修身之道。

過，猶不及。

好可怕，全球七十億人口，胖子二十億。朱門酒肉臭，路有凍死骨。

少即多，日人的斷捨離，減之，簡之，的生活。老子言：

「五色令人目盲，五音令人耳聾，五味令人口爽，馳騁畋獵，令人心發狂，難得之貨令人行妨。是以聖人為腹不為目，故去彼取此。」

修身在腹。

你吃進什麼，就成了你的身體。

obese豐腴。食物的obese，最後成了身體的obesity。超載的豐腴。

宮崎駿的《神隱少女》裡面的父母面對滿桌豐腴的食物，把自己吃成豬，由十歲的小女兒千尋來拯救，拯救大人世界，人豬不復返，物質文明的豐腴造成的，過度豐腴，精神枯荒如骷髏。

湯婆婆是豐腴的，無臉男是豐腴的，河神是豐腴的，就連湯婆婆的小寶寶也是壯碩豐腴到無以復加。

鍋爐爺爺是瘦的，琥珀川的陰鬱少年小白龍是瘦的，千尋當然更瘦。

以身瘦抗豐腴。

胖瘦無罪，罪在食物。

你驚訝，原來《神隱少女》的題旨在修身，在飲控，在節制，在至善。

耶穌教導門徒，道：「阮的日食今仔日給阮。」

原文是，Give us this day our daily bread，這天的，每日的麵包。一日一麵包。身體所需的熱量。

我默唸修身主禱文。

修身第二步，飲控。

修身箴言：動三分，食七分。

飲食三戒，少糖，少鹽，少油。又三無，無煎炸，無糖飲料，無醃製。

口腹的零度慾望。

減外食，你來到傍晚的菜市場，買食材，四十歲開始走入廚房，開始自煮生活。眼見為憑，買原型食物，魚是魚，肉是肉，菜是菜。粗糙的，手工的，你可以直接握在手上看出它本來面目，不是那種加工再加工添加再添加的產品，原料和產品之間沒有任何相似度。

你把廚房當修身的實驗場，汆燙之、蒸之，慢火燉之、熬之。忌油炸，忌烈火。

你回到飲食的原始人狀態。在生食與熟食的邊界，那時候的人由蒙昧走向意識初醒，身體輕輕盈盈，像野猴跳竄。

第三步，進修身房。煉丹爐，頑猴被丟進八卦爐，七七四十九天，煉成火眼金睛。

你翻閱各種重訓秘笈。有一種欲練神功，揮刀自宮的決絕與痛楚。你得先撕裂肌肉，修復，壯大之。大叔練的不止是身體，皮毛，還有內在。半年後，把幾近裸照LINE給晃哥哥，他稱羨道：

「一整個變身小鮮肉。簡直讓人讚不絕口，不說還看不出來四十歲呢！八・五％的體脂率，是要逼死誰。」

你說這是四十年來身體最好的體態。能在人界的盛年，走入最好的時光，也算不虛此生了吧。

攤開秘笈，六百塊身體肌肉各安其位，各司其職，各有名字：斜方肌、三角肌、胸大肌、肱二頭肌、前鋸肌、肱橈肌、恥骨肌、腹外斜肌、腹內斜肌、腹直肌、腹橫肌、腱肌、後三角肌、肱三頭肌、闊背肌、豎脊肌、臀大肌、股四頭肌、腓腸肌……好神秘迷人的肌肉群。你看著鏡子中的身體，暗影斑駁，歷歷分明，的肌肉。像納西瑟斯看著自己水中的倒影。

你先是怯生生的辦了修身會員卡，如入秘教，進修身房。深夜，有善男子、善女子各種理由在跑步機、腳踩飛輪，大汗淋漓，匡噹巨響，有浩克男在樓上怒丟啞鈴，你想說不要砸開洞，傷了樓底人。

修身房，即刑房。

拉之、推之、卷之、壓之、磨之、撕裂之、痛苦之、呻吟之、舉之、彎之、柔之、逆之、順其自然之。

修身男女來去如千帆過盡。修身進入撞牆期，發覺身體就是浮士德的交易，就看誰先妥協，誰先放棄。身體和靈魂二分的，是陷阱，與魍魎。你就是身體，身體就是你。靈魂的，即肉體的。身體極聰明，他會很快適應你的訓練，你的強度，你的怠惰。然後，歇躺下來，讓你不痛不癢。

你得轉換跑道，更改路徑，讓身體陌生化，帶到無何有之鄉，重新開始，鋸齒迴旋，後退與前進。修身之路漫漫兮，不會讓你一夜變成阿諾、金剛芭比，那是電影漫畫《美國隊長》才有的好嗎。

修身是靈體的LTR、SM之戀。

修身在表面，表面即深度。

「話說深度就在表面上，望聞問切，無非臟腑氣血。你的修身照，都這麼賞心悅目。」晃哥哥說。

你鉅細靡遺記錄修身變化，數字和照片，數字浮雲起伏，身體不撒謊，有圖有真相，愛上自拍，不修圖，你修身。

讀〈養生主〉，看庖丁如何殺一頭牛，不是牛的部分，而是牛的全體。以至於三年後未嘗見全牛，緣督以為經，可以保身，可以全生，可以養親，可以盡年。故我修身千二百歲矣，吾形未嘗衰。修身若何？謹修而身。

你在跑步機上如夸父逐日，脂肪在跑步中氧化代謝掉了，大叔不止誓要把圓頂丘剔除掉，更要增肌，你槓鈴胸推，引體向上，俄羅斯扭轉，史密斯架深蹲，高燃脂波比跳，「手之所觸，肩之所倚，足之所履，膝之所踦，砉然嚮然，奏刀騞然，莫不中音：合於《桑林》之舞，乃中《經首》之會。」

哇塞咧，你像Eureka高喊，找到了！莊周根本是修身祖師爺。

為了雪恥，你單純想要把囤積的脂肪一層一層的從腰肚間除之，你和單眼皮男孩做愛時，他撫摸你好緊實的肌膚，愛我，別愛飄忽的靈魂，愛肉體。

舉足千斤的踏上修身之路，神話說不要回頭，回頭就變成石頭，變成鹽柱，變成豬。

家事擾人，國事無望，天下事呢，你沒想過兼善天下，你只是獨善其身，修身之後，你成為一個新造的人。

你更換了Grindr交友軟體的大頭照，其實是無臉半裸照，低腰牛仔褲，現鯊魚肌、腹肌、人魚線，總有人私訊疑慮問：

「照片是你本人嗎？」

「是啊。」

「身材好好，好性感！」

「謝謝。」淡淡然，你自信回。

「做愛嗎？」單刀直入問。

「身體照？」

傳來照片，你一點慾望的漣漪都沒有，水波不興，屌軟趴著。

你想起另一座大叔的人生的山丘，他感嘆唱唸：

「越過山丘才發現無人等候，喋喋不休再也喚不回溫柔，為何記不得上一次是誰給的擁抱，在什麼時候。」

你記不得上次做愛那人的身體，無面目的器官而已。你根本不是無人等候，你是在等自己鍛鍊成金身，願不愛他人的，愛自己。宙斯的咒語。

——原載二〇一八年二月十一日《自由時報》副刊

楊邦尼，本名楊德祥，一九七二年生，馬來西亞柔佛古來客家人，籍貫廣東大埔。畢業於新山寬柔中學，九〇年代赴台念台大中文系，南京大學文學碩士。曾任教於新山與古來寬柔中學，南方大學學院中文系兼職講師。現職教英文。曾獲時報文學獎。著有散文集《古來河那邊》、《浮沉簡史》，詩集《刪情詩》等。

浮雲——李紀

結束高中教職，正是暑夏季節，我開始在高雄一家報紙的台中分社擔任記者，主跑的是文教新聞。比起以往每天一早就要到學校，新的工作較有彈性，常常是上午十時左右才去市政府新聞聯絡室報到。一些記者會先到那兒交換新聞情報，看看議題，然後就到教育局串門子，看看有什麼事情。

剛開始時，還是有些不慣。比起教書，太動態了。原來跑新聞不只是在一些機關等新聞，還要到有新聞的地方。不過，文教新聞還算靜態，教育方面無非各級學校的人事物，而文化新聞則是當地藝術家、文化人的動態。所幸，被視為省城的台中，區域並不大，市政機構大多在中心區，府會也鄰近，距我住家也幾條街之隔。

每天午後，記者們都會回到報社寫稿，並將各路線記者的稿件一起打包，由工作人員帶到火車站，送上台鐵的固定班次快車，寄送到總社所在地的火車站，交由報社人員領取。截稿後的急件就經由傳真寄送。大約二點到五點時間，辦公室的記者同事，大家振筆疾書。每天大約要寫個二千字到三千字，多篇報導，也包括署名的特稿。

稿子交出寄件後，就鬆了一口氣。記得，因為跑文教新聞的關係，我也認識了一些居住在台中的隨國民政府來台的藝術家、作家、詩人。有時，也應邀參加聚會，那也擴大了我的見識。本土的、外省的、出身不同、境遇不同，儘管一樣畫畫寫作，但不同的歷史際遇也反映在生活情境。

從中華路轉到公園路，除了夜市還有一些舊書攤，福音教會就在街上，形成某種風景。我常去一處詩人擺設的舊書攤看看有什麼書，也把在其他書攤買到的三〇年代中國詩人詩集，拿去給同樣擺書攤的詩人看看。從軍中退伍，以擺書攤謀生的詩人知道我曾在他所屬的《創世紀》發表過詩，很喜歡跟我交談。後來，他知道我曾在《草笠》批評過他們詩社的老大，也不覺得怎麼樣。我常聽他談到從中國被拉入軍隊，糊里糊塗一路跨海來到台灣，從啃饅頭過日子到擺舊書攤營生的滄桑。

因為擔任文教記者，我也報導過擺舊書攤的詩人。看他談到詩那種彷彿生命裡因為有詩而願意活著的一股勁兒，我心裡也有一些敬意。雖然像我這樣讀詩，也寫詩、並嘗試著譯詩的人，也不盡讀得懂他的詩，常常是一些誇張的語句，似乎要燃燒生命，一些突兀概念，說什麼超現實主義，望文生義，後來又成為中國的超現實主義，在西方化與中國化之間擺盪，迷惘中像在追尋什麼，語言中的一些誇張手勢揮舞著。

早春女孩從專科學校畢業了，曾經和我在一張小小單人床，談著談著就那麼睡著了的她，常常在晚上來到我的住處。在自己家經營的鐘錶店幫忙的她，散發一股青春的氣息，比起我常想起的初戀女友梨花，在高中年紀就像冬天，讓人感到某種冷意，她有一股熱情，一股春天的暖意。

有一晚，早春女孩把她裝框的相片放在我書桌，說是要看著我。她來找我時，我正在寫一些東西，想起自己失去的戀情，一種不復返的戀眷。我因這樣的戀眷的糾葛不安而未竟高中學業就離校，想要過浪蕩的一生，先去當兵。但後來又考進大學，修習了歷史。但在一次逆反之旅，並無法挽回自己先說要拋棄的戀情。在島嶼南方，有我遺落和失去的夢。我執意在那夢中，但早春女孩似乎在推開我那個夢。

那一晚，她又留下來陪我。看著她，梨花的影子彷彿過去的春夢又在我眼前出現。我們少小的戀情經歷的肌膚之親，一幕一幕在我心中浮顯。曾經引領我手探觸她身體，又共同經歷了初愛，烙印了愛的痕跡。那些已成追憶的往事似乎纏繞著我，而且又引領我的手纏繞早春女孩。我們相互脫卸了身上的衣服，在時間的過去和現在糾葛的氛圍裡，我端視她裸露的身體上白皙的肌膚，撫摸著她的胸口，並且把自己的頭沉埋在那彷彿山谷的乳溝裡。閉上眼睛的她，只有喘氣的聲音，身體蠕動著，依附我的身軀。我知道早春的女孩不是梨花，我輕聲喚著她的名字，她的名字有雲，彷彿一片雲，飄來與我相敘。

比起初戀時，兩個還是高中生的生澀沉重愛戀，新的戀情輕盈多了，既不須煩惱學業，也沒有其他負擔。就像一片雲，她飄然而至，又飄然而去。她從不過問我曾有的戀情，只滿足於相互廝守時的歡愉。一位開朗的女孩在不怎麼開朗的我的人生裡，彷彿是一些笑聲，清脆悅耳。有時候，她會問我一些採訪新聞的事情，她也會談在家裡鐘錶店的點點滴滴，還透露說她是福州人的家庭，並且以母語調皮地講一些笑話。什麼「福州田太多，厝燒了了。」意思是：「胡椒摻太多，嘴燒了了。」從日治時期以清國僑民定居台中，其實她的家族早已是台中人。

早春女孩讓我從失落的初戀裡重拾新愛。我把梨花藏在內裡的一個角落，在新的戀情裡迎向人生。我不知這一片雲是我人生的過客，或停泊之所，也不想知道，不像初戀時那樣一心一意地寄託。不想讓戀情成為鉛錘繫住自己，不想重複那種難以言喻的痛，只是輕輕地用手細心地托住浮在其上的雲絮，一種無以言說的輕，不在心裡形成負擔的輕。

有一晚，我去拜訪在師專任教的一位畫家。熟悉「五月」、「東方」畫會，也曾師事李仲生的這位畫家，畫畫也寫評，對於時興的抽象藝術有一些見地。我是在一次台中地區畫家的聯展時，在他畫作前端視良久，他走到我身邊跟我寒暄時，約好了去畫室看他。說是畫室，不如說是教師宿舍的一隅，把一個房間當作畫畫的地方，一些美術書冊就在牆角的書架上。這位對藝術思潮具有興味，也頗健談的畫家和我一起欣賞他的作品，談了在台北的美術界，有一種熱情洋溢的夢想。

我向他提到日本小說家芥川龍之介的一篇短文〈泥沼〉，是述及畫展裡，有一位作家在一幅無名畫家的作品前凝視許久。一位記者好奇地問說何以然？這位作家以「傑作」讚嘆那幅作品。而這位記者向作家說，畫作的那位無名畫家不久前才自殺身亡的故事。在文學藝術領域，作品的條件和作者的名聲常常不一定成正比，走文學和藝術這條路就必須面對這樣的殘酷現實。

從畫室回到住處，看見屋子裡亮著燈光。春天女孩常飄然而至，應該是她吧。有房間鑰匙的她，可以自由出入，但有時候我未必在。打開房門，我看到側睡在床鋪的她，等太久睡著了。我沒有叫醒她，只把房間的燈關了，靜靜地陪在旁邊。但沒一會兒，她就醒了。轉過身來，她的一隻手繞到我的頸項，嘴唇觸及我的嘴唇，熱烈地親吻起來。昏暗的房間只有從窗口照進來月光，一輪正逐漸上升的月亮像一盞燈，從高高的天空照下來。我租居的二樓洋房屋頂層加蓋的木屋彷彿被月光梳洗著，那微光照著春天女孩的肩膀、髮茨，有一種朦朧的美，好像一座森林，而我正走進森林，並迷失在其中。我翻過身來，讓她平躺在床面，輕輕地脫掉她的衣衫，讓月光灑落在她的乳房，並用手撫摸她的臉，從她的耳際而頸項，而胸口，而肚腹，而股間，並且燃起激情的火，兩個人就這樣廝磨著。第二天醒來，陽光從窗外照進來，彷彿聽得見屋外路樹的葉子被微風吹動的聲音，而鳥的吱喳聲也在耳邊交響，還有車聲。

白天跑新聞、夜晚寫作。白天是工作、夜晚是興趣。寫自己想寫的詩，也寫小說以及散文，還有一些文學的評論。我知道自己不一定會在台中停留多久，在這個城市周邊當兵，在這個城市讀大學、教書、擔任新聞記者，算下來八年了。島嶼南方的童年、少年時代記憶仍然深刻印記在腦海。從島國之南恆春半島車城的不到一年小學生涯，到初中在屏東、高中在港都高雄，不到二十歲就離開。但童年、少年時代，島嶼南方海的記憶，田園的記憶、大武山的記憶，往來屏東高雄搭乘火車的記憶、高雄港的記憶、愛河的記憶、壽山的記憶、還有高中時教室磚牆上彈孔的記憶——體育老師小小聲地說的二二八事件槍決學生留下的記號，像生命經歷的形跡，在離開那麼多年，自己從少年變為青年之後，仍然那麼明晰地存在著。

也許有一天，我也會從台中離開，再向北移。為了這樣，我也注意首都的文化動態。在參與《草笠》的編輯事務之外，也思考如果到台北要從事什麼工作。我知道不能靠寫作為生，我也不願意以寫作為生。在我心裡一直記著法國作家A．紀德所說的：「如果有人限制我不能寫什麼，我會自殺。」以及法國詩人保羅．梵樂希：「如果有人強迫我一定要寫什麼，我會自殺。」的名言，我想純粹地寫作，純純粹粹，不為五斗米折腰。可以跑新聞餬口，但不要以文學寫作謀生。這是我的信念。

因參與《草笠》編務，在一期刊物發排了詩人非馬的一首詩〈魚與詩人〉：

躍出水面／掙扎著／而又回到水裡的／魚／對／躍進水裡／掙扎著／卻回不到水面的／詩人／說／你們的現實確實使人／活不了

人間的現實使魚活不了，這是當然的，因為魚活在水中。相反的，詩人活在水面之外的大地。但以使人活不了的魚的說法突顯了詩人的困境，這首詩帶有幽默，讓人在淚眼中微笑。

看稿、發稿、編輯，接觸到許多海內外作品。自己也從中學習了許多。記得，我還以〈愛與孤獨〉寫了一位同輩詩人詩集《孤獨的位置》的讀後感。這位同輩詩人曾經與我在任教的高中共事，另還有一位也修習歷史的同事，在學校曾被合稱三劍客。我以被稱為丹麥文學之父的喬治・勃蘭德斯有關拜倫的評論，以水瓶座這一星象學關心的背景引喻的宿命，延伸的「性愛」（Eros）、「戀愛」（Love）、「同胞愛」（Agape）混合起來而感受的愛的悲傷、苦惱，加以述說。這位同輩詩人離開高中教職後，留學日本，他的《孤獨的位置》留在他的故鄉。

這位同輩詩人的父親，也是一位詩人，從日本語跨越到通行中文，經歷過一段辛苦的再學習過程，他譯介了許多戰後日本現代詩與詩論。我對戰後台灣詩缺少戰後性與時代思想，雖以現代詩為名，卻在精神上流於守舊的古典詩歌情境的醒覺，來自這樣的啟諭。閱讀我參與編輯，並落版的日本詩人田村隆一詩論，以〈地獄的發現、乾燥的眼〉評西脇順三郎與金子光晴；以〈思想的血肉化〉思考鮎川信夫《戰中手記》，不覺眼睛一亮，為那種語言喝采！也感覺台灣詩文學的隱憂。

我發表在《草笠》的一篇有關《文季》創刊的〈期待一個豐收的季節〉，對其中一些評論文章感同身受，對韓國作家全廷漢的小說評介與對文壇忙著讚賞實際上已荒廢的「錦繡河山」的自然詩人舞台的批判有戚戚焉。黃春明〈莎喲娜啦・再見〉、王拓的散文〈廟〉、王禎和的劇本《望你早歸》都出現在創刊號。而有一篇以「史濟民」為筆名發表的〈某一個日午〉，我引述了其中片段，並在結尾說：「讀了這，使我想起了想像中的從未見過的某作家的臉。」那位作家就是陳映真。

春天女孩並不參與我的文學創作，她只是親密地關切我的生活。她會拿我發表的作品閱讀，對我微笑。有時，會陪我外出走走。我們在市街走著走著，在柳川旁邊的一家「純喫茶」喝咖啡。那是專為情侶設置的咖啡館，昏暗的燈光下，高背椅座的私密空間，戀愛中的男女沉溺在情境裡卿卿我我。從純喫茶出來，她往家裡的方向回去，我往住處走，兩人時而回頭揮揮手，走著走著，各自回到自己的地方。

跑新聞和寄情於寫作，工作就這樣交織。漸漸地，曾經失落的戀情被藏在心的角落，現在燃燒的是新的戀情。早春女孩從來不給我心理負擔，她彷彿也知道有一天我會從台中離開。有時候，她會笑笑地對我說，如果離開台中，不要忘了她。我只尷尬地回應說不會的不會的，我不會忘記妳。她是不同於我初戀女友的開朗女孩，是我的天使，在我感覺孤獨的時際給予我慰藉，而且不求回報。我感到空虛的心被她填補起來。

入秋的時分，舒爽的天氣讓台中感覺更溫煦。跑跑新聞，有時候是展覽，有時候是活動，有時候是體育的運動競賽，像青少年棒球賽，我也專訪一些藝文界人士，常常出現在省府設於台中的新聞處，看到一些文化官僚推動的例行文化公事。省城因中興新村毗鄰幾乎成為相對於首都台北的另一個政治城市而得名，有一些省府機構設置在台中，在那戒嚴的時代，文化只像是妝點社會門面的包裝紙，沒有什麼意義的火花。

氣候在島嶼台灣最為適宜的台中，意外地來了一個中秋節的颱風，早早就在報社發了新聞稿，提前回到住處。為停電也做了一些燭火、手電筒的準備。趁著風勢仍然不強、雨勢也不大的時候，我坐在書桌前，翻閱著由一位德國回來的學者選譯《星火的即興》專輯，譯介為德語的一些台灣詩人作品，包括我的〈景象〉、〈焦土之花〉和〈遺物〉以及〈破滅〉是我的反戰詩，是我一九七〇年代初對戰爭的思考。眼睛停留在詩的行句之間，感覺風雨逐漸變大，呼嘯在窗邊的聲音拍打著樹梢、窗玻璃，而房門響起輕敲的聲音。我起身開門，看見春天女孩流著眼淚，被打濕的衣衫，她靠近我，在我身上哭泣起來。

怎麼了？我急急試著安慰她，一向笑臉盈盈的春天女孩傷心地哭泣著。過了一陣子，她才開口說：家裡要把我嫁給表哥了。抽搐的語氣一再重複這樣的話語，一字一句打在我的心坎。為什麼！為什麼？我追問突然到來的事況。她才說，小時候家裡發生火災，那時候跟舅舅一家人毗鄰，有位表姊為了救懷孕在身的媽媽，及搶救一些東西，不幸遇難。傷心的家人後來商訂了如果媽媽生下女孩，就把她嫁給表哥為妻，作為一種感念、報答。但是，一直沒有讓她知道這門親上加親的婚事。這些時日，家人知道她有交往的對象，認為應該及早讓她知道這件事。不能忘了自己和媽媽的生命受惠於舅舅家的表姊。

就在那個風雨愈來愈大的夜晚，是春天女孩說要與我告別的夜晚，我們要分手的儀式，一種完全釋放感情與肉體的儀式。我有些猶疑，不知道怎樣才好。但春天女孩關了房間的燈，脫掉身上的衣物，也脫掉我的衣服。我們躺在床上對視著，雖然只有窗外的微光，在風雨中仍然沒有停電熄滅的光，但我能看到她肌膚的白皙之色，看到她胸脯的輪廓、身體的曲線，那是我的手親密巡歷過的肉體的土地。風雨聲不歇，我們的交纏也沒有止息。好像世界將走到盡頭，思緒完全從腦海排除，只剩下肉體和肉體的對話。以肢體的語言激烈地相互訴說。通過性愛的門，穿梭在神秘的生命的甬道，像一種旅行，不是以觀照而是以觸撫，兩人相互攀登著暗室的岩壁，潮濕的壁面滴落水珠，而我們必須緊貼著濕滑的路徑，緊緊地手牽手免於被絆倒。

一整夜的風雨遮蔽了月圓的氛圍，一個不是團圓而是別離的中秋夜，我們以肉體的語言相互告白，試著為短暫的戀情留下註記。在我的高中教師生涯和新聞記者生涯之間，一個偶然相識的女孩，她像春天，也像一片雲，停留在我人生，又要飄走了。在訴說分手的儀式，我們互相在肉體上留下離別的記號，像隱匿在肌膚的透明水印，要在特別想念時才會浮顯。這樣秘密會伴隨她的人生，也會陪隨我的人生。是的，就是一種儀式，一種短暫的愛戀印記在心裡的儀式，儀式裡藏著一朵雲，會在春天的晴空中向我拍打回憶的密碼，這浮雲也在我心中的一個角落飄移著。

——原載二〇一八年四月二十三、二十四日《自由時報》副刊

林聲／攝影

李紀，本名李敏勇，屏東恆春人，一九四七年出生於高雄縣，在屏東、高雄地區成長，短期居住台中，現為台北市民。大學修習歷史，以文學為志業，並積極參與國家重建與社會改造。曾任鄭南榕基金會、台灣和平基金會、現代學術研究基金會董事長。主編過《笠》詩刊，並曾任《台灣文藝》社長及台灣筆會會長。出版著作約七十餘冊，內容含括詩、小說、散文、譯詩、文學及社會評論。獲巫永福評論獎、吳濁流新詩獎、賴和文學獎、國家文藝獎、王康陸人權獎等。

你也來了——吳鈞堯

出公司大樓右轉，往前走個百來米，就是總統府。沿重慶南路，不需要看門牌，往前，越走人越少，越走越接近一種空，單是氛圍就能辨得，這個地方是不一樣的了。馬路寬，垃圾絕少看到，風景跟樹都變得方正，彷佛不允許雀以及蝴蝶，往那頭飛。如果權利有形狀，該長得像包青天奮力一拍的「驚堂木」。

拍。這兒的拍，是方正與一種方正，彼此面對面了。

驚堂木長六吋、寬五吋，厚度幾達三吋。皇帝也用驚堂木，但稱作「震山河」，表明他是一統江山的主人。經過總統府，常會訝異它的沉默。府無語、警衛無聲，只有來往車輛如燕，噴吐幾口悶氣，馬上消失。我偶爾經過府，再怎麼仔細凝聽，都是沉默。我知道，那不只是空，而是往內的、一種聲音的收縛。

拍。它什麼都不說，但更有聲音。

很多年前，連戰還是青年才俊，而不被喊作連爺爺時，我應邀進府，排在很多藝文界前輩的後頭，依序與連戰合影。府內的傢俱都沉沉的，紅、赭紅、暗紅；地磚是小方塊、大方塊以及更大的方塊。地板鋪上鮮紅色迎賓地毯，我走在上頭，覺得它像麥芽糖一樣黏牙。窗花漂亮，菱形的木條都上了年紀，在府內窺看台北的天，我感到新鮮，還一點無常與酷冷。

輪到我與連戰合影了。攝影機有立著跟拿著的，有近一點、遠一些以及故意站偏的，從我與連戰握手開始，快門聲一直閃。連戰誇張地打量我，喲，「這麼年輕就當主編、還當作家的哪？」連戰很正經、但也非常不正經地看著我。如果我沒有記錯，我一走進攝影的小樓，旁邊有個清亮女聲低低報著我的姓名跟職稱。政治啊，至少得飛快把人名、職稱記得熟。我面向連戰羞赧微笑。我哪是什麼作家？只因為選舉考慮，我才能像個貴賓進府，大膽參觀，沒有忌憚地打量持槍駐守的衛兵。

我出生戰地金門，十多歲與父母搬遷台北。忠貞不二是總統府護衛優先錄用的標準，金門人正符合，而且肯定是高標準了。我的堂哥曾任總統府侍衛，後來到故宮當警衛，再後來，駕著堆滿衣物的小貨車，就著車多的省道，賣起成衣。

憲兵的厲害之處，是全身找不到多餘的動作，拋槍表演，行進間變換隊形，都乾淨俐落。我不明白那些動作是怎麼省下的。我注視站崗憲兵，懷疑他們連呼吸都省下了，淡綠色上衣沒一絲皺紋，也看不到任何起伏。這是堂哥自以為豪的儀態，它們像花，而且是食人花，堂哥交往了幾位女子，順利迎娶堂嫂。幾個月前，我經過新莊某高中，聽見有人喊我。我越聽，聲音越實了，一轉身，見堂哥穿白汗衫、穿花短褲，趿一雙拖鞋，喊我。問我幹什麼來新莊、來挑幾件衣服回去穿？陪同招呼的女人已不是堂嫂。應該說，已不是原來的堂嫂。

我沒有拿到與連戰的合影。幾千位、幾萬位進府合影的前輩，大約也沒有人拿到。老早沖洗，作為慶功用的照片，流落何處？我經常想起這一天。恍若張燈結綵，相片色彩必也斑斕，然而，它們是一種匆匆。我真不瞭解政治，都說為國為民，動員、組織，花好多錢微笑、走好多座市場微笑，只為了把自己送入地獄？更糟的是，自己去了地獄，也帶領滿船的人，航向地獄。

那一年國民黨分裂，於台北市長連任中失利，敗給馬英九的陳水扁，意外受惠，贏得總統寶座。不管誰當總統，我仍於重慶南路上班。以為任誰當了，生活都該一樣了。但慢慢就有了差別。重慶南路舊稱「書店街」，許多老字型大小出版社撤離，幾家書店拚轉型，改售電腦與影音專書。不久後，寫真集進來，才幾年，以情色本能勾引荷包也失效，近些時候，有家書店闢了一半空間賣咖啡，有些徹底忘了書的氣息，改裝成雅致的旅館。

地址仍是地址，門牌沒改，但換了張貼的地方，經過商業設計，精神煥然。以前是書迷，現在是旅客，俗話說「讀萬卷書不如行萬里路」，書店改為旅館，是把閱讀，從靜態調整成動態了。我於早晨經過，正逢旅客退房，拉整行李，上下遊覽車。有日本人，有說廣東話的，更多是大陸遊客，我步伐得閃。閃，左腿遲、右腿快；閃，閃著旅客與行李，免得被絆著。看上去，我像跛腿了，更像卡在時光的閃爍中。

總統府離我上班地點不遠，但是沒事，不往那頭走，而往車站這一邊。我下樓左轉就是武昌街，左邊的市場兜售衣物，小吃攤設右側，一邊顧顏面，一頭管肚皮。城隍廟又管著另一層次。候選人常在投票前幾天，藉神的名義造勢。一回，是馬英九總統與力挺的子弟兵陳學聖，相偕進香，媒體、香客以及政治迷，團團圍繞。當時馬英九人氣正旺，不料陳學聖竟高票落選，沒有續任立委。我認識陳學聖，原想打個招呼，預祝當選，始終擠不進人群。

我訕訕離遠人潮，抬頭正對城隍廟匾額，上頭寫著「你也來了」。這四個字，是一堵牆，更是一種綿軟。我有種心事被揭發的尷尬，同時又有被瞭解的踏實。我還是沒有停留太久。右轉出廟，左轉經漢口街、開封街以及南陽街等，走踏一個微型中國。大陸遊客到此，會迷惑街名的由來，要瞭解它，須沿時間逆走，回到毛匪蔣賊年代，連一條街，都走著濃濃的鄉愁。武昌街路口是知名的明星咖啡廳，藝文前輩常於此聚會，店內販賣的軟糖是蔣經國夫人，蔣方良女士的偏愛，一家店要聞名，需是好多種力量交會。它的舊騎樓，有一個舊遠書攤，詩人周夢蝶曾於此擺攤營生。

武昌街與重慶南路口，分別是屈臣氏、銀行、馬可波羅麵包店，以及剛營業不久的義大利麵館。一個路口、四個轉角，得屬屈臣氏這頭最有氣味。有賣饅頭、花生米、蒸糕，十年前郵局依舊營業，人潮多時，蒸饅的鍋子一掀開，蒸氣飄散，街景如山路，人人的臉都抹一層淡淡的寧靜。我有時候守在騎樓下，只為了等一個鍋子，打開了不同街景。在那層光暈下，一旁懶坐的老乞丐都有一點詩的意思了。

對應總統府，出武昌街以迄車站，是更有味了。我偶爾經過府，是應邀到它對面的北一女中，演講或擔任文學獎評審。我走啊走，看著警戒而巍巍的府。它的警戒，在外觀就是了。氣派的一字型，中央建物聳立如筆。路旁的拒馬稱不上距離，而在警衛荷槍實彈、以及行人道便衣員警梭巡打量。府周遭的空氣，像專屬於府，它們不流動，而且長得很僵，又必須露著微笑。

有一回，我正經過府前，路上沒有需要閃躲的遊客，我卻猶豫了一下。是種被注視著的感應，我轉頭看府。荷槍警衛正視前方，眼睛瞇成線。便衣躲蔭中，斜斜地看我，彷彿我藏身的樹也受到了威脅。但不是他們，而是府，或者說與府精神仿同的地方。

我於龍潭陸軍總部服兵役，它有一個大門、兩個側門，我放假、收假，都從側門出入，繳交單位核發的假條。我追隨前輩做法，於外邊民宅租用整理櫃。一夥人，安靜地脫了整齊的軍衣，換上不同顏色的衣物，每一款式都說明了他們原來的性格。再穿上靴或鞋，都紛紛精神了。

許兵早一步換好衣物，在外頭等我，問我真的不一起到台中？我搖頭。後來在夢裡，我仍一直搖頭。事情發生在隔天，大家趕晚點名收假。有的趿拖鞋，肩頭披毛巾，左手拎臉盆，到走廊盡頭盥洗。有的坐在床頭發呆，回味假期跟誰好了、與誰鬧了。剛收假的士官兵，依然還沒有回到現場。我盥洗後，發覺許兵還坐著。他的臉不是白，該說是冷，薄薄的唇抿緊了，是一個女孩的樣。他抬起頭與我說，有事問我，十點就寢後，能找個地方談嗎？我是許兵的班長，沒理由拒絕。許兵獲得應允，眼睛這才有了一點亮，拎著盥洗衣物，快步而走。

有很多年，我不願意回想我與許兵的會談。退伍時，給了許兵家裡電話，許在營部辦公室與我握手道別，非常篤定地說，「等我、等我，我一定會去找你。」許兵管人事，我的任何資料他都有，跟我索電話，意味索取我的首肯。許兵不願意直截撥電話，闖入我生活，前提是，得是我寫給他。許兵謹慎地對折我留下號碼的紙條，折成一小方口，放進上衣左口袋。現在我想起那一幕，很像後來電影《鋼鐵人》放置能量的胸口。他折得仔細，彷佛那組號碼就是一股能量。

從此，我便不自覺地等著許兵。電話鈴聲一響，我一陣緊張，編撰著怎麼對話。有時候鈴聲響在假日一大早，我醒來，發現自己的近視沒那麼嚴重了，竟看得見天花板一隅，油漆剝落。它們是一朵朵潮濕的、腐朽的花。水氣向中心集中，油漆突起，有了皺褶。待意識到自己近視六百度，怎能看得清晰時，我就看不清斑駁了。電話非常霸道地鈴、淩、拎。我搶出客廳接起時，電話已掛斷了。

難道許兵放假，來約我？我惴惴不安，躺回床，一看鬧鐘，不到七點。暗罵了一聲，蒙起棉被，睡不著了。一個月過了、半年過了，接下來，許兵退伍。以前我只擔心假日的來電，現在連平常日都得擔心。

日子來到很後頭了，我在府前頓了一下，嘆一口長氣。當我膽敢回想許兵，他對我，不再是威脅了。那一晚，許兵領我進營部會議室，打開角落一排燈，我坐在椅子上，他坐另一張。日光燈從角落映來，許兵白皙的膚色有了一抹暗，雙眼忽就立體，他戴黑框眼鏡，一個大圈的眼，圍著小圈的眼。人的兩隻橢圓並不是流暢的線條，而有稜有角，有暗處與黑，我看著，感到渾身不自在。

許兵站起來，我不禁鬆一口氣，趁勢調了調椅子角度，剛剛那位置，讓我越看他，越覺得他很深。我不能說是怕，但有一種因為看不真確，而懷疑那是什麼的不安。像是夜騎，機車頭燈雖亮，但山谷無燈，被映出形體、與未被照映的，是不一樣的恐怖。許兵不過一米六五，乾呢、瘦呢，還非常白。我高他半個頭，至於體魄，便如鵝卵與鴿蛋般懸殊。怕什麼呀？我自己打氣。會議室不能從內鎖，許兵拿了把椅子頂上了門，又坐回來。頂上門，自是防止他人意外闖入了，我料到許兵待會要說的，想必非常緊要。

多年後，我成為一個作家，常應邀分享寫作。關於這一晚即將發生的事，我提過好幾回。比如，談到台灣解嚴，黑悶的社會裡，種種的壓抑有了一道起跑線，情欲也等著跑出。我飛快地看了觀眾一眼。他們是高中生、大學生，有男生、也有女生。有幾位出席者年紀稍長，大約是教師或助教，不是坐第一排，就是選最後一排坐。我輕咳一聲，輕易而熟練地端出回憶中的會議室。彷彿它已被製作為一個舞台，我除了演出，也負責口述。

我跟許兵面對面而坐。許兵說家裡背債，需要他掙錢周轉，他利用假日，湊齊了十來萬。我吃一驚，知道他到台中是為了籌錢。許兵提過那場小型宴會，來了好幾個大人物，他不便說是誰，慫恿我自個兒去看。我隱約猜著了，但假裝沒聽懂，又不能真的不懂。我說自然生陰陽，都有遇合的道理，有些事情既是違了理，就別陷入了。我叨著前些時候，跟許兵說過的話。許兵盛讚我說得好，若能出席他們的台中宴會親述，自然風行草偃，大夥兒額手稱慶。我不是什麼才，或許倒是一塊柴，但至少知道不要讓火燒了，自然不去台中。

我打量許兵。他的眉目很像後來流行的煙燻妝。活脫脫是電影《神鬼奇航》強尼戴普的樣子。許兵卻更精簡，沒那些蘭花指，不曾扭著腰說話。而且，他沒裝扮什麼，自然就煙燻了。他像是一吹氣就要倒，但經過兩天一夜，我想像中的狂暴、淫亂，以為許兵該要脫水乾旱，卻連臉皮都沒減去一分。他乾淨而枯白，而每一種東西到了他手中，都像是炭化，變薄了、顯脆了。他是穿草綠色軍服，同時那也是一副蟬衣，半是明透、半是風口。

我的打量許兵知道。我知道許兵的知道。所以，我不願意說，也不願意再去揣摩。許兵也不說話了，看著我，彷佛他隨著我的想像，回到昨天的現場。

我述說的腔調忽然低了。眼前是一扇形的演講廳，座次由少而多，是一朵半開的花；眼前更經常是兩條直線、兩堵牆，往後延伸，是教室、是演講廳，隔得方正。觀眾席坐著高中生、大學生，男生與女生，都成年了，有的有愛情，有的沒有愛情。是，是許兵坐在我前面，身體前傾，半跪在我跟前。許兵雙手捧著我下頷。仰著臉，是為了讓我看他，或是更把我看仔細了。他就定穩在這個角度，雙手沿著我的衣襟向下移滑。

我為什麼不移動，事情來得快，嚇傻了？我邊說，仍暗暗問自己。不過十餘秒，許兵的手不是手，更像是兩條蛇，而且長手、長腳。我的胸膛不過如是大小，但在那一刻是寬廣無垠，而且還種滿小麥。已近收成時，飽滿的穗尖往前點啊點、向後頓啊頓。因為好風與好陽光，小麥都打著瞌睡了。

我跟小麥都處於一種飽滿，坐著啊站著啊，等待被收割。

我到了遙遠之地，尾隨一條微笑的蛇，但其實，我只是從上衣的第一顆鈕扣，走到最後一顆。我不知道它們什麼時候被解開了。我只感覺著，一片有著陽光的小麥田。

我在談論同性戀書寫，被無聊地懷疑是不是同志時，也曾帶著一點炫耀，以輕薄的姿勢、亢奮的嗓音，述說我跟許兵一起共度的會議室。

我討厭自己變成孔雀，但是，這是真的，適時的一點俗，可以把故事說得飽滿。我直接以酥麻形容許兵雙手的移動。我回味當時來不及細細品嘗的手的游移。我說得激切，好像正打開會議室，走上舞台，坐椅子，等著被完成後面的情節。大學生、高中生以及男生跟女生，隨著我的口述，眼睛都笑成一個彎。如果我夠清醒或者當天正好累了，我會在喧嘩中停頓下來，臉上兀自微笑，內心卻塵沉。

我問自己，何以撤掉會議室所有的牆，讓一個密室劇情，成了公開情節？我無法解釋自己的粗暴。很可能，粗暴也無法解釋我。

不管是哪一個版本，他們都是真的，許兵在我左臉頰，親了一下，它的濕度是真的。我沒有推開許兵，是真的，我像被招待了一趟淺淺的性愛之旅也是真的。我的身體沒有什麼強烈反應也是真的。我的褲襠被許兵暗暗解開、我發覺了但沒有推開許兵也是真的。如果再多給我們三分鐘、五分鐘，我沒有把握我會不會激動興奮，也是真的。但是，沒有如果了。

許兵事先頂上的椅子發揮作用。門被推移，椅子咭咭，聲音由小而大，像車子急剎。我想起這聲音，像看到車子失速撞翻護欄。天氣大好，車窗漾著太陽反光。海，汪汪藍藍，散布礁石，土黃色、黃色以及生銹的黃，浪打過來時，雲都是白的，捲起的浪也碎得銀白。車子飛著，有點弧度，更多的是筆直，所以車子，便穩定地直直而飛，不曾墜落。

我想得夠久了，該回到現實，解釋副營長納悶會議室有燈光，推開了門。

從門閂被轉，到椅子被移動了一個大劃子，才幾秒的事。我面對門，才站起來，順勢拉好拉鍊，扣上褲頭，許兵起身回頭，兩人齊聲輕喊，「副營長好。」我解釋許兵家裡有事，找我訴苦。副營長點頭，提醒已過了十點，不要太晚。

事情，就到這裡了。

事情，是從這裡開始了。

冬天過了以後，我退伍了。許兵在營部會議室，跟我要了住家電話。

那是激烈的一聲拍，是「驚堂木」或「震山河」都好，但始終，它們剩下遠遠的注視，而失了聲音。我看著日本殖民時代遺留下的總統府，它很優雅地看著我。它的模樣讓人遺忘它是政治的核心。

有一個網路笑話是這麼流傳的，什麼路，最快到總統府？一、忠孝東路。二、介壽路，現在稱「凱達格蘭大道」。三、重慶南路。四、五、六等等。答案是「水泥路」。

我們的居所、軀骸、聲音，是透過水泥而連結了。我下樓，不單只有左、右兩個方向可以走，我還可以往前，過重慶南路，過對街騎樓，走進「二二八和平紀念公園」。騎樓前，曾經有個景觀是「胖達人」麵包店。它的資本結構，我與消費大眾都忘了，但都記得藝人小S曾為它代言。標榜天然卻多用合成，在台灣陷入起雲劑、塑化劑、地溝油等食安風波時，讓台灣顏面掃地，尤其是在大陸同胞面前。「胖達人」改組，大約秉信「不信人心喚不回」，換了招牌，加了好幾支促銷麥克風，每回經過，我都聽到新的麵包店不同的促銷。對於喧囂與風波，我只習慣經過。偶爾聽到誘人促銷，還是會進去挑選幾款麵包。

「二二八和平紀念公園」也可以當作考題，答案不難回答，一是它的舊名。二是，它是什麼「族類」的大本營，白先勇的《孽子》以它為背景？答案是「新公園」、答案是「同志」。

我下樓，往左往右，多有事的，唯有往前走到公園，是為了緩和精神。八〇年代，我還是高中生，有時候也來。入口處兩隻精銅鑄造的牛、露天音樂台以及八角亭、池塘，三十年來不曾改變。它最大的改變是幾年前，拆除了圍繞公園的正方形柵欄。以前僅大門與側門出入，現在到處都是出口與入口。

我多下午來，有時候晚上也來。一直忘了介紹我了。我是出版社主編，寫些小說跟散文，我說，都屬邊緣，不入主流，出版成書，總是害苦出版社。我這麼說時，總壓低頭，真心誠意感到羞愧。一米七的身高，又縮了一號。於是便有了這定律，我的書籍未必多精彩，但為我出書的出版社，都具有理想性了。我依附著旁人的理想而生，經常顯得畏縮。幸好不胖，夏天穿針織衫、冬天襯衫配厚外套，加上編輯事務單純，容貌還有著大男孩模樣。所以，我若在傍晚，陽光慵慵的時候，進了公園，且盤桓超過十分鐘，便會有人影綽綽靠近我。他們絕少上了年紀，多是事業有成、打扮時尚的中年人，或是看來懵懂，不出聲詢問，在一旁兜著我，很怕走近一步，觸犯了我的底線。我不是同道中人，沒有耐心跳什麼求偶舞，同時納悶來者判斷力太差，因為無所事事而來、以及為了有所事而來，竟然無法分辨。

我參加活動多搭乘捷運，回程從台大醫院捷運站出，走襄陽路口。有時候沒事，便跟自己說，故意繞遠吧，踱到音樂廣場附近。公園長板凳不少，沿小柵欄的公園邊，或在蓊鬱樹下，最常滿座的是魚池旁，鯉魚爭啄遊客餵食的餌，金、黃、金黃的以及鮮紅條紋，擠成好個顏色漩，彷彿再擠壓下去，群魚就要化成龍身了。

我看了一會魚，魚池邊沒有位子了，我總是想不明白，怎這麼多無事的人，閑在公園？老人跟小孩還可以解釋，年輕以及中年人，不正該上班嗎？我踱回音樂廣場附近，點了一根菸。菸沒抽完，一個中年人朝我走近，站了又走，走了又沒真的走，一直找著機會，對上我眼神。眼神，能多近哪、能多遠呢？中年人盯著我，語氣鮮跳如魚，開口問我不用上班、沒事啊、專程來公園抽菸？我最早看到中年人一雙鞋，不油亮，但乾淨。西裝褲剪裁合身，小腹微禿與厚實的腮幫子倒扣得起來，換作是應酬場合，該是讓人交心的親切型人物。但是，場合不對哪，這在新公園，而不是鼎泰豐餐館。

我冷著臉看他，三點不到，還不是夜了、黑了、暗了，怎麼就等不到夜色把臉、樹以及燈光都一起模糊了。中年人不以為忤，似乎習慣了這城市的無禮、粗暴，也有一點點責怪自己的意思。我拉緊敞開了的灰色大衣，這倒提醒了我，已是秋天了。

雲，沒有左右，風是亂的，天空皺了，樓很新。陽光好的時候，帷幕玻璃非常刺眼。它們習慣分岔，把一個太陽散成好幾片光。我看著中年人走遠。瞇眼看著他的背後，大樓靜靜的反光。瞧著，非常無事，或者，以為無事。

我大聲地喊了一聲「喂」。中年人拉緊大衣，也把感官包裹了，竟沒聽見。我只得喊第二回。中年人聽到，驚訝回頭，快步走向我。我想起許兵。膚白、薄唇，活像個女孩，但我在他面前，又更像個女生。許兵可曾在許多個日夜交替之際，持牛皮紙袋等信物，進公園來？算算時間，許兵該中年了，仍白嗎、還瘦著？就像眼前的中年人，時光前推二十年，青春還沒敗壞之時，它留下的吻，雖然暗了、也太潮濕，但模樣卻都青稜稜的。我緩和神色，略帶歉意地說，想點第二根菸時，發現打火機壞了，料到他有，喊了他。中年人真的有，還是防風的，順利點著。我問他，要一支菸嗎？中年人愉快接下菸時，臉上遲疑還沒退下，好像說著，怎麼是你喊我呀？

我與陌生中年人，在新公園一起抽著菸。沒話可說，索性就不說了。兩個男人站著，像一對至交，其實不知道彼此名姓，以後也不會再見。但是沒關係。我們懷著不同心事，如同祈禱一般，沒有事情可以打擾這一刻。

我彎腰，踩熄菸，丟一旁垃圾桶，拍拍中年人肩頭，道再見，往公司方向走。我直走能到總統府、右轉會到武昌街，但這時候，我只想快點回公司。庶務多著呢。編務、會議、以及流言到處流傳，尤其到了網路時代，我坐不改名、行不改姓，極容易被找著的，微信、臉書以及信箱，常常都是信。有認識跟不認識的人，寫信給我。

中年人會默默目送我離開嗎？我無法規範他的眼睛，該是方的還是圓的，只忽然想了起來，許兵，是不抽菸的。

——原載二〇一八年十月一、二日《自由時報》副刊

吳鈞堯，曾任《幼獅文藝》主編，出生金門，曾獲《中國時報》、《聯合報》等小說獎，梁實秋、教育部等散文獎，以及九歌出版社「年度小說獎」、五四文藝獎章。《火殤世紀》獲二〇一一年台北國際書展小說類十大好書、文化部第三十五屆文學創作金鼎獎。二〇一六年出版《孿生》，獲國藝會長篇小說獎助。二〇一七年出版《１００擊》，是對散文創作的重新撫觸與嘗試。二〇一八年出版《回憶打著大大的糖果結》，書寫三代互動。

那時的公車——石曉楓

那時，公車在午後燙熱的柏油路上，以極大的幅度和聲量空洞地顛簸著，窗外視界裡的田野，被熱空氣蒸騰得晃動不已，透過氤氳的霧氣望出去，牛隻在農地裡找到遮蔭，奄奄地或站或臥著，銅鈴大小的眼瞳裡沒有情緒，只有呆滯而木然的直視。田裡種些什麼，對不識菽麥的我而言完全沒有意義，他們說我是城裡的孩子，其實離島所謂的「城」，也不過是「金城」、「山外」兩個小鎮，而我正坐在從金城往山外的公車上，準備拜訪外婆。假日的車廂裡，一貫擁擠著休假中的阿兵哥，汗味和奇特的費洛蒙分泌穿透迷彩服，絲毫不爽，瀰漫於狹小而悶熱的空間中。

沿途我始終帶著輕微的暈眩感，那些不斷飄來的、輕佻狎暱的眼神教人不安且不快，我後悔一時貪涼穿了無袖洋裝，若是過去由父母帶領著上公車，他們便不敢如此造次，但現在，有口哨聲惡意地襲來，尖利的聲響與氣味相扣相擊相迴盪，充滿了勇往直前的侵略性。我偏過頭去望著窗外，心裡咒罵著笨牛哪，笨牛。

就在前兩週，軍訓課的戶外射靶練習之後，我收到了字跡歪扭的情書，較諸以往別致的，是裡頭尚夾帶著去年初秋的楓葉，葉片上題著款款詩句。藉楓葉傳情，想是寄件人從制服上所繡名字得來的靈感，然而我壓根兒不記得對方是誰，信裡特別介紹「我是第一天上課57式步槍大部分解的助教」，信末署名也相當雄壯威武，一望而知就該是個軍人名姓。靶場射擊是我最灰頭土臉的經驗，只記得當日未遵照助教提醒，導致機槍後座力將眼鏡震裂；以及十發子彈射擊完畢後，我的靶上中了十二發，全拜左右射擊手所賜。如此拙劣的「戰績」，我委實不願回顧，而天外飛來的信件，無疑再次提醒著那日午後的狼狽。

我把情書放在書桌右側的大抽屜裡，書讀累了，便一封封抽出來校正錯別字。我知道除了自己之外，上鎖的抽屜還會被家人打開、檢查、鎖上，然後諄諄教誨著：就要升上高三了，學業比什麼都重要，不要分心交男友哪！必要時，校內教官及輔導老師也會加入勸解行列。我討厭整個小鎮閉塞的氣氛，它們羅織了一張捆縛青春之網，一如此刻令人窒息的午後車廂。我知道這群阿兵哥抵達山外車站後，便會三三兩兩走向撞球室、冰果室、電影院、小吃店，也許還會到舅舅經營的布莊，消費他們的消費，搭訕他們的搭訕，日子為何能過得如此無腦且無趣？我絲毫不想隨之起舞，我渴望飛向更廣闊的天空。

後來，我果真離開了小島，上台北念大學，開展想像中的新生活。一九九二年廢除戰地政務後，金門也逐步裁減駐軍，於是每年的返鄉公車上，阿兵哥愈來愈少見，空氣中不再瀰散著惱人的汗臭與費洛蒙。他們畢竟也離開了我的小島。

年復一年，候鳥式的短暫居停裡，我同樣搭乘著公車往返金城與山外城鎮間，然後來到了那日。那日，公車在冬季空曠清冷的柏油路上顛簸著，窗外寒風瑟瑟，車廂內人語喧嘩，多的是大包小包採購完畢，準備回家煮中餐的婆媽們，只少數幾名身著軍服的阿兵哥點綴其間，他們默默凝視著窗外不發一語，一如青少女時期的我。猛然間，腦海裡閃過一念：這些孩子莫非與我兒年齡相近？回首前塵，原來那眼光那情感，遞嬗轉移間，竟已是滄桑中年了。

——原載二〇一八年八月二十八日《金門日報．浯江副刊》

石曉楓，福建金門人。台灣師範大學國文系博士，現為該系專任教授，研究領域為台灣及中國現當代文學。著有散文集《無窮花開——我的首爾歲月》、《臨界之旅》；評論集《生命的浮影——跨世代散文書旅》；論文集《文革小說中的身體書寫》、《兩岸小說中的少年家變》、《白馬湖畔的輝光——豐子愷散文研究》；另與凌性傑合編《人情的流轉：國民小說讀本》。創作曾獲華航旅行文學獎、教育部文藝創作獎、梁實秋文學獎、全國學生文學獎等。

你好，童年！——楊澤

a

過了花甲，身後影子自動拉得更長，隨著一個人繼續活下去，童年卻宛如捉迷藏般現身眼前。現在，如果閉上眼，就可看見，媽拿溫柔眼神凝視我，聽見我自己，正用三歲幼童的兒音，一字一字地複誦，她要我背起來的，長長的一句話：

阮兜住在桃仔尾，中山路×××巷××號……

媽點點頭，臉上笑意九分，而那些屏息以待，等看我「表演」的鄰人，則索性笑開了！

嘉義市舊名「桃城」，以老城牆狀似桃子得名，「桃仔尾」則指今天中央噴水池一帶。

從出生到十歲前，我們住噴水池旁，台灣銀行對過的長巷上，以巷口對準銀行左側的大王椰為標記。十歲那年（西元一九六四），出了大事，發生有名的一一八大震，中央噴水池周邊，中山路，中正路，俗稱大通二通，方圓幾百尺內，悉數毀於一夕，滿目瘡痍，我們和眾人一起被迫遷離，我也算正式告別了童年。

直到搬離前，媽讓我一定背下的那句話，由於我沒走丟過，始終並未派上用場。

b

作家三島最早是個多病怪小孩，他堅持說記得，他出生時沐浴盆邊緣的反光，這說法太詭異了，自然只能招來大人異樣眼光（見《假面的告白》一書）。

如果不管真假，這該是世人可能擁有最早的記憶畫面吧。

我不確定，但約略是上述事件不久，我擁有了第一個「女朋友」。

那是亞熱帶夏天傍晚，巷內群童早被陸續叫回家一輪，梳洗完畢，背上，頸間抹了厚厚痱子粉後，其中少數兩三個還有幾分捨不得，便不約而同又跑出來找玩伴混，約莫是，一天終了前最後半小時光景。

在這乍暗還明時分，在媽的充分見證下，我夾起一大塊肉，誠意十足地放到，特意跑來我家門廊前，陪我吃晚飯的小女伴碗中，鄭重無比的說：

阿某，汝呷！

這是另一幕兒時情景，一甲子後我仍聽見那畫外音（一干人的叫好及爆笑聲），完全沒印象「我倆」後續交往情節，她的長相如何也甚模糊，一切得等我大了點後，才在媽的補述下，知道她家住巷子另頭，爸媽都是澎湖人，年輕登對，爸原在大通的照相館工作，稍後即舉家移去新興的高雄市自己開業了。

C

時間的大風吹直直吹，記憶宛如沙丘般，容易流於東一塊西一塊，且白天夜晚不一。兩歲那年，外婆仙逝，歸葬北台灣老家祖塋，我記得這事，是因為眾人送外婆上山時，只有我一人捧斗坐轎，春雨泥濘，山路崎嶇難行，轎子晃得厲害，我看著那斗，生怕它滑走，感受太鮮明了！外婆彌留或大去前後，估計死的觀念方被注入我腦中。人會死，我聽到大家異口同聲這樣說，我接受這事實，卻又清楚知道，自己不會死。

記憶的沙丘在夜晚，才留有長長影子，外婆是自然老死的，並未帶給家人太大悲慟，我後來也不常想到她。倒是，她老人家一走，我搬去跟媽睡，日常起居黏她越黏得緊，春去春又來，某天大清早，我卻突然被床頭女人的嚶嚶哭泣聲驚醒了。

看明白哭的不是別人，是媽，我嚇壞了，乖乖躲到一旁，連氣也不敢吐一聲。

年前，爸在鄉下投資的生意直落千丈，陷入周轉不靈的困境，經濟艱難，多少靠媽在後頭調度維持，而維持的方法有一，即是由媽悄悄拿出珠寶去典當。

原來，這天一早，第一時間有人來報，放錢給媽的西市場「鴨蛋婆」倒了，典當在她那的私人貴重物件，所有珠寶與細軟，日前遭其「匪類」小兒子洗劫一空。鴨蛋婆本人擺明愛莫能助，因她也是苦主，但媽之所以哭得恁樣傷心，這也是我長大後慢慢才懂的，並不單純是錢財問題，而是她心愛的珠寶，還有珠寶背後的「記憶」，所有比珠寶本身值錢的無形東西，再也贖不回了。

d

不知從哪天起，台灣的爸媽一律自行扛起全程接送任務，路上已見不到任何落單的小蘿蔔頭。

台灣早年人車少，城裡小孩樂得把大街小巷，所有用得到的戶外空間，當舞台，當免費遊樂場玩，從捉迷藏，跳格子，到盤據巷口電線桿玩抓鬼，大家恐怕多少都是，名副其實，街上長大的「野孩子」。就我經驗，好孩子壞孩子，本來心便一樣野，放出籠子差別不大。雖說，媽向來看我看得緊，功課成績毫不放鬆，可打從有能力幫她跑些小差事，打醬油，打麻油，買酒買菸之類，賺些銅板小鈔零頭，我也就開始「步步為營」，悄悄打造起，屬於我的單人行動暨獨立作業計畫。

當年的「單飛」卻是集體性的，每個小孩，一旦去到外面世界，就得盡快學會「靠行」的本事，確定自己跟對一兩個大哥哥，大姊姊走，否則便冒著被看不起，甚至孤立的危險，要是有誰不靈光，靠行不成，或不小心被惡意貼上「愛哭，又愛跟路」的標籤，就完了。

從學前起，一路跟著只大我個幾歲的大哥大姊（所謂「囝仔頭王」），我算很晚才一步步「摸熟」了離家不遠的周邊地區。的確，從離家最近的噴水池出發，往火車站的方向走，一百八十度範圍內，就有那麼多條大街和無數小巷，等著我們小孩，頂著南部大太陽，逐一去發現，去占領。最終，一些有名號，有來頭的嘉義市地標——就近的有我常陪媽去買菜的西市場和中央市場（噴水雞肉飯在此），稍遠的有國華街上的公會堂和美新處，最遠的則有文化路上的郵便總局，以及總局外面廣場上，那率先點燃我畢生懷念的「夜市文化」的文化路夜市——都被納入版圖，成了我等小毛頭鑽進鑽出，學練掩人耳目能力的大小據點。

那也是婚喪喜慶，廟會祭典，風土色彩強烈如昔的老台灣，不出個把月，大通中山路上便有大大小小的踩街隊伍在走，而我們小毛頭老早一馬當先，聞風而至，一字排開，跟著大人站在大馬路邊，不落人後地瞪大眼睛，拚命看。

這裡頭，論五光十色，令所有小孩目眩神迷的掃街行列中，俗稱「西索米」的銅管樂隊，絕對是大家最愛。原因無他，除了難得一見的全套西洋樂器配備，小喇叭，伸縮喇叭，薩克斯風，大小鼓，行動鐵琴，還有樂師身上，那一身酷斃了的機長制服，更有好多動聽曲子可聽。

西索米本是有錢人家才請得起的喪葬排場，並不常有，但只要那百聽不厭的「驪歌」，有名的蘇格蘭Auld Lang Syne曲子，從街頭遠遠響起，一來勁，我們這幫大小孩，小小孩，立馬跑到圍觀群眾前方，爭著，鬧著要一起跟樂師們走下，此刻因淨空而顯得寬闊無比的大通。我等小屁孩算徹底被迷住了，一路尾隨，在那嘹亮的號樂，那悠揚的哀歌後頭，直到民國路，甚至更遠的火車站廣場，才心甘情願折回。

地方自治選舉是另宗嘉年華。嘉義市當年，乃是國民黨及黨外兵家必爭之地，我們小毛頭不懂這些，也不管這些，只管有什麼好戲上場。選季來了，大通上的騷動亦計時起跑，投票前不短不長的半個月，大人臉色每有特殊變化，言談時的神情，聲調，也頗不尋常。但對我們這一群，不請自來，只懂「看鬧熱」的小觀眾而言，每回選季倘數娛樂性最高，最蔚為奇觀者，肯定不是別的，而是「某某某」每選必敗的本省籍候選人，和他效果十足的催票噱頭或「荒誕劇」。

固定安排在投票前夕上演，令街上眾人錯愕，爾後又驚呼連連的底下這幕，堪稱地方選舉史上一絕：當宣傳車隊大陣仗載著那身形龐然的紅棺木一路緩緩而至，繞過中央噴水池圓環，行經台灣銀行大門口，只見此君徐徐從棺中冒出，以「哀兵必勝」之姿向四面八方頻頻作揖拜票，接著又一陣風般，從我們眼前徹底消失不見……

一切都得等好多，好多年過去了，後知後覺的我才恍然，此君之所以有此「抬棺遊行」的壯舉，其實求的不外前人所謂「升官發財」的好彩頭，至今思之憮然。

f

文化路夜市全年無休，既是條前後綿延的燈光之河，也是條星月輝映的夢憶之河。

嘉義的地方美食，包括筒仔米糕，錦魯麵，滷熟肉，三絲捲，炸肉圓等夜市小吃，風味俱佳，又道地，生炒鱔魚麵卻是我最難忘的。說真的，這一點也不難理解，標榜當場現殺，大火快炒的做法，還有那酸酸甜甜的醬汁及爽脆Q彈無比的鮮魚片，施之於當年眼界乍開，味蕾初生的小毛頭如我，怎麼抵擋得了？最早的記憶畫面中，只見那口架在汽油桶上的炭爐咧咧笑，宛如噴火龍般瞬間吐出高溫赤焰，照亮師傅那張臉，圍觀人群爆出歡呼……

夜市當初並非美食集中地而已，也不僅止於射氣球，射飛鏢，套圈圈，打彈珠，撈金魚那些，而是江湖術士郎中雲集之地。從最傳統的打拳賣藥——老師傅站在空地中央練幾套拳給大家瞧瞧，賣的是氣功散及跌打損傷的膏藥——到光靠張嘴皮，耍些空心噱頭，大賣假藥及不法春藥的跑江湖老千（俗稱「王祿仔」），可說是龍蛇混雜極了。

論賣藥，同樣令人印象深刻的，還有那專賣小兒的蛔蟲藥和成人的性病藥。為求「醒目」，這些業者常在攤旁地上或牆上，掛出某種準醫學解說，加上各式各樣的器官圖照及海報，內容極不可思議之能事。

賣藥獲利多，噱頭排場越搞也越浩大，也就是在文化夜市裡，我邂逅了許多走唱賣藥的那卡西，還有那鼎鼎大名的「文夏四姊妹合唱團」。

g

一九五七年，正聲等幾家電台合辦第一屆全國歌唱比賽，帶動戰後第一波選秀潮，歌王文夏在新人中挑出四位長髮美少女，文香，文鶯，文雀，文鳳，在六一年組成他四鳳一凰的合唱團；隔年，文夏開始躍上銀幕，短短十年間，擔綱主演了包括《再見台北》等十一部「阿文哥」流浪系列音樂片，同時藉隨片登台形式和四姊妹跑遍全島，打響合唱團名號，最後且娶了成員之一的文香。

一南一北，寶島台灣當年有兩個歌王，文夏和洪一峰，但兩人其實都是台南人。文夏出道相對早，五一年便有第一張唱片《漂浪之女》，五八年更一口氣唱紅〈媽媽請你也保重〉、〈黃昏的故鄉〉兩首經典曲，流浪主題至此呼之欲出，據導演郭南宏回憶，文夏一開始便被設定為日本演員小林旭的台灣版。作為歌手，小林旭Akira天分，唱功同樣了得，感染力也強，當初背吉他踏著夕陽流浪天涯的「渡鳥」系列電影尤其深入人心，但東京都長大，暱稱「勁爆小子」的小林哥，專攻演歌唱腔，詮釋風格走硬漢路線，有份掩不住的日本浪人性格或世故，畢竟以作取勝，和為人及唱腔皆一派天真，一逕柔情似水的文夏多少有隔。

五、六〇年代其實也是貓王Elvis Presley音樂及電影橫掃全球的年代（小林旭那頭「美式油頭髮型」high cut，便來自貓王），姑不論其他因素，如果認真考量文夏和貓王同為「南方人」的背景及音樂底層那份民謠風純樸率真的不隔特色，論才華魅力，倘逕稱文夏為當年南國台灣的「貓王」——「貓王」原文The Hillbilly Cat，意指「來自南方鄉下的小貓」——應該也是說得通的。

h

站在野台下聽文夏及四姊妹，正是我最早的音樂啟蒙之一，它也讓我對流浪江湖的「吉普賽生活」產生某種似懂非懂的憧憬（除了文夏那些多情極了的浪歌，我也愛上文鶯唱的〈爸爸是行船人〉）。大哥哥一見我愛唱歌，會唱歌，很快跟我結為死黨，一直把我帶在身邊指導。六三年，我升小三，這也是我混得最兇的一年，功課大退步（狠遭媽以藤條問候），但我在街上南征北討，至少混出點成績來，差堪告慰。

可記在這的至少有底下二三事：

一，大哥哥找了文夏文香底細，安排我和幾個小鬼躲在野台後方，一等文夏和四姊妹唱完開場〈採檳榔〉一曲，冷不防大叫「電蚊香」，立作鳥獸散！

二，大哥哥以〈媽媽請你也保重〉為我們團歌，我沖澡時總自動練唱這首，而且不時轉換假音，加入四姊妹的合音部分！

三，大哥哥親拎我去市郊的正聲電台朝聖，一探寶島歌后紀露霞的廬山真面目，一併見證《紀露霞時間》協辦的選秀實況。正聲電台位於市郊中油煉油廠附近，離中央噴水池至少有兩三公里遠，我們二人一路往南，所經所歷全是我素未曾謀面的新風光，新天地。我大聲唱著團歌，一步步以自己的身體去丈量那未知新世界，也一步步，頭也不回地，走出了媽的監護範圍，走出了我那「半是兒戲，半是天意」的童年歲月！

——原載二〇一八年一月二十三日《聯合報》副刊

陳建仲／攝影

楊澤，上世紀五〇年代生，成長於嘉南平原，七三年北上念書，其後留美十載，直到九〇年返國，定居台北。已從長年文學編輯工作退役，平生愛在筆記本上塗抹，以市井訪友泡茶，擁書成眠為樂事。

發源地——葉覓覓

嘉義小城給人的感覺就是，平平的。沒有很老的古蹟，也沒有很高的樓。除了阿里山，除了故宮南院和火雞肉飯，你不知道去嘉義要觀什麼光。少了擁擠的人潮，生活的氣味就被充分顯揚了。年少時，我不懂得品嘗這樣的氣味，只覺得嘉義好小，一心嚮往著東部的大山大海。後來，我如願到花蓮上大學，每逢寒暑假，都要繞過半圈台灣才能回家，我享受長途的繞行，對於家，並沒有太多眷戀。

搬離花蓮後，我一路把自己車到綠島、芝加哥和紐約，七年前，定居台北。對我而言，嘉義始終像一枚扣眼，溫吞地嵌合在地圖的皺褶裡。沒有被撐開時，它只是一條直直的細縫；撐開之後，它就被鈕扣遮蔽了，隱著線條咧嘴歌唱。它既不會脫落也不會變形，我隨時都可以抵達它，也隨時可以離開它，因此，即使書寫了許多我浪遊過的城市，不曾想過要用字把嘉義留住。

二〇一五年，我創作了《南無撿破爛菩薩》這支實驗音樂錄影帶。發想之初，正巧碰上過年，趁著回家，我去嘉義公園蒐集畫面，第一眼就看見三個空空的大鐵籠，完全無法把目光挪開。記得小時候，籠子裡豢養著幾隻孔雀，鳥去籠空之後，變成鏽蝕的閒置空間，反而增添了一種卡夫卡式的荒謬美感。那天，我把攝影機貼到籠邊，用灰綠色的方格來框住在公園裡的風景，隔著層層鐵條，我意外捕捉到一位抓癢的男孩，跟曲中一句俗擱有力的歌詞編織在一起，特別引人莞爾。

也是因為拍了這支影像作品，我才真正覺察到，嘉義的庶民文化，一直都在我的血液裡翻攪著。

無論我去了多遠的地方，無論我講了多久的英文，無論我寫了多超現實的詩……最根部的那條筋，是抽拉不掉的，它的底蘊永遠屬於故鄉。因此，每次回嘉義，我都會忍不住用我的土腔野調，大聲講著台語，忍不住去植物園偷聽運動的婆媽們聊天，去東市場接地氣來汲取日常活力，聆聽鞭炮般的響亮叫賣。

祖母的旅社就位在一條狹窄的巷子裡。那是嘉義第一批用檜木蓋成的販厝，建於民國四十八年。一開始，那間旅社叫做山梅，由三個人經營，民國五十二年，祖母把旅社買下，改名為鶯歌。當時，旅社旁邊有一座花園和噴水池，後來，因為房間不夠住，祖母把它們拆掉，蓋了一棟三層樓的水泥厝，負責監工的那人，是祖母的舊情人，我素未謀面的，來自澎湖的我的祖父。

祖母是個傳奇的女子，她有過一段婚姻，由於遲遲無法懷孕，飽受丈夫的毒打，於是，她從三峽逃到嘉義，先從賣米做起，後來才到旅社當服務生，並收養了親戚的女兒。祖母在做服務生時，先後跟兩名政界人士談戀愛，與他們生下一男一女，男孩留下，女孩送離，那個男孩就是我的父親。祖父的妻子已經過世，育有幾名子女，祖母不願當續弦，也不願看父親受欺侮，她聘僱了一對保姆夫婦，共同把父親撫養長大。

重男輕女的祖母，對於我的誕生，感到焦慮不已，她殷切地期盼金孫降臨。據說，巷子裡有一戶賣鱔魚麵的人家，他們日日在水溝裡殺鱔魚，導致陰氣過重，一連生了十四個女兒，大概是因為陽氣都飄散到隔壁去了，住在鄰屋的幾任房客，都只生男孩。在祖母的催促之下，父親買了那間「包生男」的雙層木造房子，其後，我的兩個弟弟接連在那個房子裡出生，祖母才終於寬了心。

我此生的第一個記憶便是在那棟木宅子裡。我記得我被困在一個嬰兒的身體裡面，動彈不得，只能睜著眼睛，望著空無一人的二樓，大聲啼哭。直到現在，我的眼球邊緣還懸著那個偏僻的視角，那種全世界唯我獨存的慌張感。這棟房子幾乎就是我肉體的發源地，我在那裡盡情噴灑了荒蠻的淚液、汗液與尿液。幼稚園時，在同樣的房間裡，夜夜有一白鬍子神仙爺爺來入夢，他為每日訂定主題，當天發生的所有事情，都緊扣著那個主題而生，我被溫柔慈悲地教導著。

那時，整條窄巷都是我的遊樂場。我的奶媽就住在斜對面，加上旅社的木造、水泥兩厝，我在四間房子裡自由穿梭遊走……跟鄰居男孩用塑膠袋捉蒼蠅、拍打光頭大叔的屁股、在巷子裡追逐嬉戲、擠在裁縫師的家裡看閉路電視。對年幼的我來說，台北跟美國一樣遙不可及，巷底一條雜草叢生的防火巷，是我最熟悉的通往外界的出口，我和弟弟們經常捏著祖母塞到我們手上的銅板，跟一群小孩穿越密道，跑到鄰街的雜貨鋪去。雜貨鋪的店面極小，大約只能容納三個成人轉身，卻像一座發亮的捕蚊燈，讓住在附近的孩子們，涎著羽絨般的口水，成群結隊地飛撲而來。

阿里山公路開通之前，祖母旅社的生意相當興隆。許多住客都是從山裡來的，他們帶著竹筍和各式水果下山來販賣。由於返家交通不便，他們必須投宿旅社，有人一住就是十幾天。旅社雖然匿在小巷弄中，它距離客運下車處並不遠，附近又有三家戲院，許多攤販會推著車子到戲院門口賣吃食，夜裡燈火通明，是小城活絡的筋脈地帶。不過，隨著交通的發達，嘉義市的旅社文化就漸漸沒落了，祖母的全盛時期，我未能親睹。

我不記得祖母的客人，一個名字或臉孔都想不起來，倒是旅社廳堂的影像，還深深刻印在腦中。廳堂中央有三尊神像沉穩坐鎮，祖母每天虔敬地燒香祭拜、供奉新鮮的果物。廳堂裡還有個小電視，白天時，它常常虛弱地開著，到了晚上，楊麗花躍進小小的螢光幕搬演歌仔戲，電視才會真正打起精神來，卯足力氣唱歌。祖母總是坐在櫃檯前，有時捻捻佛珠，有時跟女服務生阿霞、哈嚕或鄰居閒談。我在廳堂玩耍的時候，祖母喜歡叫我幫她摺衛生紙，先把兩張衛生紙疊在一起，然後對摺兩次，那些紙，就像一張張雪白而方正的臉，在桌上喘著氣擠壓彼此，越堆越高，抵達一定的高度之後，就被阿霞抱走了。它們最終都變成客人們的廁紙，帶著一臉髒污，在垃圾桶裡重逢相見。

我八歲那年，父親把我們住的木造矮房賣給牛肉嫂，全家搬到另一條寬闊的巷子，住進全新的四樓鋼筋透天厝。祖母也跟著我們一起住在透天厝裡，但是她並沒有拋棄她的旅社，依然每天獨自散步到旅社去工作，直到嚴重的糖尿病使她體力衰退，她才不得不把旅社交付給別人管理。祖母在我十一歲時，因為心肌梗塞而猝逝，旅社出租一段時日之後，便也歇業了。

如今，二十多年過去了，那條窄巷還在，除了養樂多嫂的屋厝變成廢墟，大批的木造老屋都還穩穩站立在原地，甚至還收納了幾名嶄新的住戶。由於長年漏水的關係，祖母旅社的水泥地板，冒出怵目驚心的縫隙，父親和母親想方設法修繕屋頂的瓦片，才把水止住了。牛肉嫂的丈夫負了債，我的舊家變成法拍屋，由於產權的關係，拍賣很多年都沒人交關。一個月前，有一群來自台中的投資客，把法拍屋和廢墟都買了。得到這個消息時，我的心情十分沉重，深怕他們會將整條巷子收購下來，把兩排矮房劈開剷平，蓋起沒有心跳、無法呼吸的高樓大廈。

當我終於得閒趕回去拍攝記錄時，舊家只剩下斑駁的淡綠外殼，一樓和二樓的地板以及隔間，已經被卸除得乾乾淨淨，一些鋼條從內部高高支起。我端著相機猛拍，試圖捕捉兒時的每一道痕跡，竟什麼也不識了。彷彿乾涸的蘭潭水庫，它再也映照不出我的形體，只剩下龜裂瑣碎的回憶。

我拍了五分鐘，直到投資客不耐地說：「拍一下就好了，有必要拍那麼久嗎？」

我說不出話來。對他而言，這只是一座需要被整容出租的房子而已；對我而言，再怎麼陌生疏離，它都是珍貴無比的發源地。我多麼希望這房子也可以跟公園裡的大鐵籠一樣，什麼都不做地佇立在那裡，不崩塌不漏水不關孔雀不挪移不被上漆，像株野生的紅檜，讓小城的時間永久銘刻下去……

——原載二〇一八年二月七日《聯合報》副刊

葉覓覓，東華大學創作與英語文學研究所、芝加哥藝術學院電影創作藝術碩士。以詩錄影，以影入詩。夢見的總是比看見的還多。擅於拼貼別人的無關成為自己的有關。標準廢墟控。作品曾獲聯合文學小說新人獎、國語日報兒童文學牧笛獎、德國斑馬影像詩影展最佳寬容影片等。育有詩集三本，《漆黑》、《越車越遠》與《順順逆逆》。英譯詩選《他度日她的如年》，入圍二〇一四美國最佳翻譯書獎詩集類；荷譯詩選《我不知道你不知道我不知道》剛剛問世。

十九歲的台南——袁瓊瓊

我不知道如何述說台南。我十九歲以前生活在這個城市。十二歲之前住在眷村。地址「小東路三〇四號」。現在回憶，不知道為什麼，覺得那塊地方像某種考古現場，四四方方的，土造的房舍，非常矮非常小。住的當時並不覺得，因為只是小孩。我們像是古人偶一般在房舍裡進進出出，生活，呼吸，吵架，相愛和相恨，亙古的太陽照射，亙古的月亮照射，有一群人在那裡活著。當然，時至今日，許多人已經離世了。但是在許久許久以前，我只有十二歲的時候，他們都在。我也在，只有十二歲。

我們家後來搬到成功大學外面。從成大的邊門出來，有一道大約四十五度的斜坡，直通大馬路，路面是薄薄的磚紅色，或許反映了夕陽。我總是在放學後繞道從成大回家。校園裡許多樹，迷宮似的，繞來繞去都是樹，教室掩藏在樹後面。我似乎也被不同的樹所遮蓋。非常不願意被發現。總是騎在人行道上，挨著樹邊，讓樹幹掩蔽自己。到了邊門，用三秒滑下斜坡。確定無人注意，於是懷著隱匿成功的快樂慢慢騎回家去。

那樣不希望被注意被發現，可能因為被注意是要倒楣的。被注目不是愉快的事。學會隱匿才能夠安全。許多事被隱匿著，許多心情被隱匿著。不說出來，好保證那一切不存在。

我時常在禮拜天跑到成功大學去。找一個屋廊下坐著看書，讓薄薄的陽光陪伴，有時候是透明的雨。跟家裡說：「我去成大看書。」於是便消失了。那樣大的校園，不可能找得到我。我便在屋廊下坐到天黑，坐到書頁上的字在黑暗中沉沒。我還記得那黃色磚塊砌成的門廊，不論春夏秋冬依舊冰涼的水泥地面，斜斜長長的廊柱黑影。總是非常安靜，我從來沒有碰見另一個人。那個獨立的，絕然於世界之外的時空，只為了那時候的我存在。或許現在也還存在，在某處；成大陰涼的校舍欄杆的庇蔭下，有個女孩垂著頭看書。

在家門外不遠處，有一條黃土路，旁邊是軍營。或因為這樣，路上沒鋪柏油，只是一片白荒荒的土，和石塊。除了軍車，幾乎沒有別的車經過。我偶而會從這條路回家，讓單車輪胎在碎石塊和高低不平的地面上彈跳，一路揚起塵土。像天地玄黃，像宇宙洪荒。下雨的時候，雨水在地面沖出水窪。某些地帶，水漫淹過路面，成了灰黃色泥水的茫茫河道，間中有露出地面的石塊，為雨水洗成了青灰色。某個星期天下午，我坐在水窪中哭泣。大雨打在頭上很痛，我沒帶傘也沒帶雨衣，不過那時候覺得這都不重要。我整個人濕成一片，考慮是就此讓自己淹死還是什麼別的可以自絕於人世的方式。但是晚上我滴著水回家了，並且活到了現在。年輕的時候總覺得活不長是很浪漫的事。因為記憶還很短，而生命裡對付不來的事情太多。我記得讀過的全部的書，書中全部的句子。那是別人的人生，我自己的人生不過是許多低頭看書的日子。就此終止，似乎也沒什麼好可惜的。

我偶而會騎車到美國新聞處去。美新處在南門路天主教總堂的附近。這兩個地方都有外國人，不過教堂裡的外國人會講中文，感覺不那麼外國，而美新處金頭髮的男男女女，更像電影上的人。當周圍隨處可見臂膀和臉龐上飄著金色汗毛的洋人的時候，心態上就跟出國了一樣。美新處的圖書館裡陳列許多英文刊物。我坐在書桌前翻閱那些字體橫排的書和雜誌。空間中瀰漫著類似酒精擦拭過的清潔與秩序的清涼。館內極安靜，連翻書頁的沙沙聲都沒有。我看不懂面前書上的字，然而依舊盯著，一行一行，沙中瀝金般的撿拾那些我認得的單詞，胡亂猜測整句的內容。比之閱讀，我顯然更喜歡的是「我在閱讀英文」這件事。默坐了一個下午，最終借回家的是今日世界出版的譯叢：華盛頓．歐文的小說，愛默生文集，美國當代詩選，亨利．詹姆斯的《碧廬冤孽》……。很多年之後，我才知道那時我已經在讀張愛玲。

高三那年準備考大學，跑去補習。老師住在安平附近，大人謹慎的告誡：放學後直接去老師家，不要亂逛。因為老師住處靠近「綠燈戶」。我並不真正知道綠燈戶的意思，只明白那地區危險。但是老師的家只不過在荒野中，四面所見全是高挑的白芒花，稀疏而又密集的在晚風中晃動。到老師家得從白芒花中經過，天光還亮的時候，覺得自己在雲中滑行，為芒花所庇護。那社區不大，只有一條道路，三尺寬。老師家在路旁第三間，三樓。是新蓋的社區，樓層地面磨石子晶亮，牆壁上貼著彩色磁磚，從沒看過這種配置，我覺得非常奢華。老師的長相，教了些什麼，全忘了，只記得天黑後離開時的景象。社區口有路燈，但是騎出一段距離後就全是黑路，芒花高且密，在夜色中一動不動，無數的白花花的注視。要在黑暗中騎十來分鐘才有人家，能看到燈光。我就一路找街邊的「綠燈」。想像會如同鬼市，有連綿相接的發著陰昧綠光的燈籠，底下垂著紅色流蘇墜飾，飄盪在半空中。但是從來沒看到過。接近半夜，路旁全是低矮的，不動聲色的房屋，小窗戶裡黃黃的燈光。忽然前方一片大亮，人聲喧嘩，空氣裡瀰漫食物的氣味。那是台南著名的小吃夜市「撒嘎里巴」。我補習了半年，除了第一個月，再也沒走那條芒花路。我把補習費花在撒嘎里巴，穿著制服在夜市亂逛，看到醉漢與煙花女，流浪漢與流氓。之後在適當的時間回家。

我或許經歷過危險的事。在騎車上學的路上，被人尾隨。那人從我身後喊著：「小姐，小姐。」我非常害怕，甚至不敢回頭去看看那個人，不敢去確認他喊的是我。拚命踩著車蹬，前方的太陽撲面而來，極亮極輝煌，打在我臉上。在半夜回家的路上，街對面站著一個男人，臉黑黑的。我聞到腐爛的氣味從對街飄過來。要過街才能回家，但是因為害怕那個黑臉人，我在街這頭悶著頭往前走，感覺身後頭的街道成了河流，似乎不管我情不情願都要漫淹過我，而那個黑臉人就會隨波而上，來到我身旁。

少女時代，許多恐慌都與男人有關。男人似乎是可怕的生物，被他們觸碰就會改變一生。但是我仍然在十九歲的時候認識了一個男人。他住在左營。我總是坐火車去看他。我們好像從來沒在台南約會過。我和他牽著手在外地的街上閒逛。天黑了便坐火車回家。感覺遊歷了世界。

這個人，我後來跟著他離開了台南。在台南之外的地方輾轉生活了五十年，再也沒有回到台南。這個貯存我青春的城市從家鄉成了客鄉，每次來到台南，總明顯自覺是客人，台南以待客的容顏呈現。老朋友帶我去看孔廟，五妃廟，赤崁樓，億載金城，安平海灘，海灘上的防風林……。

而我仍舊深信，我十九歲之前的台南存在著，所有的記憶，經歷，伴隨古老的街道與建築，在某個時空活躍。在那裡，我是十九歲，也是十二歲。而我的失意與傷心，缺陷與美好，與當時並存。並不曾軼失，只需要我依然記得。

——原載二〇一八年四月十二日《聯合報》副刊

袁瓊瓊，祖籍四川眉山，一九五〇年出生於台灣新竹，專業作家及電視電影舞台劇編劇。一九八二年赴美參加愛荷華國際寫作班。最初以筆名「朱陵」寫現代詩，繼以散文和小說知名。曾獲中外文學散文獎、聯合報小說獎、聯合報徵文散文首獎、時報文學獎首獎。已出版著作涵蓋小說、散文、隨筆及採訪等共計二十八種。《自己的天空》並入選「百年千書」。有三十年以上編劇經驗，戲劇作品散見台灣與中國大陸。曾入圍金馬獎最佳編劇提名。

歸鄉——陳雨航

我出生於花蓮並在那裡成長，父母親來自美濃，高雄美濃。我們的戶口名簿、戶籍謄本都註明「本籍高雄縣美濃鎮瀰濃里……」，那地址是我們的老家夥房。

長期在花蓮的生活裡，我們家偶爾會出現「歸美濃」這個詞。這個詞有兩種意義，首先，父親從台北調職到東部並非他的意願（誰是呢），但若知道派令出於和上司吵架之後也就不算是什麼意外了。父親可能想著還能調回北部或西部罷，但年過一年，日子持續流逝，也就定著了。他後來在不順心的時候有很少幾次唸說「歸美濃」，這裡頭就有「不如歸去」的意思了，背後是家鄉有祖父遺留給他的幾分地而他年少時也耕過田的事實撐著。還好，他終究沒這麼任性辭職回鄉務農，看來只是牢騷而已，喝瓶啤酒，藤椅上乘涼，第二天繼續上他的班。不該這樣調侃父親的，成年後的我，工作不順遂時不也說過，就辭職吧，我還可以回家寫小說哩（不敢相信那時候真這樣說了啊）。

「歸美濃」第二種意義單純的只是一個旅程。上世紀五〇年代較少，六〇年代以後頻繁一些，大致是一年一次，父親會在三月底一個人回美濃掛紙（掃墓）。我們所知道的是，父親會去吃一碗面帕粄（粄條），至於將面帕粄迢迢帶回東部那不是他的作風。偶爾他會帶一包夾心餅乾回來，那可不是美濃或高雄的名產，是他回到花蓮，去騎停放在辦公室的摩托車時，在附近買的，包裝袋上印有店名和地址，買的人不怕人知道，吃的人也毫不在意。

一直是以想像存在的家鄉美濃，在我八歲時成為具體經驗。我們全家搬回美濃。當初東來的三口家庭，已膨脹成八人的返鄉團。這次「歸美濃」的意義看起來是第一種，父親要到台北接受膽囊摘除手術，可能是當時這樣的手術或者因此升高的憂慮，使得父親決定先把全家送回故鄉，以備萬一。結果手術順利，我們又轉回花蓮，以第二種意義終結這次的返鄉行動。

我那唯一一次長住美濃的半年，除了深刻感受到親戚眾多以及氣候炎熱之外，曾經遇到一次水災。潰堤的水，洶洶而來，我們在夥房裡的兩間屋子是泥牆竹木瓦頂組成，大水很快湧進床下泥地，母親便帶我們到後邊炳昌（堂）伯母家去避難，他們家是兩層的水泥建築。外面做大水，我們和伯母家的堂弟妹倒是玩得很開心。那次的水災大概少見，許多年後與長輩親友聊天，還會出現「發大水那年……」這樣的句子。

發大水是一九五七年的事，一九八〇年夏天，鍾理和紀念館在美濃尖山下破土開工，這件文壇的盛事，還附搭了根據理和先生原作改編的電影《原鄉人》首映，來了許多作家和報刊雜誌編輯。我工作的《中時．人間副刊》主編高信疆臨時有行程，未克出席，於是以地緣關係派了新進編輯的我前來。《聯合副刊》主編瘂弦也未出現，但有另一位副總編輯帶隊出席。理和先生一九六〇年辭世之前與之後，當時林海音主編的《聯合副刊》發表了許多他的作品。

我當時認識的作家還不算多，趕快去前輩作家聚集的廳房拜見一番。受到的熱情招呼之中，難掩一絲失望之情。這很容易理解，我還是很高興的與大部分是鹽分地帶的年輕作家們聊天，在一箭之遙的朝元寺午餐席上同桌共飲。

在開工典禮的會場，倒是意外的遇到多年未見的炳昌伯母，我這才知悉她是理和先生遺孀台妹女士的妹妹。

知道鍾理和的人多會因此知道他的長子鍾鐵民也是作家。我倒是在不知有鍾理和之前先知道了鍾鐵民。六〇年代，我從某本雜誌上的一篇小說裡看到主人翁說「屙膿屙血」（胡說八道）四個字，我心想，用這樣字眼的應該是吾鄉之人吧，因此記住了鍾鐵民。理和先生反而要到七〇年代中期，隨著逐漸出現的討論和《鍾理和全集》的出版我才有機會閱讀和認識。

父親滿六十五歲那年從公司退休，終於「歸美濃」長住。先是租屋，然後是農田一角的新居。我外祖父是美濃有數的書法家，他送了一幅中堂，上書「奮鬥」兩個大字，父親說：「都已經退休了，還要奮鬥什麼？」說是這樣說，還是掛在起居室裡。

我們夥房裡的祠堂，由各房輪流值年。父親回鄉沒幾年，便接了輪值的工作。那一年裡，他每天晨昏各一回，騎摩托車到祠堂開關門點香祭拜。當初建立夥房時是四房兄弟，歷經數代，子孫綿延，要許久才會輪到值年。根據十幾年前發的一份輪值表，下一回輪到父親這一房時，我算了算，大概是我大侄兒退休後的事了。

父親退休後，便是在台北工作和居住的我們「歸美濃」了。通常是農曆春節和掛紙時辰。有時候暑假送孩子來阿公阿嬤家度假，自己也順便住幾天。

有時候則是長輩的辭世。外婆過世時，我們回鄉那晚，姨媽和表弟妹們來訪，母親只一位妹妹，時有聯繫，但我們表兄弟姊妹多年未見，歡喜重逢，還談到他們年幼時的環島「壯行」，到花蓮受困颱風，在我們家住了一星期的往事……明天不是外婆的葬禮嗎？是啊，連翩笑語是真實，翌日的哀傷眼淚也是真實啊。

我常在春節歸鄉期間到鍾理和紀念館走走，偶爾也彎進裡面的住家向鐵民兄拜年。鐵民兄向台妹女士介紹這位來客時總是以「下庄陳屋夥房」來標定我的身分。大約在本世紀的前十年，我有幸多次與鐵民兄同場擔任縣市長篇小說以及客委會出版補助的評選工作，會議前後時有機會聽他談鄉情熟人，反水庫時與我茂芳舅在內的同志聯手行動……如今斯人已遠，走訪紀念館只能是沉靜的旅程罷。

在美濃的日子，我們曾經輕快的走親戚，尋訪製作美濃傘的老師傅，粄條街上啖食家鄉風味，行走埤頭下，假日人多的湖邊也有水靜鵝飛的時刻……我們還到過古蹟竹仔門電廠，青山綠水間，仿巴洛克建築的廠房在焉，寬敞的草坪，扶疏的樹木，還有記述廠史一二的三兩碑石。一九四六年初，父親從海外歸來，同時接下竹仔門和六龜土龍灣兩電廠。我與妻小初訪此地時，父親離世已超過十年。

那之後的歸鄉旅程也逐漸成為沉靜的調子。父親辭世多年後，母親接來台北，我們仍然要「歸美濃」。掛紙是一定要的，還有親族的告別……

在晚近幾次難眠的夜車裡，我不禁會回想起歸鄉的種種。溶入，淡出。那多是重逢、分離、歡樂、哀傷……的組合，原應是繽紛甚或是喧囂的場景，在歲月裡卻都無聲地流逝了，人們的故事似乎在呼喚你，旋即又隱身而去。一如窗外高速公路旁向後退去的暗灰樹影（文字和電影上都是老梗了，我還是想任性地這樣寫）。

歸鄉的路途，年幼時從花蓮搭窄軌的柴油特快到台東，轉乘公路局巴士繞南迴公路與縱貫路到高雄，然後雇出租車一家八口擠進去直達美濃。後來是台北近子夜的平快，台鐵自強號，高速公路國光號，自己開車，高鐵，夜行巴士……從高雄、左營或楠梓轉車。從路遠道阻到一日來回，大半人生如此走過。

還有一趟我不會忘記的旅程。少年時期，母親曾經說過，我更早之前就已經回過美濃了，當時我出生不久，父母親帶著哥哥和我四個人回鄉，搭飛機。哇，好豪華的旅行啊那個年代。我問了路線，母親說是從花蓮北埔機場飛到台東，加了油再飛高雄，在高雄港降落。我沒有懷疑，而且從聽到這趟飛行之時，腦海裡已經開始建立起整個飛行旅程。水陸兩用的小型飛機，掠過樹林，斜穿過海岸線，洋上翱翔，然後滑過寬闊草坪的機場，轉彎，再起飛，越過群山，降落水面。在空中向下看時，除了山海林木河流，還有獵獵衣角，以及我懸空的雙腳……

我愛這記憶之前的返鄉飛行。

——原載二〇一八年八月二十二日《聯合報》副刊

陳雨航，一九四九年生於花蓮。師大歷史系、文化學院藝術研究所畢業。曾任報紙副刊、雜誌、出版編輯多年。七〇年代從事小說寫作，著有短篇小說集《策馬入林》（一九七六）、《天下第一捕快》（一九八〇）。近年重啟創作，出版長篇小說《小鎮生活指南》（二〇一二，麥田），散文集《日子的風景》（二〇一五，馬可孛羅）、《小村日和》（二〇一六，九歌）。

港邊煙塵——蔡素芬

從前街後巷緊緊鄰靠的日式房舍走出來，拐過馬路又走了一大段路，太陽熾熱，來到沙石場，場上成堆的灰黃沙粒，那裡有女工搖動大篩網，過篩粗沙。細沙過網流落，微微揚起沙塵。我和童伴站在場外觀看，沙塵如煙，載斗笠的女工臉上日影斑駁。

難以忘記那片沙石場，總在繁華的街景裡留它一個記憶的位置。它離住宅區不遠，另一頭銜接馬路。沙塵是高雄煙塵，人與工廠同在一個社區範圍裡，幾條街包圍的土地內既有土法煉鋼的勞力工作，也有密集的民生飲食。

人口逐漸稠密，沙石場搬遷了。那是鹽埕區，彼時仍有許多簡陋的日式木房，來此地謀生的家庭，可能幾戶擠在一個家裡，找到謀生的差事日子可過下去了，才另尋他方找個遮簷處。

沙石廠雖不在了，附近的愛河畔仍草色青青，河流在家的南邊拐了個彎匯向港口。端午時節，河上划龍舟，河邊擠滿觀看人潮，頎長的彩繪船身上選手們奮力划槳，站在龍頭前的領頭者敲鼓吶喊指揮前進，鑼鼓催促划槳的力道，河面波光喧嚷。龍舟賽為素日平靜的生活掀起一點波瀾，觀者莫不歡喜。然而愛河也有淒烈的一面，因愛之不可得而投河者歷有所聞，緩緩流水轉載城市廢水亦流蕩哀怨的浮屍幽魂。殉情的傳聞真實發生在友人圈裡。圈裡的某位哥哥，想斷離女友，這女友想不開，走到愛河邊向愛求索壯烈，一躍投河。幸而被及時救上來，保住了性命，卻傷心欲絕自暴自棄，轉而去當舞女。某日這哥哥去舞廳流連，巧遇殉情女流落舞場，相逢如隔世，舊情更燎原，兩人終得好果結成連理。這應是愛河殉情最喜劇的收場。然而愛河水質逐年每況愈下，即便投河都褻瀆了愛情。愛河的日漸淤積腐臭，象徵一個單純的勞力社會漸行漸遠，機械化生產工廠的增加和加工出口區的設置，吸納眾多就業人口。鹽埕區越來越擠。

越擠也越熱鬧，五福路上每年有花車遊行，兩次或三次，國慶日或其他重要節慶，臨近傍晚時，附近的家家戶戶老老少少，提著小板凳來到五福路邊先卡位，找一個可以無遮蔽的看得到花車的位置。我也和兄姊搬了板凳，穿過窄而幽暗的巷子，來到五福四路，華王飯店的斜對面，放下板凳，看著路旁紛紛鬧鬧逐漸聚攏的人群，等待時間流逝。越等時間越慢，好不容易看到花車燦亮的車燈遠遠駛入馬路，人聲便隨著迤長的隊伍喧騰了起來，每部盛裝的花車極盡巧思設計，花團錦簇裝飾成各式模樣，車上還有美麗的女郎。整條街一整年裡似乎就等這天燦爛得燒了火似，觀看的人情緒很沸騰。幾年後，不再有花車遊行。一條街突然沉寂黯淡得失去顏色，即使它仍有華王飯店，仍有美軍大兵在那裡進出，仍有大勇路大新百貨漫延過來的人潮如陽光一樣炙熱這條街。

五福四路過巷，一大群矮平房，家在其中，木造房子的氣息在豔熱的日曬下，好似更逼出木香味，滿巷子熱哄哄的木香。房子靠得很緊密，誰家大聲吵架了，莫不聽得一清二楚。鄰居的共同活動是看電視，有電視的人家裡聚集許多鄰居，電視一邊開著，電風扇嗡嗡轉過頭來又搖擺過去，搧來的都是熱風，電視看得喧鬧不已。有時我離開這種喧鬧，坐上誰的腳踏車去臨近不遠的碼頭。

那時的碼頭可以自由進出，不需驗證。大人工作，孩子在小室玩耍或休息，去那裡找玩伴兼看船，也是一種打發時間的方式。高雄港貨物吞吐量非常大，貨輪泊靠的碼頭上滿滿的工人，做著裝貨、運貨工作。龐大的貨輪從船上接通輸送帶，大豆、玉米這些作物從輸送帶上滾落下來，岸上的工人將滾下的作物一袋袋裝滿縫合，再送上貨車，那半機械半人工的年代，碼頭的工作全靠工人撐起貨物的裝運，九〇年代逐漸走向全面機械化後，當日的碼頭工作盛況不復再。在那常去碼頭的時日裡，喜歡看輪船，漆黑的船身很巨大，船桅複雜，泊淀處的水域漂蕩耗臭的浮油，望向船桅可看到大片灰藍的天空，那是港都的天空，雲色變化總撩起莫大的遠方想像力，近在眼前的則是營營碌碌的勞動眾生。此後喜愛看船，大概都源由這段在碼頭嬉遊的經驗。

忙碌的父母親很少帶我們離開鹽埕區，在這區已有愛河邊可散步，大勇路又十分熱鬧，吃喝玩樂都有去處，也就沒有特別安排到哪個地方遊逛。但父親狂愛電影，並把嗜好嘉惠給子女。他常在晚飯後往電影院去，最近的大勇路上的光復戲院看不夠，騎著腳踏車四處看。他每次輪流帶一個孩子進電影院，孩子不要票，在電影院裡有位置坐位置，沒位置站著蹲著或坐他腿上都可以。電影散場時，滿地瓜子殼，踩起來嗶嗶剝剝，好惆悵一場戲結束了，不是因為劇情，而是曲終人散的感覺。

大勇路一帶的熱鬧不僅是電影院、地標大新百貨，還有許多具生活機能的商家，總是人群來往，街光浮晃著孩童眼光所欲探索的新鮮事。某天鄰居的太太到醫院生產了，我們左鄰右舍五六個孩子尾隨來到大勇路上的產科醫院，走上二樓，一排七、八個產婦躺在產檯生產。站在燈光昏暗的僅餘空間，沒人驅趕我們，一旁還有產婦家屬親友的走動。我們在產檯側看著小娃兒嚎哭的落在醫生的手套裡。昏暗空間的一切都新鮮得像那乍到的啼哭。

在鹽埕區只讀到小學一年級，父母決定搬離這裡的擁擠。是離開鹽埕區後，才看見高雄的大，才跨過一區又一區，但怎麼跨，也離不開海與港。

轉到新學校，近鹽埕區的山與海成為旅遊地，小三的女導師親切可人，帶著我們打開觀看高雄的視角。假日時，特別帶我們去爬壽山，壽山爬高了，仍是望見海。第一次看到那麼多階梯，大家很興奮，爬上去又爬下來，列隊站在欄梯邊讓老師拍照。也帶我們搭渡輪到旗津中洲玩水，終於能坐進船裡很興奮，船不再只供觀賞。

中洲海灘下午的陽光柔軟，浪花把腳下的細沙沖蝕剩腳掌下的一點點沙，感覺自己在下陷，重新站在細沙下，等浪來把腳邊的細沙再次沖蝕。總算知道，除了看海，還能踩入浪花中感受海水的冷涼。老師點人頭，確定每個孩子都在，搭渡輪返程，約好下次換到西子灣玩。

似乎有了搭渡輪、爬壽山、戲水的經驗，才算完成成為高雄囝仔的儀式，當時只是興奮，並沒想到日後，山水不離，多次去壽山是為了觀看它的變貌，再搭渡輪及遊整治過的愛河，也因城市變動快速，我們得跟上潮流，才算是一個市民檢驗或共度了城市的進行式。

最受歡迎的西子灣曾是追逐青春印記的場所，或許是青春高雄人必遊之地。那時特地來看岸邊的垂釣，吹海風看夕陽，隧道前的哈瑪星港灣裡停泊許多漁船，船上堆置漁網，魚腥味瀰漫，路邊的烤香腸、甜不辣攤車飄送陣陣燒烤香味，加上車子的鳴噪，港邊的空氣複雜而躁動。過了哨船街來到看得到海的地方，海風暫時把什麼都吹淨了。可以坐在防波堤上數船。有商船、軍艦、油輪、領航船、漁船，有海平線遠方彷彿存在的遙遠夢想。

太遙遠的夢想常常都是流空的，但也因錯過了什麼，才來到了目前。每隔一段時間來到西子灣，看海的人已是老中青皆有，各自望海各自心情。

鹽埕區從擁擠而沒落，到今日又重新活絡，成為觀光客朝聖之地，新的建設裡仍有舊的遺跡。過去日式房屋所組成的社區，房屋雖幾經改建，但窄街窄巷猶存，街巷間有老鹽埕區的氛圍。走出巷弄，仍有新潮的商業氣息，這種新舊混搭，並沒有違背舊日特色。即使真正的舊日實已不可得。

舊日只存於記憶，像個巨大的拖吊網跟隨在身後，返身就想撿拾一點網內的點滴。過去搭飛機往返北高時，飛機一近港區，必定從窗口往下望，碼頭越來越近，鼓山、鹽埕、苓雅、前鎮這幾個港邊區域一眼可望，看到海水與碼頭，就像在網裡找到了物件，回到熟悉的軌跡。

從高處俯視，如今的碼頭寬敞乾淨，罕見人跡，貨物皆在貨櫃裡，機械將貨櫃從船上吊出，送上貨車，完全不需人力徒手裝卸。昔日土法裝卸、岸上如市集的情況已是流沙昨日。

回望港邊鹽埕區，初居高雄穿梭的身影歷歷如繪，從這裡初始，才有了而後。生活是沙，流過時間的刻漏；是煙塵，滾滾而去，不管最後落在哪裡，它仍存在。

——原載二〇一八年八月二十九日《聯合報》副刊

蔡素芬，一九六三年生。主要作品長篇小說《鹽田兒女》、《橄欖樹》、《星星都在說話》、《姐妹書》、《燭光盛宴》；短篇小說集《台北車站》、《海邊》、《別著花的流淚的大象》及編選文學選集數本。作品曾改拍電視，曾獲《亞洲週刊》十大華文小說、金鼎獎、吳三連獎及其他多種文學獎項。

記憶所繫之處——凌性傑

1

半年來接到兩次法院通知，上面載明有一塊橋頭的土地要法拍，我有優先投標承購的權利。如果不是這份文書，我幾乎忘了自己名下有這麼一塊三十多坪的祖產地，祖父指定留給我的。這是一份由八人共同持有的祖產，產權已經做了初步分割。法院文書上，我看見堂叔的名字，他的土地持有份即將被拍賣。我打了電話給媽媽，她說不知道有這件事，反倒對於承購土地有了幾分好奇，或許是想要把它買下來。

我立刻跟媽媽說，不要再想這些麻煩的事了，現在我連自己的地長怎樣都一無所知，沒必要再去競標一塊陌生的土地。土地是資產，也可能是負累。每次擁有什麼的時候，我總免不了擔心，擁有之物將會以怎樣的方式干擾我簡單的生活。

至於堂叔名下的土地為什麼會被法拍，我猜想其中一定還有很曲折的故事。活在各自的屋簷下，久而久之沒有日常的交集，那些故事也就傳不到自己耳邊了。我對這位堂叔的記憶極為稀薄，或許曾經聽到一些事，但也是過耳即忘。

祖父在他的青年時期就搬離橋頭鄉芋寮村祖厝，來到仁武建造屬於他自己的家園。雖然兩地相隔不遠，但橋頭的舊居乏人照料，早已傾圮隳壞，土地就這麼一直閒置著。叔公的建地與祖屋毗連，他就地另起樓房，產權後來由堂叔繼承。

二〇一〇年縣市合併以後，橋頭稱區而不稱鄉，村里的劃分方式可能也略有變異。法院的拍賣訊息對我來說，好像一張房屋仲介遞來的傳單，標示了地段、規模、價格而已。然而這塊土地的訊息並不冰冷，比普通的傳單多了些情感牽絆，於是有一些疑問在心裡擴散開來：土地要拍賣，那麼地上的建物呢？起標價格怎會那麼低？其他六位共同持有人有意願去投標嗎？在輩分上我又該怎麼稱呼他們？

結果我兩次都沒去投標現場。兩次都流標了。

2

讀大學之前，除了自家宗親，我幾乎沒有遇見過同姓之人。只有婚喪喜慶的場合，才能與一群同姓親友相聚。成長過程中，也常常被初識的人詢問，姓這個姓是不是外省人？祖父母說，我們家世代都是講閩南語的，開基祖在清朝渡海來台，到了我這一輩已經是第十代了。這樣推算，我祖父是第八代，我父親是第九代。長輩告訴我，隔壁住的老兵是外省人，我總是聽不清楚那濃重的鄉音到底在說些什麼。老兵的妻子來自屏東，心情有起伏的時候就哼著歌，很久之後我才明白，那是排灣族古調。

跟我年紀相近的作家S說，他的母親姓凌，也是橋頭芋寮人。他回家一問，才發現他的母親跟我的父親是同村子一起長大的，應該算是同輩，只不知道是近親或遠親。

大學二年級選修通識課，學期初自我介紹的時候，發現有個女生跟我同姓，她應該也注意到我了。下課後，彼此很有默契地留在教室，交換了訊息。她從小住在台北，但她父親的故鄉是在高雄橋頭，過年、清明這些日子都要舉家返鄉南下。下一次上課，她帶給我一份影印資料，是民國七十年芋寮村壽生廟管理委員會編纂的「凌家傳家子孫系統圖」。這份族譜系統圖上，果然有我和兩個弟弟的名字，我也確實是第十代，可見祖父的口傳敘述是沒太大差錯的。

在曾祖父的名字旁邊，加註了「傅源」一詞，意思應該是從傅姓人家收養的螟蛉子。族譜序文有言，凌姓、傅姓兩家祖先是同時來台的。難怪我幫長輩謄寫喜帖信封時，名單上有好幾家姓傅的親友。如果時間沒有算錯，從康熙年間渡海到民國七十年，大約有兩百六十多年時間。那時譜系已經記錄到第十一代，這支族裔當時人口大約一千七百人。族譜編修完成到現在，也快要四十年了。四十年來社會變化之劇烈，恐怕是當時父祖輩登錄姓名時難以逆料的。那些未及敘述的人與事，也讓人感慨頗深。成年後，我歷經十多次搬家，族譜影本與我的學歷證件、教師證同歸一檔，總算沒有遺失。

我能記得的長輩名字，最多只到曾祖父母一輩。曾祖父很早就過世，我沒見過他。曾祖母人生的最後一段，是在仁武鄉烏林村與我們同住。當年的她病榻纏綿已久，似乎已經無法下床行走。我年紀尚幼，不太能記事，比較深刻的印象是：鄉裡的劉醫師每隔一段時間就開車來為她看診，手提一只醫藥箱，說話溫和從容。打針、開藥之後，又驅車離去。

那時有一個奇怪的心願，就是成為一個可以開車離去的男人。

沒想到，這個願望還真是頑強。開始教書不到半年，我就揹著貸款買車。幾年下來覺得車子麻煩，乾脆又開回高雄送給二弟。

3

把去向與來處弄清楚，是我這幾年在外旅行不得不做的功課。多瞭解一些人、一些事，促成了更深入的自我瞭解。我瞭解他人的方式，正是「自我」顯現的重要過程。

隱約記得小時候聽祖父說，祖先可能來自浙江、福建或廣東。後來才從族譜確認，祖先那次最遙遠、最艱困的搬家，出發地是廣東省惠州府海豐縣。惠州，那不就是蘇東坡遭貶所到之處？海豐，當地是講客家話的吧？祖先真是從海豐來的嗎？這諸多疑惑縈繞，纏縛難解。我認識世界的語彙，最初是由閩南語構成的，家族裡也沒有人會講客語。為此讀了一些語言研究的資料才知道，海豐話也稱為學佬話、福佬話或鶴佬話，是屬於閩南語的一種方言，海豐縣約有八成人口使用。而客語海陸腔指的是海豐、陸豐一帶的客家話，跟海豐閩南話並不相同。還有另一種說法，來台祖是說客語的，第二代以後就被同化說閩南語了。

曾在李娟的文章裡讀到，游牧民族對於祖先的記憶，原來是歷歷分明的。多數的哈薩克族人都能背誦七代祖先的名字，若是成長過程失去雙親，這些記憶或許就斷了線，再也無從聞問。於是哈薩克族流傳著一句俗語：「不知道七代祖先的人，和孤兒無異。」

背誦祖先名字以及記得世代繼承關係，是哈薩克族的基本文化教養。從這樣的傳統延伸出來的，還有婚嫁的規矩。同一血脈的人七代之內不能通婚，聯姻的對象必須相隔七水之遙。這麼講求倫理，應該是為了避免亂倫。據說有些哈薩克人能背十幾代、二十幾代系譜，這或許代表文化水準極高，這樣的人能擁有最令人崇拜的社會地位、獲得最大的社會尊重。

二〇一四年，我去北疆遊玩，很天真地以為逐水草而居的人們可以拋卻許多記憶的重擔。同時有一種錯覺：不斷遷徙移動，不執著於某一片土地，受到的限制可能少一些。哪裡知道，正因為必須一直變換生活空間，更要牢牢記住那些不容抹滅的痕跡。也憑藉這份記憶，去蠡測迎面而來之人與自己的關連。

4

人與人的親疏遠近，最先是被血緣限定。逃無可逃的血緣關係，是生命不由自主的重大證據。血緣的親疏有族譜可供參照，然而尷尬的是，情感與認同卻無法在一套明確的座標裡找到定位。認同什麼，產生怎樣的感情，往往都是要花時間的。

還有一件尷尬的事，我手邊雖然留有族譜影印本，祖父留給我的祖產地契卻不知道放哪裡去了。反正也無所謂，地契弄丟了還是可以補辦。反正，土地一直在那裡，不會弄丟的。故鄉或許也是一樣，一直在著，不會丟。那是一種很奇特的心理空間，當你認同它，它就一直在著。

高鐵通車影響我回家的頻率與心情。有了高鐵以後，每次回高雄簡直像是出國，搭商務車廂的時候尤其像。有朋友不懷好意地跟我說，的確是，出天龍國。我自己也覺得不可理喻，即使是只回高雄住一晚，非要拎個漂亮的行李箱，才有衣錦榮歸之感。「高雄」幾乎成為我指稱家的另一個詞彙，回高雄意思就是回家。高中畢業以後，我花了很多時間遠離高雄，不斷出發、不斷尋找心目中那個更遠的地方，後來又花了很多時間尋找回高雄的方式。快樂的，悲傷的，都在這些曲折不已的路途裡浮現出來了。

還有一趟預想中的旅行，二十多年來未曾實現。很想去看看先人所從來的遠方，惠州府海豐縣。只可惜這趟路途目前沒有直飛、沒有郵輪可搭，於是想了好久始終未能成行。去橋頭糖廠吃個冰倒是比較容易，可以從台北當天來回，而且舒坦愉快。這樣想是輕鬆一些沒錯，但記憶所繫之處，有些事情就是讓人輕鬆不起來。

記憶的繩結總是不請自來，有時帶來意義的依憑，有時成為快樂的阻絆。至今我還是不太確定，有些事是不是不要知道比較好？不過，既然知道了，不妨將某些糾結暫時鬆綁一下，重新繫在自己喜歡的地方。

——原載二〇一八年九月十三日《聯合報》副刊

凌性傑，高雄人。天蠍座。台灣師大國文系、中正中文碩士班畢業，東華中文博士班肄業。現任教職。曾獲台灣文學獎、林榮三文學獎、時報文學獎、中央日報文學獎、梁實秋文學獎、教育部文藝創作獎。著有《島語》、《男孩路》、《自己的看法》、《彷彿若有光》、《慢行高雄》、《陪你讀的書》；編著有《另一種日常：生活美學讀本》（與范宜如合編）、《寫作第一課》（與林皇德合編）、《人情的流轉：國民小說讀本》（與石曉楓合編）。

輯四

日常與微光

枕草一年——言叔夏

多年前在某一工作場合，一女性同事（比我略小）偶然跟我借了手帳本去看，驚恐地發現內裡竟都是一些家計瑣事，諸如勿忘買馬桶通劑等等。那似乎是一本非常文雅、印有《枕草子》文句的手記。我不知道買下它的時候我是否曾預想到此後的一年所錄記載，皆是如此浮沉於馬桶水箱、隨時可被日子本身沖捲刷洗的物事。這些物事多是例行，且每月薛西佛斯式地自我重複：定期投遞待繳的手機水電瓦斯帳單，來路紛雜的種種截稿死線，還有每週重複準備的課程。這些點狀散布的數字攤在手帳裡的月曆記事上，像極了黴菌的孢子降落，從一個黑點長出了另一個黑點，最後將一整個月的月曆表圍圈成多邊的矩陣。我彈珠一樣地在矩陣裡被撥過來撥過去，發出叩隆叩隆的低沉聲響。

星羅棋布的日子，理應用紙膠帶日日壓輾、覆蓋，卡娜赫拉式（這是一隻粉紅色的卡通兔子）地將它們封存得既扁且平，那麼日子至少是粉紅柏油一日層疊過一日。然而用彩色鉛筆寫字的手工藝畢竟屬於少女的日誌。我的手帳本上那一串待買的五金日常瑣事堆疊在《枕草子》的節句上，顯得十分可笑。高枕未必無憂，何況枕草。這自是誤讀了《枕草子》的本意。我想起即使是枕在草上的清少納言歌詠起歲時四季，也有那百密一疏的殘念之時：春日破曉的時候最好，有意思；夏夜裡流月螢火四墜，有意思；秋日的傍晚鳥啼蟲鳴最好，大雁行列南行，很有意思；冬日裡的大雪天是佳景，嗯？哎，一不小心讓地爐裡的煤炭燒成了白灰，沒有意思。

一年裡我恰有一次險些釀成火災。有一日新搬的鄰居敲門送來水果，不知為何在門邊竟和我談起國家前程，煞是激動。因為這談話的態勢對他顯得十分必要，我於是非常放空地聽他說了半小時。回到屋裡，爐火上的一鍋馬鈴薯燉肉早已焦黑難辨，屋子裡皆是焦味。我邊用鐵絲刷洗鍋子，邊不禁揣想：為何他的妻子不聽他說這些呢？那是一個非常老的男子。他說現在。他說「現在」的時候，我不知為何有點恍惚，覺得那語句裡被他攜帶前往的「現在」，彷彿是一搆不著地面的所在，可使雙腳與火災皆水母般地漂浮起來。

也有那樣一個沒課的週四午後，搭上了陌生的公路客運，到南方小鎮的一所大學，考一本學位論文的口試。那學校所在的位置在一偏遠車站附近的低矮台地上，種滿低矮的灌木與鳳梨田。不知是否平日的緣故，巴士上一個人也沒有，車廂老而陳舊，車殼脆弱得像是鼓翅般地顫巍巍，駛上了高速公路幾乎要解體。這巴士的路線不是我所慣常行駛的國道，而是先繞進了幾個邊陲細小的偏鄉過道，沿路打撈起一個兩個上車的老嫗，撿拾掉落的水果也似地。

很奇怪的是這些上車處顯然相隔一兩個村落之遠的老人們，在車上打過照面，竟都彼此熟識，彷彿她們是一輛清晨校車沿路接送上學的娃娃們。老人們都拉著一輛簡便的買菜推車（她們的某種書包？），且都隨身帶著顏色不一的保溫壺（那種揹法讓人想起了某種遠足），喀啦喀啦地上車，隔著車廂走道鳥一樣地交談相啄起來。車子開過了幾個村鎮，很快地便駛上了靠山的三號國道。是下午一兩點鐘那種理應昏沉午睡的時間。她們要到什麼地方？去那裡做些什麼呢？其中有個老人忽然說起這車好慢，我孫子說高鐵到嘉義只有二十分，馬上被駕駛座上一臉亡命的司機冷臉回應了：從恁們那破村子去到高鐵站，前後都不只二十分……。老婦人們馬上噤聲……。那牛步般行駛的巴士，於是賭氣也似地，喀啦喀啦地加快了速度，在那不到交流道、便不會有回頭路的國道上，飛快地奔馳了起來。更像是馬上就要在路上解體了。

巴士畢竟沒有解體。我曾想過那荒山野嶺的國道巴士有一司機隱忍著他日日壓抑的憤怒，終於在一靜默的鄉間荒路上，倏地噴發，將車子開進了某深淵也似的地獄。如同一架國道上難以下車的巴士。他也有我所不知道的負重與隱忍。在生活的切面，我與他，我與各種他人，我們究竟交換了什麼？我只是在一次誰邋高的鞦韆運動裡，被小型離心力般地拋擲了出去，自成一種看似危殆的斜率。不知是什麼烘托著我明明脆弱的生活，使我在火災搶劫車禍的各種意外縫隙裡，牙間渣滓般地生存了下來。生活是一條鋼索。也許生活本身就是牙周病之一種。長久地罹患著，難以說死就死，只是海岸線般靜默地侵蝕。某日昏沉睡醒，赫然發覺那日日被頭顱的重量壓輾得塌陷扁平的枕頭，忽而冒出草來。九月來了。這一年已倏忽過了三分有二。

——原載二〇一八年九月《文訊》第三九五期

言叔夏，一九八二年生於高雄。政治大學台灣文學研究所博士。現為東海大學中文系助理教授。曾獲林榮三文學獎、台北文學獎、全國學生文學獎、九歌年度散文獎、國藝會文學創作補助等獎項。著有《白馬走過天亮》、《沒有的生活》。

零點——陳栢青

這一回的出國僅僅發生在凌晨一點到一點二十分之間。

要我說，凌晨一點十分才是機場的換日線，他真正畫出機場的日與夜，在那之前，帶帽子的女人推著登機箱四處晃悠像遛小狗，少年少女甩開鞋子盤坐在躺椅上打撲克，因為有很多路可以走——搭機場捷運的、奔赴各家巴士的——那時機場才真是座機場，你有得是選擇。

凌晨一點十分是分隔線，機場捷運在更早之前已收班，巴士售票處紛紛拉起鐵捲門，除了二十分鐘一班的國光客運外，零星幾家有營運的，會把接駁時間拉得很長，差不多一小時一班，等待時間足夠你再搭趟班機了。那時機場裡的人就顯少了，也許不是人少，而是選擇少了，班次零星，座位有限，大家都往同一個地方去，地方再大，也顯得侷促。人不免走得快些，更少逗留，深夜的機場與其說是靜謐，不如說肅殺，選擇變成排隊，就只剩下競爭。

時間來到零點五十五。巴士站在一樓，由二樓入境大廳沿手扶梯往下，行李箱輪胎煞不住的，也不需要煞，隨餘力鼓足勁往巴士售票處衝。「給我一張往台北」，幾乎要把自己押上了。

售票阿姨有一種看淡事情的眉眼，趕不上車班的，拿外幣想買車票的，不停從口袋裡變魔術一樣掏出硬幣卻始終湊不夠票錢的，也不到生離死別，但就是這種論斤計兩、錙銖必較的才會出現劇烈的情緒勞動，「來不及出發」和「排到你買票卻發現自己必須搭下一班」都讓人同樣扼腕。「你是最後張！」阿姨這樣說的時候，我幾乎有種中獎的喜悅了。可以回家了。

但那欣喜也就維持到我掏出卡的時候，阿姨提醒我：「只能付現喔。」時間是凌晨一點。我這個白癡，竟然沒有多準備現鈔！所以提款機在哪？我問，阿姨拈花微笑似一樣暗示禪機，指指樓上。

到底為什麼不在所有人都需要用錢的地方弄台提款機呢？抱怨歸抱怨，到底明白，機會是留給準備好的人，以及準備好鈔票的人。手錶指針又往前走了一格，姑且把對自己的憤怒也暫時擱下，我重新推起三十公斤的行李箱往反方向折返跑，心裡有一個計數器正倒數。

時間是凌晨一點零三分，尋原路上樓，正左右顧盼，一名女孩忽然拍了我肩膀：「請問，你知道廁所在哪裡嗎？」

「你這白癡理別人幹嘛！快跑啊」，心裡是這樣想的，依然是下意識的微笑，努力表現一種人與人之間該有的溫度：「應該是大廳往左轉，你看那個櫃檯轉角處有指標。」旁邊的男生勾著女孩的手，應該是女孩的男友了，他壓低聲音對我說：「那邊的洗手間我們剛剛已經去過了，門口放著立牌寫『清潔中』。」

「不然在大廳另一翼還有一間……」

句子還沒來到句點。女孩已經小跑步往我手指的方向去了。是她的男友和另一名女伴說的謝。只是那聲音傳到我耳裡的時候，我也已經跑離一點零四分時所佇立的位置，時間又往前一格。

「抱歉我急著趕車，有沒有可能讓我先領？」我且對著提款機前拉長的隊伍喊道。

排在最前方是個好看的男孩，他想都沒想，做了一個請的姿勢，看我沒動作，加碼說：「快，希望你能趕上！」

那一瞬間幾乎要痛哭流涕。手指顫抖輸入密碼數字，想像身後一群人為我拍手，跑啊，不要停下來。你要能夠搭上。那幾乎是電影的情節了。陌生人的善意。屬於機場的故事總是這樣，關於邂逅與別離。還有奇遇。

「將來如果別人需要，我一定要……」正要感謝誰，卻發現提款機一毛也沒吐出，只答答彈出一張紙來。

時間是凌晨一點零七分，拿起提款證明一看，錯誤代碼0205。所以我按錯密碼了嗎？在出國期間被人盜領帳戶了嗎？或者我把卡刷爆了現在該買張機票是跑路的開始……但也不用查詢代碼，心底猛然一片澄明，靠，我用的是郵局提款卡。郵局提款機在一點到一點半因為例行系統維修，所以無法交易。連提款都不行。

也就是說，我是無法趕上巴士了。

不，此刻對我更尷尬的是，我要如何回頭，如何在男孩乃至整排隊伍殷殷的目光下看我一毛都沒領就扭頭離開。

像把他們的善意給錯放了。

就算到了這一刻，我都還在乎面子，怕被人誤解。

我甚至假意做了個翻開錢包把什麼放進裡頭的動作。

時間終於來到凌晨一點十分。機場換日線前我埋著頭推著行李往另一頭跑，但陰影正將我吞沒，萬事成空。家更遠了。

就在我嘆口氣的同時，肩膀又被拍了一下，「你知道廁所在……」

一回頭，咦，還是剛剛那個女孩。

女孩應該也認出我了，她壓著肚子訕訕的解釋：「另一邊的廁所也寫清潔中，怎麼辦，還有別間嗎？」

這時我才有機會細細看著女孩。女孩白著一張臉，那麼近的距離，可以看到她臉上滲出微微的汗珠，鼻翼與臉頰上的粉都浮起來了，她隨即彎身蹲下，「啊，好累喔，不想走啦。」她喊。男友和她的女伴圍在一旁，要她別偷懶了快起來，但連我都看得出來，她恐怕正藉著這蹲下的姿勢壓抑腹腔洶湧的痛。她是不是一路跑著一邊拍著自己的大腿激勵自己，可能還哼著小曲想轉移注意力什麼，那一定很慘吧。旁邊跟著男友，在機場大廳找不到廁所，又不能表現自己很需要。

我說：「喔，不然你下樓在巴士站旁邊還有廁所喔。」

女孩起身便快跑，身影還沒消失在手扶梯那端，她的女伴忽然低聲說了什麼，女孩男友則哈哈大笑起來，隨即女伴用手指刮了一下他的臉。

那一瞬間，我看出來了，啊，在女孩不知道的時刻，有什麼發生了。女孩一定不知道，這兩人其實……

這時我很想趕上那個女孩，跟她說，欸，我們回國了。但我們其實是出國了。

我們其實是掉到某個「世界這樣運作」的巨大機器外面，那時我們就在所有人的外面，在一連串時差與蔽阻之後，在洗手間的打掃時間、巴士的換班時段、交通工具的銜接段距與金融系統的運作時間之外，廁所暫時清潔中，提款機維修半小時，末班巴士最後倒數十分鐘，發生其中一件事，是運氣不好，但當這一切串連起來，那就是命運了。

世界上會發生很多不好的事情喔。無論結束自己，或傷害別人，不為什麼，也許只是因為，那些微小的不幸相連起來，而我們剛好在它外面。

那時我們就成為世界的外人。

此刻是台灣時間凌晨一點二十分。在桃園機場，以我和女孩肩膀交錯各自邁開的腳步為半徑，時間還在走，「外面」正在擴大之中，我們回來了，我們在出國。

——原載二〇一八年九月《幼獅文藝》第七七七期

陳栢青，一九八三年台中生。台灣大學台灣文學研究所畢業。作品曾入選《青年散文作家作品集：中英對照台灣文學選集》、《兩岸新銳作家精品集》，並多次入選《九歌年度散文選》。獲《聯合文學》雜誌譽為「台灣四十歲以下最值得期待的小說家」。曾以筆名葉覆鹿出版小說《小城市》，以此獲九歌兩百萬文學獎榮譽獎、第三屆全球華語科幻星雲獎銀獎。另出版有散文集《Mr. Adult 大人先生》。

市場——崔舜華

最近迷上逛市場，特別是清晨即啟的早市。所謂的「最近」，約莫不過是這一年，因為過早醒來而衍生出的一種嗜好。

在發展出逛市場這項癖好之前，其實是先有了走路的喜好——特別喜歡一大早出門，看少少的人在涼絲絲的陽光下，縮著手腳、低著頭地走路，好像每個人都把自己退成一隻蝸，各種顏色形狀的蝸隻游移在早晨青藍色的街面，顯得這座城市難得有幾分謙虛和嬌澀。

清早的市場有一種新生的氣氛，彷彿惺忪著伸展著手腳的小貓，瞇起眼睛試探、打量一批批挽著提袋、推著嬰兒車或撐傘路過的買客們。逛市場的買家絕大部分都是女性，她們飽經世故的手指，優雅地滑過新鮮的蘋果和橘子表面，輕輕掂量著猶滴著露水的高山包心菜、小白菜或紅蘿蔔；或去魚販那兒，翻一翻還喘著微息的黑亮亮的石斑、剛撈送過來的吐露著舌尖的蛤蠣；或指指端坐木架上、雪白齊整的手壓豆腐，示意裝上兩塊，再踱去肉販跟前，看叼著菸頭的漢子揮刀快斬，遞來一塊紅光粉澤的脊肉或腿肉。

要知道一個女人怎麼過日子，最好的辦法莫過於窺探她的菜籃。當我們跟蹤她在攤販之間輕步移動的路徑，依據她裝入袋內的食材數量和種類，能推斷出她是獨身或者已有孩子，是小夫妻還是婆媳同住——筊白筍要了一束或兩束？帶的是一片鮭魚腹或整把小銀仔魚？若她一個閃身，殺入特價童裝區，或許可以推斷她應該有個孩子（或至少有名姪子）。如果她兩手空空地站在首飾攤前，單純地翻揀一些可愛燦亮的髮飾耳環，無論她已鬢髮飛霜或仍青絲烏亮，你都能知道在那些各有方圓的女體之內，還掩著一點不老不傷的少女心腸。

早晨的市場到了正午，開始催生出一股狂歡節的氣氛，原本一斤七十算你兩斤一百二，黃澄澄甜柿拼山蕉每籃從八十降價到五十，一把二十元的過貓和韭菜十五元便成交。隨著日頭攀爬，整街人都陷入了一種瑰麗的瘋狂，賣碗盤器皿的，賣桌墊地毯的，賣五金零件的，賣南北乾貨的，以及賣批發成衣的攤販們，攀著彼此的肩頭、扯開嗓門，朝路人的耳朵高聲吼叫，彷若發動著某種純粹靠意志力啟動的神秘咒語。魚身和大骨的小販交換著香菸，煙霧繚繞，融入正午明亮的空氣，使經過的人的眼睛裡也泛著幾分迷茫。

我為這些市場裡才有的迷你劇場出神。不過，逛市場最主要的動機，卻還是長年積習的戀物癖。租賃的公寓附近，下樓，過一條車流湧急的十字路口，走過幾家便利超商和五金行，便來到那座名為景新的晨市，景新這個名字，意味著風景常新，而市場確實如此——除了蔬果雞豬、豆腐餅乾火鍋料一類常見的攤販，是一週七日皆盤坐於定點，有幾家攤子僅出沒於週間其中的兩、三天，擺攤位置游移沒定性，總得將市場從頭走到尾（其實也就那麼一條街、兩三道巷子而已），才能確定尋覓的攤家來了或沒來。

一條街從頭到尾，再加上兩三道巷弄，大約有五十攤以上的叫賣。我特別喜歡找其中兩家攤子。第一家是在市場內左邊一道巷子的魚攤，瘦瘦的中年攤主人總穿著整套白色工作服，有次看見他偷閒抽菸，被老闆娘半途叫回來弄魚；中年男人抽起菸來多半急促貪快，他抽菸的樣子偏偏好看，再來，他們家現切的鮭魚生魚片總佐以現刨的大量白蘿蔔絲墊底，蘿蔔絲爽脆甘甜，魚生肥美，要價平實，對於嗜魚成性的我，是解饞的重要供應。

第二家是賣零碼成衣的攤子，攤主是一男一女，看不出是不是夫妻，兩人每次現身時都不知從哪裡變魔術似地扛來好幾個比七歲小孩還龐大的黑色塑膠袋，袋子裡傾倒出來是火山泥流般幾百幾千件衣物，一排排掛上組合式衣櫥，熱鬧繁紛好像布料的物種演化史。光是外著，便有各種尺寸、顏色和材質的尼龍風衣、牛仔夾克、長短大衣、皮衣、連帽外套、針織罩衫、毛織披肩、鋪棉外套，更別提數不清的剪裁圖樣各異的毛衣、襯衫、背心、洋裝、休閒服、長版T恤、吊帶裙、牛仔褲、毛呢褲、卡其褲、哈倫褲、迷你裙和長紗裙，攤位內更有鏡子供人拎了衣服貼在身上左比右看。攤位前方，男的豪氣叫喊「每件八十元兩件一百五哦！」魔音洗腦般讓一大群婦女朋友們激動得不知所以；女的脖子上掛著軟布尺，專門替客人量下著的腰圍臀圍，免得商品買回去硬是套不上身，不甘心。

我向這個攤位貢獻過好幾回一百五十元，從滿架成堆的溫香軟玉之間，揀回好幾件洋裝外套加上衣。整批戰利品中，最鍾意的是一件豔紫色天鵝絨低領洋裝與一件長度及踝的重磅洗舊牛仔風衣，以及一件胸口繡著桃色蟠龍、龍身周圍綻放朵朵祥瑞牡丹圖的短版天鵝絨上衣。

市場混得久了，於是知道人可以有好幾種活法。你可以剁一隻土雞腿、切一片冬瓜再加一包乾香菇，提回家去用電鍋燉一鍋冬瓜雞湯，在這個季節就是暖和的一餐。你也可以買一條刮了鱗的黃魚，下鍋油炸至骨酥皮脆，或配幾塊豆腐紅燒之，旁邊一鍋白飯主要用來填飽小孩子的胃。或者，你可以（像我一樣）經常地考慮蛋白質和蔬果纖維，避免現成熟食和湯湯水水，固定揀兩束鮮綠菜葉、挑一袋橘柿果物，青菜養生爽口，炒著燉著都好，水果則留著夜裡嘴饞時，坐著剝橘子切柿子，或洗一串綠白綠白的無籽葡萄，在夜深靜謐裡喫得滿口酸甜，非常快樂。

這樣的排列組合是無窮盡的，無論我們過著什麼樣的生活，屋頂底下是一個人或一群人，走進市場，你總是聽見一個聲音，對你說：「你是有需求的。」對於抱著匱乏過日子的人，永遠有新的需求日復一日地產生，源源不絕，那必然帶來幾分奮發圖強的渴望，渴望去填補、去改變那些生之不足或自我惡瀆。逛市場也許不能讓我們變成更好的人，但絕對可以讓我們感受到，當著一日之始，晨光清晰時，衷心冀求今日新鮮能好過昨日雲煙的那份做人的心意。於是，逛一趟市場好過聽十次說法，而市場是聖潔的，小販是聖潔的，魚鱗和豬骨都是聖潔的。身在市場的我們，正由於昨日的污濁窮酸與惡意執念，而因今日裡尚未成型的已然與未然，被拯救了。

——原載二〇一八年一月《幼獅文藝》第七六九期

崔舜華，一九八五年冬日生。政大中文所畢業。曾獲林榮三文學獎、吳濁流文藝獎。著有詩集《波麗露》（二〇一三）、《你是我背上最明亮的廢墟》（二〇一四）、《婀薄神》（寶瓶文化，二〇一七）。

頂樓的Jealous——簡莉穎

我們很壞。

雖然最壞的，也就只是把抽完的萬寶路丟進水塔，笑著說讓全校喝菸蒂水。

或是看了新聞，林X成隔天就帶強力膠跟塑膠袋來學校，擠在塑膠袋裡面，搓揉袋子，想輪流吸看看到底爽在哪，但太臭了我們馬上放棄。

不記得是誰先發現通往學校頂樓的門鎖壞了。

應該是一個我們又蹺掉的下午第一節，為了等教官巡完堂，躲到五樓的樓梯間，通往頂樓的鐵門一推就開。

林X成敲掉門的大鎖，再把大鎖黏回門上，假裝門是鎖上的。

以後每個中午、每堂蹺掉的課，我們都在那裡度過。

一開始只有阿詩、林X成、我，後來還加入了奇珍跟嘉嘉。

我們是文組，奇珍嘉嘉是理組。

嘉嘉後來變成阿詩的女友。

奇珍一直偷偷喜歡嘉嘉這件事，我是很後來才知道。

阿詩跟奇珍那時候已經有踢的樣子了，阿詩比較帥，嘴巴比較甜，奇珍很胖，臉上青春痘茂盛，沉默寡言。我看起來還像個無性別的史萊姆，對人類沒有興趣。林X成就是個高高瘦瘦的人妖。

有一陣子我們很常去奇珍班上找她玩，奇珍指著嘉嘉，說她是班花，就是那時候，阿詩喜歡上嘉嘉。我們幫著她追，常常趁著理組上體育課，全班不在，擅自跑到嘉嘉的座位，翻閱她的日記。

「聽說嘉嘉有喜歡的男生？二中的？」林X成不知道哪裡打聽來的消息：「人家比較想知道二中男生帥不帥。」

「可是二中的很笨欸。」我們常常開一些尖酸刻薄的玩笑。

「笨男生很好啊才可以控制他。」林X成說。

我們逐字逐句檢查日記有沒有關於二中男生的消息，完全沒有，看來是空穴來風。

「欸阿詩，嘉嘉有寫到你欸！」我指著日記。

阿詩開心得意，她們兩人的曖昧眼看就要開花結果。

在空蕩蕩的教室翻閱可愛女孩的日記，一邊大方搜刮、吃掉隔壁鄰座抽屜裡的洋芋片、孔雀餅乾。

我們到處偷吃別班同學的餅乾、偷便利商店的零食跟雜誌、在泡沫紅茶店把衛生紙撕成碎片撒在剩菜裡，用打火機試圖加熱水杯，從此被列為拒絕往來戶。

是一群到處添麻煩，羞恥心跟道德感還沒有長成的青少年。

這幾個人裡面我從來沒有跟奇珍說過話，只是會知道對方每天午餐吃什麼的關係。

阿詩跟嘉嘉開始交往，奇珍態度一如往常，那時只有林X成知道她的秘密。

一次普通的中午吃飯時間，我去福利社買了大乾麵，再到頂樓相聚。

只有林X成跟奇珍，林X成搖著一罐黑色的鐵樂士噴漆。

「這啥？」我靠著白牆坐下。

「奇珍買的。喀喀喀喀。」林X成模仿搖噴漆的小鋼珠撞擊聲，發出一些奇怪的音效。

「喀喀喀喀什麼啦，煩死了，阿詩跟嘉嘉呢？」

「她們在隔壁頂樓，喀喀喀喀。」

學校的建築是相連的，我們可以爬到別的頂樓，但有點麻煩，要爬水塔，翻牆，沒必要的話也不會去。

「兩人世界唷，嘖嘖。」阿詩談戀愛就會忘了朋友。「是要來練習塗鴉嗎？阿詩是不是想學？」

我們那挺著迷塗鴉跟滑板，雖然到最後都沒有人練成任何一項。

我吃著麵，林X成一直發出喀喀喀喀的聲音，奇珍發呆。

「我去看看她們在幹嘛，應該不會做起來吧，這是頂樓耶。」我跑到白牆邊，對著遠遠兩個人影揮手，她們頭靠著頭，都沒有看到我。

我繼續吃麵，林X成繼續發出喀喀喀喀的聲音，奇珍繼續發呆。

然後，奇珍拿走噴漆，在白牆上開始噴漆。

J。

e。

a。

l。

o。

u。

s。

我英文很爛，悄聲問林X成，這是什麼意思啊？

林X成附在我耳邊，用更小的聲音說：「嫉妒。」

我看著不斷往下流淌，好像眼線被哭壞的英文字。

看著看著，奇珍用噴漆蓋掉那些字，噴成一朵雲。

過了不知道多久，阿詩嘉嘉回來了。

我們一如往常的談笑。

只是我已經知道了那朵黑雲底下是什麼。

「阿詩知道嗎？」我偷偷問林X成。他翻了個白眼，聳了個肩。

「阿詩很賤。」我說。

「但就算阿詩沒有追嘉嘉，嘉嘉也不會跟奇珍在一起。」林說：「外表是殘酷的。」

之後，奇珍就離開我們這一群了。

——原載二〇一八年一月《幼獅文藝》第七六九期

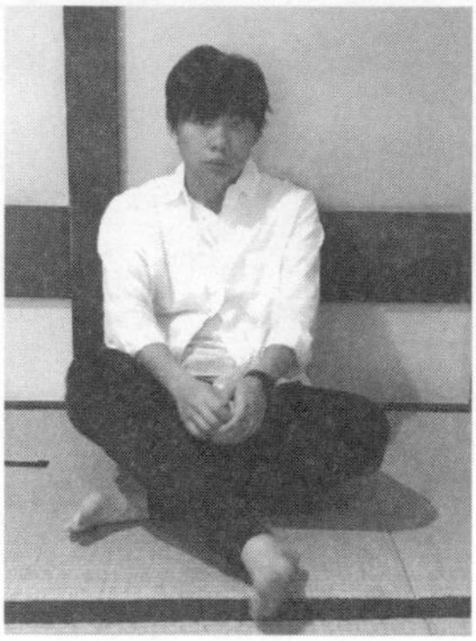

簡莉穎，曾任兩廳院駐館藝術家、台北藝術大學戲劇系兼任講師。重要作品有《叛徒馬密可能的回憶錄》、《服妖之鑑》、《全國最多賓士車的小鎮住著三姐妹》、音樂劇《新社員》、《遙遠的東方有一群鬼》、《春眠》、《妳變了於是我》，出版三本劇本集，演出原創作品多達三十幾齣。目前為劇場及影視工作者。

遲紀——丁名慶

我總是遲到。手機時鐘調快幾分鐘，早約定時間半小時出門，預留期限前一兩日的餘裕——多半還是沒用。年輕的時候遲到，是任性；上了年紀遲到，恐怕就是力不從心的警訊了。不知這是否有病理學的解釋可對應呢？但那是我多年來的（延後）抵達之謎，半自願地劃入體制外一分子，擁有短暫豁免於死線（deadline）的特權，錯覺自由的空氣特別甜美。

我記得若干年前電視頻道曾一再播送林青霞、元彪擔綱的港片《六指琴魔》，元彪有個以超大尺寸鐃鈸為兵器的遊方和尚師傅「慈來大師」，總是在正邪血戰結束許久後，才踩過遍地屍首姍姍「遲來」助拳，悲憤地望空吶喊：「我又遲來了啊～～」大約就是我這類人的窘態。

遲到便是我的日常（失敗）生活，或印象識別體系。幾無例外沒趕上電影開場；朋友相約，大概我到了就全部都到齊了；家人皆默契知道何時把留給我的冷飯冷菜送進冰箱；女兒沒等我到家說故事道晚安就睡著了。因為遲到，只好花更多時間等車，更多錢搭車。總在馬路上疾馳，在人行道狼狽揮汗奔跑。日間延遲抵達或開始、而致落後的工作進度，累積到一日之末決堤，於是總得熬夜，睡眠不足，夜既太短也太長。

如是日復一日，今日的失敗抄襲昨日的失敗。它們雖不迫切危急足以致命，但極微小的隔閡感一點一滴砌成一圈日益密實的，我與人們、與世界之間的牆。

儘管那並不表示我已看淡。母親或妻偶爾受不了累犯，直白抱怨或拐彎挖苦，都使我自覺默默壓抑著小小的屈辱與憤怒。「反正你總是說話不算話。」彷彿從我身上抽走人類的基本承諾能力。

在看重行為結果甚於動機原因的人們面前，由於氣勢矮半截，我總無法分說清楚，為何每趟小小的城市移動情節，簡直要發展成公路電影似的；怎麼總是大意弄擰時間，走錯路；突然冒出「順便」繞道結清一串瑣事的念頭，或者減速的心情，偏偏選在此時沿路悠閒漫看一向忽略的花花世界。以及更不可說的，卑微的自私盤算：跟誰都無話可說的聚會，晚些到便不用忍受太長的尷尬與沉默。

還有那些因太過微小難以啟齒，再怎樣節制不擾人仍透著偏執的：為何非得在開會前一分鐘內做足喝水、上廁所、回私訊、找筆記本或參考資料，甚至整理發票、調整桌前公仔或小盆栽的角度。

於是自少年時即習練自邊緣靜悄悄混入人群的潛行術，被注意到也能裝作滿不在乎或過分愧疚的內心戲厚顏演技。常像隻形神乍然分離的新鬼似的，移動途中總胡亂想著各式各樣未完待續如前生的事，務實些偶也能構思企畫案或催稿信的措辭。這鬼物若羈著人肉皮囊，大概就是看起來低調但猥瑣、緊張忙碌卻心不在焉，黯黑眼洞埋伏著對某些事樂趣與期待皆漸失的哀愁預感——譬如躊躇太久必定被拒絕的告白，如一再延長死線就很難不生得彆扭的書寫，如「持續準備中」直至無法實現的旅行與志業。

「雖遲畢竟到了」的僥倖之心一再得逞，那麼價值感就不免要扭曲吧：再重要的事都有打折扣的空間，何必看得太重？但又在意這種意識底層的粗率想法外露，徒惹爭議，而致過分認真，反而常搞砸該輕鬆以對的事情，也就更生拖延之心。又或者，把事情做好做滿前，先設想的都是補救措施。

遲與未遲，都是辛苦。尤其是絕對不該遲到的事，我總是會非常焦慮。焦慮又會讓人很想要做一些轉移注意力的無關瑣事，由此牽動個人尺度的災難蝴蝶效應。

糟糕的記憶俯拾即是。和妻去京都旅行，惦記著去機場途中要先把車子加滿回程的油料，卻錯過了櫃檯的報到時間，當日再無機位可補，只能拖著行李在大園鄉間流浪，好悲情地寄宿教會一晚。幫朋友代課，前一晚掛網收集備課資料卻終夜漫逛，晚進教室超過半小時，學生們竟「準時」在第三十一分鐘時自動解散了。

彼時再神喪氣沮，都只能苦笑以對。直到我在小一的女兒身上認出自己的孩子氣：以為世界總是會等待你。其實缺乏自信，對已知與未知，都感覺不安。

這有時卻反向地滋生出一種逞強似的盲目信心，務虛不務實，如僅憑依於一絲善念、一個美夢，「我以為可以」，「我們可以」——可以來得及。可以幽默、優雅，讓自己以及身邊的人快樂，遠離憂慮。成為更好的人。準時交稿。長久待住一份正職。我可以……這簡直健康極了：動念即是抵達，就算是退敗、逃逸路線，上路就不算遲到。自欺也可以有境界，更可援引《詩經》說的「行道遲遲」呢，「遲遲」正是從容不迫的好正面意思呀。

再說那些已在死線邊上，將遲未遲的時光，倒也不盡然讓人感覺哀沮。將至目的地之前的混沌狀態，八九成篤定遲到了，腦袋會有一段時間變得特別亢奮或清明。說不定我這一生只在這類迫切的時機才稍有可能寫出小說，靈感泉湧般刷刷刷構築合於情理的遲到藉口，且有餘裕沙盤推演眾人反應、補強敘事破綻。偶爾現實更會突伸援手，像應驗秘密召喚似的：機車故障，家裡小動物生病，臨時接到重要工作電話……省下些耗用於推搪的記憶體，但卻不免教人忐忑，這該不會是從前某個爛藉口的推遲兌現？

然而我絕不可能忘記，父親火化前的停靈期間，難得接到催稿電話不須編織藉口了呢，但以實情回覆後我卻時時懊惱，它聽起來好弱好沒說服力，且徒使雙方困擾。當時真是哭笑不得也只能憋在肚腹裡。只是對催稿者來說，拖稿者的藉口，無論真偽，都不免是同命之人的彼此為難了。

我確實閃過這般念頭：曾投身的編輯這一行，在期限兩側的微小攻防日常（編輯同業誰沒有自己的黑名單呢），難道真是交稿遲到的報應或詛咒？那麼，鼓勵作者以優雅的姿態從容拖稿（好孩子不要學），在虛構中發現樂趣，在坦率與尊重中延續信任，或可能也算得上是一項值得打磨的專業技藝？

那樣的日日月月計較早遲、把時間刻度像家具、賣場陳列品似地反覆調度騰挪、謹小慎微的職業生活，其實不該亦不能以成功失敗來輕易論斷的；目光拉遠些，誰都是在人生中途。儘管大事都遲慢了：婚姻，生養小孩，陪伴老人家，某種技藝或興趣，進入或退出職場的時機……只是「像樣的生活」真的已在路上了嗎？倒像跟我的遲到慣犯比賽似的。有時我會從同齡老友身上這樣感覺，我輩都要棄四奔五了，就算置身高科技產業、政界、從商，就算隨身3C好物與時俱進，多半有種慢騰騰彷彿置身劇變時代之外的氣質，一似我那麼嫻熟的「遲到」，總還沒調整好適應新的階段呢，「真不知該拿它怎樣才好」，卻已先有幾分遲暮的意思了。

但我畢竟抵達我的此時此刻了。也攢下些體會，「遲來」與難得的、美好的、重要的事物，未必總互相排斥。譬如我那將滿八歲的小女孩，譬如暫離職場的休息狀態。儘管我還無法，也無足夠智慧，認出日後的它們，是否可能會劃入我的「失敗」履歷那一邊？惟可確定，至少目前「我可以」：逐一兌現自女兒有意識與記憶起的父女間小小約定，至少更安靜不匆忙，以「我的步調」，更不敷衍虛應地為她說這世界的故事。

我抱起女兒，心裡那隻遲到鬼仍偶爾閃現身影：現在我還抱得動她，到了抱不動的那時，會不會我又再度遲到而錯過某些她人生重要時刻的全貌？只能中途打卡而非完整在場？那麼她會不會等我，原諒我呢？我簡直不敢去想。但無論如何，遲或未遲，未來那裡還是有值得奔赴的時刻。

——原載二〇一八年九月二十二日《聯合晚報》副刊

丁名慶，讀中文系、戲劇研究所的人。編過閱讀雜誌、電影網站、文學雜誌與書的人。台北人，育兒之人，寫字畫圖之人，遲慢之人。現任職《文訊》雜誌。

貓來的時候——楊索

那年頭冬日要命地冷，平房有門，但賊風穿牆而入，冷氣團在通鋪上，一群小孩哆嗦搶被子，夜裡幾場戰事，曉光射入戰地，精乖大姊一身蓋得嚴實，弟妹是散兵，肢幹橫陳手腿倒裝，我是一具冰透死屍，赤條條挨在邊角。

冷到長凍瘡了，又癢又難為情，去上學時留心遮著；但藏不住紅鼻頭，那群男生指著笑著。我回家跟祖母說不要去學校了，隔天一早，祖母牽著我的手走過堤防，霧似水淹，樹長在河裡，一株雜樹的枝條伸得老長，懸臂上垂墜了一物，輕輕淡淡地。「阿媽，汝看樹枝掛什麼？」我猛抬頭。阿媽沒覺什麼。「貓仔！」我驚愕。「死貓掛樹頭，死狗放水流。」阿媽流順唱著，又說，「貓麻仔後出世投胎做郎，毋倘嚇驚囝仔。」

那晚，我處於一種情緒激擾中，很久很遲才入眠。我做了一個毛茸茸的夢，黑甜溫暖。夢中，我抱著一隻絨毛玩偶，它有氣味、體溫，甚而感覺它的血液流速。我們的心房相貼著，我因燥熱醒來，剎那尖聲嘶喊！「貓仔！貓麻仔！」而夢中倚偎的那頭貓早逃竄得無影蹤了。

此後，心口淺淺窪窪處有著貓麻仔魅影。很長時日，阿媽牽我過橋去收驚，她叨叨遺憾沒抓住那頭貓，「若是剪下一撮貓仔毛，燒成灰給你喝就攏嘸代誌。」以後阿媽走了，收驚時代結束，那隻貓猶熱呼呼、黏稠稠地，怎麼也抹不掉。

我們玩著躲貓貓。

貓尿腥臊，貓屎惡臭。到青春期玩伴小青家的苦惱是遇見一群貓，黑白、黃虎斑、青灰虎斑、暹羅等，有懷孕中或剛生產完的，一窩窩還沒睜眼的貓崽，肉粉粉地，我見了毛豎起來。

為什麼有那麼多，我問。小青多少有些得意，「這附近幾條巷弄母貓風聞我家食物最好，深夜腳一踢，一條條崽貓就從瓦縫掉進我家了。」小青隨手抓起一頭貓，搔脖子，刮面頰。她手中那團由人捏著，像雲像棉花糖，我一時恍神，忘了貓麻仔。

許多年，我處於移動狀態，除了可帶走的生活必需品，我不碰觸會產生情感牽連的物事。貓是過客，不是歸人。我們偶然在巷口街尾相遇，彼此倉倉皇皇、同於天涯淪落，見到黑暗中忽現忽閃的獸影，我有了唏噓意。

每遷移到新處所，我像偵探一樣，觀察地形，偵察貓的足蹤。水溝渠道、汽車底下、垃圾桶旁、暗巷街角，不時會出現貓臉。牠們躲著我又渴望著我。關於貓麻仔的記憶已漫漶，寂寞的路途上，誰能理解我，即使是一頭貓也好。牠們暗中窺著，我半蹲，靜靜守候牠們來磨蹭。

小青遊蕩路徑更遠更久，她繞過半個地球又回到我左近。她打包兩條貓回來，未久又多了三隻新貓。小青的父親是浪蕩子，聽說他在上海的花園洋房時期就養名貴波斯貓，家業敗了，來台灣的兩房一廳格局任由野貓出入。小青說她對這個世界的第一印象是一張對她微笑的貓臉，因此，貓就是她的生活配備。

小青塞給我一頭黑白貓，「你該養貓了。」她說。後來我喚之為喵喵的黑白貓，個性之老練實屬少見。我是被騙婚成親的，初見喵喵，她一逕貼著我坐。我撫摸她的頭，她索性癱在我腿上。那晚我們攜手返家，玩了一夜躲貓貓。

喵喵像新手教練帶領我，同時也折騰我。她訓練我聞聲辨色，服從她的意旨，喝水、進食、排泄、休憩、戲耍、睡眠都有固定慣習，不從者，她會施以無傷大雅的懲罰（例如在床上尿尿）。愚昧如我，許久才領悟她挑選我的原因，因為在我家，她是唯一的貓，無須爭寵，發令即可。

野性喵喵豢養我那天開始，我的奴性被誘發了。我自言自語：能服從一頭貓，對她交心真好。冬天，我們臉貼臉倚著，吞吐彼此的氣息。她進入了我的生活，四方八界留下專屬她的氣味，如陰陽師驅走我心底的貓痳仔。其實我瞭解，並不一定為我，只是她要昭告全宇宙，天上地下，唯本宮獨尊。我來我征服。

有貓之後，我竟再也聞不出貓體及其排泄物的腥臊；滾石一般的我乍然停頓，連抽腿都難。喵喵的長尾巴環住我一條腿，她雙腳踏在我腳板上。有一頭自己的貓，對人世有了牽繫，貓之所在即是家，好不容易出門總急急想歸去。回想起來，最早時光所遇所忌那群貓痳仔，猶如造物主撒下的芥菜籽，等待一日長成能讓人靠著取暖、打盹兒的巨貓。當貓來的時候，是上天賞賜你還童機遇，退回你篤信貓痳仔可攫你魂魄的蒙昧辰光。

——原載二〇一八年九月《幼獅文藝》第七七七期

楊索，愛貓之人，喜隱身大城窺看世間。讀楊索的文章不難，認識八百字就可以了。但人生實難，她筆下的故事總有測不準的人性，一些際遇嚙痕。楊索出身底層、做過底層工作、報導社會底層，曾任調查記者多年。投入創作後，她相信俄國小說家契訶夫所言：「作家有權利，甚至有義務，以生活提供給他的事件來豐富作品，如果沒有現實與虛構之間這種永恆的互相滲透、參差對照，文學就會死於貧瘠。」著有《我那賭徒阿爸》、《惡之幸福》。

搶購衛生紙——神神

國內出現了搶購衛生紙的熱潮。

他不善於爭奪。只是一個人，一個人，甚至不是一個被容許進入美式大賣場的家庭單位。他坐在藥妝店門口哭了起來，身後的自動門感應到他的悲傷而反覆地一開一關，充滿同情又不知所措的樣子。

衛生紙用完了。很久以前衛生紙還有買一送一，後來是買兩袋打折。一個男人，拎著兩大袋衛生紙在路上等紅綠燈，有點猥瑣地，他羞愧了起來，好像什麼壞事被別人發現。

爺爺可以抽一張衛生紙替孫子擤鼻涕，但他不可以。一個年輕的男子，拎著兩大袋合計二十包的衛生紙。「用量這麼凶喔！」沒有那麼多鼻涕可以讓自己擤。

「除了紙漿，還有維他命E、甘菊、蘆薈、山茶花等多種萃取物精華選擇」，他充分地閱讀衛生紙的原料更甚於閱讀他自己。二十歲、三十歲和四十歲，各有各的心力交瘁和耗費，總在一陣混亂的擦拭之後，那些萃取物精華剩下一點點，而且疲憊。

制式一百零八抽的衛生紙，制式十七發子彈的格洛克手槍。他喜歡這些「制式」來量化自己的火力和悲憤。他沒有一座地下工廠提供土製和改造，一旦超過一百零八抽的衛生紙和十七發子彈，就會爆炸。

他喜歡一整張潔白沾上自己內容物的樣子，那讓他想起音樂大師李宗盛。據說李宗盛會坐在馬桶上寫歌，拿起捲筒衛生紙，寫下密密麻麻的字，一首歌就像膠捲那樣捲出來。那是〈夢醒時分〉，〈我是一隻小小鳥〉，還是〈愛的代價〉呢？

不知道這一波搶購衛生紙的熱潮，和保衛地球或更區域化地：亞馬遜河流域的雨林復育運動有什麼關係。雨一滴滴下來，樹苗一株株長大；淚一滴滴下來，男孩還是個男孩。只是枕邊的衛生紙從一包換成一張，薄薄的，撕開來有兩層半透明纖維。

他的防身武器：一張衛生紙。輕巧，甚至鋒利的，像藍波刀那樣揮舞著它。後來都明白了，為什麼童軍課第一條守則是「隨身攜帶手帕衛生紙」。穿過森林的濃霧、河流的暴漲，可以忍住不哭，他就是那個用三根手指頭敬禮的童軍。

漲水漲電，漲房子，漲一顆番茄，漲一塊麵包。

它們上升的形式，懸浮的，幾乎要讓你看見它的底部。水電之下是水電工人，房子之下是建築工人，番茄和麵包之下是農夫和烹飪師傅。

一個需要衛生紙的男子，面對藥妝店的店員詢問：

「有會員卡嗎？」

「加一百五十元可以申辦，要申辦一張嗎？」

「後面商品有需要加購的嗎？」

要通過這三道關卡才能予以通行，人面獅身獸Sphinx的神話風格。

還有許多人在衛生紙之下流淚，打翻牛奶，嘴角滲血。在這一波搶購衛生紙的熱潮中，他沒有爭奪到任何一張。只是在離開廁所前，看見那捲筒露出了最後一小截衛生紙段落，他稱之：「大師的花絮片尾」，將它撕了下來。

——原載二〇一八年三月二十七日《自由時報》副刊

神神，台灣台北人，現就讀成大台文所碩士班。曾獲林榮三文學獎、教育部文藝創作獎、聯合文學小說新人獎等。

尋回的時光——朱嘉漢

我們於此再活過一次，但，有誰在乎我們先前曾活過的事實呢？

「時光尋回（Le temps retrouvé）」，在普魯斯特寫出來之後有無數的致敬（包括我們年輕時都讀過的《野性的思維》）、與基於此上的創作。實際上這條件非常嚴苛。首先要有一個主體，他可能必須活得夠久，久到遺忘的機制能緩慢地將其洗淨。記得，這當中有「極其自然」的成分，不能夠刻意地忽略、撞擊式失憶、偽造或植入換取經驗、或植物人式昏厥多年後甦醒、或浦島太郎的龍宮夢境以短暫仙境換取你數十年光陰，你只能庸庸碌碌耐著性子度過漫長一生，卻又在臨老時感到時光飛逝人生如瞬，或是一旦初意識到老便已一切太遲，無法對人生逐一辭別一如一檢測出癌症就是末期之人那樣沙漏崩裂成散沙與玻璃碎片；你曾經輝煌快樂彷彿時光愛情長存友誼常在，臨老時最終我們以孤兒姿態看著已然拋棄自己的世界，在你眨眼間恍惚裡加速崩解；你曾如此珍視著許多人、許多情感、許多天賦、許多感受，但越是新鮮飽滿，越容易腐朽變質成為白色肥大的滿滿蛆蟲溫床；你總會在思考過往時，不管怎樣地心理整備整裝，戒備起微小的陰暗，過往的芒針仍會不疾不徐地，不用預謀伺機也不用巧合無理，僅僅是給人「它就是會（與「總是會」有些微妙差異）發生」的感覺，輕巧地在你那飽脹的虛張聲勢連自己都忍不住相信的氣球、撐得圖案變形橡皮泛白的表面戳上一下。那動作感覺上也不卑鄙也不暴力，甚至是優雅的、訓練有素的（所有的屠宰手，甚至像現在的人道宰殺的機器，不都是帶種神聖的姿態，毫不憐憫地一刀落下，證成一種慈悲？），接著你飽滿的氣球爆破。真正暴力、卑鄙的樣貌不是外力，是自己爆裂的模樣，剩下乾癟且因先前撐大而失去彈性的皺皮，你甚至哀傷地那個曾經光彩或不光彩的其實都不是你，真正的你是飽灌在氣球裡的空氣。你曾不停地填補、灌飽，然後一點也不剩地回歸虛空。不管是金錢、時間、意志的拚搏，你只能一再一再地灌進去，鼓起那氣球，然後最終無法挽回的爆破。可是那還算美的。如果你有足夠的幸運（真的是嗎？）躲過一切的劫難譬如突來的災禍、眾叛親離、身體沒來由的怪病折磨，只是靜靜地迎接衰老，也僅僅是以意識無法捕捉的方式，任由那顆氣球逐漸在看不見的細小孔洞，慢慢慢慢地流失。像是在你身上開了無數的無關痛癢的傷口讓血液以極細微的方式慢慢流光，氣球縮小變皺乾癟，一摸就凹陷。像伊歐涅斯科說的：「我偶爾在完全的寂靜中醒來。在一顆球裡，裡面什麼都不缺。但是它的形體終會消失，在無數的洞裡流逝。」

簡單來說，「價值」蒸散了，不論你以哪種方式滅亡。要等到比這還要更加複雜難熬的，其實僅僅就是時光本身，直到時間不再是裝著好的或壞的事物的一種容器或形式，直到時間真正配有時間之名，直到你感受時間的意識不再受社會集體的時間所控制，像是涂爾幹學派專門研究社會記憶的阿布瓦赫（Maurice Halbwachs）說的，我們的時間觀念是集體框限的感知並因此我們安排我們的記憶，而在夢中時經驗的材料才能脫離社會的時間感空間感，自由形變與混淆。

我們以為那才是說出一種真正的現實的話語，畢竟語言也是社會框限的，只有夢中那種不似言語的訴說才能真正揭露（佛洛伊德？），同理，也許就在真正的時間裡，我們的意識、我們的經驗、我們的記憶，甚至無數的「我」本身，才能得到解放。於是沒有遠近之分的路途之上，我們或許能稍加練習的是隱喻的能力，將事物不假思索地擺在同一個平面上，將記憶輕忽地存放於死寂之物裡像是將自己的靈魂寄託在某個不起眼的容器中。直到我們把試著抓住時光的手徹底放開，沒有任何一絲肌肉纖維的動作用力。盡全力不用力需要練習的事，需要習得，將所有的學習忘卻，身體的社會性，身體的世界性，在一個幾乎失能不作用的狀態當中，回歸。像是阿甘本闡述亞里斯多德所說的潛能，不僅是「能」，也應當包含「不能」的可能，維持在能與不能皆同時在可能與不可能的狀態，所謂混沌中。混沌是最為靜止安寧又同時暴力激進的形式。

記得嗎？那個普魯斯特偉大作品的開頭，除了「過去很長一段期間，我很早就上床睡覺」外，在進入回憶起瑪德蓮奇蹟之前（在敘事者的時間裡，那也只是回憶而不是正在經歷。要到最後的階段，敘事者才取得敘述自己「此刻發生之事」的權利），他對於「此刻」的認知，只有漫漫無盡的孤寂長夜，一個旅人（為什麼冬夜一個旅人總是容易成為故事盒子？），在未知的空間裡。我們甚至覺得，他的作品其實不正是體現了這件事？那個失眠的、異地孤獨的、一切都已散佚的、在虛空中還能聽見未曾停止過的自己孩童時期的哭聲的敘事者，不是早就已經十分接近他所追尋的「失落的時光」？既然一度乍現貢布雷的回憶，為什麼在整個第一卷的漂流敘事後，又花了好幾冊、花費普魯斯特最後一段虛弱人生，去一一述說？那麼大的力氣去述說一個徒勞的愛情（例如斯萬納喊著：「我竟然花費這麼多時光在一個並不是我喜歡的類型女人身上？」），蓋上一層又一層布幕的繁華社會，所謂的如此世俗的時光，一開始的敘事者，他的心靈不是已經很接近那個真相了嗎？也許，普魯斯特想告訴我們的只是，是的，不僅僅我們，如動筆寫作者普魯斯特，要漫長等價地度過那麼多時光才能兌換起時光的秘密作為主題，對於一個虛構的人來說，那個《追憶似水年華》七大冊裡那個「敘事者—我」，也得經歷過如此漫長的時光，才得以通往最後那個「尋回的時光」。屆時，直到言語如時光般耗盡，才擁有「成為一位作家」的條件。

一如我們對自己的虛構，得再一次去試圖歷經那些過往，讓一切的作為在新的意識以溫柔的光照拂（儘管那像是我們消亡後，像億萬光年以後的世界拋出的微弱星光），才明白意義，擁抱著我們的故事，或被我們的故事擁抱著。

——原載二〇一八年二月《印刻文學生活誌》第一七四期

朱嘉漢，一九八三年生。曾就讀法國高等社科學博士班。評論與創作作品散見《印刻文學生活誌》、《幼獅文藝》、《聯合文學》、《週刊編集》、《文訊》等。著有長篇小說《禮物》（二〇一八）。

輯五

時代與省思

十五年後，鮭魚返鄉——陳芳明

1

位於北美洲西北方的太平洋水域，每年初秋之際總有逐波回歸的鮭魚歸來。茫茫大海隨著季節的變遷開始加深顏色，那種透明的藍，在漸寒的天空下逐漸轉暗。秋風開始吹襲時，每一片浪帶著興奮的感情衝擊海岸。似乎在暗示水面底下有一群傲慢的生物，逆著潮流逼近西雅圖港口。水底下傲慢的生命，便是已經長大成蟲的鮭魚。當年這浩大的魚群，是以幼苗生命離開最初的河流。當牠們在遠方海洋縱身泅泳，似乎從未忘記牠們原來的故鄉方位。第一次見識這群幼小的魚苗，是在斯諾誇爾米瀑布（Snoqualmie Fall）的下游。養殖場有無數並列的蓄水池，站在池邊可以清楚看見魚苗活潑地游走。那麼小的生物總是聚集在出水口不斷逆流跳躍，那是牠們與生俱來的本能。有一天牠們就注定要縱浪大海，那是一種宿命的考驗。無法接受大海的衝擊，就無法具備能力回到最初的源頭。牠們在巨大的海洋流浪四五年之後，終於蓄積了足夠的精液與魚卵，便開始乘風破浪回到北美洲的西北海域。我說牠們是傲慢的生物，是因為牠們能夠在淡水與海水之間進出自如。當牠們進入西雅圖的湖泊時，竟然還能夠找到當年原來的河流，想必有靈敏的鼻子或觸覺，可以辨識自己原鄉的水性與味道。鮭魚返鄉是偉大的回歸之旅，也是沒有任何力量可以阻擋牠們回到最初的出生地。

一九八九年，我無論如何都要回到台灣。離開那麼久，恐怕海島的土地與植物都已經忘記有這樣一位流浪者。既然無法以中華民國護照回到台灣，我只好被迫去申請美國護照。我不能再接受羞辱性的約談，我更無法接受被要求寫切結書。回到故鄉，是我的基本人權。在那海島有我的親人，也有太多久別的朋友。中華民國如此強悍地拒絕了我，我只好選擇另外一種方式回到故鄉。我的故鄉並不等於中華民國，在成長時期的情感啟蒙、政治啟蒙，絕對不是國家所帶給我的。那是我生命中最私密的部分，政治權力不能全盤否決我個人的人權。當我手持藍色封面的美國護照，出現在舊金山辦事處時，玻璃櫃後面的辦事人員投射著訝異的眼光。他們欺負台灣人已經非常習慣，看到那本護照時，神情變得非常詭譎奇異。看著他們複雜的表情，我等待著簽證的結果。那是一九八九年的六月初，我只等待十五分鐘，護照立刻送回我手中。

我站在辦公室的大廳，翻到那頁正式簽證的印章，立刻發現印章底下寫了一行鋼筆字：「限一九八九年六月三十日入境，一九八九年七月三十日出境」。那幾個歪斜的筆跡，正好顯示一個威權統治體制的劣跡。我又發現，那頁的底下蓋上紅色印章，上面寫著：「持用本護照不得在台灣工作」。這才是他們要求我申請我國護照的關鍵理由，因為我是以外國人的身分入境，就不可能有任何理由在台灣居留。終於拿到正式簽證時，我的心情非常複雜，甚至有欲淚的感覺。原來台灣的統治者似乎視我為江洋大盜，簡直把我當作敵人看待。我第一次才體會到什麼是台灣人的尊嚴，什麼是台灣人的人權。一個與台灣社會脫節的統治者，縱然控制了陸海空三軍，縱然擁有安全調查局，縱然把整個警察體制視為囊中物，卻永遠沒有安全感。對於我這樣一位只會寫作的書生，卻必須把我拒絕在台灣的國土之外。即使容許我可以踏上台灣的土地，在他們眼中，我仍然是異類。

那是非常複雜的感覺，不純然是喜悅，也不純然是悲傷。我第一次對自己的生命不知如何給予確切定義，更不知道如何給自己的身分一個明白說法。驅車離開舊金山那城市時，我好像是過了半生的時光。奔馳在高速公路上，看到眼前無盡止的公路為我展開。道路兩旁的風景曾經是我最為熟悉，卻在那個時刻突然感覺非常陌生。在內心我不斷質問自己「你是誰」，我找不到明白的答案。在海外漫遊了十五年之後，我發現自己竟然不是台灣人。許多記憶以複雜的形式轟然迎面而來，卻分辨不出什麼是真實，什麼是虛構。許多幻象與錯覺都在那個時刻紛紛浮現，我第一次感受到，國家認同與文化認同原來沒有標準答案。對台灣那個海島，我已經變成異鄉人，也變成畸零人。好像是台灣歷史的多餘，又像是台灣社會的殘餘，我終於失去了自我定位。

可以感覺到自己的臉頰帶著淚水，也可以感覺內心底層帶著憤怒。從舊金山回到聖荷西，簡直是過了半生。回到家裡的書房，我緊緊關在自己混亂的情緒裡。我需要一點時間，慢慢反芻在舊金山所受的待遇。漫長的十五年，換取的是一份陌生的簽證。那天晚上，我凝視著書房窗外的天空，久久無法平息下來。那顆黯淡卻可辨識的北極星，曾經陪伴我多少孤寂的時光。每當我需要表達私密的語言，總是凝視那稀薄的光喃喃自語。那個晚上，我第一次感覺北極星的移動，直到外面路邊的椰子樹遮蔽了它。我需要尋找一些理由，可以解釋自己的落魄。縱然已經知道可以回去台灣，心中卻不曾有一絲喜悅。

我開始寫信給台灣的親人與朋友，告訴他們六月底就可飛回台灣。當我把這封信以傳真方式送出，並不知道我的返鄉竟然是一個事件。台灣的政論雜誌、報紙副刊，都開始報導我即將返鄉。那時在《自立晚報》副刊的編輯林文義，特別向我邀稿，希望在我回鄉那天刊登出來。不少政論雜誌的編輯，也開始要求我為他們寫稿。在不眠之夜，我取出一張白紙，平鋪在桌上。望著已經黑暗的窗外，我苦思著如何向台灣說出我真正的心情。除了桌上那一盞燈，整個天地已經變成無邊的黑暗。苦思許久，我終於在稿紙上寫下「鮭魚返鄉」四個字，那大概是最能描述內心的起伏震盪。

經過十五年的海外漂流，其實我也無法給自己一個精確的定義。或許我很早就是遭到遺忘的一隻鮭魚，已經相當熟悉遠洋中各種潮流的衝擊，也相當熟悉各種海水的味道。而我卻無法明白告訴我島上的朋友，到底我是屬於什麼國家的人。在最黑暗的夜裡，我永遠知道台灣的方位，也從未忘懷我自己所說的母語。但是我在島上已經連根拔起，非常清楚自己不再屬於台灣。尤其只能在台灣停留短短一個月，那麼短暫的時間，或許無法與自己的土地互相認同。很早我就知道，台灣鄉下曾經這樣流行一種說法，蚯蚓或癩蛤蟆離開土地許久之後就會奄奄一息。只要把牠們放回泥土上，讓牠們呼吸一下土氣就會甦醒過來。我是離開土地太久的一隻蟾蜍，早就遺忘台灣的泥土氣味是什麼，更別說島上下雨的滋味如何，瀰漫的空氣又是如何。每當獨自思鄉時，書窗外的椰子樹與玫瑰花完全無法與我對話。離鄉太久之後，反而懷念夏天的空氣如何濕黏地附在肌膚上。七月正是台灣最炎熱的季節，我變得很奇怪，竟然渴望汗流浹背的滋味。許多奇怪的夢想與幻想，都在那個星空之夜擁擠地席捲而來。

2

我決定帶著兒子與女兒一起回到台灣，內人因為工作的緣故必須慢一個禮拜才能回去。第一次兩個孩子與我返鄉，他們的心情特別興奮。兒子十三歲，女兒十歲，都未曾親炙台灣的土地。經過十餘小時的飛行，我未曾閉眼休息。看著兩個熟睡的孩子，我不知道自己如何向他們解釋，為什麼離鄉那麼久。飛機快要到達台灣的時候，我與兒子交換靠窗的座位。在還未降落之前，多麼渴望趕快看到自己的土地。我凝視著茫茫海水，似乎每分每秒都是那麼漫長。當窗口出現台灣的山林時，內心突然湧起無法壓抑的悸動。尤其看到墨綠色的樹林時，眼淚立刻湧出。內心告訴自己，那是最典型的台灣顏色。在北美、在日本到處可以看見樹林，但絕對不是這種台灣綠。亞熱帶的海島吸飽了足夠的水氣，也曝曬在炎熱的陽光下，植物的生命力都展現在伸展的樹葉上。那是我年少時期最為熟悉的顏色，等於在我的血脈裡深深烙下。那是心靈與台灣的大自然相互印證，噙著淚水，我暗暗告訴自己，回來了，台灣我回來了。

當年出國時，是從松山機場走入海關。十五年後回來時，是從桃園機場走出海關。那是完全陌生的空間，一時不知自己身在何處。我只知道機場大廳有很多文友前來迎接，從機艙走出來時，穿越那麼漫長的走道，一切看起來是如此生疏，彷彿是在另外一個城市的國家機場。只是覺得氣氛有些詭異，在每個轉角處都有一位便衣站在那裡。終於領取行李之後，兩個孩子緊緊跟在後面。對他們來說，這是生命裡第一次踏上父親故鄉的土地。兩個人都睜大眼睛，對任何事物都感到好奇。尤其海關的門打開時，看見人群圍在那裡迎接竟感到怯生。我看見陳永興立刻走上前來，與我緊緊握手。一九八二年，兩人曾經在洛杉磯第一次相見。看到他的面容，我又熟悉起來。就在握手之際，有兩個戴斗笠的人也站在不遠之處。他們的肩頭都背著巨大的黑金剛，不斷低頭傳達訊息。黑金剛應該就是那個時期的無線電話，顯然是奉命來監視現場。陳永興的手搭在我肩頭向我低語說，不用理會他們，我們往前走。現在已經忘記兩個孩子是如何跟隨著我，終於上車後才擺脫那兩位斗笠人士。

陳永興驅車開上高速公路時，才知道台灣的景觀已經徹底改變。望著路邊的水銀燈，忽然給我一個錯覺，好像是在美國的另一個城市，或在東京的高速公路上。台灣真的改變了，已經變成我完全無法辨識的地方。我坐在駕駛座旁邊，陳永興遞給我兩份報紙，一份是《聯合晚報》，一份是《中時晚報》。他提醒我，「你先看一下兩份報紙的頭版」。在車子搖晃中，我看到《聯合晚報》這樣寫著：「海外台獨運動者陳芳明今天回到台灣」。另一份《中時晚報》也寫著：「海外台獨理論大師陳芳明今天歸國」。在台灣完全缺席的歲月裡，原來我是這樣被戴上帽子。心情不免有些惆悵，卻也無可奈何。車子進入台北市時，建國北路的高架道路上可以望見兩邊的霓虹燈那麼燦爛，那麼輝煌，我已經忘記原來的建國北路長什麼樣子。終於到達敦化南路時，我不得不在內心告訴自己，台北已經是個陌生的城市，而我是一個陌生的異鄉人。

他的住宅位於安和路的大樓，陳永興是一位心理醫師，住宅入口處便是他的診所。他的妻子琰玉趕快出來迎接，我們在洛杉磯也見過面。兩個孩子似乎有些疲憊，我讓他們趕快梳洗，讓他們可以安心睡覺。兩個孩子都頗能自律，已經能夠獨立照顧自己。我望著大樓窗外，不免懷有強烈的疏離感。再過兩天就會回到故鄉左營，父母已經引頸盼望許久。我的心情還是不停上下震盪，總覺得自己還是坐在飛機上，不敢確認已經回到故鄉。

到達的第二天，我特地回到漢口街的巷子。那是父母在台北的舊居，當年出國時便是從漢口街一段六十八巷離開。如今那座舊居已經轉手給不同的屋主，我只能站在樓外徘徊不已。似乎只有這條走過千百次的巷子，還非常清晰存留在記憶裡。有生以來，第一次感受到什麼叫做近鄉情怯。「怯」或許不只是意味著畏怯，其實還包括了疏離或陌生，甚至包括了無法確切定義的情緒。這條巷子的盡頭向右拐，便是城中市場。走到市場出口，就是武昌街。向左邊走，就到達明星咖啡屋。在咖啡屋的走廊下，周夢蝶的舊書攤就在那裡。他果然還是坐在書攤前，在夏天裡，他依舊穿著長褂，只是袖子捲起。我走近他時，周夢蝶抬起頭訝然看著我的面孔，似乎不敢立刻相認。我趨前說，周老師，我是陳芳明，昨天才從國外回來。看著他訝然的神情，我也久久說不出話來。他說，我看到昨天的報紙說你回來了，沒有想到你今天就來我這裡。

他的舊書攤在我記憶裡，是非常鮮明的座標。畢竟從大學到研究所時代，我所擁有的詩集都是在這個書攤購買，甚至早期的《現代文學》雜誌，也都是從這個書架上一本一本購得。顯然他辨識了我滄桑的面容，而我也發現周夢蝶顯得有些老態。時間是最公平的審判，讓久久未見的舊識一起變老。我問他有沒有詩集要推薦給我，他從架上取出林燿德的《銀碗盛雪》。那是我回到台灣後，所購得的第一本詩集。攜著詩集，我便走上明星咖啡屋的樓上，坐在靠窗的座位上，可以清楚看見對面的城隍廟屋宇，許多記憶都跟著回來。年輕時期的我就坐在那裡，與許多文人見面。我想起了黃春明、白先勇、葉維廉、林懷民，都曾經在這裡握手相見。許多遺忘的感覺，許多淡化的情誼，都在那個時刻洶湧而來。那年我四十二歲，而離開台灣時二十七歲。十五年的距離彷彿是一條大河，隔開了我的青年與中年。眺望對岸，一切都變得那麼模糊。

龐大的台北城市，似乎不會感覺故人歸來。窗外的武昌街仍然是熙熙攘攘，進出城中市場的市民也還是那樣神色匆匆。我不知道自己到底是屬於剩餘或是多餘，不會因為我的缺席，這個城市就停止下來。口袋裡的那本護照不斷在提醒我，只能停留一個月。相對於十五年的漫長缺席，這樣的停留時間其實是稍縱即逝。我只是覺得非常不甘心，情緒一直無法平靜下來。仍然像過去那樣，照例點了一杯黑咖啡，也點了一盤俄羅斯軟糖。恍惚間，似乎覺得黃春明就坐在我的對面。我一直把他當作大哥看待，在那時刻，他曾經告訴我的童年故事，又相當鮮明地浮現在我記憶裡。遠在加州的深夜星光下，我捧讀著他的《小寡婦》、《等待一朵花的名字》、《鄉土組曲》。那樣的記憶，支撐著我度過最孤獨的深夜。沒有那樣的文字來慰藉我，不知道如何克服最寂寞的心情。

坐在台北街頭的樓上，不敢想像自己是如何克服了多少不眠的夜。喝完咖啡時，我好像完成了一段神話的時刻，許多感覺與想像都很不真實。在生命裡，這是我最熟悉的城市，而我卻搖身變成陌生人。靈魂深處的空間感與時間感，再也不是我能確切掌握。我還是不敢相信，這個咖啡室竟是我年少時期知識啟蒙、政治啟蒙、愛情啟蒙的一個轉捩點。定定望著窗外，我努力克制不讓淚水湧出。在那時刻我終於清楚察覺，生命裡失去了好多好多，再也無法重新來過一次。

二〇一八·五·十七　政大台文所

——原載二〇一八年六月《印刻文學生活誌》第一七八期

黃鼎翔／攝影

陳芳明，一九四七年出生於高雄。美國華盛頓州立大學歷史學系博士。曾任教於靜宜大學、國立暨南國際大學、國立中興大學，後赴國立政治大學中文系任教，同時成立該校台灣文學研究所，目前為國立政治大學講座教授。著作等身，包括散文集《風中蘆葦》、《夢的終點》、《時間長巷》、《掌中地圖》、《昨夜雪深幾許》、《晚天未晚》、《革命與詩》、《深淵與火》；詩評集《詩和現實》、《美與殉美》；文學評論集《鞭傷之島》、《典範的追求》、《危樓夜讀》、《深山夜讀》、《孤夜獨書》、《楓香夜讀》、《星遲夜讀》、《晚秋夜讀》、《現代主義及其不滿》、《很慢的果子：閱讀與文學批評》；學術研究《探索台灣史觀》、《左翼台灣：殖民地文學運動史論》、《殖民地台灣：左翼政治運動史論》、《後殖民台灣：文學史論及其周邊》、《殖民地摩登：現代性與台灣史觀》、《台灣新文學史》、《我的家國閱讀：當代台灣人文精神》；傳記《謝雪紅評傳》等，為台灣文學批評學者的研究典範。《革命與詩》獲二〇一六台灣文學金典獎。並著有政論集《和平演變在台灣》等七冊；主編《五十年來台灣女性散文‧選文篇》、《余光中跨世紀散文》等。

去後方：日本人和燒雞——張北海

一九四二年夏，我母親（楊慧卿）正在天津家中收拾行李，準備上路。我（文藝）當時五歲半，幫不上什麼忙，最多也只是我媽叫我取這個那個小東西帶走。

我二姊（文芳）和三姊（文芝），一個十四歲，一個十歲，也在準備自己的小箱子。在這之前，一個家中好友還托我媽同時帶上他們的小女兒，好像姓路，和我二姊同學，她過來的時候也帶了行李。只有我沒自己的箱子，幾件衣服全塞進了我媽的皮箱。

我們不是最早那批從淪陷區逃往重慶的，他們主要是軍公教人員和家屬，早已隨著各個機關去了後方「陪都」。我父親（張子奇）雖然也在政府工作，任職交通部天津電話局長，但是在平津淪陷之後，並沒有立刻離開，這是因為電話局在英租界，日本偷襲珍珠港之前，日本勢力無法進入天津那些英法俄等國的租界，但是還有另一個原因，就是電話局地下室一間小屋，有一座與重慶聯絡的秘密電報台，只有我父親和那位不定期前來收發密電的特務知道。我後來在想，大概他們仍在等候指示。

可是日本人知道，英國人也知道，只是在珍珠港之前，日本憲兵無法到英租界去查封電報台，逮捕那位收發密電的特務，而且英國還意識到他們沒有權利逼我父親。這片土地雖然是他們的租界，也不過是個「租」的一塊地。領土主權還屬於中國，哪怕當時是在日本占領之下的領土。

後來在台北，我母親才對我們說，一位英國領事找過我父親，但也只是轉達了日本人的要求，即關閉電報台，交出特務，我父親的答覆也很簡單，只要英國放棄租界，還給中國，那租界也就自然成為日本占領區，日本憲兵可以任意查封抓人。

日本這時還沒有以行動逼我父親，只是暗示，後來改為利誘，他們請了一位已經投靠了日本的前國民政府官員，來勸說我爸出任天津偽政府市長，聽我媽說，你爸把他罵了回去。

日本人相當清楚我父親的背景，他們知道我爸當年參與了回應辛亥革命的山西起義。後來又因為閻錫山在民國初年變成了一個軍閥，又開始反閻，當時我父親才十八歲，頭上已經有了不知幾百大洋的懸賞。這時，我祖父才籌了一筆錢，送我爸逃亡日本，一直無法回國，直到我父親在早稻田大學畢業。

只有一次，他偷渡回到山西，娶了我媽，帶回日本，一住十年，我大姊（文英）即生在東京。我不記得父親哪一年逃去了重慶，但應該是日本偷襲珍珠港之前，我在天津法國學校上幼稚園，日本人發現我父親跑了，就曾試圖威脅我來逼我父親。

這一場有驚無險的過程，我的印象比較深刻，但所謂之「驚」，也不是我在「驚」（懵懂無知真是福），而是父母在「驚」。

我在課室看到校長陪著我父親一個屬下在門口向老師招手。他們三人在外面談了幾句話，老師回來到我身邊輕聲說，「Paul，你需要現在就回家。」Paul是這家天主教小學一位修女給我取的名字，為的是她好唸。

我就這樣跟著我父親的同事出校上車，剛離開法租界進入了當時天津人所謂的「中國地」，這可是具有相當諷刺性的稱呼。「中國地」只是在日本占領下的幾片天津市區，不屬於任何一國租界，從來就是中國土地，只不過當時被日本占領。

在中國土地，他叫我向後看，說緊跟我們的那輛車是日本憲兵，他們打算綁架你，可是日本憲兵並沒有上來攔住我們，把我帶走，而只是開到我們車旁，盯了我們幾眼，等我們開進了英租界，他們也就掉頭開走了，威脅綁架也只是發生過這麼一次。

是這個明顯的暗示，促使我父親傳話，要我媽帶我們盡快離開。

可是為什麼我這一代六個子女——我兩個哥哥、三個姊姊——為什麼最後淪陷區只剩下了四十一歲的母親和三個未成年孩子？

我大姊和姊夫張桐已經隨他的單位去了重慶。我大哥（文華）也去了昆明上西南聯大。我二哥（文壯）也在不久之前逃離了家庭，去了後方。

我不記得其他兄姊是什麼時候去的後方，但是二哥出走之前，我倒是有一個很深刻的印象。好像是他出走之前兩天，他帶我和奶媽去天津「一品香」（「四品香」？）吃冰激淩。他給楊媽和自己買了兩個蛋捲草莓，給我買了巧克力。

快吃完的時候，他取出一塊大洋給了楊媽，說文藝喜歡吃巧克力和草莓冰激淩，有空買給他吃，然後補上一句，「你們吃，我先走了。」

二哥就真的跑掉了，沒有告訴任何家人。只是在他逃走之後我們才發現，他還偷了我叔叔兩百塊大洋。

我後來回想這段往事，才意識到二哥最後那句「我先走了。」的雙重含義，他像是在和我及楊媽告別。但是他又不只是從天津出走，我們是逃難，他是逃家。等我們到了重慶，才知道他已經考取了中國空軍官校，也從政大退學。可是位於杭州筧橋的官校已被日軍占領。我這才聽說他馬上就要去美國。當時國家沒有能力訓練空軍。他們這一期，是在美國西部科羅拉多州的美國空軍官校畢業的。

珍珠港被偷襲之後，英美正式對日本宣戰，八年抗戰第五年，中國成為已在亞洲及太平洋戰區展開的第二次世界大戰的同盟國——當時號稱「中美英蘇」。之後半年，我們一行五人，去了後方。

可是我母親也不是一無所知就帶了四個小孩子上路。我們離開天津之前，不少先去了後方的親朋好友，都有話傳回來，不要帶太多的法幣（想來當時用的還是法幣），只帶了夠路上吃住喝車費雜費的數額。帶些銀元，盡量把其他的錢，包括金條，都換成美金，而且縫在小孩子衣服裡。我身上的衣褲就給縫了不知道多少美鈔。

最重要的是，多帶些布料，黑白色和藏青的陰丹士林，不同大小的針，軸線，剪刀，肥皂，等等。因為我們必定會走不少段前不著村，後不著店的鄉野，到時候只能投靠有幸遇到的農家，求助吃住。給錢沒有用，這些貧苦農村附近沒有賣這些用品的店鋪。

出門之前，我媽又一再囑咐，路上如果有日本憲兵問起，就說我們是回山西老家。

我一直後悔長大之後沒想到問起我們走的路線，經過住宿了哪個城市村鎮。可是記得頭一段路是坐火車去北平。

三個女孩坐在我和母親對面，但是走道斜對面卡位是兩個日本軍官。年紀大的像是將軍，他對面是個年輕軍官，正在削水果，我沒有怎麼注意他們二人，吸引我的是將軍身邊靠窗立著的那把武士刀。

那個將軍注意到了我一直在看他的刀，向我微笑招手，我起身走了過去，他示意坐在他身邊，取刀給我看，我摸了下刀把和刀鞘，正要拔刀，他阻止了我，由他抽出一小截，我正要去摸，他又阻止了我，合上了刀，立在窗邊。他說了一句日本話，年輕軍官就削了一片給我，是片梨，我正在吃，看見我媽向我招手，我跟將軍說我母親要我回座，老將軍沒聽懂，對面坐的說了幾句日文，老將軍拍了下我的頭，我起身回座。

母親一直沒問我什麼，只是用手絹擦了擦我的手，車過了一會兒停了，是個小站。兩個日軍起身下車，經過我們的時候，將軍向我微笑，又向我母親微微點頭，我媽用日文回了他一句，將軍有點意外，向我媽行了一個簡單的軍禮。他們，好像只有他們二人，下車之後，車就開了。這時我媽才問我說了什麼，我說什麼也沒說。我問她用日本話在講什麼，母親說謝謝他給你吃片水果。

我們五人在北平車站換了一個月台上了一列不知道去哪裡的火車，反正很擠，好在是起站，我母親和姊姊先上去占了面對面兩排座位。

去哪裡我也不知道，問我媽，她說跟你講了也白費。就這樣，走走停停了好幾個鐘頭，才在一個車站停住，像是一個不小的城市，上下的人很多。這時，月台上一些人在叫賣「德州燒雞」，我媽說「有好吃的了」。她買了兩隻，說一隻車開就吃，一隻晚上旅館吃。

我從來沒有吃過這麼好吃的雞，我們五人一下子就全吃光了，剛寫完上面兩句，我開始覺得可笑。「從來」？一個五歲十歲小孩會有什麼「從來」？我打算重寫。可是又想，人生一世，任何一個年紀，從五歲到八十，都會有數不清的「初次」經驗，從初嚐德州燒雞到初戀到初抱子孫，也就是說，每次「初次」都是你「從來」沒有過的經驗。換句話說，我們都是，也正是靠這些一個又一個「初次」的累積，長大成人。

我一直懷念德州燒雞，曾經問起幾個北京、上海的朋友，他們竟然沒聽說過，直到七十多歲之後，我在北京南下的高速火車上，在濟南稍停的時刻，才意外地買到一隻。

那是二〇一五年，我乘高速火車從北京去上海，想經驗一下華北到江南的景觀變化。結果，沿路是一個不起眼的城鎮接另一個不起眼的城鎮。偶爾會出現一片莫名其妙的空地。就景觀來說，幾乎沒有一處會讓人感到中國大地江山之美。只有在濟南，有人上車售賣德州燒雞，我感到驚訝，立刻買了一隻，不過我沒在火車上吃。

我去上海時探望以前在曼哈頓蘇荷區的兩位老友，藝術家夏陽和搞電子平面設計的沈明琨。當天晚上，在沈家客廳，桌上有威士卡和冰塊，我們撕著燒雞，喝著威士卡。他們二人都是頭一次吃，也都是第一次聽說這是德州燒雞，可是吃得過癮，就燒雞來說，這是他們的初次經驗，且有威士卡相陪。他們二人也都七老八十了，倒是真的可以說「從來」沒吃過這麼好吃的雞。

天開始暗了，火車又走了好幾個鐘頭，停了幾個站。最後在一個不是很大的車站停了，我母親說這裡下。我們五人出了站，上了三輛洋車（大概是洋車）。

我也不知道這是哪個城鎮，只是感到什麼都新奇。三輛車最後在條街上停住，我們下車走進一家旅館，這是我第一次（又是「從來」）沒有在北平天津家裡過夜，也是第一次在一個陌生城市住進一個陌生旅店。我覺得新鮮極了。

後來迷上了武俠小說，每次讀到任何俠客綠林，或任何走鏢的，住進任何一個客棧，都會讓我想起小時候第一次住進的那個陌生旅店。客棧不同，但是感覺和味道一樣。

這家旅店好像沒有自己的食堂，可是它旁邊和對街開著兩家飯莊。我媽就請茶房買了些饅頭烙餅之類的擀麵食，又給我們說，吃完早點上床，我們又開始吃燒雞。

第二天一早，我媽交代我們，她要出去辦事，叫我們不要出旅店，尤其關照我姊姊好好看住我，不要上街，又說她會再讓茶房給我們買點吃的。

她下午很晚才回來，說明天一早上路。當天晚上，我們去對街飯莊好好吃了一頓。

我是在寫這篇東西的時候，才開始回想一些當年的往事。可是我發現不是你想回憶過去任何一段往事，這個往事就會從過去呈現在你的腦中。我又發現，如果我連昨晚做的夢，醒來之後都難以捕捉，那七十多年後的今天，讓我去追憶當年五歲時候在路上的一些印象，那與其說是追憶，不如說是在追尋。

不過，我還是有一些起碼的索引作為起點，像我前面提到的後方傳回來的話，其他也只能推測。我猜是我爸傳話給我媽，安排好了路線，在哪裡下車過夜，去找什麼人安排下一程。

這是我長大之後才想到的，也許這就是我父親逃走的路線，否則去西部後方不太會（至少我是這麼想）先南下走山東，也許這麼走的危險性較低，至少避開一些日軍關卡，我這才想起，德州就在濟南附近，當年頭次吃德州燒雞那一站，應該就是濟南，是我二〇一五年又買到燒雞的同一站。

我還查了Google，從北平天津到重慶是一千八百公里，想來那個距離是直線里程，我們走的是旱路，一站一站迂迴前進，我估計幾個月之後終於抵達陪都的時候，就里程來說，可能走了兩千五百多公里。

我同時又在想最重要的還是我爸信任我媽，我父母當時已經結婚二十多年，生了三男三女六個小孩，二人相互瞭解極深，這應該是為什麼，當我家其他兄姊都已先後去了後方，我爸還是很放心的讓我媽，四十剛出頭，就帶著四個未成年小孩殿後。

在小旅店住了兩夜，第三天一早，我們胡亂吃了點東西，就帶上行李出了旅店，上了一輛已在門口等我們的騾車。

——原載二〇一八年十月十六日《聯合報》副刊

編按：文章並未完成，預計分上、中、下三篇，本篇僅為「上」的部分。

張北海，本名張文藝，祖籍山西五台，一九三六年生於北京。一九四九年隨家人移居台灣，師從葉嘉瑩學習中文，就讀於台灣師範大學，一九六二年到洛杉磯繼續深造，攻讀南加大比較文學碩士。一九七二年考入聯合國，遷往紐約，定居至今。上個世紀七〇年代起，一邊在聯合國上班，一邊為許多重要報刊寫紐約寫美國，他的文字幾乎是當年初抵紐約的各地華人最重要的文化指南。散文成書有：《下百老匯上》、《美國：八個故事》、《人在紐約》、《美國郵簡》、《美國美國》。二〇〇〇年寫出長篇現代武俠小說《俠隱》，在北京拆胡同建環道最激烈的時代，以這本書向「消逝的老北京」致敬，轟動影視圈爭取改編，最後由姜文改編執導，二〇一八年上映，片名更為《邪不壓正》（Hidden Man）。

我愛過這個國家——賴香吟

隔了半世紀光陰，《分裂的天空》開篇幾句，讀起來，多了些弦外之音。

「在一九六一年八月的最後那幾天，少女麗塔在一間小小的病房中醒來。她並非睡著，而是昏迷了。」

愛情故事巧妙結合了歷史事件：一九六一年八月十三日午夜，東德當局以鐵絲網隔開東西柏林之間的分界線，所謂「八月的最後那幾天」，圍牆已經實體築成。麗塔在此前與愛人訣別，痛楚模糊之間遭了車禍，陷入昏迷。歷史關鍵現場，圍牆從何而來？故事沒有直接交代，也沒有做出評論。少女麗塔醒來，腦裡留著兩節車廂對撞的畫面：「在它們相撞的地方，她躺在那裡。我躺在那裡。」

《分裂的天空》裡的人物說：「歷史的沉積物，成為遍地個人的不幸與恐懼」。後見之明來說，《分裂的天空》麗塔的昏迷，本來可能是敘述的無能，卻陰錯陽差呈現了時代的無奈：過去如此不堪，認識自己如此痛苦，戰後德國，無論東西，自覺或不自覺皆選擇了緘默與失憶。再者，個人生活與社會主義的衝突，麗塔既渴望愛的完整，又得做出與愛人分裂的抉擇，「人到底該相信什麼」？無論麗塔與作者，在這本書的階段，都還沒有能力思考清楚。《分裂的天空》使用複雜而迂迴的筆法，留下了六〇年代初的東德氣氛，但對於難以改變的結局，只能透過昏迷，一跳而至。

《分裂的天空》是克里斯塔·沃爾夫（Christa Wolf，一九二九－二〇一一）最廣為人知的作品，這個標題如今幾乎已經成為一個修辭，一個時代標題，用以說明東西德分裂，包括去年剛在台灣出版的《德意志：一個國家的記憶》，該書作者尼爾·麥葛瑞格（Neil MacGrego）對這部小說的評語是：「從東德角度看待兩德分裂的作品中最深入與最淒美的一本」。長達半世紀的冷戰隔絕，所謂西方對東德視而不見，我們確實需要東德角度。深入與淒美，則跳出刻板印象，將此書從佐證政治的文本，拉回了文學。

沃爾夫成長於德東與捷克交界，二戰後隨家族遷徙到梅克倫堡（Mecklenburg），一九四九年這兒成為東德版圖，沃爾夫剛好二十歲。隨後她完成菁英學業，擔任文學編輯、作家協會委員，躋身與政治核心接近的藝術圈。《分裂的天空》明顯受到一九五九年比特菲爾德路線（Bitterfelder Weg，鼓勵工人創作，號召作家投入勞動現場）影響，這時期的沃爾夫也移居哈勒（Halle），在一家機車工廠見習並指導工人創作小組，這座化工大城的霧霾與勞動日常，轉化為《分裂的天空》素材，為東德基層社會結構留下了真實的細節。

小說內容，乍讀之下，是少女捨棄愛情，留下來為家園（Heimat）與社會主義未來努力的故事，不過，諸多角色觀照到當時東德社會不同世代、做出不同生存選擇的人，一些以哲學故布迷陣的對話，也涉及了人們在歷史裡的創傷，以及戰後無力哀悼的普遍心理。主角麗塔處於「正要跨過真正長大成人的門檻」，下崗到工廠學習，等著通過教師資格。她的愛人曼弗雷德及其父親，則往上涵蓋了

一、二次世界大戰裡的德國人，前者在納粹統治下度過青年，「當他們下命令時，我閉上眼睛，越過了每一道牆……」後者則歷經兩次戰爭，如今是「一個自尊心受到致命創傷的沉重的人……一個隨波逐流的德國人，他從來沒有自己的思想，對於良心也沒有特別的看法……」

東、西德之間的國境於一九五二年關閉，唯有柏林分界維持開放，因此成為東德轉投西德的主要管道，其中，知識階層的出走數量，在五〇年代末期攀升到了使東德當局戒心的程度。《分裂的天空》的背景正在此時，主角曼弗雷德也被設定為化學家，長期憂鬱、不滿、虛無，「終其一生看著被玷污的自己」，至於麗塔，涉世未深，缺乏經驗，可她尚未被磨損的生命力，又在愛情裡治癒了曼弗雷德。沃爾夫在這部早期作品，使用一種符合少女麗塔，輕快多感的文字，許多愛情裡的性別感受，機言蜜語，即使今天讀起來，仍有新意。在戀情初期的高點，沃爾夫如此形容：「地球的兩半在此相合，他們在接縫之處散步，彷彿這條縫不存在。」

然而，在前往柏林參加一場化學會議之後，曼弗雷德選擇了那個人們不能明說卻彼此心知肚明的決定，留在「那邊」……

愛情故事被政治介入，對留下來的人來說，出走者背叛且放棄了自己，對出走的人，則是回到掌握自我之地。就在那個關鍵八月，麗塔忐忑不安，彷彿測試自己，前往柏林與愛人相會，終又選擇當晚回到東德。分手前，他們想如一般戀人尋找一顆星星，好讓思念可以透過星星而目光交會——但若連天空也分裂呢？——書名裡的「Himmel」，指的固然是天空，亦有天堂（理想）之意。從這個象徵來說，人物苦思的除了是東德或西德（以台灣語言來說，成了投奔自由與留在鐵幕）的選擇，可能還存著更深的探問——普世之大，是否存在值得你我為之奮鬥的志業與理想？抑或，我的烏托邦不存在你的星星，政治意識形態把天空（天堂）也給分裂了？——柏林圍牆在這對戀人別後築起，他們曾經散步的時空接縫之處，將被具體化為一道圍牆，冰冷，醜陋，肅殺，人們只想愈離愈遠，唯有溫德斯電影《柏林天空下》的天使，才可能恣意穿梭圍牆，在那兒散步。

此書為克里斯塔．沃爾夫帶來關鍵聲譽，小說最後答案，使這部作品屢屢被政治正確地引述，不過，實際讀起來，它的口吻並不明朗、也不確信，字裡行間散落各個角色的懷疑。沃爾夫讓人性與生活樣態，橫陳於麗塔眼前——曼弗雷德看麗塔：「她是如此敏感的人，她只要收集經驗就夠了。」——各有背景，時有矛盾，表裡不一，整篇小說，麗塔的視線與敘述並不穩定，當疑思愈飛愈遠，他人生活所示範的群體性，便如風箏線頭拉緊，示警懷疑的界限，提戒她「學習正視生活」，「免於被徒勞的渴望吞噬」。沃爾夫從第一本小說《莫斯科的故事》到第二本《分裂的天空》，主人翁愛情的抉擇，似乎都受群體性牽制，且是她主動尋求牽制，半推半就達成結論，而結論恰巧符合統治當局的意識形態。有些評論就此指摘她與政治利益距離過近，自我審查作品。

綜其生涯作品來看，與其將《分裂的天空》列為迎合政治的作品，不如說它更像一份政治天真的紀錄，文中強作抉擇的文脈，一方面符合少女麗塔的心智，另方面可能也是青年沃爾夫的思索狀況：如同她的同代人葛拉斯所形容「虔誠的誤入歧途」：一代相信公正、真理的年輕心靈，投身社會主義理想並願意為其做出調整，然而，時間與經驗讓人漸次明瞭世界並非如此簡易，《分裂的天空》裡反覆提及的「缺乏經驗」，竟是說準了後來的事。

許多沃爾夫的創作特色，在這本少作已有雛形：主觀心理與客觀現實，私人生活與公共領域，男性與女性，這些概念兩相對立，但沃爾夫總想試著融合。在《分裂的天空》，她讓人稱、時態恣意跳躍，在自然景物與對白埋入大量隱喻，這些被當時評為過分現代（modern）的技巧，一方面輕輕跳過作者當時尚未釐清的思想團塊，另方面也暫時阻隔了政治對文本的審查。很多時候，這本小說變得好看的原因來自，隨著技巧鬆綁，小說家對人的理解與同情，自覺或不自覺，屢屢溢過體制的守則，反倒揭露出了良知與懷疑。

這些懷疑，擱置的問號，隨著沃爾夫後來創作，將有進一步變異。值得一提《探索克里斯塔T》（*Nachdenken über Christa T.*，一九六八），一個具有個性而富想像力的人／女性，卻與社會主義有所衝突，過早地結束了生命；這是另一種版本的他人生活，自我顛覆了《分裂的天空》訴求群體性來走向社會主義的慣性。差不多從這本書開始，沃爾夫跳脫政治天真，取徑浪漫主義、女性主義，將探問社會主義的道路愈走愈深，至《童年模式》（*Kindheitsmuster*，一九七六）與《卡珊德拉》（*Kassandra*，一九八三），她的文學已經跨越東西德分界，成為西德人也認可的德國作家。故事裡選擇留在社會主義家園的少女麗塔，逐步分身成好幾個信守政權但持異見的女性，現實生活裡的作者沃爾夫，也從被史塔西（東德國家安全部）期待的情報人員，轉成被監視的對象。

劇變的一九八九年，沃爾夫出現在百萬群眾聚集的亞歷山大廣場，但這未必意味她已準備好迎接東德的解體。雖然自《分裂的天空》以來，沃爾夫有其自身與東德「漫長的告別」，但那段逝去的時光，畢竟存在一個相信過、努力過的烏托邦。過去並非一無是處，在後來新自由主義的天空下，沃爾夫依然說：「我愛過這個國家」。

過去半世紀的冷戰結構，台灣與東德政治宣稱截然不同，不過，同樣經歷黨國神話的建構與崩潰，兩地政治記憶竟有不少參照。反法西斯與反攻大陸同為幻象，情報統治與白色恐怖皆是風聲鶴唳。閱讀沃爾夫的過程，我腦海不時閃過好些台灣作家的名字，「內心小警總」的自我審查，告密者的歉疚，卡珊德拉的悲壯，寶變為石的感慨，在台灣文學的字裡行間皆能找到。解嚴三十年，關於過去，如何面對，如何追憶，也到了討論的時刻。

沃爾夫被介紹到台灣來，看似遲到，也可視為新的開始。我們目光終於跨出冷戰藩籬。《分裂的天空》不是沃爾夫最成熟的作品，但要認識她，還是從這一本開始最為恰當，它明白顯示了沃爾夫的起點，也證明再怎麼不同體制，人心仍有相近之處，也永遠有人懷抱理想。沃爾夫五十年創作生涯，除了實證戰後德國文學特殊的遺忘與追憶，也呈現她個人走向烏托邦又與其告別的歷程，雖然時有迷途，終局也是虛無，可她從未逃脫，在這條人們一思考、上帝就發笑的路上，她留下的文字，直率大於遮掩，自我懷疑多過於自我辯護——這或許是台灣當下最需要參照的——思考是為了澄清，難處往往也需要點勇氣，若非如此，私心與恐懼很容易將我們帶向詭辯，在人間築起偏見的圍牆，那時，上帝想不發笑也難。

——原載二〇一八年三月二十九日《閱讀最前線》

賴香吟，台南市人，曾任職誠品書店、國家台灣文學館籌備處、成功大學台灣文學系。曾獲聯合文學小說新人獎、台灣文學獎、吳濁流文藝獎、九歌年度小說獎、台灣文學金典獎等。著有《其後それから》、《文青之死》、《天亮之前的戀愛》、《史前生活》、《霧中風景》等。

一封燒毀的爸爸遺書——李雪莉

沉默的藍領單爸與下一代

爸爸死的那一天，我正準備兩天後的高中會考，嬸婆騎車到教室找我，第六感告訴我，他出事了。回到家，知道爸爸燒炭自殺了。我是他唯一的女兒，他是個很疼小孩的好爸爸，從來沒有打過我。也或許是唯一的女兒，他不要我因為他，過得太辛苦。

我是第一個看到他遺書的人。上頭滿滿都是在擔心我。遺書上寫著希望我可以去考警察，希望我的未來可以順利美好。遺書上，也寫著他的不甘心。看了很難過。

他是在工作時認識生下我的媽媽，兩人沒結婚，過了幾年就分開。爸爸只有國中畢業，交到壞朋友開始碰毒品，進出監獄很多次。在鄉下地方，只要你有前科你就是只會犯錯，村裡發生什麼不好的事都以為是他做的。爸爸找工作很不順利，不是不願意找，是因為鄉下工作機會非常少，工廠也少。他送過貨、開過車，後來喝美沙酮戒毒，身體慢慢沒辦法承受太勞累的工作。

除了每天載我上下學和去喝美沙酮，其他時間他都把自己關在房間，我一開始不知道原因，他自殺後，我才發現是他心底受傷。

他只能跟家裡拿錢，他是我阿嬤的大兒子，阿嬤對他失望，覺得他沒用，阿嬤的表現讓爸爸很難過很受傷。我一直都很心疼爸爸的遭遇，他其實有心要改，但因為很多眼神和態度讓他受傷，失去了要改變的動力。社會看人的眼光都很勢利。

爸爸的遺書最後被燒掉了，因為大人有用問神明的方式問爸爸，爸爸表示放下了，也希望我把他放下，要我別再去在意這件事，去原諒那些人。

——佳儀（化名）日記

佳儀父親死後，阿嬤照養她基礎的生活，但戶口名簿裡，佳儀成為孤單一人的戶長。過去三年，佳儀努力拋掉心碎的記憶，全力衝刺考試，同時在村裡的冷凍工廠打工賺錢，儘管摳門的鄰居老闆吃定她沒人撐腰，時薪只給一百元。

二〇一七年她北上就讀大學，為了省錢，每天下了課，就把晚餐買回宿舍，待在那個小空間裡讀書，沒參加社團，也幾乎不與同學出遊。她從未向同學吐露自己的出身和爸爸的故事，不讓同學知道自己有個吸毒和燒炭自殺的父親，希望能走出和父親截然不同的人生。

但爸爸的身影會時不時地進入夢裡。她會想像爸爸走頭無路寫下遺書時的無助，但她也會想起她在後頭環抱著騎著摩托車的爸爸，他們刻意避開鄰居的眼光，繞進小路，整條路上只有父女倆。

佳儀爸爸的遭遇，並不特殊。不幸經常降臨在弱勢者身上，這些年尤其又挑中這群男性。失業的藍領爸爸，是台灣過去二十年來「新生」的一個群體。

失業、失婚　陽剛形象受挫

對於台灣底層男性生命史的變化，台大社會系教授藍佩嘉有深刻的觀察。這兩年她有機會就到新北板橋和宜蘭小漁村的小學裡，與孩子的父親們深談。「我發現他們普遍都有（負）債，有的是有黑手變頭家的想像，但最後投資失利，有的是工作不穩，用卡借錢最後還不了，債務影響了婚姻，有的就離了婚。」

藍佩嘉說，漁村裡，願意留下來的女性只剩新住民媽媽，而雙方都是台灣人的婚配，多半只剩爸爸或是阿嬤留下。

剩下的男人們，他們的生活，一般中產階級家庭難以想像。

五十幾歲以上、以前跑過船的男人，沒了工作，也不願做小工，他們不願意切切魚飼料，整理櫻花蝦，就在家喝酒或看電視，這種中產階級難以想像的父親角色，卻是村裡的日常。

他們生活花費不高，社福團體會送來大量白米，家庭成員要活下去並不難；但困難的是這群在父權文化下成長的男性，陽剛的父親形象漸漸被重挫，也為他們的婚姻和下一代教養徒增變數和風險。面臨收入減少、再就業困難或是負債，每個男人處理和面對的方式不同。有的人喝悶酒、自我封閉，安靜但不製造家人多餘的困擾；但有的人一旦尊嚴被挑戰，會以激烈手段回應家庭和社會。

這群失業藍領父親，更經常遭逢婚變的打擊。

社會上過往認為教育程度高者離婚率也較高，但這個情況已出現巨變。

中研院副研究員鄭雁馨就爬梳了台灣自一九七五年至二〇一〇年來，教育程度與離婚間的關係，她從內政部記載的離婚資料檔案中發現，台灣社會的高離婚率，已轉由中低教育程度者的大量離婚撐起。（註❶）

這些「失業、藍領、單爸」就像佳儀爸爸一樣，不知不覺遠離自己理想的人生，走向一個無解、甚至絕望的命運。

而他們的下一代有的是提早接手，替代了原本該由父親持家的角色，也有的是無人照料，在外地或在安置機構中流浪生活。

在我們走訪的中輟學園、安置機構裡，超過五成以上的孩子來自藍領單親家庭，其中又有一半以上來自台灣父親和新住民媽媽的組合。

為數不少漂洋過海來台的東南亞新住民，在台灣經濟情勢劇烈轉型的時段來到這裡，她們目睹這群「失業、藍領、單爸」的轉變與處境，也最明白在這種家庭中生活的女人和成長的孩子，會遭遇什麼樣的苦楚。

外籍配偶眼中的台灣丈夫

今年四十歲的阮理厚，二十二歲從越南胡志明市嫁到雲林莿桐鄉。儘管已離婚長達十年，阮理厚談到前夫時，聲線還是因情緒而變得高亢，她說前夫在家中沒有地位，夫家把她當成生產和賺錢的機器。為了讓一家三口從丈夫的原生家庭中獨立出來，阮理厚曾在北台灣的工地奔波，攪拌水泥、搬磚頭，打著每天一千兩百元的零工。

「我早上就坐貨車去工地，連續下雨或沒工可打就回莿桐，連續三年。我去外縣市工作後，接到他打電話來，每通電話都說，小孩子補習費到了，水費電費要繳了；房子登記他的名字，他居然這樣跟我開口。有次我回家，看到他在家裡打麻將，卻把小孩給別的女生帶，我猜到他有精神外遇了，而我還在幫他打工！」阮理厚幾乎記住所有的細節，彷彿一切昨天才發生過。

阮理厚描述她近二十年來在台灣所觀察到的跨國婚姻樣貌：「台灣有句話，『江山易改本性難移』。現在娶外配的男人，素質可能好些，但之前娶外配的男人都是比較鄉下、人長得比較粗比較黑、做農的、學歷不高的、沒有時間交女朋友，卻想傳宗接代。一百個有九十九個都是沒能力，是個混混，水準不夠高，台灣娶不到，就去國外娶，花幾十萬娶個外配回來，思想與觀念都是很懶，沒想到將來。外配來了後，我們想做什麼都不被尊重。」

她沒有停頓，流暢地夾雜中文和閩南語，向我們描繪她所看到的台灣底層男人。靠著漢越及越漢兩本字典，以及大量看電視學中文，離婚後，她自學美甲，如今在斗六市開美甲工作室，也擔任移民署的美甲講師。阮理厚說，希望自己過來人的故事，能鼓勵這群受壓抑的新住民。

台灣男人與東南亞女性的婚配高峰，約在兩千年前後。根據南洋姊妹會執行秘書李佩香粗估，外配來台後與婆婆住在一起的比例高達七成，這些家庭的普遍狀況是經濟弱勢與觀念傳統。

李佩香在二〇〇二年透過婚姻仲介自柬埔寨嫁到新北市，那一年她才剛滿二十歲。「一九九七年我們村莊就有鄰居女生嫁來台灣，我阿嬤交代過爸爸不能讓我嫁來台灣，阿嬤有華人血統，知道華人重男輕女。兩千年婚姻仲介更多了，村莊家裡左右前後的女孩都來了。那時金邊混亂，傳聞會打仗會內亂，我爸爸太擔心，看到別人女兒過去了，反應不錯，平安，沒事，就叫我也去了，他說至少家族有一個人活著也好，而且他想像台灣的婚姻是彼此尊重的。」

「結果讓我們驚訝的是，在台灣不少家庭重男輕女，結婚了，把南洋姊妹用成像幫傭的程度，就算嫁到有錢人家，還是做得要死。」採訪李佩香和南洋姊妹們對父權社會下成長的台灣男性，普遍得到的，是這樣的說法和看法：

台灣男人，我跟你說，沒錢的都很廢；

有工作做會挑會愛面子，不一定做，有經濟一點的人搞外遇；

看到妳太有能力，就會擺爛。

只會跟妳睡覺，不會煮飯，不會做任何事，不會教養小孩。

婆婆們苦過來，對錢看得很重控制欲強，以為姊妹都是來「挖錢」的。

二〇一七年十二月，內政部出爐第一份《外籍配偶歸化後婚姻狀況之研究》，揭露台灣人與東南亞新住民婚姻離異的驚人比例。

這份報告顯示，在二〇〇八年至二〇一六年間，歸化為台灣籍的東南亞配偶有五萬五千八百五十五名，其中離婚人數達一萬三千七百六十九名，離婚率高達二四%，相當每四位與東南亞外籍配偶結婚者，就有一位以離婚收場，比率遠高於台灣總體離婚率的一四%。（註❷）

台灣第一位新住民紀錄片導演阮金紅，二〇一二年拍攝的《失婚記》，就描述新移民姊妹來台卻離婚收場的故事，像是片子裡頭二十二歲的金蘭說，「以為嫁來這邊（台灣）比較好啊，男人不會喝酒，但我剛來就被打了」；或是片中外籍配偶孩子的畫圖紙上，是酒後父親踩母親肚子，媽媽哭泣的場景。

三十九歲的金紅來台十八年，她就是從被家暴、離異到自立，在一路荊棘裡挺進，《失婚記》等於是從她們的視角出發，看到被台灣丈夫精神和肉體虐待的景象。

以金紅為例，她嫁到彰化夫家不久，就頻繁接到債主的討債電話，她才發現另一半從當兵時就開始賭，有賭博惡習且持續換工作，金紅得靠打零工賺錢養孩子。「錢沒有，是可以接受的，一起努力，可是先生開始家暴，把我甩在地上或拋向牆壁，而且打得剛剛好，不會有明顯外傷，是有內傷的那一種。」「他吃定我還沒拿到身分證，我一直忍著。但最後我看到先生用衣架嚇小孩，決定不再忍，忍是反效果的。」二〇〇八年時，金紅向法院聲請保護令，也順利爭取到女兒的監護權。

目前金紅定居在嘉義民雄，並創立推廣新住民文化的「越在嘉文化棧」，她說，在新移民眼裡，「另一半薪水不高都不是問題，而是台灣男人普遍媽寶，不懂得尊重；當女人想做事走到外頭，男人開始有壓力沒安全感，接著恐懼。」

金紅還是幸運，她順利拿到監護權，也遇到一位善待也尊重她的台灣伴侶。

但她不捨有些姊妹的處境：「孩子很需要媽媽的照顧。有些姊妹沒爭取到監護權，也會想回去看孩子，但回去後，老公不准太太把孩子帶出去，他就是要把媽媽跟孩子的關係切斷；再不然就是開條件，要妳每個月付幾千元的扶養費，然後常會編理由說孩子補習不在家，姊妹們只能去學校門口偷偷看孩子。狀況連續幾年，最後媽媽也只能放棄了。」

在金紅周遭，拿到台灣身分的外籍配偶，會想辦法去探望孩子；若尚未拿到身分，又拿不到監護權的，就只能回母國，與孩子天涯各據一方。

但桃園地方法院法官孫健智，在家事法庭上也有其不同的觀察。

孫健智說，新移民的離婚官司通常有兩種普遍的現象：一是外籍配偶出境離台許久，由丈夫向法院訴訟離婚，這時因為外籍配偶無法上法庭，孩子一定會判給爸爸。但若夫妻雙方都能進法庭陳述，法官目前的傾向是判給媽媽。孫健智解釋，「（我們）普遍發現爸爸在法庭上的表現不好，低自尊的他們面對太太有各種委屈和懷疑，也許從社會結構角度上來說，他們的處境值得同情，但怎麼也無法合理化他們的家暴，或是他們的無用。」

目前擔任行政院新住民事務協調會報委員的阮金紅認為，新住民離婚增加的趨勢還未過去，「她們來久了，被壓迫久了，姊妹一直在成長，不管在工作或做生意，能扶養自己與孩子的生活，但夫家可能一來年紀大，二來不願改變，不願理解多元文化，溝通充滿摩擦，缺乏自信就想控制人。這離婚還是很嚴重的，會愈來愈高。」

被拋出傳統產業鍊的中低技術工

與南洋姊妹婚配的男性，年齡普遍較高，集中在三十五到四十九歲，而他們的教育程度則普遍低於社會平均：四成二國中以下，五成四是高職和專科學歷，僅有約三％大學肄業或以上學歷。（註❸）但不論男人的婚配對象是外籍配偶或台灣女性，這群學歷較偏低，工作轉換不順利的男性，與兩千年前後受全球經濟重組而被傳產拋棄的工作者，有相當比例的重疊。

中研院社會所副研究員林宗弘深入研究台灣轉型的經濟與社會，他指出，全球化後產業轉型的過程中，發達國家的製造業被外包至海外工廠，台灣雖然沒有像美國或歐洲有清晰可辨的鐵鏽地帶（註❹），但在地理上，中南部的工廠確實拋出了一批批中低階的男性藍領。

底層男性不像女性較能適應服務業的經濟體。「也不像教育程度較高者，有足夠知識能力和資源跟上轉型的腳步，他們長期在工廠與其他男性相處，重複操作同一套技術，原有的能力用不上，讓他們的地位和權威很快地瓦解。」林宗弘分析。

被拋出原有經濟體的藍領底層男性，在工作市場和婚配市場，都顯得手足無措，處於被決定的命運。

婚配原本是社會階級流動的方式之一，但當這群男性的工作被業主以外籍移工所取代，而他們的工資與同階層女性拉近後，也讓最低階藍領男性的婚配吸引力降低。（註❺）

一九八一年前，男性長期作為家庭的經濟支柱，收入確保了他們在社會與家庭裡的地位和權威。不過，一九八一年到二〇一六年，女性工資平均占男性工資的比率，已經從六四・二％拉高到八七％。

即便低階藍領男性結了婚，不論婚配對象是外籍配偶或台灣女性，也比其他階層更難維繫家庭的穩定。

走入沉默單爸的世界

低社經、藍領、單爸因為多重不利因素，面臨比其他階層單親男性更多的困頓。當社會不斷強化一對好父母或好家庭該提供的教養和形象，低社經單爸們無力給予，他們傾向把教養的責任外包給自己的母親，上了年紀的阿嬤成為主要照顧者，而有些單爸則連後援都沒有。

中研院副研究員鄭雁馨長期研究離婚所帶來的不平等，她說：「身處弱勢單爸家庭中的孩子，學習與發展是非常不利的，他們的孩子只能自己長大。」

就像文章開頭所提到的佳儀，她從小沒有見過母親，主要由阿嬤照顧，又或像金紅在偏鄉看到的狀況：「我這邊（民雄）有些媽媽被趕回越南，孩子跟爸爸的，家庭領著低收（補助），錢進了爸爸和阿嬤的口袋，孩子只能從小工作養自己。」

這個社會能怎麼給予他們和他們的孩子，更多的支持和後盾？

其實從二〇〇九年開始，政府就意識到單爸的增加。當時政府將實施九年的「特殊境遇婦女家庭扶助條例」修正為「特殊境遇家庭扶助條例」，意識到特殊境遇的家庭裡有不少單爸，於是以「家庭」置換了「婦女」兩字。而新北市在二〇一五年特別成立「男性單親關懷專線」，新北市社會局局長張錦麗說，這是因為發現單爸與過往單媽的情況差異很大，於是提供專線諮商。

新北市婦幼發展協會呂慧驕擔任社工二十年，她說親自面訪單親家庭的經驗裡，九成單媽願意開門並接受協助，但卻有高達八成的單爸拒絕開門。呂慧驕說單爸們最常出現的反應是：你們來做什麼？我不需要你們關懷我。

如何讓單爸也願意向社工訴說、接受補助、參與親職課程？社工們於是透過專線的設計，讓男人們不必露臉，也能對外求助。

目前新北市男性單親關懷專線，每年約有三百人次的諮詢者（人數約七十位），多半是做工的男人，但白領單爸這兩三年也快速增加。呂慧驕說，相較之下，藍領工人有經濟壓力，他們需要更多資源的轉介，從經濟援助、育兒指導、小孩特殊教育的需求等，當藍領單爸願意打電話進來，就是卸下心防的開始，而這些單爸們在專線裡最常和志工談的話題是：我為什麼離婚、離婚後心理的壓力、該怎麼照顧孩子、該怎麼找到工作等。

社工們最擔心的其實是和單爸生活的下一代處境。「當大人心情不好時，會影響孩子的起居生活。有一餐沒一餐，或是好幾天沒洗澡；大一點的孩子學習可能會落後。」呂慧驕說。

有學者認為應該積極訓練底層藍領男性的技職，但也有學者認為這群男性在全球化的資本主義和陽剛形象的重挫下，身心都被困住，「政策現在是治不了困在過去經歷與傷害的那些人。」林宗弘說。

這群底層男性，以及他們的家庭和下一代，像眾多龐大的冰山，我們看見的廢墟少年，只是浮在海上的冰帽，但未被覺察的、深深埋在海洋深處的，是一個個被時代巨輪輾壓的家庭，而那是源自經濟變遷、勞動人口的流動和婚配組合改變的歷時結構。

二十年的積累，冰山變得巨大，藍領單爸和他們的子女被壓制在經濟與社會的底層，無法動彈。上一代不小心就成為社會新聞上的一個數字，極端時就像佳儀的父親，沉默地留下遺書，放棄自己，而下一代得隨時準備拎起自己，避免墜落更深層的黑暗。

像是反諷著號稱進步的台灣，他們的無語是一個震耳欲聾的存在。

受傷的不會只是數萬個家庭，犧牲的也不只是底層兩代人的困境。終究，因為經濟資本和文化資本的匱乏，造成的貧窮世襲和階級固化，會在某個時間點以社會無法預期的方式，給我們一擊。

註❶：鄭雁馨，〈家庭行為的社會不平等：台灣社會的新挑戰〉，《中央研究院週報》，二〇一五年四月二日（一五一〇期）。

註❷：劉黛君，《外籍配偶歸化後婚姻狀況之研究》，內政部統計處，二〇一七年十二月。

註❸：劉黛君，《外籍配偶歸化後婚姻狀況之研究》，內政部統計處，二〇一七年十二月。這裡的取樣是從二〇〇八到二〇一六年歸化為台灣籍之外籍配偶的另一半面貌。在內政部的研究報告裡，離婚比率最高的前三大年齡層，分別是「二十五至二十九歲」的外籍配偶對上「四十至四十四歲」的台灣男性（占一二．五五％）、「二十五至二十九歲」的外籍配偶對上「三十五至三十九歲」的台灣男性（占一〇．四八％）、「二十五至二十九歲」的外籍配偶對上「四十五至四十九歲」的台灣男性（占九．三％）。

註❹：鐵鏽地帶（Rust Belt）是指美國中西部和五大湖地帶，從賓州、西維吉尼亞州、俄亥俄州、印地安那州到密西根州南部等地，是美國二十世紀中期的工業重鎮，被稱為工廠帶、鋼鐵帶；但這些工業城鎮在一九八〇年代後，因煤炭、紡織、鋼鐵產業的衰落，工作外移而工廠停工，廢棄的煉鋼爐和鏽跡斑斑的工廠，失去工作的藍領，讓這裡從工廠帶變為鐵鏽帶。

註❺：鄭雁馨，〈後工業化的台灣社會中婚配選擇之教育程度差異的變化〉，二〇〇〇－二〇一〇，二〇一四年。此研究中觀察二〇〇〇年至二〇一〇年，「教育同質婚」的比率由三九％增加至四三％，教育程度相似者同婚的比率高，尤其是高等教育族群，而「教育異質婚」中，以女性上嫁給教育程度較自己為高的「上嫁婚」為多，且有增加趨勢。但中低社經男性變成了婚姻市場中最弱勢的一群，也是結婚率最低的群體。

——原載二〇一八年七月二日《報導者》

李雪莉，非營利網路公益媒體《報導者》總編輯、台大新聞所兼任助理教授。入行二十年，曾任《天下雜誌》副總編輯、影視中心總製作人、駐北京特派員，加拿大McGill大學Sauvé Scholar、香港中文大學中國研究中心訪問學者。畢業於台大與政大。記者生涯得過許多國內外重要新聞獎項，近年包括：台灣卓越新聞獎調查報導首獎／深度報導首獎、曾虛白新聞獎公共服務報導獎、亞洲出版業協會（SOPA）人權報導首獎及調查報導首獎。二〇一七和二〇一八年分別出版《血淚漁場》、《廢墟少年》，皆獲得Openbook十大好書獎。半輩子在學習用文字和影像把故事說好。期許自己成為一位更好的人、有人類學的細膩、社會學的宏觀、能回到本質思索。以記者為終身志業。

林懷民：從緘默的歷史中探索家族記憶——張子午

「最後比較安靜了，焦慮要有體力，年紀越大越沒有，同時你也慢慢知道，什麼叫『哀矜勿喜』，什麼叫『夢幻泡影』……有些人說，好不容易房子蓋好，你怎麼這樣子就退休了？這個房子也是夢幻泡影啊！整個雲門的四十五年，老實講，浪潮一過就過，說不定我也是三年後沒有人提了。台灣是一個健忘之島，記得或不記得，有什麼關係呢？」

退休前最後一次的作品回顧前夕，林懷民在繁忙的會議與排練空檔中撥出有限時間受訪，一如過去一、二十年來，「對媒體講話的時間遠遠超過與朋友之間的相處」，不厭其煩地分享著所思所感，從昨晚追看的陸劇、近作《關於島嶼》反映身在災難頻繁島國的心境，到作者退位，愈發以舞者為主體的創作軌跡……話鋒一轉，即將謝幕時刻的回眸，是淡然的心境。

但有件事，他記在心裡三十年，沒有忘記。

在雲門「正史」之外，林懷民緩緩說出一段封存多年、從未對外透露的私密記憶。

「很多年前，我去參加阿里山鄒族祭典Mayasvi（戰祭），晚上在營火旁，天空的星星又大又亮，有一位高一生的後代，已不記得是哪一位，過來握著我手說，『歡迎，很高興你來』，然後說道，『你知道你爸爸跟我爸爸的事嗎？』在此之前，我從來不知道這些事……」

高一生，成長於日治時期的鄒族菁英，戰後第一任嘉義縣吳鳳鄉鄉長（一九八九年改為阿里山鄉），白色恐怖時期因牽連匪諜與貪污案，連同其他鄒族及泰雅族人，共六人被政府槍決於安坑刑場，其留下的諸多歌曲、獄中家書，乃至於原住民族自治的想法，傳誦至今。一九五〇年代，當他被調查、逮捕、訊問與拘禁，乃至處決後，林懷民的父親林金生——戰後國民黨中備受重視的台籍菁英，正擔任嘉義縣縣長，並兼任台灣省保安司令部嘉義山地治安指揮所指揮官，無可迴避地直接參與處理此一縣境發生的重大事件。

站在不同位置、面向不同命運，歷史上曾經交會的兩人，其後代在多年後的山上，沒有預期地，又站在同一片星空底下。

探問自己是誰——遇見復活的祭典

一九八〇年代到一九九〇年代初，解嚴前後的台灣，政治局勢朝向民主開放，壓抑已久的整體社會迸發出豐沛的活力，藝文工作者們也帶著強烈的熱情與使命感，如人類學家般上山下海，追尋島嶼身世，挖掘出埋藏的文化底蘊，融合為自身養分。

林懷民是其中最熱切探問「自己是誰」的藝術家之一。

早在雲門創立初期，在談論本土還是某種禁忌的年代，林懷民就創作了第一齣以本土歷史為題材的舞台作品，將漢人渡海來台拓荒、在島嶼上勞動生存的情景編成史詩般的舞作《薪傳》，一九七八年中美斷交之際於嘉義首演當晚，掀起的巨大迴響，已成為一則傳奇。

「那天大家都很激昂，我很冷靜地在後台忙，陳達的〈思想起〉歌聲一出來，燈光一照到舞台前，那一片請嘉義農校幫忙種的秧苗，忽然全場沸騰，觀眾拍手叫好的掌聲是嚇死人的！我在後台就開始大哭，你說什麼是歷史！這就是嘉南平原最常見的景色，在這個地方榮耀他們，他們也沒想這麼清楚，當這一塊田出來，觀眾是完全的擁抱。」

這場演出，是林懷民藝術生涯最重要的啟蒙經驗，舞蹈美學形式的摸索之外，他很快就有意識地以行動貼近土地，策劃「藝術與生活」展，結合各領域的藝術家，將作品與演出帶進各地鄉鎮。在城鄉與文化落差巨大的年代，雲門舞者的足跡踏至恆春、美濃、安康社區等被忽視的角落，在小鎮的簡陋禮堂、臨時拼湊的野台上，重現都市藝術殿堂上備受讚譽的舞作。儘管後來已發展成為國際級的專業舞團，仍持續二十三年不間斷免費戶外公演、在池上的稻田中為鄉親演出，「走入群眾」的本色依舊。

長期在自我認同與土地關懷中思考與實踐的林懷民，遇上鄒族，彷彿命運的必然。那是這個多舛族群，文化逐漸復興的時刻。

被強加吳鳳神話、涉入二二八事件、白色恐怖的整肅、湯英伸事件……人數僅數千的鄒族，在戰後與國家政權的互動中，被捲入一連串厄運。天神彷彿要考驗他們一般，政府與教會又以「破除迷信」為由，終止數百年傳統的祭典，會所被燒毀、神樹遭砍斷，文化根基幾乎被連根拔除。

有賴族中少數長老的堅持，以及天主教後來以文化而非迷信視之的態度，為征戰後獵得敵首凱旋歸來、男子會所重建等部落重要大事所舉辦的Mayasvi，斷絕多年後，才從一片荒原中漸漸復活（鄒族兩個主要「大社」，達邦與特富野分別於一九六七年、一九七二年重新舉辦，一九八一年首度應邀下山演出給平地人看）。

除了凝聚起年輕族人對家鄉及傳統的認同與連結，有幸見證重啟祭典的平地人，也從中得到強烈共鳴，年復一年來到山林領受深邃祭儀的洗禮。

領唱人低低一聲「啊——」，眾人一呼百應，彷彿孤獨的靈魂受到世人擁抱。鄒人說，他們的先祖聆聽瀑布而作歌。那是化為長江大河的瀑布啊。深沉莊嚴的五度合唱浩浩蕩蕩，領唱人激越的高音是那拔起的浪花。

那是來自山林，來自一切的源頭的呼喚。我全身起了雞皮疙瘩，含淚聽完，覺得自己像洗過澡那麼乾淨。

我渴望來生是鄒人。

一九八〇年代多次上阿里山參加鄒族祭典的林懷民，甚至喜愛到替他們錄下《鄒族之歌》，並寫下〈唱給神聽的歌〉一文，描繪那近乎宗教性的崇高體驗。小說家出身的他後來愈發擺脫敘事，已不見如此激越感性的文字。

至今林懷民說起參加Mayasvi，鮮明得恍如昨日。

「大家慢慢慢慢把手拉好，通通不講話，然後——啊——，歌聲一出來，仰望的時候，你看到天空，目屎就流落來。然後他們的腳，不穿鞋的，矮短矮短的小腿『峇峇峇』，咬住地板，真是太感動了！那整個祭歌實在太驚人，是台灣氣派最大的一個東西，漢人絕對沒有的！」

舞蹈家與原民神父的相知相惜

鄒族青壯輩中，最積極向耆老錄歌記舞、重建祭儀程序的關鍵人物，是一位名叫高英輝的神父。已故音樂大師許常惠，曾在一九七八年組成「民族音樂調查隊」，以二十多天的時間走遍全台，考察、採集各地民間音樂，八月十五日，他們的足跡來到當時仍被稱作吳鳳鄉的阿里山，達邦村恢復沒多久的祭典正展開，其於日記中記載道：

高英輝神父出身於曹族（一九八八年原民會將日語發音的「曹」更名為羅馬拼音的「鄒」）中的望族，看起來三十歲左右，畢業於輔仁大學研究所……祭典音樂是由他負責訓練，指揮下來的。我聽了昨晚他的練習與預演的整個錄音帶，也看了他編輯的曹族民歌的採譜（包括全部祭歌）。我非常欣慰，因為山地終於出來了像高英輝神父這樣一個維護民族文化的知識青年。

當年林懷民在阿里山的領路人，就是高英輝。他除了協助召集族人在山間吟唱，為雲門錄下《鄒族之歌》，還到藝術學院舞蹈系指導學生，這是鄒族第一次向外人傳授祭典的歌舞。

「上山去找高英輝神父的時候，其實我不認識任何人，他站在坡上的天主堂朝下看，我說我是林老師，要找高神父，他說，『原來是林老師啊，我以為來個排灣族的』……」林懷民笑著轉述那出人意表的回應。

往日種種，如冬末初春阿里山綻放的櫻花和桃花，紛至沓來。

「上山錄音是很快樂的一天，從台北來的錄音師說免費幫忙，帶了一台很小的機器，我們兩卡車人就去了，因為達邦還有汽車聲，樂野也不行，到了深山，大家拉著手準備時，發現鳥的聲音比人的聲音大，趕都趕不走，所以CD裡歌聲伴隨著鳥叫；那時候還請高英輝來舞蹈系帶同學，不只是學歌跟舞，而是呈現整個儀式背後的意義，他非常感動，得到族中長老的允許後，他就來教。」

高英輝曾在〈瀑布聲中的神祇之歌：我與鄒族凱旋祭〉一文（刊登在一九八八年二月十日的《中國時報》「人間」版）清楚傳達出，當長久被扼殺的族群文化，被外人看見、欣賞、理解甚至學習時，發自內心深處的安慰：

同學們年輕，沒有鄒人歷史滄桑之感，沒有必須哀鳴的心中積壘，韻味的不足是必然的……然而，同學們努立學習，用心揣摩：乃至穿起鄒族傳統服飾專心全力演練祭典的神情，使我感到鄒文化為人接受、敬重，因而感動、低迴。

一位是正值創作能量與聲望高峰的舞蹈家，一位是為保存部落文化而努力的原住民神父，在那個時代相遇、相知相惜，從個人、作品到族群，為彼此的生命軌跡留下珍貴的印記：《鄒族之歌》在一九九二年獲得金鼎獎，林懷民捐出獎金，成為鄒族文教基金會的創立母金；雲門一九九三年首演的《九歌》，以鄒族祭歌〈迎神曲〉與〈送神曲〉作為舞作的開頭以及結尾，其充滿儀式性的深遠意境獲得國際熱烈好評。

「跟高英輝有那樣一個美好的交往，若用基督教的說法，我覺得是神的安排。我好愛他，寬闊無私的胸襟，不會因為我是誰，而不做什麼，他從來沒有跟我講過一次，關於家族的過往。他過世那陣子，我真『甘苦』。」談起故人，林懷民難掩憂傷。

一九九四年七月十日颱風夜，高英輝騎機車途經三重，遭吹落的招牌砸中喪生，生前他從來沒有跟林懷民說，他是高一生的三子。（高家子女眾多，那年在星空下談起父執輩的高家人，林懷民已記不起是誰，但確定不是高英輝。）

家庭記憶與口述資料間，無法消解的巨大落差

「高英輝過世以後，我才去問當時年紀已經很大的父親，關於高一生的事，他說那是一輩子最大的遺憾。」林懷民說。

與解嚴後鬆動的政治結構與蓬勃文化同步展開的，是往日的禁忌重現天日。長期噤聲的社會一點一滴開始追尋真相，政府與民間開始針對二二八與白色恐怖進行口述歷史與研究報告，高一生的長女高菊花、次子高英傑、三子高英輝，都陸續接受多次訪談，追憶父親生前的為人處世、遇難經過、父親走後的生活等等，隨著越來越多資料出現，高一生漸被建構出「高山哲人」的理想形象，如同鄒族音樂重新「被發現」，受到越來越多不分族群的台灣人甚至日本研究者的尊崇與嚮往。

而另一方面，散落各處的文字紀錄，也慢慢浮現出高一生涉案被捕前後，一個令人無法忽視的名字：林金生。諸如代表政府上山向族人宣讀高鄉長貪污罪狀、長女上門求助表示愛莫能助等等……在肅殺的歷史舞台中，扮演著另一面的角色，甚至直到現在，仍在網路訊息及地方口語中流傳著。

「彷彿要予我爸爸『刣』一般，」甚少使用電腦的林懷民，偶然在網路上輸入幾個關鍵字，便輕

易地看見與高一生有關的連結中，對於林金生的負面評價與詮釋。對照祭典火光旁高家後代的溫暖問候、高英輝無私引領他親炙鄒族文化，湧出的公開資料，都像箭一般，尖銳地射出，他感到無比困惑。

在林懷民的眼中，從小就不常在家的父親，念茲在茲地總是為百姓做事。他仍記得父親直到晚年，每天早上起來第一件事，就是到市場繞一圈，固定買一個豆腐、一袋豆漿回家，「這樣走來走去他知道米價、知道青菜漲跌、百姓是歡喜還不歡喜、發生啥物代誌，他是這樣的一個官，我們小時候印象很深刻，過年過節的時候他常常在玄關上罵人，有些縣政府職員抓了雞、送月餅來，他就把人家罵回去，我媽媽常說，你讓他拿回去就拿回去，為什麼要那麼大聲，氣氛足歹……」

「有一陣子我到台中讀書，回家父親就要我跪在那裡，『這馬讓你自己去台中結果黑白迌迌，一日到暗看電影』，因為從斗六同時有七、八個小孩到台中讀書，都跟他們的爸爸講，縣長的兒子怎麼樣，那我就死了！其實我只看一場電影，ＯＫ？然後變成天天看電影。所以我們是被嚴格的、他媽的要求，因此我的反叛度很大，是後來發作的，堅忍不拔是家庭教育裡面非常重要的。」

「堅忍不拔」的家庭環境，隔開了林懷民與其他在街上玩樂的孩子，從洗碗、顧菜園到擦地板，被訓練要做各種家事；官邸的高牆內，卻也成為馳騁幻想的園地，外頭正風靡的彈珠、牌仔、布袋戲、歌仔戲幾乎與他絕緣，每日眼中所見、耳裡所聽，是父親成排的日文書籍、藝術畫冊，以及母親的古典音樂。

「我五歲半被送去念小學，回來以後就跪在榻榻米的日本桌子前，上面放了兩片蘇打餅乾、一杯美援的脫脂牛奶，吃完還不能走，要等母親放兩張七十八轉唱片才能離開那裡，剛開始還會陪我，在旁邊說，你聽鳥在叫，有沒有聽見河水在流？後來我就知道那是「第六」（貝多芬第六號交響曲），後來她就會放了唱片去做別的事，再回來放第二張。」

從古稀之年回看，成長時期俯拾即是的藝文事物，澆灌了無形的文化養分；日式教育留下的教養方式：嚴以律己、生活簡樸、要對社會有貢獻，則決定了林懷民往後所成為的樣子。

儀式火光中的問答

個人的家庭記憶，與部分特定資料中的父親身影，呈現巨大的落差。多年來，對於這一段過去，身為後代的林懷民，瞭解極為有限，他選擇緘默；但身為藝術家，卻從未自外於這片土地的命運，他飢渴地閱讀手邊能夠找到關於二二八與白色恐怖的書籍與資料，向歷史索求解答，最終在一九九七年——解嚴十週年，推出直面台灣過去傷痕的作品：《家族合唱》。

今年（二〇一八）底的「雲門舞集四十五週年林懷民舞作精選」中，林懷民特別選入《家族合唱》中，白衣女子無目的地不斷奔跑、撲倒，彷彿靈魂即將脫離軀體的片段，背景是老婦娓娓道來的聲音：「一九四七年三月十二，爸爸，被五個便衣帶走。媽媽已經無法活在這個世間，她的精神都已經隨爸爸去了。我們就帶她去醫院。靠神明，宗教的力量，決心要活下；但是，媽媽有一個條件，爸爸所有的東西都要燒掉，身邊都不能留有爸爸的東西給她看見。」

黑白照片裡的歲月刻痕、閩客原民外省天南地北的口音、時而日常時而抽搐的舞者，訴說著流亡與遷徙、認同與徬徨，騷動而悲傷，憂悒且壯烈，不同的媒材介面（黑白靜照、口述訪談、舞蹈肢體）同時在舞台上並置、交纏、衝突、對映，交織出一片巨大的轟鳴，積存在這座島嶼上的斑駁記憶與徬徨現實歷歷在目。

「這些問題，從以前到現在都跟人類絕對綁在一起，你說悲憫吧！要說什麼呢？不管是《九歌》、《家族合唱》，還是《流浪者之歌》，到最後都是一個祭典的儀式，我長期迷醉在那樣的一個東西裡面。沒有儀式、宗教以後，你連安慰都沒有，人怎麼活啊？我不是一個思考者，可是作為一個人，我有一個soft spot（直譯心軟，形容對人事物特別的親切與喜愛感），不曉得要怎麼辦。」

《家族合唱》收尾在二二八事件時，台灣省專賣局台北分局前被焚毀汽車殘骸的歷史照片，與舞台上的燒王船融合為一，儀式性的火光中，林懷民彷彿回答自己內心長久的叩問。

——原載二〇一八年十二月九日《報導者》

張子午，《報導者》記者，曾獲第十二屆卓越新聞獎國際新聞報導獎，著有《直到路的盡頭》。

鐵牛不是牛——劉崇鳳

我是從來沒想過要養牛的。

小時候不聽話時，媽媽總愛罵那麼一句：「再這樣下去，就讓妳回鄉下放牛！」牛的存在之於我，成為某種失敗的標記，跟牛在一起的孩子，注定一事無成。

這個觀點在遇上飽之後，完全被顛覆。飽喜歡牛，他首度告訴我他想養牛犁田時我瞪大了雙眼，以為自己聽錯！「你要養牛？」他告訴我，農業器械化的來臨，讓大型機器足以快速打田，田的面積再大也不擔心。但其實鐵牛的刀片快速在土地上翻攪時，對土地並不溫柔，比起用牛打田，鐵牛打田其實傷土地。

飽的老家在彰化大城的海邊，他的大伯、二伯已經七十多歲了，過去都用牛耕田，現在村子裡仍有一頭牛，是他二伯父養的，飽很想跟二伯父學習用牛犁田的技術，無奈長輩們都搖頭，覺得不可能，這一點也跟不上時代的腳步。飽始終沒能向二伯學習，每次回去，我們只能陪著牛，卻無法跟牛一起工作。

那天早上，飽通知我帶一個零件送到田裡給他，騎著機車到田邊時，看到飽推著一台小鐵牛，嘗試自己打田。那台小鐵牛從花蓮來，在我們決定回美濃後，教飽種田的老師送給飽的，意義重大。

但土地很乾，我看著他推著小鐵牛窒礙難行的背影，有些狼狽。一切才剛剛起步，什麼都得自己來。他看我站在田邊，有些羞赧，推著小鐵牛又努力向前走幾步，小鐵牛的刀片在土地上滾動，草根在上頭糾結成團，卻翻不起多少土來，連我這種門外漢，都知道這不管用。

經過的地方被劃上一道較深的痕跡，但青草仍在土地上，只如被車輪輾過。我想起養牛的夢，田地突然變得好大好大，推著小鐵牛的飽，背影變得好小好小。

飽到底在這邊推多久了？他換上了我拿來的零件，執拗地繼續嘗試。溫暖的冬陽底下，我竟然感受到一絲淒涼。

要接受嗎？該放棄吧！

這台小鐵牛，推也推不動一塊田，事實就是，我們需要更大型的機器來幫忙翻土啊！

我突然有些想哭，這世界走得太快，牛耕田的速度已遠遠追趕不上鐵牛，小鐵牛也不一定管用，如果想自己打田，我們就得再找一部更大台的二手鐵牛才有辦法。這是一種如何的矛盾，明明想養牛犁田，為了生存，卻必須考慮買大型鐵牛才有辦法做想做的事，這個世界怎麼了？

土地動都不動，一切如是收受。

飽默默地轉了個彎，把小鐵牛推上柏油路，我才發現他沒有車。「我走路來的。」他說。我想像他清早獨自推著小鐵牛從家裡慢慢走到田裡來的畫面，一股孤單感襲來，如古早時代的人，一切簡單緩慢、克勤克儉，到頭來，卻徒勞無功。

人生地不熟。我們是回來了，但一切都在適應中。這裡的氣候、土質、環境條件和花蓮完全不同，我是離家得太久了，把全部還給了童年。飽則要從頭開始，很多事不懂，什麼都得打聽。

我們開始四處詢問購買二手鐵牛的可能性。鄰近的阿炳哥告訴我們，他知道有位阿公要賣他的鐵牛，找一天帶我們去看。

我們主動約看鐵牛數次都沒有約成，一天晚上，阿炳哥突然打電話來，問等一下有沒有空，要帶我們去看鐵牛。

「哪有人在晚上看鐵牛的？」我有些錯愕，但既然阿公只有那時候有空，也就去看看吧。

匆匆吃完飯，我們開著貨車去載阿炳哥，阿炳哥領著我們在鄉間小路轉來轉去，黑幽幽的夜色讓一切都蒙昧不清。

阿炳哥要我們在一個三合院前的路口停車，他要我們在車上等一下，自行下車，走進大院，喊了另一個中年男子出來。

我不知道這位老叔是誰，但這位老叔也跟著阿炳哥跳上我們的車，原來阿炳哥也不知道鐵牛人家在哪裡，要請老叔帶我們過去，於是我們又開始在鄉間小路繞來繞去，最後拐進一條小路，開進一戶人家的大門，停在倉庫前。

主屋昏暗，而倉庫沒有點燈。

一個小伙子走了出來，阿炳哥用客家話與他攀談：「電火（燈）呢？電火哪沒開？」我這才發現小伙子說話遲緩，表達能力有些障礙，他比手畫腳了一下，我們才知道阿公出門看醫生去了，晚點才會回來。

我更錯愕了，這似乎沒有約好，鄉下人真隨興啊！

小伙子把倉庫的燈打開，我們終於看清楚了。小飽指著倉庫一角說：「鐵牛在那裡。」小伙子把蓋在上頭的帆布拿走，拍掉灰塵，這鐵牛好大啊……放在這裡很久了的樣子。小飽蹲在前頭看，聽阿炳哥在一旁用國語說：「這是二十碼的大鐵牛，不是用推的喔，人要坐在上頭開，看到了吧？齁——這打田一定又快又方便！」

小飽查看了一下鐵牛的狀況，很老舊了，但電瓶很新，推估阿公剛剛換過，我們想試著發動，但是發不動，鐵牛發不動，再大也沒用。

有一段時間，幾個人就站在倉庫裡，聽阿炳哥和老叔用客家話閒聊，等阿公回來。

我走到倉庫的另一端，看望這個夜。夜色讓周遭景致盡皆暗沉，看不清楚、不知要走向何方，我們失去了方向，有燈火也不足以取暖。

我不知道，介紹人阿炳哥為什麼會挑這個時間帶我們來。晚風微冷，為了犁田來到這裡，卻並不順遂。我知道阿炳哥努力活絡等待的氣氛，但我抓住了空氣中一絲荒謬詭譎的氣味，這與走到哪裡，都有朋友溫暖照應的花蓮太不同了，我們需要小心翼翼，每一步都是未知。

迴身，看到小飽枯站在那裡，像個木頭一樣。

阿公的貨車開進來時，我正在跟阿炳哥說不要再等了，回家吧！阿炳哥說服我再等一下，不要功虧一簣。「看吧，回來了吧，趕快趕快！」阿炳哥和老叔跑上前，阿公和阿婆走下車來，邊走邊和他們兩人迅速地用客語交談，然後走向我和飽。

「本來有人要六萬元買去我不愛賣的，今這下便宜五萬元分你好了。」阿公說。

「阿姆唷，他的腰不好啊，老了，儘採（隨便）賣賣欸，你兜要就駛走啦！」阿婆說。

「五萬元……還做得！你考慮考慮。」阿炳哥跟我說，老叔在一旁點頭稱是。

隨即他們四人又攀談起來，言談內容無不與這台鐵牛有關，說它以前多好開、跟著阿公多久，然後重複談論過去有人出價六萬想買阿公卻不賣的往事。

飽向我投以詢問的眼神，一堆人七嘴八舌連在一起的客家話他沒一句聽得懂的。我看著他，感覺我和他之間有一個玻璃罩，他站在玻璃罩外已經很久了，幾乎變成一個裝置。

第一次覺察語言文化如一堵高牆，可以拒人於千里之外。即便我聽得懂，悠遊自在於母語之中，也茫然於價格的真真假假，困惑於人與人之間的關係。而飽置身其中，卻完全被隔絕。

真正有心想買鐵牛的，是飽，是他的意念牽連起這個夜，卻沒有任何人對著他說話。

我走過去，拉著飽的手，告訴他，這一台要五萬塊。

飽驚愕地瞪大雙眼。

「欸，這二十馬力的，好用的欸！你運氣真好，要是我也想買一台。」阿炳哥用國語轉頭跟飽說。

「要發動試試看。」飽說。這是他的堅持。

阿公啟動了兩次，無法發動，推測應該是還沒加機油的關係，他們要我們明天中午再來，若發動了就可以開回家了。

我感到疲憊，湧上一股無力感。

一堆人又開始七嘴八舌地用客語聊著鐵牛英勇的過去，我認命地跟阿婆留了電話，約好明天中午再過來一趟。阿炳哥說：「到時候有需要，再載我一起來啊！」我問阿婆有沒有可能更便宜一點，我們的預算有限。「這樣已經很便宜了，妳要多便宜？」阿婆反問我。

我們開著車離開，放下了老叔，阿炳哥抓著我們的椅背，告訴我們明天可以怎麼和阿婆談價錢：

「跟阿婆講話要軟一點，說你們剛回來啊、創業辛苦啊，這樣講一講，就變成四萬五了……」

晚風穿過窗戶吹拂臉頰，我看著窗外的水圳，淙淙水聲令夜愈發安靜。第一次發現自己遺失了判斷力，沒有判斷力到底是因為這個模糊的黑夜、還是置身母語中卻發現舉目無親的失落，再也分不清。我看著飽握著方向盤的沉默側臉，真心覺得他真是勇敢，跟我這樣兩手空空回來，什麼都要從頭開始。

這個夜昏暗曖昧，蒙罩多層面紗，夾雜著我們的無知、鄉下的真實，夜風微冷，我感受不到老家美好，浪漫幻影在一夕間墜毀，第一次覺得美濃如此清晰、如此真實，它再也不是只有一條過年回家的路那麼簡單，我們正在創造，自己的故事。

阿炳哥的家到了，他下車，我們揮揮手：「謝謝！晚安。」

夜已深，若不是桌上的鍋碗未洗，我真的會以為我們出了一趟遠門。

隔天，阿婆沒有接電話，我們也沒再去阿公家發動鐵牛，飽倒是獨自騎車到屏東里港找農機行問了幾次，他說那邊的人講台語方便溝通。適逢選舉前，政府發出補助專案，農民可以購買新機，於是農機行翻天覆地地忙著叫貨與補貨，根本沒有時間整理或維修二手農機，飽的二手大鐵牛，始終沒有下文。

那一天我不在，飽找了年輕小農來幫忙打田，我能想像大鐵牛開進田裡，咻咻咻三兩下就打好田的樣子。

我惦念著飽想養一頭牛犁田的夢。與此同時，我也明白，我們跟牛的距離，是愈來愈遠了。

於是回飽彰化老家的時候，我們習慣繞走到牛棚旁，去摸摸那全村最後一頭六歲的黃牛，二伯養的。我總是還未走上前，就一直用台語喊著：「牛、牛！」自以為跟牠很熟的樣子。

——原載二〇一八年二月二十一日《自由時報》副刊

劉崇鳳，成大中文系畢業。身高一五七公分的女生，卻擅長背著大背包行旅，之於島嶼的高山大海，無可救藥的喜歡。患有寫字病，不愛文學獎，文常於報紙副刊和雜誌出沒，始終以個人經歷和身邊故事為線索，書寫是接近自己的唯一理由。曾獲國藝會文學創作補助、書寫高雄創作獎助；出版有《聽，故事如歌》、《我願成為山的侍者》、《回家種田》。旅居花東八年後，搬回高雄老家美濃，一邊寫作一邊務農，兼任自然引導員。

修阿羅漢——選舉美學

蔣勳

即使你很不關心選舉，不看電視，不看報紙，你還是很快就知道：選舉快到了。

一出門，看到門口一幅兩人高的巨大人像看板，同行的朋友好像看到鬼，才吐完舌頭，轉個彎，又是一幅同樣巨大的看板，還是同一個人，盈盈笑著，上面印著一行字：我一直在這裡。我的朋友叫了一聲：「我的媽啊！他一直在這裡做什麼？」

我想了一下，這個人其實並沒有一直在這裡。我搬來這裡快四十年了，緊靠河岸一排五層樓的平民公寓，附近沒有其他建築，有的只是幾家鐵皮屋，以服務墓葬的石雕工廠，刻墓碑，營造墳塋，製作骨灰罈。連現在交通繁忙的大橋都還沒有修建，過河從「縣」到「市」，只有搭渡船。

我很享受那時的偏鄉感覺，朋友笑我，「住在跟四十萬個墳塚為伍的山坳裡」。其實不止，因為除了墳塚，土地取得越來越難，近四十年，渡船上從原來喇叭嗩吶敲鑼打鼓運送棺木，慢慢就只看到家屬捧著骨灰罈，一路談笑上山。山上也多了很多靈骨塔，夜晚七彩霓虹閃耀，十分華麗熱鬧，何止四十萬。

我的「偏鄉」很快就失去了原來依山傍水、交通不便的幽靜寧謐，有了大橋之後，山水間一棟一棟大樓快速興建，居民湧進來，河邊建了自行車道，有了咖啡屋，發生了謀財害命慘案。

兩具屍體在傍晚隨潮水漂回到咖啡屋前，停在小小的土地公福德祠前，警察把咖啡屋用黃色塑膠條帶圍起來，「閒人勿近」，警示居民不可靠近。電視公司大舉出動，一連拍了好幾天，從咖啡下藥、搬運屍體，到屍體如何隨晚潮歸來，歷歷如繪，好像拍連續劇，劇情日日更換，隨檢調單位公布的線索發展。

附近鄰居或做三明治，或煮紅茶加奶，或賣茶葉蛋，也意外發了一筆小財。

憂鬱的作家來做客，告訴我這裡有四十萬個墳塚，陰陽交界。他指著我說：「住在這裡，不容易啊……」

究竟什麼不容易，他始終不透露，我也一直不明白。

多年來習慣在河邊晨昏散步，也習慣路過福德祠就合十敬拜，總會想到那兩具屍體，為什麼會隨晚潮回來，停泊在神祠前，彷彿有話要說。

或許，一直真正在這裡的，其實是那四十萬個新新舊舊的墳塚吧。

但是我的朋友關心的是這些巨大的看板，他問：「要選舉了？」

「大概吧？」我事實上不確定，因為並不關心。

「什麼時候？」

「不知道欸……」

他聳聳肩，一副無可奈何的樣子。

朋友是搞設計的，他當然在意視覺，他說：「沒有一個地方選舉這麼醜。」

「在日本，選舉廣告是要限制大小的。」他補充了一句。

我沒有特別研究，不敢表示意見。但回想起來，好像法國選舉也沒有製作這麼大的廣告看板。

我不敢打擊我的朋友，事實上，我剛去過南部一個城市，那裡選舉的廣告看板更是誇張，常常一棟十層大樓，三邊都是一個選舉人的頭像。十層樓高，尺寸比納粹時期的希特勒照片還要大，與文革時期最誇張領袖意識時代毛澤東的照片略有可拚。

為什麼選舉要做這麼巨大的人像照片廣告？

因為候選人是選民陌生的嗎？

大部分的照片很難看，戴眼鏡做淑女狀的；伸出手要握，表示異常誠懇的；與小孩合照表示親民和藹的；也有帶著寵物的，或許藉此表達關懷生命吧。我很同情搞設計的朋友，他常常強調簡單、素淨，看到琳瑯滿目五彩繽紛的這樣多選舉廣告，彷彿每一個照片都拚了命要被看到。走在南部的幾個城市街道，我便心裡祈求，這搞設計有潔癖的朋友最好選舉前別南下。

左走右走，其實都逃不過這些巨大頭像可怕的夢魘。

我突然想，這樣巨幅的頭像，要花費驚人的廣告費用吧。而這樣一砸下去就是上千萬、上億起跳的競選費用從哪裡來？這些費用花下去了，不管當選不當選，又要如何賺回這些費用？

我對政治不了解，對選舉無知，但是，這樣的競選邏輯，是什麼政黨政治操控運作的結果？這便是我們自以為進步的「民主」本質嗎？

「民主」如果是這樣花大錢競選，這樣的「民主」與小市民何干？與底層在生活溫飽邊緣的人何干？

這樣花錢動輒上億的選舉，競選者的心態是什麼？口口聲聲選民的利益真的只掛在嘴邊嗎？還是背後企業金主的黑手將永遠操控一個城市的「民主」？所以這些看起來如此鄙俗虛偽的臉孔，也只是企業黑手伸進政治權力結構的傀儡？

左走右走，走不出可怕的夢魘。

我們可以期待島嶼有更美一點的選舉嗎？

修須陀洹修阿羅漢

早上起床要讀一遍《金剛經》，但是，如此還是不能讓自己從醜的噩夢裡無所畏懼、無所罣礙嗎？

我知道自己修行得不徹底。

很長一段時間關注佛教傳入中土以後發展出來的造像歷史，最初是禮佛，三世諸佛的像，莊嚴無畏，很讓人敬仰。

到了唐代，菩薩的像顯然有了更重要的發展。以敦煌的泥塑彩繪菩薩像來看，華美優雅，貴氣裡又帶著一點慈悲，大概是中土人像藝術最高的美學典範。

到了宋以後，菩薩的貴氣少了，更平凡、更入世。四川大足石窟的造像常常是庶民百姓，覺得是左鄰右坊的媽媽突然跑出來餵雞了。

佛教造像在中土的演變過程，像是一步一步從雲端走下來的神，從高不可攀的權威帝王，到貴族的優雅，再下降到人間平民百姓的庶民的親近平凡。

還有可以更下降的地方嗎？

如果修行是一步一步去除自己的傲慢嬌貴之氣，讀《金剛經》，或走在街頭看芸芸眾生，包括讓我的朋友像看到鬼一樣驚叫起來的競選廣告，我的內在，還有可以去除的嬌氣嗎？

每天讀《金剛經》，常常遇到不同的修行難題，一段時間，總停在「須陀洹」、「斯陀含」、「阿那含」幾個名稱上。

是老師跟學生的對話，老師問學生，我做到「須陀洹」，我應該停在「須陀洹」嗎？

學生回答：不，「須陀洹」名為「入流」，而無所入，不入色、聲、香、味、觸、法，是名須陀洹。

不看、不聽、不嗅、不嘗、不觸、不思惟，這有點像我視覺上有潔癖的朋友了。

須陀洹是修行的第一階初果，老師和學生的對話似乎是說：修行到如此，卻不可以停留在這裡，因為後面還要修二果、三果、四果。

斯陀含名為「一往來」，而實無往來。

阿那含名為「不來」，而實無不來。

每一次的修行，都只是讓自己知道修行中放不下的執著嗎？

每一次的修行，都只是讓自己不停止修行嗎？

「實無有法名阿羅漢——」

一直到第四果位的阿羅漢，仍然是修行漫長路上的一個階段，卻仍然是不應該停留的階段嗎？

我想起了明清以後在中土民間盛行起來的羅漢像。多到五百羅漢，各個如街頭小市民，掃地的、罵人的、嘻笑的、嗔怒的、抓背撓癢的、摳鼻捏腳的、憂鬱自閉的、遊戲人間的、涕泗橫流的、洋洋自得的、富貴的、貧賤的……

修行最後回到了芸芸眾生，原來每個人有每個人修行的路，靠掃地修行，靠罵人修行，可以都用「修行」來靜觀嗎？像我此刻看著琳瑯滿目的競選廣告，如仙如鬼，或許也都在修行途中吧？

我最喜歡五代時西蜀的畫僧貫休畫的羅漢圖，原作大概不傳了。留在人間有各式各樣的摹本、仿作、石刻拓本。日本宮內廳藏的一套大概是北宋初年的摹作，可能最接近原作精神。

這些羅漢長相怪異，凸鼻凹眼，表情也極為誇張，常常讓我想到比貫休晚五百多年、歐洲怪誕造型的宗教畫家波希（Hieronymus Bosch）。波希的「人間樂園」用宗教戒律看人世間各種慾望人性的變調，他靜觀喜怒哀樂，都是悲憫。貫休也如此，用佛教的阿羅漢，寫人間各種相貌，可憎可愛，都只是修行的鏡中幻象吧？

貫休在文化史上創了羅漢一格，他說是「夢中得來」，可以寫「夢中所見」，回到現實，看芸芸眾生的喜怒，也就可以啼笑皆非了吧。

這些羅漢吐舌瞪目，嗔怪駭異，其實比今日街頭的競選廣告更要多采多姿，只是沒有貫休，少了美學上的悲憫，難免膚淺，也就難發人深省了。

羅漢，從十六發展成十八，再快速擴大為五百，顯然，民間的修行有自己的途徑，在街頭煮好一碗擔仔麵，在交流道賣二十元一束的玉蘭花，黃昏挨家挨戶收垃圾，都像羅漢應真。有一次夜晚去某報社，一群編輯，趴在桌上看或好或壞的文稿，愁眉苦臉，真像貫休筆下苦讀經文的羅漢，一時會心一笑。

想到街頭醜到爆的競選廣告，想到氣憤說「看到鬼」的朋友，彷彿都可以入貫休畫中了。

——原載二〇一八年二月二十二日《聯合報》副刊

本文收錄於二〇一八年十月出版《雲淡風輕：談東方美學》（有鹿文化）

蔣勳，祖籍福建長樂，一九四七年生於西安，成長於台灣。中國文化大學歷史學系、藝術研究所畢業，後負笈法國巴黎大學藝術研究所。一九七六年返台後，曾任《雄獅美術》月刊主編，並先後執教於文化大學、輔仁大學、台灣大學、淡江大學，曾任東海大學美術系主任、《聯合文學》社長。寫作小說、散文、詩、藝術史、美學論述等，並多次舉辦畫展。著有散文《說文學之美：品味唐詩》、《池上日記》、《捨得，捨不得：帶著金剛經旅行》、《肉身供養》、《此生：肉身覺醒》、《此時眾生》、《微塵眾》、《少年台灣》等；小說《新編傳說》、《情不自禁》、《寫給Ly's M》等；詩集《少年中國》、《母親》、《眼前即是如畫的江山》等；藝術論述《雲淡風輕：談東方美學》、《新編美的曙光》、《美的沉思》、《美的覺醒》、《天地有大美》、《黃公望富春山居圖卷》等；有聲書《孤獨六講》；畫冊《池上印象》等數十種。

迴音——李黎

初音

第一次聽到她的名字，是我二十歲那年。

那年我認識了在台灣大學同一個校園刊物裡發表文章的A。不久我們成了好友，我問起他的一篇給我印象很深的文章，裡面寫到一個女子，他和她在黃昏的草地上抽菸，談人生、談文學、談遠方……不像散文卻更不像小說，令我對文中的那個女子十分好奇。A說這個女子是他從小認識的鄰居，去年去了西班牙，時不時還有信給他。哪天若是回來台灣，他會介紹我們認識。他給我看她寄自馬德里的信，極薄的航空信箋上面是一排一排奇特的、像被風吹倒的方塊字，整齊劃一的以同樣的角度朝右邊傾斜。

他們黃昏時分散步談心的那個草地——那片草場，其實當年是台北一個尚未開發的公園預留地，後來建成了「榮星花園」。荒蕪的草場卻並不荒涼，草木扶疏，非常適合散步，尤其是夏天的黃昏。我在認識A之前，家住松江路，也常跟朋友就近過去散步。多年後有次跟白先勇提到，他說他當年也住松江路，比我家偏南些，也常去那裡散步的。他當然也認識甚至熟識那個女子——因為跟我一樣，她的第一篇小說也是發表在《現代文學》。後來白先勇還把這幾個在同一個地方、不同時間的「散步人」在他的文章〈不信青春喚不回：寫在「現文因緣」出版之前〉裡提起。算算年代，那時我們彼此都還不相識，散步的時間也都沒有重疊；但在我的想像裡，那個公園那片草地，該有一些記憶的小草，見證過幾個在茫漠時間裡一雙雙的腳步……

我和A大學畢業那年，她真的回來了。A帶我去她的家看她。他們兩家認識又住得近，A從小跟著鄰居小孩叫她「陳姊姊」，清楚的記得陳姊姊穿著漂亮的裙子，對小朋友非常和氣，給他們看美麗的畫片。長大之後A便直呼其名：陳平。她卻要我稱呼她的英文名Echo。

剛從第一次的西班牙之旅回來的Echo，直披的長髮，濃黑的眼睫毛，上身罩著套頭的西班牙披肩puncho，充滿那個年代少見的異國情調，像一股撲面而來的海風，帶著迷人的遠洋和自由的氣息。她的房間裡最觸目的是一截路上撿來的枯樹枝，枝椏上點綴著小飾物；她給我看她從西班牙帶回來的小東小西，我被她的旋風刮得目眩神迷，至今猶記得她給了我一個空的雕花玻璃小香水瓶，瓶子裡依然遺留的香氣……

她似乎有一種魅力，讓我覺得她跟我說話是在交心——「將我心換你心」，她立即成了我少女年代的朋友。多年後她在給我的信裡寫到，還記得我「穿著牛仔褲去（書店裡）翻字帖的樣子」；我記得的是陪她到她家附近的小店印名片，她低著頭仔細的、一筆一畫工整地寫下英文名「Echo」，然後抬頭告訴我，她非常喜歡這個名字。真的很美：希臘神話裡的回音女神。

也像一股旋風一樣，她說就快要結婚了，領了我和A見她的未婚夫，去他們正在布置的新家。我印象最深的是用空心花磚和原色木板搭成的書架，讓我覺得書架就是要像那樣的才有味道（後來我在美國第一個家的書架，就是用空心花磚和木板搭成的）；還有牆上貼的藝術海報，當然還有一大截枯樹枝。她說婚禮上要我做她的伴娘，我受寵若驚卻隱隱感覺她只是隨口說說而已吧，果然我的直覺沒有錯，她結果沒有找我做伴娘，但我和A當然都參加了那次婚禮。

之後沒過多久，我在上班的地方常接到她的電話。才新婚就發生了許多令她憂煩傷心的事，她說了很多但似乎怎樣也說不清；正在服兵役的A週末回家時也會聽她訴說，但我們都那麼年輕，完全不知道該如何面對她的問題、怎樣安慰她。那時的我對人生知道的太少，對友誼也是，即使彼此交了心，在遇到大痛的時候，受傷的心只能自己捂在胸口，別人是無能為力的。

不久我和A就去了美國，後來聽說Echo也離開台灣了，「回去」了她的西班牙。在那裡，她開始了一段新的人生，甚至給自己取了一個與美麗的Echo完全沒有相似之處的新名字：三毛。然而當我讀到那個陌生名字寫的關於一片遙遠的沙漠的故事時，我知道那一定是她，不可能有別人。

擅長說故事的Echo，用她那生動、美感又形象（她自小就受過繪畫訓練）的文筆，說了一個又一個迷離魔幻的遠方的神奇故事，就像我初見她時感受到的那股席捲而來的異國的風，挾帶著無邊的大海和大漠的自由氣息；在那個尚與外界隔絕的封閉年代，她的故事打開了多少扇渴望廣大世界的眼睛和心扉，無人可以估計。她替代了無數想要航行在波濤洶湧的海上或者彳亍在莽莽大漠中而不得的人，走了一趟又一趟美麗曲折又痛苦的冒險之旅，圓了他們的流浪之夢；他們可以在家中舒適地讀她的遠方故事，欣羨她的勇氣和際遇，還有異國的戀情——直到她的充滿戲劇性的大難一夜之間撲來。卻是在那之後，她自身的悲劇造就成了一則更大的傳奇。

回音

二十年前的夏天，我和A趁著去西班牙南方旅行之便，應一位曾在A的實驗室做過博士後研究的西班牙女醫生南達．魯薏莎之邀，飛去她家所在的西屬加納利群島。雖說是去Las Palmas大島看望幾年不見的南達，其實心底深處有一個影子：曾經住在那裡的Echo。雖然她早已不在那裡了——也已經不在人世了。

一九七九年，原已在幾個鄰國勢力的干預或支持下的撒哈拉威民族獨立運動終於獲得聯合國承認，西屬撒哈拉脫離西班牙獲得自治權成為「西撒哈拉」；政局動盪兵荒馬亂之際，Echo和她的荷西離開了沙漠，搬到一海之隔的西屬加納利群島的大島Las Palmas上。才住下不到一年，荷西便出了意外離世，Echo卻還是在那裡斷斷續續又住了七年（她說，因為「我只是捨—不—得—離開。」），最後為了父母親，才永遠離開那塊傷心地遷回故土，台灣。

我去加納利Las Palmas大島尋訪她的故居時，當然知道即使找到，也早已人去樓空；卻又想著既然都在同一個島上了，尋訪也好憑弔也罷，心中響起的一句話還是Echo在一封信裡寫的：「為著我的心。」

結果二十年前的那趟加納利之行卻成了一次惆悵之旅：故人已辭世，她的故居遍尋不得；臨上飛機離開之前，南達開著車還在熱心的幫我找，當時那份焦急和懊惱，至今記憶猶新。

我本以為自己的準備工作是充分的。Echo的好友丘彥明，曾經在一九八一年去島上探望她，在她家住了兩個星期。之後彥明把那段日子的點滴回憶細細寫成深情、生動又感人的〈加納利記事〉，收在文集《人情之美》裡。我動身去西班牙之前寫信給定居荷蘭的彥明，請她給我Echo在島上舊居的地址，說或許能有機會去看一眼。彥明的回信很快就來了，也真虧她一貫的心細如髮，儘管她離國成家、無數次的遷居移徙，十幾年前那趟旅行的地址竟然還留著！

我去加納利的那個夏天，距離Echo去世已經有六年多了。心裡多少覺得自己有點傻，物是人非，那房子還有什麼可看的呢？甚至潛意識裡或許並不忍去面對吧。但是萬里迢迢，我竟到了那處她生命中大失大慟的地方，她依依落腳又心碎離去的地方，我又怎能不看一眼？

我和她已有許多年不見了——在她成為「三毛」那個傳奇人物之後，我們的人生之路就不再有多少交集。但多年後在我自己面對喪子之至痛的日子，跌傷不久還在休養中的她一聽到消息，不顧家人勸阻說我們這邊已是深夜，立即從台北給遠在聖地亞哥的我打了越洋電話。深夜裡聽著她細而柔的聲音，與二十年前我們初識時一樣，雖然聲音裡的焦急和痛楚是那樣真切……她的焦急和痛楚中幾乎帶著忿怒，而她的忿怒是來自對殘酷命運的無可奈何與無從抗爭。後來她給我的信裡也盡是這樣的情緒。「將我心換你心」，此時此際我才真懂了。

讀著她其後給我的長信，我知道，自己將會永遠的感激她對我剖開的心。當我試著以文字書寫療癒傷痛時，我常想到她；我的「悲懷四簡」的第三簡就是寫給她的。五年後，當我走出悲懷、迎來新生命的時候，她卻已經選擇離開這世間三年多了。我還是又給她寫了一封信，一封永遠無法投遞的書簡。我依然當成她是可以讀到的——我們之間的結緣，其實依靠文字遠遠多過執手面對的交集。而這「文字」是屬於彼此的私密話語，不是公眾的——她說過：「書中的我，無所不在，也根本全然不在。」

在Las Palmas大島上的那幾天，每到一處地方，我常會不由得想到她，感到與她久未有過的接近。尤其當我去到一處叫作「更多的鴿子」Mas Palomas的地方，一處有著一望無際的起伏沙丘的海邊——真是難以相信身在大西洋的海島上，竟有那樣無止境的蔓延的沙丘！要不是面對著大海，真會以為到了Echo筆下那處讓她魂牽夢縈的撒哈拉。這裡的撒正是隔著海，從非洲大陸那處全世界最大的沙漠吹過來的。我在沙丘上坐下來，體會沙的那種水質的柔軟與土質的堅韌，巨大無比的包容與沉陷溺斃的恐懼……

在一種像是回應呼喚的心情裡，我交給南達那個彥明給的地址，請她帶我過去。南達看著紙條上的那行字，愣了幾秒鐘，才帶著忍住笑的古怪表情說：「這根本不是什麼住址！這是一個郵局信箱啊！」

我也愣了幾秒鐘，然後跟著她神經質的大笑起來。在那一剎那，我腦中閃過Echo豪放大笑的模樣。

原本也不是十分迫切要尋訪的心情，這時雖然感到失落，還是放下了——想想那就算了吧，何必強求呢？倒是南達激起了好奇心，不斷追問我這位嫁給西班牙人的朋友的身世來歷，她才聽了我簡短的敘述就已經大感興趣。等到要離開的那天，南達要送我們上飛機之前，還堅持試試運氣，去到那個郵箱所在的名叫Telde的小鎮，帶我去到那附近打轉。我憑藉彥明〈加納利記事〉裡依稀的信息：濱海的社區，有許多漆著白牆的平房，狹窄的石板路，深褐色的大門，門牌是二十一號，大門裡一棵茂密的相思樹，房子背後的落地大窗面對大海……試著提供南達一些蛛絲馬跡。車子開過不知多少弄巷，也看過好幾個二十一號門牌的房子，然而都不像。南達甚至逢人便問：是否知道一個曾經住在那附近的中國女子？得到的都是茫然的搖頭。

也許我們一開始就走錯了社區，根本就不在那一帶；也許時隔多年，已經沒有人記得她了……總之是完全不得要領，最後我們都決定放棄，直奔機場。當時心中的遺憾之感是有的，但更多的是惘然。Echo之於我，是最初的那個與我交心的朋友，是我遭逢大難大慟時對我訴說她自己的大難大慟的人，而不是那個筆名，那則沙漠或者加納利的傳奇。

問不出任何頭緒的南達，在送我去機場的路上失望地說：在這裡，看來已經沒有人記得她了。南達錯了。

回音，回音

南達又通過臉書，寄來了幾張照片和剪報。

那年尋訪不到Echo的故居，南達送我上飛機時答應過我：在她居住的加納利群島上，「如果有關於妳的朋友Echo Chen或者Sanmao的消息，我一定告訴妳。」我以為她只是說說安慰我而已。

但南達沒有食言。二十年了，這名西班牙女子還在繼續履行她對我的承諾。她讓我知道：那個——或者說那兩個——曾經短暫生活在那裡（其中一個還長眠在那裡）的人，不但沒有被遺忘，還不斷的有記憶的貝殼堆積成他倆的精神的紀念碑——甚至真正實質的紀念碑也被豎立起來了。

三五年之前吧，南達非常興奮的告訴我：她有一位好友經常去La Palma小島探望母親、給亡父上墳，有一天在父親的墓園裡發現了一座非常特別的「一位中國女作家和她的西班牙丈夫」的雙葬墓。南達立即知道那必定是Echo和荷西的墓了，她便請這位好友下次去時務必拍下照片。

據南達的好友說：在La Palma小島的一座安靜的墓園裡，一個原本被遺忘了二十多年的西班牙男子的墓，在他的妻子——一位中國作家——的骨灰來到之後，被一起移到一座「雙墓」去。墓碑上只有簡單的三行字：他的全名Jose Maria Quero Ruiz，生卒日、月、年（九日十月一九五一年—三十日九月一九七九年），第三行卻很特別：「Echo陳的丈夫」。

這裡順便一提：關於荷西的全名，荷西．瑪麗亞．奎羅．魯意斯Jose Maria Quero Ruiz——「荷西」當然是他的名，而「瑪麗亞」也是他的名，西班牙男子在陽性名後還有一個陰性名並不少見。（Echo平日稱呼他是兩個名一起叫的，在她給我的信裡提到荷西也都寫「Jose M-a」。）「奎羅」和「魯意斯」都是他的姓，但後者只在這個墓碑上見到，可見很少用，估計是母親的姓氏。西班牙人名傳統上有兩個姓，分別源於父母的世系，一般都是父姓在先，母姓在後；父姓為主，母姓可提可不提。

這座荷西與Echo的合葬墓座落在一道壁葬牆裡，下方有一個玻璃龕，據說是一位匿名的華人捐置的；龕裡放置著兩人的照片，照片前有許多寫了字的紙條和小石頭，上面的字西文中文都有。想要致意的人，可以請管理員打開鎖住的龕門，放進自己的留言。壁葬牆側面一堵空白的牆上，有三塊獻給他倆的小石碑，右邊一塊有七行西班牙文字，左邊那塊是中文翻譯，恐怕是用翻譯機轉換過來的，因而不是很通順，尤其最後兩句實在不知所云，但整體的意思還是明白的：

荷西．瑪麗亞．奎羅（一九五一年至一九七九年）和三毛（一九四三年至一九九一年）永遠安息在冬天的光。荷西一九七九年九月三十日死在拉帕爾馬島的海裡，三毛一九九一年一月四日在台北去世迴聲。這些島嶼不再是他們的人生天堂，意外成為他們的墳墓。水，地，尤其是每個冬季的陽光，連接所有的生命充斥了他們的遺體。前葡萄牙航海員行程，拉帕爾馬島美島及台灣寶島因此一線連接的記憶：人，海，和平

西班牙文的碑，文字上方有一個圖形，正是La Palma島的形狀；中文碑上的，當然就是台灣島的形狀了。

至於中間那塊碑上刻的，竟是〈橄欖樹〉歌詞的西班牙譯文。選用的是歌詞的第一段：

不要問我從哪裡來　我的故鄉在遠方
為什麼流浪　流浪遠方
為了天空飛翔的小鳥
為了山間輕流的小溪
為了寬闊的草原　流浪遠方
還有還有　為了夢中的橄欖樹

Echo曾在她的一篇敘述與荷西同訪加納利群島、名為〈逍遙七島遊〉的遊記裡這樣寫La Palma小島：「這是一個美麗富裕的島嶼……如有一日，能夠選擇一個終老的故鄉，拉芭瑪將是我考慮的一個好地方。」如今再讀，這是何等淒美又何等可怕的讖語！

南達告訴我：聽說有不少中國訪客去上墳，放下寫了祝禱字句的石頭；附近的店家還售賣有他倆照片的明信片，甚至還有一本關於他倆的西班牙文小書《橄欖樹與梅樹花》。簡直成了當地一個吸引遊客的看點。

南達同時找到一則新聞：二〇一三年三月，在La Palma荷西遇難的海邊，一座很特別的紀念「塔」成立了，是一位名叫José Alberto Fernández的藝術家設計的。主體是一組三根細而高的金屬管，據設計師表示象徵「三毛」這個筆名；近旁則散置八塊魚鰭形象的石雕——「『八』是中國的魔法數字」，報導中這麼說。當地市政廳稱這處為「文學景點」，舉行了建成儀式，由「文化政務委員」主持，還邀請了荷西的兩名姊妹來參加。

一年之前，南達又傳來Las Palmas大島地方報紙大半頁的報導，關於那位「來自台灣的中國女作家三毛」，她的最有名的作品《撒哈拉的故事》首次被翻譯成西班牙文出版。（我查到那本書名「*Diarios del Sahara*」《撒哈拉記事》的書封，醒目的鮮黃色，字體最大的是作者名：Sanmao—三毛，不是Echo。）報導中當然也提到作家和她的西班牙丈夫、他倆的故事、他們已時隔多年的悲劇……還有一張他倆並肩走在沙漠裡的彩色照片。他們不僅沒有被遺忘，甚至也成了當地的一則傳奇，就像一串綿長的、不絕如縷的回音。而她的故事，也終於被翻譯成她的第二語，在她的第二故鄉出版了。

同時我也得知了：那棟我當年尋訪不得的Echo故居，竟然在二〇一五年由Telde小鎮的市政廳在大門旁的牆上掛上了牌子，裡面有四個中文字：「三毛故居」；而西班牙文寫出的名字則是「Chen Ping（Sanmao）」。果然是在Telde，那年我沒有找錯地方，只是沒有找對街而已——不過就算到了那條街也可能會認不出來，因為「故居」的大門和門牌號都跟彥明照片裡的不一樣了。

三十年前就離開了這裡，二十多年前辭世，然而Echo的傳奇在她身後這許多年竟然還沒有結束。記得她提到台灣和加納利這兩處地方時曾說：「那裡是我的一生，這裡是我的一世。」發生了、留下了生命裡至深至鉅的記憶的地方，就是一生，就是一世。但我認定的她最初的一生，是跟我一樣，在那個我們第一次見面的島上；之後我們都遠走天涯，經歷了幾生幾世。我曾在另外一些地方，像江蘇的周莊、像新疆的達阪城，看到旁人將她的一些足跡變成名牌大肆張揚；我心中隱隱作痛——那不是她，那只是她失魂落魄時顛躓步履的屐痕而已。在那些地方，她沒有生與世。

Echo的幾生幾世，我的幾生幾世，曾經在一個島上交會，又在另一個島上錯過。然而在我心中回音縷縷，久久不絕。

二〇一七年十一月，於美國加州史丹福

——原載二〇一八年二月《印刻文學生活誌》第一七四期

李黎，出生在大陸、成長在台灣、旅居美國的小說、散文、劇本、評論及專欄作家。本名鮑利黎，畢業於高雄女中、台灣大學歷史學系；七〇年代赴美。曾任編輯及教職，現居美國加州史丹福。在台灣、大陸、香港三地出版小說、散文、翻譯、電影劇本等逾三十部；獲有多項小說獎、電影劇本獎（並拍攝成影片）。作品多篇被選入台灣中學國文教科書及教材讀本；小說及散文多次被選入台灣年度小說選、散文選；代表作被收入《中華現代文學大系》小說卷及散文卷、《廿世紀台灣文學金典》小說卷；並列為《台灣小說二十家》（一九七八—一九九八）之一。主要著作有《袋鼠男人》、《悲懷書簡》、《昨日之河》、《半生書緣》、《樂園不下雨》、《那朵花那座橋》等。

洛夫的得失，我們的得失——廖偉棠

「世界乃一斷臂的袖，你來時已空無所有」——洛夫在《石室之死亡》第五十三節寫給新生女兒的詩句，就像是寫給後後一代新詩繼承者的。

至少這是我初讀洛夫一代詩人的感覺。一九九三年夏天，我十七歲，在大陸讀到的第一本台灣詩人專集，就是洛夫先生的《詩魔之歌》。其時我沉迷日本文學，冒昧寄款到廣州花城出版社購買某本已經絕版的日本現代詩選。詩選無貨，出版社發行部的人卻識貨，自作主張給我寄了一本《詩魔之歌》，附言說「你喜歡日本現代詩，想必也會喜歡洛夫的詩歌」。

現在看來，此言不虛，洛夫與日本「荒原派」幾乎同齡，同受西方現代派如艾略特、沙特等影響，沉迷於死亡、虛無、情欲意象的變形演繹，日本的鮎川信夫、田村隆一、大岡信等都曾好此。《詩魔之歌》裡面就有一代經典的《石室之死亡》，初讀《石室之死亡》，無疑是驚豔的——但這驚豔一半來自其長度給予同行的壓力。在彼時現代主義遺風尚存的時代／詩壇，寫長詩是一種詩人的升級試，有一兩首拿得出手的長詩是確認一個詩人是否「重要詩人」的標誌——而嚴肅說來，一個自忖有足夠能量去承接這繁複時代的刺激的現代詩人，也只有長詩一途作為精神出口。

但在洛夫寫作長達六百四十行《石室之死亡》的五〇年代末，長詩在整個漢語新詩版圖中都是罕見的，在中國大陸有能力寫作長詩、組詩的人，如穆旦、吳興華、甚至胡風，都被政治折騰得死去活來，寫短詩都不能（除非寫「頌聖」詩）更何況長詩，而且索性擱筆不寫也算一種梅蘭芳式「蓄鬚明志」。香港的長詩實驗也要等再過差不多十年，崑南和蔡炎培才有魄力去嘗試。

《石室之死亡》與同代台灣詩人瘂弦的《深淵》也很不同，前者是以組詩形式分疊建構、逐點擊破的寫法，類似於里爾克的《致奧爾菲斯的十四行詩》或者馮至的《十四行集》，後者則近於艾略特《荒原》。關於《石室之死亡》之旨眾說紛紜，起碼能確定其包含著詩人對死亡、欲望、戰爭等的反思，而外化為稠密的詩質、刻意經營的張力，這方面的論述甚多，此處不贅。

不過現在回看，這內外兩點的追求並不嫻熟，既有青年詩人獨有的血氣方剛，又有不少強行推進暴露的破綻。我倒更感興趣於詩中的詩人形象，那是一個基督教殉難聖徒的自我幻象——這種誇張的戲劇性和自憐，如為人稱道的「我以目光掃過那座石壁／上面即鑿成兩道血槽」，你既可以目為神跡，但也能見充滿電腦動畫超能力效果的滑稽感。詩人選擇這樣形塑自己的形象，是一種期許也是一種偽裝，諸如「被鋸斷的苦梨」這種層層渲染的悲劇性一樣，亦是對讀者的情感走向的一種脅持。

然後在這樣一個殉教者的模糊輪廓上，洛夫使它添加了「刑天」、「夸父」式中國悲劇形象——「口渴如泥，他是一截倒栽的斷柯」，「苦梨」變成「斧柯」又再被「倒栽」，這個小範圍的輪迴是全詩大規模的輪迴的縮影。所以到了最後一首它們再度變形登場，且獲得了更雄辯的表達：「一樹梨花之夭亡更其令人發狂」、「握在左掌中的雕刀／如何能觸怒右掌中的血」（「伐柯伐柯，其則不遠」的變奏）、「並非僅僅為了吃掉那些果／化成那些泥」（「化作春泥更護花」的變奏），由此完成了一個青年詩人的進化。這一演示，是《石室之死亡》於今日詩人的最大意義。

其實相較於長詩，我更佩服他的短詩，比如說人皆稱頌的〈金龍禪寺〉：

晚鐘／是遊客下山的小路／羊齒植物／沿著白色的石階／一路嚼了下去／／如果此處降雪／而只見／一只驚起的灰蟬／把山中的燈火／一盞盞地／點燃

詩的技巧凝練而驚人，全詩呈現逶迤的動勢，又如陰陽魚，螺旋相生，一邊下山，一邊聲和色都隨人而下，混入台北不存在的雪當中，繼而雪意如蟬聲，逆上點燈，也不分是聲還是光了。這一刻的魔幻感既是禪意、也是電影蒙太奇般的魔術，古典與現代的融彙如此，且準確不可多一分減一分。

我還是喜歡他早期那些孤絕、帶有政治暗諷的作品，如〈泡沫以外〉和〈灰燼之外〉，那時的詩人，必然是青年痙弦、商禽這些虛無主義者的戰友：

〈泡沫以外〉

聽完了那人在既定河邊釣雲的故事／他便從水中走來／漂泊的年代／河到哪裡去找它的兩岸？／／白日已盡／岸邊的那排柳樹並不怎麼快樂而一些月光／浮貼在水面上／眼淚便開始在我們體內／漣漪起來／／戰爭是一回事／不朽是另一回事／舊炮彈與頭顱在高空互撞／必然掀起一陣大大的崩潰之風／於是乎／這邊一座銅像／那邊一座銅像／而我們的確只是一堆／不為什麼而閃爍的／泡沫

〈灰燼之外〉

你曾是自己／潔白得不需要任何名字／死之花，在最清醒的目光中開放／我們因而跪下／向即將成灰的那個時辰／／而我們什麼也不是，紅著臉／躲在褲袋裡如一枚贗幣／／你是火的胎兒，在自燃

中成長／無論誰以一拳石榴的傲慢招惹你／便憤然舉臂，暴力逆汗水而上／你是傳說中的那半截蠟燭
／另一半在灰燼之外

有血有肉，銳氣交加，飽含上個世紀的矛盾，一個有良知有承擔的華語詩人所應該挺身而出用文字對那個威權時代進行挑戰的，他都做了。〈灰燼之外〉更讓我想起彼時在大陸身繫深獄的詩人阿壠的名作〈白色花〉：「要開一支白色花，宣告：我們無罪，然後我們凋謝」這種決絕。

洛夫先生在台灣詩壇乃至華語詩壇的地位，自不必說；我想談談我眼中的他的兩大貢獻和一大遺憾。第一貢獻就是他終生追求現代詩、大詩的取態，未嘗保守妥協，無論是立場還是作品，均一往無前的試圖前衛，不問成敗，與余光中的日趨保守和楊牧的沉穩典雅都不一樣。第二貢獻是對古典尤其是唐詩李賀、盧仝、劉義一脈「語不驚人死不休」的形式學習，也是他那一代詩人的翹楚。

遺憾在於在這兩點上洛夫常常經營過度、用力過猛，使詩句過於重視修辭、誇張矯飾，野心盡露，未免讓人覺得做作，這也是我並不喜歡洛夫的多數詩歌的原因。洛夫先生晚年巨作，三千行長詩《漂木》是新詩史上的一個傳奇，也是以上三點的統一體現，終超不過《石室之死亡》。而青年人寫長詩，可以理解為野心之自證，敗筆均可原諒；老年人寫長詩，未免力不從心，徒令人欷歔。

遠承李金髮，《石室之死亡》開始建立一種現代詩的範式，即使按固定的修辭結構來把現實「翻譯」成詩人理解的「詩的語言」，此舉影響甚廣，因為它適於任何一個想要以詩表達自己的非詩思想的學徒。詩人與「寫詩的人」僅僅一線之隔，很遺憾，洛夫漸漸從前者變成後者，安於一種形式的工巧，一息不停地經營，他終成詩生產者當中的大匠，至於學他的，則淪為流水線而已。

「寫詩的人」眾多，是好事，因為其中會有人蛻變成為超越修辭的詩人，其他人則構成了有一定經驗的讀詩者的基本盤。然而漸漸的有人認為只有這種機械操演的現代詩才是詩，那就使一代人的詩陷入乏味雷同的作坊量產了。《石室之死亡》的成功，首先在於詩人的極端經驗奠基了詩的肌骨，氾濫的修辭一時能震驚讀者，長遠看卻是對詩的傷害。洛夫後來的《隱題詩》、《唐詩解構》等就是詩之形式主義的無聊極致，也是修辭氾濫的另一結果。

但現代詩的讀者口味卻這樣被培養起來，諸如〈邊界望鄉〉這樣的詩成為詩人的代表作，實際上那是洛夫較差的詩之一，「一座遠山迎面飛來／把我撞成了／嚴重的內傷」這種句子是不應該出現在一個已經成熟的詩人筆下的。洛夫常常重手，倒不如〈香港的月光〉那種e. e. cummings的輕盈：

香港的月光比貓輕／比蛇冷／比隔壁自來水管的漏滴／還要虛無／過海底隧道時盡想這些／而且／牙痛

牙痛的詩人並不符合世俗對詩的想像，世俗還是喜歡在落馬洲「勒馬四顧」這樣一個較為悲壯的古典形象。事實上，洛夫的形象並不那麼「詩人」，見過他一面，和紀錄片《無岸之河》裡的他相符，是一個認真甚至拘謹的老人。與他「詩魔」之稱、詩句的工巧也大不同，不過正因為這樣我對他才頗有好感。

《無岸之河》基本是回溯那一代詩人的歷史，與其他瘂弦、周夢蝶、余光中等主題一併構成台灣那一個飄搖時空的《黃金時代》。何以流亡不穩的臨安朝廷中，最不安的軍人要辦一本《創世紀》，這是什麼心理、要開一個怎樣的新天地？我想這就是詩的力量，詩超然在大半個世紀的流離之上，他們一代人的起頭如此高蹈，確保了其後幾代人不能落後，雖然父輩的陰影沉重，但未嘗不為一種鞭策呢？

學我者死，這不但對洛夫的模仿者有效，對洛夫自己也有效。同時，也對我等寫作進入中年階段的詩人都有效，如何才能不因循自己的成功？如何才能擺脫失語的焦慮只寫必要的詩？本文中我指出的洛夫的詩的缺點也都曾存在我自己身上，這些質問，也應是我輩的自問。

而洛夫的遺產，亦折射出某種當代漢語詩歌的侷限：文勝於質、煞有介事——以致把一種可操作的超現實主義當作缺乏詩意的思想的避難所。這種例子，即使在最傑出的《石室之死亡》裡亦能找到，最差的像「以骯髒的業績去堵塞歲月的通道」、「誰的靈魂中寄居著知識的女奴」、「只要無心捨棄那一句創造者的叮嚀／你必將尋回那巍峨在飛翔之外」——其空洞已經近乎妄語；更多的是「當整座森林通過煙囪而抽象起來」、「一盆炭火與性的新關係就此確定」、「浪峰躍起抓住落日遂成另一種悲哀」的造作與模稜兩可。

但另一極致的洛夫，卻不是人人能學，像介乎尼采悖論格言與穆旦的斬釘截鐵的句子：「哦，糧食，你們乃被豐實的倉廩所謀殺！」、「我們賠了昨天卻賺夠了靈魂／任多餘的肌骨去作化灰的努力」……像「我們曾被以光，被以一朵素蓮的清朗／我們曾迷於死，迷於車輪的動中之靜／而你是昨日的路，千條轍痕中的一條／當餐盤中盛著你的未來／你卻貪婪地吃著我們的現在」，裡面有新詩難得的堅實雄辯，的確與理性的九葉派有著淵源。以至於讓我覺得，稱洛夫為超現實主義詩人是一個誤會，他的超現實主義，往往是虛張聲勢。

「攬鏡自照，我們所見到的不是現代人的影像，而是現代人殘酷的命運，寫詩即是對付這殘酷命運的一種報復手段」——《創世紀》社論洛夫執筆的這一段，也是他最壯烈的宣言。那一代人的命運，確證了「國家不幸詩家幸」這一魔咒，這種「成功」當然不可複製，也無須複製。他們奠定了一種抒情的高度，我們不妨張望抒情的廣度和深度，也許這是我們更迫切要去做的、也是可以更實在地去做的。

又讀洛夫名作〈湖南大雪〉，其中最精彩的是這一段：

雪落無聲／街衢睡了而路燈醒著／泥土睡了而樹根醒著／鳥雀睡了而翅膀醒著／寺廟睡了而鐘聲醒著／山河睡了而風景醒著／春天睡了而種籽醒著／肢體睡了而血液醒著／書籍睡了而詩句醒著／歷史睡了而時間醒著／世界睡了而你我醒著／雪落無聲

但如果交給我今天來寫，我會把每句裡相對的兩個名詞相置換，寫一首「風景睡了而山河醒著／時間睡了而歷史醒著」的詩，這就是我們這時代的狀況，我們忠於我們的痛苦，而洛夫忠於洛夫的痛苦，詩人睡了，而隱喻醒著。

——原載二〇一八年五月《印刻文學生活誌》第一七七期

趙陽／攝影

廖偉棠，詩人、作家、攝影家。曾出版詩集《八尺雪意》、《黑雨將至》、《苦天使》、《波希米亞行路謠》、《春盞》、《野蠻夜歌》、《和幽靈一起的香港漫遊》，散文集《花著身》、《衣錦夜行》，小說集《十八條小巷的戰爭遊戲》，評論集《反調》、《波希米亞香港》、《遊目記》，攝影詩文集《尋找倉央嘉措》、《我城風流》、《我們從此撤離，只留下光》，攝影集《巴黎無題劇照》等二十餘本。曾獲時報文學獎、聯合報文學獎、聯合文學小說新人獎、香港青年文學獎、香港中文文學獎、香港文學雙年獎、馬來西亞花踪文學獎世界華文小說獎、創世紀詩獎等；香港藝術發展局二〇一二年度作家。

曾經少年——馬世芳

知道楊偉中出事，是高中老友許銘全在一個老同學群組傳的訊息。一瞬間回憶閘門大開，三十多年的記憶洶湧而來。

楊偉中是我的同學，高中同屆但不同班。幾位他學生時代的至交死黨，也是我的朋友，於是我也勉強可以算是他的朋友了。那群死黨有男有女，大抵都是十六七歲便認識的，互相見證過彼此亂七八糟的青春。楊偉中離世，我們這群年近五旬的同輩人，一夜之間紛紛掉回青春期，恍恍惚惚。

往事如漩渦翻攪，想起來的都是小事。

少年記憶中的楊偉中，總是穿著藏青色建中夾克，身材修長，早熟地駝著背，書包垮垮墜在肩上（裡面塞著文史哲磚頭書），一臉憂悒的微笑。幾綹頭髮斜披著，襯著好看的雙眼皮，眼神滄桑而銳利，永遠帶著奔走半途那種疲倦的表情。說起話來低沉磁性，很適合當廣播人，或革命家。

高二下學期許銘全當了建青社長，我是社團唯一的幹部，兩人經常得去訓導處立正聽訓。那年學校事先完全沒說，就在原有「沙漠」之稱的操場種了草皮，封閉一學期不准同學進入。許銘全請楊偉中寫了篇專題報導，我們還設計問卷做了民調，過半同學不贊成校方的做法。我從搖滾專輯設計大師Hipgnosis作品輯找到一幅一九七二年的唱片封面當插圖：三人或站或蹲，在一大片荒蕪乾裂的土地上俯首觀看，正好呼應「沙漠」主題。結果訓導處不准我們登那篇文章和問卷調查結果，只留了一篇訪問行政主任的稿子。那幀照片還是留在了校刊內頁，兩頁之間冒出一片荒原。

還有一篇文章也是楊偉中寫的，也被訓導處斃掉了，標題是「民主．中國．夢」。內容我完全不記得，可能寫到了對岸「反資產階級自由化」風波，也可能寫了台灣解嚴前後的政治體制改革。總之，訓導處認為過於敏感偏激，勒令撤稿。那篇文章的開篇版面都做好了：我們請書法社同學用粉筆把「民主．中國．夢」大剌剌寫在社辦門口轉角水泥斑駁的牆面，連同作者「楊偉中」三個字，拍成照片貼在完稿紙上。拍照的傍晚正好放學，每一個經過的同學都駐足側目這壯觀的壁書。沒多久主任教官聞風而至，氣急敗壞命令我們立刻把牆面洗乾淨。「污染牆面」事小，主要還是「民主」和「中國」四個大字放在一起，讓他感到莫名的危險吧。

多年後回想，牆上那五個大字，好像預告了楊偉中大半生念茲在茲的關鍵詞。

建中集合了一群最聰明也最不受管的高中生，身處其中，我總覺得自己晚熟而笨拙（其實現在仍然是），尤其在楊偉中那樣的同儕面前。他十七八歲讀的書應該早已超越研究所碩士程度，身心發育與經驗都遙遙領先，連吸菸和罵髒話的姿態都極之流利自然。遇到他，我總隱隱有點自卑，有點不甘願。

革命，曾經是那年頭一群青年血液中湧動的密碼。只不過具體怎麼個革法，需要學習。學長姊請坐過牢的政治犯前輩、社運先驅和左翼教授來講台灣人抗爭史，講現實主義文學，帶高中生辦讀書會，搞校際串聯。楊偉中在建中留級一年，比我晚一屆上大學，但我記憶中他早就穿著建中夾克混在那些大學生和社運人士之中，提前以高中生身分過著大學浪人的生涯。

我開竅得晚，高中時勉強過自己讀彼時仍是禁書的魯迅、沈從文、巴金、老舍，卻是船過水無痕，什麼也沒留下。建青社辦桌上看到過許銘全讀到一半的《台灣人四百年史》（多年後才知道他和楊偉中在比賽誰先讀完），還有一整排社團同學戴廣平用社費購置的人間出版社《陳映真全集》，儘管觸手可及，我卻都沒有翻開。那時我的聖經是《創世紀詩選》和《瘂弦詩集》，同屆的徐雋攬下當期校刊二十八頁的愛倫坡專題，閉關在家翻譯、考證、編輯、寫專論、畫插圖、做完稿，獨力完成了所有工程，而我寫了二十四頁的披頭音樂大剖析。我們各自用不同的方式構築世界觀，觸目所及都是啟蒙的光芒。

校刊出版之後，學校再也無法忍受我們這群不受管的小鬼把持建青社，下令解散社團，校刊改由訓導處遴選編輯委員，由各班派代表交稿集結成冊。我們聯絡畢業學長發起抗爭——老建青學長們已經為大學法改革上過街頭，經歷過「自由之愛」，早有和學校官僚交手、衝撞體制的經驗，加上高中時代屢受審查打壓，舊恨未消。他們很快把我們組織起來，分頭出擊：一方面幫我們起草宣言，歷數《建青》多年來如何橫遭審稿制度羞辱。另一方面讓我們串聯班代表和各大社團，連署抗議聲明。也有人去找同情我們的老師，請他們支持。兩份傳單連夜送打字，快速印刷幾千份，次晨上學時間，學長就在校門口附近把傳單全發了。他們說：校方可能看高中生未成年，直接把我們抓去記過甚至開除，學長沒這顧慮，他們來發就好。

那天星期六，要上半天課。我們怕教官跑到教室抓人，各自蹺了課，我好像是窩在圖書館外面的走廊，心神不寧地度過了四堂課，等其他人帶消息來。後來聽許銘全說：他們和學長林致平、徐永明直接去找校長李大祥談判，徐永明先聲奪人，拿著椅子就要摔，把他嚇了一大跳。

那是我親歷的第一場「學運」，結果大獲全勝：學校撤銷了解散社團的命令，也沒有人被秋後算帳抓去記過。後來學弟編的《建青》，感謝支持我們的老師居中協調，審稿尺度也寬鬆了些。前兩天許銘全回憶這段往事，說這是楊偉中和大學學運圈的初次接觸，開啟了他和那些學長的多年因緣。

升高三暑假，許銘全和楊偉中糾集了一群同學和小一屆的學弟妹組織讀書團體，命名「人文青年」，在台大對面的茶館「人性空間」開過幾次會。他們想建立一個跨校的行動組織，我卻對這些意圖懵然無知，也沒有興趣讀那些硬邦邦的運動理論和當代史。那時我瘋聽搖滾，耽讀四五十年代的現代詩，著迷達達和超現實主義，一心嚮往六十年代的嬉皮公社——當時想像也只不過是披散著頭髮大聲聽搖滾，抽抽香菸寫寫詩，以為那樣的頹廢就是「解放」了。我還很中二地寫了一篇頹廢宣言，學妹拿去當眾朗讀，大家都笑了，但我記得楊偉中表情很不好看。那時候我就知道，彼此實在不太可能是同一掛的。

許銘全和我一起考上台大中文系，楊偉中則留在建中帶讀書會。第二年他考上台大法律，和許銘全都參加了學運社團「國際社」。他們和學運社運圈的學長經常在溫州街羅斯福路巷口「五福大廈」的租處開會，讀各種簡體書，擬定抗爭策略，儼然革命基地。後「野百合」時期校園氣氛始終騷動，各種抗爭一觸即發。偶爾在小福買便當就會拿到快速印刷的傳單，標題字跡潦草，搭上模糊照片，呼籲大家趕快去立法院支援抗爭同學，那是幾個小時前他們和鎮暴警察推擠衝突的紀錄。沒有手機沒有網路的年代，動員也只能用這樣手工業的方式。

台大社禁解除，審稿制廢止，一夕之間冒出幾十個新社團，大家都在編刊物，都對校園對社會對世界有很多意見，充滿了啟蒙和被啟蒙的焦慮。青年人作文喜歡宣言式的熱血，「惟有……方能……」這樣的句式，初讀十分上腦，看多了卻很疲乏。那些刊物，除了老牌的《大學新聞》維持學長姊一貫的好品味，多半充滿義憤但版面醜陋文筆不通。大一那年我認識了文代會的學長黃威融、林哲之，加入他們創辦的《台大人文報》，也編起了刊物，其中也是有不甘心，不相信校園刊物只能做成那樣。他們虛構了一個叫「人文藝術工作室」的單位，試圖在革命狂飆的時代探討文藝的可能性。我喜歡這個社團，並且從村上春樹《挪威的森林》找到一句座右銘，作為面向革命青年的叫板：「這些傢伙的敵人根本不是國家體制，而是缺乏想像力。」啊是的，那時候我反動而且驕傲。

偶爾我也會去活動中心學運社團聚集的二三八社辦找朋友，在那裡我拿到過一捲錄了各種版本〈國際歌〉的卡帶。有一天偶遇楊偉中，那些年他一面投身工運，一面串聯跨校左翼讀書小組。我們打完招呼，乾巴巴地找不到話聊，於是他問我都還是在聽音樂嗎？我說是，並掏出包裡的搖滾錄音帶。他看了一眼，露出一貫疲倦的微笑，呵呵兩聲，客氣地說這個他不懂。那時我感覺彷彿被居高臨下地打發了，暗暗生起氣來：在革命的世界，難道只容得下革命的藝術嗎？那是我青春時代始終過不去的疑問。

但我們確實以為那是危急存亡的時代，連我這個「文藝青年」（當年這已是罵人的詞）也曾靜過幾次坐，遊過幾次行，呼過口號，唱過戰歌，看過鎮暴警察在我眼前把工會幹部打得頭破血流。我不知道那些比我飽學早熟的同儕，是怎樣找到美學與革命結合的出口，我只知道自己始終沒有找到。儘管人到中年，遭逢造反者翻騰的熱血仍會激動，那或許只是對自己終究還是錯過了另一種青春的補償。

後來楊偉中在不同的組織中戰鬥，輾轉於對立的陣營，引發一場場論戰和分裂，那些都離我很遠了。這些年我們見過幾次面，都是在朋友的婚宴。他總是帶著太太，逗著女兒，一臉慈祥和氣。最後一次見到他，是兩個月前一場同學聚會。老朋友們口沒遮攔，直接拷問他這一路人生各種曲折的選擇所為何來，他仍是那樣疲倦地笑著，輕巧地答了。聊到他正供職的黨產會，他很低調地說：唉唷沒有什麼，不過就是混口飯吃。但我想，同學們都不會相信他的場面話。

事發之後，知道他正準備入閣擔任勞動部次長。或許，兜兜轉轉三十年，始終是要向青年的自己交代吧。這答案，如今是永遠得不到了。那日聚餐散會，我和妻陪他順路走了一段，我依然乾巴巴地找不到話說，妻於是問他和妻女分隔兩地，奔波來回的辛苦。他無奈地說：真的很累，但也沒辦法，能陪就盡量陪。然後他揮揮手，走下捷運站。當時不知道，那駝著背穿著西裝的身影，就是最後一眼了。

楊偉中離世這幾天，往日種種不斷浮現，連同數不清的早已失效的許諾。我無法在舊友的死亡中尋找意義：歲月並不會先問你成熟了沒有，抵達了沒有，才讓你心安理得地變老或不老。也是少年死黨的李達義在老同學群組寫了一句話，我怔怔盯著，想了很久，抄在這裡——「青春本來就是和死亡深深連結的，只是我們都要很後來才知道。」

二〇一八年九月三日

——原載二〇一八年九月三日「Medium-耳目江湖」

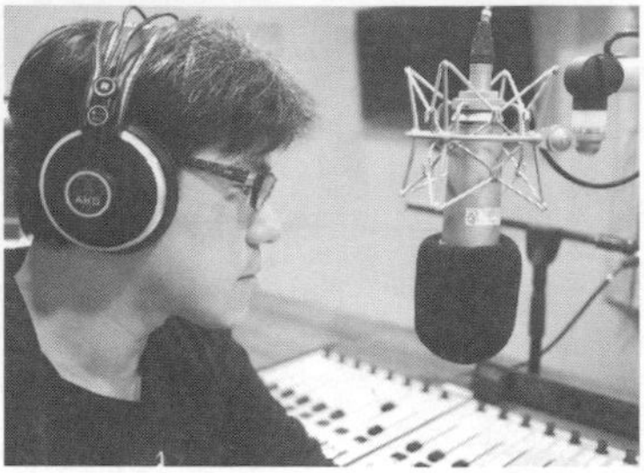

馬世芳，廣播人，作家，一九七一年生於台北。大學時代開始廣播生涯，曾獲六座廣播金鐘獎。著有散文集《地下鄉愁藍調》、《昨日書》、《耳朵借我》、《歌物件》等，曾獲《聯合報》讀書人年度最佳書獎、《中國時報》開卷好書獎等。二〇一七年與陶傳正共同主持公視《閃亮的年代》，獲電視金鐘獎最佳綜藝節目獎。主編《台灣流行音樂２００最佳專輯》、《民歌四十時空地圖》、《巴布狄倫歌詩集》等書。目前在Alian電台（FM96.3）主持《耳朵借我》節目，並於台灣科技大學、台北藝術大學任教。

輯六

上路與觀看

湖泊會記得哪些事？——徐振輔

「滿洲里到了。」

在西伯利亞漂流一個多月後，我搭乘一班長途火車，進入內蒙古邊境。列車人員再次要求檢查行李，不知道是第幾次了。旅行三個月的行李又大又沉，翻出來又收回去實在很麻煩啊。通過安檢後，我把東西胡亂塞進背包，最後再將酒瓶用毛巾包好，小心地放在頂層。扛起行李走下火車，看見久別的中文字，還標示著美麗的回鶻式蒙古文。我——該怎麼說呢——心臟有點癢癢的感覺，那是一種讓人忍不住咬著下唇的舒服感覺。

滿洲里的夜晚燈如繁星。我在街邊吃著烤串喝啤酒，並不打算停留太久。在台北生活二十多年，對城市的厭倦似乎永遠比留戀更多一些。現在我只想前往呼倫貝爾大草原，像一匹咬斷轡繩的馬，哪裡有草就往哪裡去。

是時候上路了。我搭上長途客車離開滿洲里，在西旗小鎮和一位蒙古朋友碰面，從背包頂層小心拿出毛巾包裹的酒送他。那是一瓶貝加爾伏特加（Baikal vodka），除了一張藍綠色標籤外，瓶身還有一道弦月般的雕刻。「這是在西伯利亞買的。」我用手指爬過那道粗糙的弦月說：「這是貝加爾湖的形狀。」

幾星期前，我還在北極凍原進行研究和寫作計畫，和鳥類過著苦行僧式的生活。結束後不想立即離開西伯利亞，於是來到伊爾庫次克（Irkutsk）這個貝加爾湖西南邊的城市，遁入凡俗世界，此後身上隨時帶著各種酒瓶子，很可能沒有一天是真正清醒的。這些啤酒在台灣至少要賣三倍價錢。各種意義上，我想在有限時光裡什麼都嚐嚐看。

在山丘上的簡餐館，我叫了鬆餅和一瓶未曾見過的啤酒，「啵」一聲扭開瓶蓋，坐在窗邊慢慢咀嚼食物。前方所見就是貝加爾湖了，它自此向東北方延伸六百多公里，兩側山脈高達一、兩千公尺，像一彎秘密掩藏的藍色弦月。因為地處西伯利亞遠東地區，所以直到十七世紀，俄羅斯才有現代意義的探險隊來到這裡。當然，世居的布里亞特人不會認為貝加爾湖本身是一個秘密（或許他們也會同意，湖保守了某些秘密）。如果你漂浮到月亮的高度，望向地球，貝加爾湖也是少數不那麼秘密的東西。一九七二年，NASA最後一次登月任務中，隊員從外太空拍下一張著名的地球照片，稱為藍色彈珠（The Blue Marble）。人們第一次以這種方式觀看地球，彷彿自己不是地球的一部分。撒哈拉沙漠、剛果熱帶雨林、馬達加斯加島、印度洋、南極大陸，以及石紋般的細緻雲霧。這就是我們身處的世界，看不出任何人為痕跡。但這樣的尺度下，你仍可以清楚看見西伯利亞那道弧形的裂口，藍色的傷痕。

從兩千多萬年前的中新世（Milocene）開始，歐亞板塊和阿穆爾板塊就以每年幾毫米的速度裂開，形成數公里深的貝加爾裂谷帶。那原本只是地表的裂痕，但附近三百多條河流不停將水注入，形成這座世界上最深邃、最清澈、最古老的湖泊，同時也是最龐大的淡水庫，保存了地球上二二—二三%的淡水資源。具有生命力的物事隨水而生，於是就有了魚、水藻、貝加爾海豹，還有霧。

還有霧。那是水的神秘主義形式，神話與詩意之伊始。我將未喝完的酒瓶鎖緊，收在背包一側，看見遠方的霧正將貝加爾湖和天空混合在一起，好像有一座星系準備從那渾沌中成形。繼續前進吧，我要離湖泊更近一點。

蒙古朋友開心收下貝加爾伏特加。接著幾天，我請他開越野車帶我們上呼倫貝爾草原賞鳥。那天經過呼倫湖南岸，輪胎突然沉陷沙地，發出痛苦的聲音嗡嗡空轉。「別過來了！」他下車對後方剛剛駛進沙地的車說：「回頭！」

一直以來，我都不討厭在旅行中碰到這種事情。好像小時候上山旅遊，老舊的車子偶爾會在爬坡時，像嘆一口氣那樣吐出黑煙。如果父親決定讓它在路邊「休息」一下，我就有機會在潮濕岩壁上尋找一種小型的菱蝗。雖然此時蒙古朋友覺得很傷腦筋，但呼倫湖要我們停在這裡，我們就只能停在這裡。

同樣停留在這裡的還有東方環頸鴴、白琵鷺、簑羽鶴，以及成千上萬的鴻雁。呼倫湖是內蒙古最大的湖泊，東亞遷徙性鳥類的重要棲地。這裡就像蒙古乾草原的某件心事，一切流轉在記憶的窪地裡。

呼倫湖和貝加爾湖一樣，都有個蒙古語名字叫達賚諾爾，意思是海一樣的湖泊。當地巴爾虎蒙古族也稱這裡為鴻雁的故鄉。每年夏季，無數鴻雁在此繁殖，秋冬時前往長江流域度冬。牠們因為食用價值高，加上絨羽適合作為保暖填充材料，在一九五〇年代受到很大的獵殺壓力。後來又因為呼倫湖長期乾旱，致使蘆葦沼澤乾枯，水鳥棲地流失。於是鴻雁在二〇〇〇年被國際自然保育聯盟（IUCN）紅皮書列為保育等級瀕危（endangered）。直到二〇〇八年，才降為較安全的易危（vulnerable）。

此時兩台車的輪胎都被柔軟泥沙咬死了，所有人在湖岸四處漫步，尋找一些堅固的東西讓輪子「抓住」。我們動手挖掘潮濕的沙，讓輪胎前方有空間塞進鐵絲、漁網、木板、帆布等物品。蒙古朋友手握方向盤，對後方一票推車的喊：「數到三用力推！」我手貼後車門，赤腳沉進沙子，讓自己成為一根頂在車子與沙地間的彈簧。一、二、三，推！引擎痛苦呻吟。

遠處鴻雁若無其事漂流著，像巨人撒往湖面的一把芝麻。偶爾牠們成群起飛，一列鴻雁朝天空揚起，彷彿呼倫湖打了一個慵懶的哈欠。彼時車子移動了一點點。「再來！」他喊。

我想起蒙古族一首流傳很廣的民歌〈鴻雁〉，原本的蒙文歌名其實是〈天鵝〉，是十八世紀蒙古喇嘛所做，近年以漢語重新填詞才改用鴻雁。根據神話，巴爾虎人和布里亞特人都是天鵝始祖母的後代。他們曾經共同生活在貝加爾湖一帶，屬於蒙古族的古老部落，文化非常相似，還留下史前天鵝壁畫。古巴爾虎的薩滿唱詞中也有一句：「天鵝的後代，白樺樹套馬桿的人。」每當天鵝自頭頂飛過，女人就要向之祭灑鮮奶，男人向之祭酒。

現在呼倫貝爾地區的巴爾虎牧民，則是清帝國時期，基於政治因素才輾轉流離至此，天鵝崇拜也沿襲至鴻雁身上。遊牧民族是遷徙的候鳥，隨風四處流散，隨水沉澱湖岸。關於貝加爾湖的事情，必然以某種方式保留在巴爾虎的文化記憶裡。我從西伯利亞為蒙古朋友帶來一瓶久遠故鄉的伏特加，但不確定他是否會記得些什麼？

鳥有鳥的記憶，文化有文化的記憶，而湖泊又會記得哪些事？當我們終於脫離沙地，岸邊留下了清晰而深刻的凹痕。明年鴻雁北返的季節，湖泊必然已經將痕跡抹去，已經將我們遺忘了吧。

不久前，我剛剛知道人類世（Anthropocene）這個名詞，那時無論自然科學或人文社會的朋友，經常把一些事情放在「人類世底下」談論。好像有人撿到一枚精緻而神秘的透鏡，大家就想把什麼東西都擺在底下看看。

二〇〇〇年，墨西哥一場地球科學的學術會議上，數十位學者正針對全球環境變遷進行討論。彼時荷蘭著名大氣學者克魯岑（P. J. Crutzen）也是聽眾之一，他幾年前才因為臭氧層破壞的研究獲得諾貝爾化學獎。當台上報告者反覆提到：「我們所處的全新世（Holocene），始於一萬一千七百年前……」克魯岑顯得很不耐煩，終於插話。「我們早就不是處在全新世了。」他仔細思索後說：「我們已經進入了人類世。」

Anthropocene，人類世，是地質學的概念，意味一個嶄新的地球時代，已經全面受到人類影響。人是冰河，是隕石，是季風、板塊漂移、重力和潮汐，人是環境和自然本身。假如有位地質學者沿時光之流朝未來航行十萬年，在那裡進行地層鑽探和分析，會發現從過去某個年代起，新的人工合成物質大量出現，SO2、CO2、CH4和NO等氣體在大氣中的比例逐漸提升，並開始出現高強度的輻射痕跡。他在地層剖面的那個地方釘入一根釘子，告訴所有人（雖然那時智人可能已經滅絕了），從這裡開始就是人類世。

克魯岑隨後發表相關論文，將人類世起始年代定義為一七八四年。那年瓦特改良了蒸汽機，象徵工業革命的開始。

然而也有人認為，人類世應該從一九四五年第一次核爆算起。克魯岑早年提出核冬天（nuclear winter）的理論，認為若發生世界性核子戰爭，煙塵很快會進入大氣籠罩地球，日光逝去，寒夜降臨，生命在灰色的霧中漸次凋亡。那時正是美國和蘇聯冷戰的時期，好像有個世界毀滅的小小塑膠按鈕被食指輕輕撫摸著，死亡想像如影子般涼涼地貼著所有人的背脊。貝加爾湖北方的無人區也進行了二十六次核子試爆，輻射如幽魂般滲透時間與空間。

純淨荒野只是一首情詩，一則古老的謊言。有些環境主義者堅守自然保留（preservation）的目標，為自己的信仰尋找一片無人染指的聖域。當人類世如末世降臨，他們懷著巨大的焦慮和恐懼感，感到無處為家，幾乎成為一種心理疾病。但問題核心從來不是真正的自然為何，而是我們所想要的自然為何。部分人類世觀點的學者認為，既然真正的自然不復存在，人類必須接管世界，謹慎決定地球命運將往何處，並以日新月異的科技推它一把。譬如人類世前就自然滅絕的猛瑪象，因為很多組織完整保留在西伯利亞的永凍層中，科學家遂不停嘗試以基因工程的技術，透過現生大象的細胞重新復育，逝者轉生。

當然，很多學者不同意這種想法。翻閱歷史，人類經常展現了不起的靈光，也經常弄壞重要東西。生物多樣性之父威爾森（E. O. Wilson）在最近出版的著作裡，除了批評人類世的極端分子，也提到自己寫信給十八位資深博物學家，請他們選出世界上最珍貴的生態系，期望設立永久的自然保留區。最終列出的三十六個地點裡，包含了我眼前的貝加爾湖。

我遂繼續北行，拜訪貝加爾湖東岸一處泰加林（Taiga，寒溫帶針葉林）為主的保護區和一座鳥類繫放站，然後返回遊客經常停留的南岸小鎮（如果我的理解正確，再往北仍有巴爾虎人居住）。久坐湖岸，咀嚼黃昏的漫漫天光，不知道有沒有一把尺可以度量此刻的我和自然的距離？聽說貝加爾聯合紙漿廠就在附近，那裡有兩根紅白相間的巨大煙囪，像湖泊叼兩根捲菸吐出憂傷的雲霧，成為此地九九%的空氣污染來源。紙漿廠建立於冷戰時期，他們說，只有用貝加爾湖清澈而特殊的水，才能製造出耐得住零下六十度到三千度的軍用飛機輪胎簾線。

此時朋友已經跳進湖泊，並極力勸我下水，試圖說服我這件事多麼難得。我對於在湖裡游泳毫無興趣，覺得坐在岸邊也同樣難得，但最終受不了慫恿，還是脫掉衣服，跳入貝加爾湖。冰冷湖水像細細的牙齒迅速咬痛皮膚，讓我意識到自己生物性的脆弱存在。我正和貝加爾海豹處在同一個水域，彼此的碎屑將會交錯沉澱在無光的湖底，想到這個，還是會有種出於幻想的美麗感受。

我不知道，這樣能不能算是自然的一部分了。如同英國文學家威廉斯（Raymond Williams）所說，自然（nature）和文化（culture）是英文裡最複雜難解的兩個詞彙。數十年來，為了保護貝加爾海豹和貝加爾白鮭等標誌性物種，政府對狩獵者可以捕殺的數量實施嚴格配給，讓原本驟減的族群又重新恢復。人類當然有能力決定另一個物種的命運，衡量標準不只是道德，不只是生態美學，對此刻地球上所有生命而言，政治經濟也成為了重要的環境因素。

先前在另一處湖岸發呆，有人指著空無一物的湖面說：「看到沒有？」我從沉思中醒覺：「看到什麼？」她說：「海豹啊，在那個地方。」她指著遠方，做出有什麼東西浮上來又沉下去的動作。

沒有。很多東西正在消失而我沒有察覺。月之將昇。鉤蝦安靜地睡眠，海綿在夢境裡呼吸，殘存的貝加爾白鮭將回到湖泊，在透明的星空底下產卵，湖水穿過血色的魚鰓，留下微量的化工廢油。死去的海豹解離為星塵，沉澱在千米深的淤泥裡，只有湖泊為之悼亡。這一切我完全沒有察覺，但湖泊會記得。

貝加爾湖的沉積物很適合研究全球氣候變遷，因為一千萬年的故事都保留在那裡。如同猶太裔攝影師維希尼克（Roman Vishniac），用自己的生命為二戰前的猶太人拍攝照片，留下那部不朽的攝影集《遺忘世》（*A Vanished World*），為那個已然消逝的世界保存了安靜的紀錄。如同圖書館倉庫裡某本塵封的詩集，仍在等待一個注定要被時間安慰的人。

當地質學家鑽探湖底，取出貝加爾湖的記憶之核，自最深處往最淺層分析，將會發現從中新世（Miocene）、上新世（Pliocene）、更新世（Pleistocene）到全新世（Holocene），湖泊始終安安靜靜記得一切。而碎屑剛剛沉落之處，是否已經進入了人類世？那薄如紙張的記憶，正要開始的一段關係，我們決定留下些什麼？

結束草原漫遊，晚上和蒙古朋友在鎮上吃火鍋，喝的是清清淡淡的雪花。中國啤酒是我從北極到赤道喝過最淡的啤酒，相比俄羅斯啤酒也沒有多層次的風味。但畢竟很便宜，所以我並不在乎。

舉起酒杯，朋友說等等，先等等嘛。他要我照他動作，以無名指沾酒彈三下，第一下敬天，第二下敬地，第三下敬萬物。這讓我想起蒙古族雖深受藏傳佛教影響，但古老的薩滿信仰和他們心的距離更近。我曾和一位巴爾虎青年閒聊，他說，前些年有個外地人來嘛，喝了酒，竟敢在草原上對敖包撒尿，剛巧讓那騎馬的看見，就給打死了。打人的關幾年出來，也沒啥事兒。他說，「咱沒啥宗教信仰，那個敖包就是咱宗教信仰。」

敖包是石塊堆疊的小丘，插著樹枝和柳條，經常掛滿彩色布條，以往是薩滿巫師進行祭祀的場所。這是中亞廣泛流傳的古老信仰，認為萬物有靈，山有山神，河有河神，而薩滿是神靈的信差，有時會服用致幻植物進入一種神醉狀態，與自然合而為一。

二十世紀末，布里亞特薩滿在一場儀式上，宣布貝加爾湖的奧利洪島是全蒙古與中亞的聖地。在西伯利亞的最後幾天，我從貝加爾湖西岸一個渡口，搭船前往那座島，並住在一間老婦人經營的民宿，請她幫忙安排一日的行程。隔天出發前，她充滿信心地說要去的地方very beautiful，結果整天搭著小巴士，在各處風景點停車，和眾多遊客一起漫無目標地拍照。傍晚回到小鎮，老婦人問說如何？我說very beautiful。我撒了謊。

我朝向無人荒野，卻發現眼前是一道正在解離的彩虹，一個沒有入口的迷宮。

我想念某個已然消逝的時代，薩滿可以解決人們生活中的各種問題，那個時候，還有人聽得懂湖的語言。直到有一天，人們發現自己並不需要聆聽湖的語言；又有一天，人們開始懷念湖的語言。

於是地質學家成為新的薩滿，自然的聆聽者。我不知道，科學家和薩滿何者更高明一些，他們都在轉述湖泊告訴他們的故事。我和蒙古朋友碰杯，繼續喝酒，讓自己進入一種神醉狀態。水藻正傾訴心事，銀魚唱著哀淒的小調。如果你有聽見湖泊的聲音，請告訴我，湖泊會記得哪些事？

蒙古朋友放下酒杯，至終沒有提起貝加爾湖。是時候上路了。那天夜裡，我又搭上長途客車，準備離開呼倫貝爾，回到滿洲里。

長途客車行駛在公路上，暗夜的草原有種清澈的氣味。有些乘客閉上眼睛陷入睡眠，而我在星空的注視下，聆聽電視裡充滿雜訊的相聲橋段。我明白的，我明白人們如何嚮往城市。我不是梭羅，或者繆爾，我很清楚自己和大部分人一樣，感受得到繁華城市的迷人之處。但我們同樣需要草原，如同金鵰、兔猻、草原狼、落葉般的蒙古百靈、石頭般的沙雞，以及月亮似的雪鴞；我們也需要湖泊，如同鉤蝦、鴻雁、海豹、軍刀般的白鮭、雨林般的海綿，以及神話似的霧。威爾森說，我們正無可挽回地走進一個新的時代，你可以叫它人類世，或者，我想要叫它孤寂世（Eremocene）。

二〇一二年，NASA公開了另一系列的地球照片。和一九七二年不同的是，這些照片拍攝的是地球暗面。在理應無光的地方，人類點燃了城市之火。美國西岸、中國沿海、歐洲各地燈火明亮，如一枚球狀的星空。相較之下，呼倫湖和貝加爾湖這樣的地方則如睡眠般陰暗。這些照片被稱為黑色彈珠（The Black Marble）。

就要到滿洲里了。我拭去玻璃的霧氣，看見遠方城市星火閃動，在地平線上逐漸延展，逐漸清晰。就像清晨時，霧慢慢穿越蛛網，十萬顆露珠仔細地凝結出來，彷彿一座嶄新的星系正從渾沌中成形。

——原載二〇一八年一月《幼獅文藝》第七六九期

徐振輔，一九九四年生於台北，台大昆蟲系畢業，現就讀地理所碩士班。喜歡攝影、寫作、貓。作品獲若干補助及文學獎，偶爾發表學術文章。

辨神——連明偉

之一　媽祖看明星

開蘭第一媽祖熱鬧慶壽，總共舉辦四項活動。

其一，農曆三月二十日，週六晚間六點錄製三立電視台節目《超級夜總會》。其二，農曆三月二十一日，早晨九點慶元宮前擺設天妃宴。其三，全鎮繞境鑽轎底，贈送福袋。其四，農曆三月二十二日深夜十一點，進行聖誕祝壽典儀。鎮公所特地花了大錢，邀請電視台來鄉鎮錄影，說實在，這純粹是圖個噱頭，缺乏深遠縝密的文化培育。同耆老閒談，才知道花大筆經費辦活動，請明星，是因為鎮長任期年滿，得替下一位親信參選者鋪路，胳臂向內彎得很徹底。台灣大部分的宗教活動，除了滿足精神層面的祝賀慶典、求福禳災，還時時刻刻牽扯選戰角力，不得不說，慶典大熱鬧，也讓媽祖蹚了政治渾水。

超級夜總會，鄉親來做伙，澎恰恰、許效舜兩位主持人在台上熟練炒熱氣氛，邀請鄉親一同複誦節目口號。媽祖聖誕是靠海漁鎮鬧熱大喜事，合該是年度重要慶典。參與錄影的鄉親人數，遠遠超乎預測，下午二至三點，陸續湧現攤位。六點，座無虛席，得站立外圍或席地而坐。沾了明星和媽祖的光，錄影地點成為榮景一時的地方夜市，攤位五花八門琳瑯滿目，有賣汽球、花生捲冰淇淋、炭烤黑豬肉香腸、大熱狗、醬燒臭豆腐、地瓜球、烤魷魚、甘草菝仔、香雞排和甘蔗汁等，人潮比肩繼踵，彷彿蘭地初墾石港春帆。

伴隨傳統祭典的酬神戲碼，原是鄉親交流、會晤與聯絡情感的好機會，只是現代社會影音刺激甚多，平日消遣娛樂，不再只有看戲，蘭地盛行的布袋戲與歌仔戲，早已大大沒落，成為必須保護的曇花文化。或許，當一代耆老逝去，鄉親便會逼迫神明改變口味，不看歌仔戲，不聽苦旦哭號，不看武生踢腿，改看電視節目真人秀，有低級笑話，有諧音取巧的押韻句，有五光十色燈光效果，還有嚴選的青春無敵歌唱美少女，乳房如棉花，雙腳白得像茭白筍。媽祖啊，真對不起，請暫且隨著鄉親同歡同樂聞雞起舞，這是正港在地生活，不僅滿足娛樂，同時也滿足自我對神靈祭祀的想像。不難揣測，隨著時光飛逝，當大眾娛樂主體逐漸轉變為流行的西方音樂與電影，下次宴神的野台戲，可能會上演雷鬼音樂、電子舞曲、抒情搖滾，或是寶萊塢與好萊塢明星會。

三尊媽祖立於舞台前方供桌，上有鮮花、素果與淨水，香爐燃香。節目單位不夠嚴謹，開拍前忘記集體祭拜，只有象徵性地雙手合十。錄影頻頻喊停，收訊出現問題，工作人員實在找不出毛病。最後，主持人親自下台，帶領工作人員向媽祖進香膜拜，而後錄製便再無差錯。我向來對神佛鬼怪之事，採取謹慎態度，不篤信，亦不輕易否認。現今祈神，大都建立於自利主義，類似賄賂，求平安，求添財，求闔家健康，求起樓仔厝，求事業一帆風順，早已脫離農業社會與土地脣齒相依的親密連結，多數人，已不再從事與自然奮力拚搏的農漁業。日本諺語：「只有當人們向神明祈求財富時，神明才會大笑。」坎伯在《千面英雄》中解釋，「給予祈福者的恩賜總是依當事人的精神層次，以及他主要欲求的本質而定：恩賜只是生命能量的象徵，降格以符合某個案的要求罷了。」

神光初現，片刻明滅，生命總是會在無意間觸及尚未理解的知識，然而說到底，漫長的日子不能只仰賴神蹟，萬一老天爺打盹，或者閒來無事打個麻將偷閒？這年頭，乩童也時常請不到神明啊。主持人說，媽祖婆真正有夠靈驗。我說，成事在人，盡力即可，至於其他難以掌握的部分，就請眾神多多關照。

之二　陣頭

風光的祝壽陣頭遠從各地派遣而來。

駐守八方疆域的眾神眾將難得齊聚，浩浩蕩蕩，驅邪綏靖，不可侵，不可犯，不可肆意得罪，鬼魅魍魎暫且躲避。宜蘭市三清宮崁仔跤開漳聖王出動大小神尪仔。漢興館和頂埔慈安宮出動三太子、鼓陣與神將。澤尊轎班會扛舉神轎一路搖晃。天鴻的八家將面露兇光。中崙社區展開牛陣隊。聖月宮洪興館派出獅群戰鼓團，擎舉大旗，後有舞獅圓睜眨眼，踩跨俐落獸步。郵局員工穿著齊整綠衣綠褲，高舉可靠、親切、效率、創新的旗幟。列隊其中，還有以老人為主體的禮儀隊，以及熱熱鬧鬧的頭城磬鈸福蘭社、協和堂等。街巷祥瑞卷雲，結滿神果仙草，時有健康取向的養生氣功社團，時有政府基層公職人員以專業服務的形象穿街過巷，來去之間，熱鬧非凡，炸燃一條一條花花鞭炮路徑，進而輻射——最後，是開蘭第一媽祖頭城慶元宮神轎。繞境路線近三里，走走停停，輪流接替擺弄神尪仔，神體形貌威武，不過待在裡頭，可真不好受，必須忍受悶熱與神尪仔沉沉重量。大人小孩，累壞了，索性坐上陣頭前的開路車，抽菸，喝酒，嚼檳榔，這時暫時沾染惡習也易被接納，神靈護體，不為自己痛快，也得為神。

八家將和舞龍舞獅多為年輕人，這些陣勢由於具有威猛耍狠氣勢，吸引了讀國、高中的浪蕩學子。至於三太子、神尪仔多為壯年人操持，長年居於地方鄉野，平日從事各類服務業，兼任廟務工作。禮儀隊與磬鈸隊以老者居多，禮儀隊多為老阿姨，磬鈸隊彷彿為老阿姨相伴多年的老相好。毫無疑問，領隊的禮儀隊小姐必須相對年輕漂亮，穿短裙，露大腿，最好帶有些許英氣或嫵媚多姿，昂舉指揮棒彷彿春光乍現。禮儀隊與磬鈸隊，大多不見年輕人，偶爾會有一、兩位就讀幼稚園或小學孩童羼雜其中，多為隔代教養，帶孫仔出遊，順便賺些陣頭費添補家用。古早，八家將等陣頭繞境有諸多禁忌，現在時代大大不同，講究心誠則靈，不拘小節。八家將威武瀟灑，擺出陣式，鄉親拍手叫好似華麗表演。

三太子、大小鬼差等神將瘋瘋癲癲一路握手行來，我好奇伸出手，想著這種短暫的接觸，可能滿足了雙方需求，鄉親求平安，而在神尪仔內的草莽漢子，或多或少也實現神格化的英雄想像。

之三　鑽轎底

不論所求為何，不論是否虔誠，都想受到媽祖庇佑。

頭城慶元宮建廟以來，頭次讓信徒鑽轎底保平安。議員站立宣傳車上，邀請鎮民走向開蘭路，告知頭城國小一端已經湧現人潮。聽見廣播，才知有些鎮民已然搶先列隊，於是大夥兒急忙扶老攜幼，揣拿親人衣衫往路頭移動，剛剛通過火車站前的十字路口，隨即看到排隊人潮，後至的信徒接續綴連。午後，日頭正大，父帶子，母帶女，囡仔躲日，老歲仔避光，同時縮進屋簷底下，世世代代蓬生蓊鬱的枝葉歷史。

排在前方的阿姨穿貼身襯衫，染橘髮，化濃妝，說不知要等多久，埋怨等會兒還要上班呢。她和排在我後方的阿婆及其後生相熟，我突兀矗立兩位長者之中。阿婆銀髮，步履蹣跚，穿著鑲嵌紅花的粉色塑膠拖鞋。我們共同等待。阿婆不避生，問我，你家己來？我點頭。阿婆說，哪會遮爾乖，我叫阮後生來，閣愛三請四請，這馬的少年人攏愛耍網路。阿婆的兒子掉髮嚴重，雄性禿，身材圓胖，穿著花俏牛仔褲和印有骷髏頭的米色棉衣。阿姨用國語問我歲數？我回答，過三十了。阿婆接續說，愛娶某啦。阿姨和阿婆合作無間唱起雙簧，說現在娶老婆不容易，薪水沒有三、四萬是要怎麼活？怎麼養家？尿布、奶粉、嬰兒床、取名字都要錢，年年通貨膨脹，只好日日夜夜仔細算帳，能省則省。阿婆舉兒子為例，說伊三十三歲，先前在台北工作六年，後來，因為首都所費太高，索性三等高考考回宜蘭，現在正在環保局的利澤焚化爐工作。我接著話，說現在工作不好找，擔任公職相對穩定。阿婆嘆一聲，說有工作，但是揣無某。阿姨說，要做公職也要看有沒有做官的命，沒有這種命格，再怎麼考也沒有用。阿婆說，咱做人就是揣一个好某，揣一个好頭路，好好生活，知影無。

我一直對於民間的打拚智慧很感興趣，又很感冒。阿姨、阿婆所言，不脫這社會的普遍價值，不脫逆來順受，不脫市井小民面對生活而琢磨歷練的撇步與箴言。當然，有時亦會摻雜科學無法驗證的部分，或信仰，或迷信，或獵奇，彼此時常互相指涉。我聽著建議，暗自思索，或許順著他人的意思過活也不錯，假戲真做，反正難得糊塗嘛。我是該認真找個算命仙，看看自己到底是什麼命格，只是這念頭隨即消散，找算命仙可是要花錢啊，這花費省下來多好，反正搞文字搞藝術的，大多是乞食命。命格啊，賜於父母，賦於天地，難以更改，然而我相信人們可以透過思考、選擇與實踐篤實翻寫人格。

一點等至四點，等得腰瘆背痛，等得手腳癱軟，就是要等姍姍來遲的媽祖婆庇佑平安。

鑼鼓喧天，鞭炮炸地，護駕顯威的神將陣頭潮流似水。

千里眼順風耳行過，神轎便近了。

一排縱隊不斷後退，人與人拉開間距，不管是縮身、龜身、蝦身或是五體投地之姿，跪拜絕對具有臣服象徵。人們閉眼，磕頭，手足匍匐親近大地，將身體與意識容身狹仄轎底。平日行善者，將得恩惠；平日作惡者，將得寬恕；善惡兼行的千萬信眾，將在恩威並施的神明垂視中，獲得提點與警惕。地方宗教的力量，始終彰顯於此類互動之中，蘊含神與人存在的意義，屬於小我，亦是極其眾念的大我。

跪地匍匐，媽祖的神轎不言不語溫柔行經我身我影。

之四　祝壽

天上聖母的聖誕祝壽時間是國曆四月二十一日，農曆三月二十二日，深夜十一點。

男、女侍都是廟堂管理委員會成員。男侍穿靛青唐裝，蹬黑色功夫鞋。女侍上淡妝，髮浪蓬蓬隆起輕巧裝飾兩、三朵塑膠粉花，桃紅旗袍，穿粗根黑鞋。侍者都是長者，年過七十，原是銀髮霜霜，為了鄭重起見，大都特地染燙黑髮。場面似乎有些紊亂，主祭者手持祭典流程表，持拿麥克風，說這兒得擺桌子，那兒得放椅子，別發愣，別遲疑，趕緊點香啊。阿公阿嬤忙得暈頭轉向，叫喊著，緊啊，莫延遲時辰。觀禮的鄉親與垂眉微笑的媽祖都想助一臂之力，卻不知要從何幫起，總不能因為這種小事而叫媽祖顯靈。祭典終於開始，十二位阿嬤級女侍排列兩旁，伴隨鐘鼓聲，緩步走向媽祖。

我時常流連頭城慶元宮媽祖廟，看石雕，看香火，看來來去去滿臉憂傷的食色男女，徘徊廟堂的，除了地方耆老，還有三、四位身體或智能有所缺陷的信徒。發瘋者，小兒痲痺症者，智能不足者，鄰人說，都是些可憐人。可憐人逡巡寺廟，除了求媽祖庇佑，還能盡情享用各種活動所提供的簡易餐點。祭品備有免費索取的壽麵、壽桃，活動則提供葷素炒米粉、鹹粥、湯圓和冬瓜湯等。媽祖微笑，神壇花開，眾神之前，學習屏除所有猜測、臆想與論斷，我們同是祈求平安的可憐人，身軀背後，都有一道無法割離的黝黝黑影。

獻花，獻果，獻酒，獻香，獻麵龜，獻壽麵，獻牲禮。

大紅燈籠高高掛，檀香四溢，龍鳳石雕在火光中風姿綽約，鎮長、議員、寺廟委員會代表、地方幹事、里長分別向媽祖敬獻。夜半，殿堂內外站滿雙手合十的信眾，大多是老歲仔與攜帶牲果祭拜的中年人，年輕人極少。我們早已理解，所有信仰，都得以信眾為根基，若缺乏信眾，便無法發揮影響，所有曾被祭祀的神靈也會漸被遺忘。民間宗教確實能在鄉里間，帶來安撫、慰藉與平和力量，然而，如何將祭典的形式與意義內化於生活？這實是難題。誠心祝禱，在日常生活的繁瑣與重複之中，轉化對未知的恐懼與敬畏，次次參與祭典，閉上雙眼，再謙卑睜開雙眼，努力看望生活。我想起坎伯所言：「人類的每一項行為中皆有許多控制的意志存在，特別是那些被認為帶來雲雨、治癒疾病、抵擋洪水的神奇儀典；不過，所有真正宗教儀典的主要動機，乃是要順從於命運中不可抗拒的事物，而在季節性的節慶活動中，這種動機特別明顯。」

儀式是一種謹慎、循環不已、復古與創新同時開展的乞靈塑照，極具彈性，依照多元詮釋而繼續存活，即使時而遭受誤解。然而，我相信這是神明婉轉、變形與慷慨的贈予，得以讓我們思索命運中可抗拒與不可抗拒的事物，種種不可思議，以及那等待破譯的普遍恆常。

主祭者在水霧瀰漫的靠海小鎮敲響沉沉古鐘。
睡意漸濃，我們在慎重的儀式中，圍繞火光，同時讓深夜的火光圍繞。

——原載二〇一八年五月《印刻文學生活誌》第一七七期

連明偉，一九八三年生，宜蘭頭城人。暨南大學中文系、東華大學創英所畢業。曾任職菲律賓尚愛中學華文教師、聖露西亞青年體育部桌球教練，現專職寫作。曾獲聯合文學小說新人獎中篇小說首獎、第一屆台積電文學賞、台灣文學獎圖書類長篇小說金典獎等。著有小說《番茄街游擊戰》、《青蚨子》。

巴布與茱莉亞——謝旺霖

我從街市走向米爾河階（Meer Ghat）時，瞥見一個熟悉的身影，側著臉，對著路旁的水龍頭管喝水。我想裝作沒看到，若無其事地走開，但巴布已經揮揮手，朝我走過來了。

「嗨！我的朋友。好久不見。」巴布親切地與我握手。我有點訝異，隔了半年，又在人來人往中，他居然還認得我。我也回說，好久不見，你好嗎？

「很好！我的朋友，怎那麼久沒見到你？你去了哪裡？」巴布問。

我告訴他，回家半年，而這次又如何回到這。聊了幾句，我才曉得，巴布一直叫我「朋友」，是因為他忘了我的名字。

巴布照舊一頭一綹綹油膩的捲髮，滿口被檳榔浸蝕得紅黑的牙齒，像剛嗑完迷幻藥的渙散眼神。他時常遊蕩這一帶的河階，跟外國遊客搭訕。

我從未問過他的職業，但從之前幾次相處中，不難猜測他是個小角頭，專門管收附近攤販的保護費，偶爾也兼賣點大麻。我們講完客套話後，好像就無話可說了。

「喝茶（Cha）嗎？」巴布突然一問，稍微化解彼此的尷尬。

我們走到之前常光顧的搭蓋在河階上端的茶棚，儘管天氣四十多度，茶攤依然熱絡，清一色是當地居民，每人手中都捧著杯熱呼呼的奶茶。

我一面啜飲，一面稱讚還是這裡的茶好喝。我喝過大半個北印度的奶茶，總覺得瓦拉納西的茶，味道特別的濃厚而醇香，好像加了更多的薑汁、丁香、豆蔻等香料。

剛喝完一杯，茶攤老闆主動又把我們的空杯補滿。

我和巴布有一搭沒一搭聊著，也向他探聽是否找得到船，上溯到阿拉哈巴德（註❶），他露出一副像我在講述天方夜譚的樣子，怎麼可能？誰會幹這種事？再說，不是有火車和公車可搭嘛？

無話時，我們就繼續喝茶、抽菸，望著眼前的恆河與石階上流動的人潮。我們的交集，不過是恰好認識了同一人，所以充其量我祇能算是他朋友的朋友吧。

「我以為你跟茱莉亞一起離開，」巴布望著河說：「因為你走後，我再也沒見到她。」果然，他終於提到那位我們都認識的德國女人。

我有點心虛地回答：哦！她去大吉嶺了。其實自我那時離開後，我也沒有茱莉亞的消息。猜想當時她應該仍在古城吧，或到鹿野苑做短期禪修，而我記得她說過要去大吉嶺的事。

「你們有聯絡嗎？」巴布問。

有啊！我說和茱莉亞通過兩次e-mail，她回德國了，和家人同住柏林，正忙著工作。我和茱莉亞雖曾互留電郵，卻都不曾寫信給對方（不知她現在究竟在哪呢），與她的互動，僅止於瓦拉納西而已。

但為了避免與巴布無話可說，我竟然鬼扯起來。我覺得巴布喜歡茱莉亞，他還把我當「朋友」，多少是因為茱莉亞的緣故吧。

「她會再回來嗎？」巴布似乎最在意這個問題。我也順勢說：應該會吧！你知道，茱莉亞很喜歡這裡。

「何時？」巴布忽然從滿臉睏倦轉醒，亮出炯炯期待的眼神。這點，我就直接承認不知了，不想他的落空太大。我告訴巴布，茱莉亞沒說（當然別後的茱莉亞，一句話都沒有跟我說過）。

前邊不遠的達薩斯瓦梅朵河壇四周，開始聚集許多觀光客，正等候欣賞普迦。相機的閃光燈，此起彼落。

電線桿上的揚聲器，傳誦祝禱的歌聲。幾名穿著金衣白褲、年輕俊俏的婆羅門，面著河，搖著銅鈴，焚香膜拜，引火祝念。廟方人員拿著托盤，穿梭在人群中討捐獻，一些婦女和小孩兜售著竹簍裡的金盞花和蠟燭小水燈。

每天六點，那河壇固定舉辦這種酬神儀式，而每晚都仍吸引數百成千的外國和印度觀光客圍觀。我們望著那些看祭典和放水燈的觀光客。一位戴草帽的白皙女子，打從我們面前走過。巴布用日語跟她招呼，她睜大眼，搖搖頭。於是巴布改用韓語詢問：「是韓國人嗎？」女子邊點頭，邊答腔，卻沒有留步。搭訕不成。

「你從哪裡來？」這是印度人一向最喜歡對陌生外國人問的一句話。往往也是搭訕的開始。但巴布的起頭，顯然懂得更進一步。在河階遊蕩的印度男子，有不少像巴布一樣，除了英語，也會說那麼幾句日語、韓語，甚至漢語的。古城盤雜交錯的巷弄間，亦常可見各餐館、旅館，用英日韓文漆在壁牆上的名稱和指示箭頭。從那些語言文字，大概就可看出各國旅客在瓦拉納西的分量和分布。

巴布又點了一根菸，並吃下帕安，咀嚼，隨地吐出檳榔汁般的口水，猩紅的汁液有點濺到我倆的鞋子上。

他忽然問：「你跟茱莉亞有『關係』嗎？」我不太確定他的意思，因為他用「relationship」這個字，便回問他指的「關係」是什麼？他吸了一大口菸，吐出滿嘴濃厚的煙氣，說：「sex！」我苦笑著回答，沒有。

「為什麼？你不喜歡她嗎？」他露出懷疑的表情：「我以為你們是一對。」

我告訴巴布，我對那種事很笨，更別說怎麼發展那種「關係」。他轉以一種熟練的口氣道：「你得準備一點酒，營造適當的氣氛，用一些試探的話，聽她的聲音……」彷彿傳揚印度《愛經》那套傳統的說法。於是我問他：你呢？你跟茱莉亞有「關係」嗎？

「沒有，」巴布若有所思地說：「我很想念茱莉亞。」不曉得他說的這種想念是基於純粹的友情，或是沉浸在暗戀的想望。

巴布撩起中分的捲髮，忽而指向下方的河階，那一隅剛好有個金髮女子彎身扶在河台邊嘔吐，看來是食物中毒了。

然後，巴布拍拍我的背，喜孜孜起身作勢要走：「再見！我的朋友。」彷彿在告訴我，他的機會又來了。

因為巴布，我想起了茱莉亞。

那時我剛到印度，對於這塊次大陸的一切，幾乎是懵懵懂懂的。茱莉亞可說是帶領我初步認識瓦拉納西的人。

我在夜間轉乘往瓦拉納西的火車，與白皙高挑（身高一百八）的她，在走道上擦肩而過。我不禁瞄了她一眼：眉心上貼著一枚紅紫吉祥痣，搭著頭巾，大紅毛披肩，鮮綠長紗裙，渾身飄逸著典型的印度風情。

過了半夜，我仍倚在鋪位邊望著窗外荒涼的漆黑發呆，突然聽見一句英語，「我睡不著，你不覺得火車太晃了嗎？」對面上鋪傳來的——原來是她。我先張看兩側和上方，不太確定她在對誰說話，但顯然祇有我倆醒著。我用手點著自己的額頭回應，以為妳是印度人呢。於是我們就這樣聊了起來。

茱莉亞從德里下飛機，直赴車站，搭火車，我則由卡修拉荷（註❷）輾轉到小鎮沙特納（Satna）臨時加入。而這滿座的二等車廂裡單單兩個外國人，碰巧就位在對面。真不知這樣的機率該怎麼換算。

這是茱莉亞第二次到印度。頭一次，她住了三個月，祇待在瓦拉納西。回德國半年後，她辭掉銀行工作，再來，準備待半年，這回還計畫延伸到大吉嶺。她拍拍七十公升鼓脹的登山包說，裡頭有半數是藥品、文具，要帶去大吉嶺給那邊落後的醫療單位和山裡的孩童。

天微明。火車進站前，茱莉亞問我要不要同行分攤到古城的車資。她說知道如何議價，並強調，能帶我找到非常便宜的旅館。

長裙隨著她的步履而晃動，一下火車，也不管是否還在禁煙區，茱莉亞已迅速捲起菸草，舌尖舔著捲紙的邊緣，彌合，擦亮火柴，從容地吞雲吐霧。「你想試試嗎？」接著，她啣著菸，又捲了一根。

茱莉亞優雅地微微一笑，注視我抽起她的捲菸。她撥下髮帶，撩攏著及肩的棕髮。晨起的陽光穿撫過她的髮際，照亮那碧眼，修長的身段，原本四周雜亂哄哄病黃的景象，忽然也變得美麗起來了。

直到第三天，我在這家名為濕婆、瘦高型四層樓的小旅館吃早餐，才又見到茱莉亞。而接連幾天，我們也在同一時段碰見。

旅館祇有經理、廚子、打雜，共三名員工負責（夜裡，經理就睡長椅，其餘兩人則在大門旁廳打地鋪），入住的幾乎是西方背包客。

茱莉亞常穿著緊身V領上衣，襯托出纖長的脖頸和曲線，很容易吸引某些男性主動搭訕，可她對那些白人（雖然她也是）總刻意保持著疏冷的距離，但不知為何，她與我和另一名香港女生卻顯得熱絡親近。不然她就獨自坐到角落，默默吃著早餐，研讀關於濕婆的書。

我發現她的手臂上多了五、六個細絲亮彩的鐲子。而每一天，她身上又會多點小飾品。總是茱莉亞開口先問：「你今天有什麼計畫？」接著我們便一起晃蕩。

在巷弄間，在河階上，茱莉亞更是許多印度男性注目的焦點。她帶我造訪她學塔普拉鼓的樂器店鋪，練習瑜伽冥想的道場，還介紹我認識那些混跡在河階附近的流氓（因此我才認識巴布）。

我在印度，原先有所顧忌的事，大多是因為茱莉亞而加速改變的。我跟著她一起吃路邊攤販徒手抓來蒼蠅爬過的彩色甜點；喝小餐館桌上銅壺裡直接取自水龍頭而沒煮沸過的生水；開始喝起，用恆河水燒成的茶；並在眉宇也抹上硃砂扮成印度教徒，混進那方圓百米的各巷弄口二十四小時都有部署武裝軍警鎮守的黃金寺廟（註❸）；還有——別太在意踩到泥濘地上人畜的糞尿（那根本是無法避免的啊）。

我們常到瑪尼卡尼卡河壇（Manikarnika Ghat），靜觀火葬，嗅聞那嗶剝散發著烤肉般的氣息；也常到河畔一處祇有當地人會光顧的茶攤喝茶，望著信徒沐浴，大河悠悠地流淌，簡單聊起彼此單親家庭的過往，喜歡閱讀的書，欣賞的音樂，還有畫家……。

茱莉亞總能迅速與當下融成一片，和茶攤老闆，和船夫，或一些不知來歷的印度人隨興聊起。那種熱情，自在，跟她在旅館時很不一樣，她說，這與她在德國所習慣的冷漠，偽裝，疏離，也很不一樣。

有一次，茶攤來了個弄蛇人，他挽起衣褲，讓我們細數身上被眼鏡蛇咬過的結痂傷口，還把那裝蛇的竹簍掀開，把吹笛給茱莉亞，教她如何讓蛇引頸搖身起舞。

當巴布也在茶攤時，我們就有一杯接一杯，免費又更香醇的茶可喝。

有時，巴布和他的跟班，會領著茱莉亞（她又帶上我），爬上茶攤附近無人的樓台，或深入僻靜巷弄裡的小酒館，獻出他們特別為她準備的「禮物」。

茱莉亞彷彿他們的頭兒。一群黝黑的男人，討好般圍坐在她身旁，卻難得保留著一點禮儀和拘謹，似乎不太敢靠近她。

茱莉亞總是莊嚴趺坐，謹慎把那團焦黑塊狀的東西，先過火，再剁碎，摻入她捲起的紙菸裡。然後雙手交握，像舉香敬拜一樣，持著那根大麻菸，在額頭，嘴唇，胸前，各默禱一次，接著輕聲呼道：「噢！神聖的濕婆神。」才就口吸起來，並由她開始傳遞出去，直到輪回她手上，她又會再度做出那些繁瑣的動作，宛如一場密教的儀式。

每當那時，我便站在圈外，注視著她。那是我唯一不會迴避茱莉亞直視目光的時刻吧。她迷離的眼神，穿透面前浮起的煙霧，凝視看著她的我，恍恍惚惚微笑著，似乎想說什麼，但也許什麼也沒有。

在那時候，我感到與她是如此接近，卻又何等的遙遠。

還有另一件我跟不上茱莉亞的是，她決定到恆河沐浴，像那些無數虔誠敬拜掬飲河水的印度教徒一樣。

茱莉亞反覆遊說我：「你也來嘛，在旁邊看看也好。」而無論怎麼說，我就是抵死不從。

然後我和茱莉亞，又隔了幾天沒碰見。我以為大概沒機會再見到她了，想想這樣也好，至少免得當面道別。

然而就在我離開前一天，濕婆節（Maha Shivaratri）那晚，我獨自散步在異常熱鬧的河階上，突然聽到好像有人在喊我的名字。我四下張望，仰起臉，才望見茱莉亞站在一棟七樓高的樓頂上，揮手，喊著要我上去。

露台圍坐著一圈人，除了茱莉亞，巴布和小弟們，還有那個經常在河階四處跟某些托缽僧廝混，頂著一叢雷鬼辮子頭的墨西哥裔美國男子。他們一面抽大麻，一面聽辮子男扮演導師，侃侃談論印度教，靈性，瑜伽，宣稱濕婆多麼愛抽大麻（我心想：他怎不提濕婆也熱愛跳舞和苦行呢）。

像辮子男那樣的傢伙，在瓦拉納西著實不少，感覺他們似乎在逃避某些人事物，四處想找尋被認同、肯定的地方，又或者祇是在找尋什麼信仰吧。不曉得為什麼，我看他老不順眼，很可能他看我也是差不多吧！

見到茱莉亞跟他們鬼混，我竟有點生氣，一股莫名的醋勁，但分明知道，這氣得根本沒什麼立場啊。我於是悶悶地倚在矮牆邊，抽自個兒的菸，從高處俯瞰底下從各方蜿蜒的巷弄，一批批不斷湧向河畔的人流。

有些隊伍，像準備火拚的幫派分子，沿途喊著震天嘎響的口號。

據說這一晚，至少數十萬人會進到古城，這是濕婆與帕爾瓦蒂（註❹）的結婚日，濕婆之夜，兩神交歡，所以很多信徒會不眠不休為精力耗弱的濕婆守夜，並舉辦各種慶祝的活動。

河畔一座印度教塔廟，已被成千上萬的群眾團團包圍。

「他們準備去繞城，那是起點，」巴布遞給我一杯茶，指著說：「等門一開，他們進去敲鐘後，就啟程，赤腳走上一整夜，到明天才返回這。

「今晚苦行的人，都會獲得神助，沒聽過誰的腳因此受傷噢。」巴布罕見用一種別不相信的模樣，對我說道。

茱莉亞也湊上前看熱鬧。她忽然傾身貼近，對我細聲說：「你不覺得那傢伙很奇怪嗎？我聽不懂他在說什麼。」她的長髮撫過我的耳朵，我感到她唇裡散發出微微濕潤的氣息，渾身倏地熱了起來。我愣了一下，才回過神，表示贊同。然後我們一起搗著嘴笑。

我問她進恆河沐浴了沒？她搖頭回答，沒有，又故作點俏皮的表情說：「因為你沒去！」

眼下綿延的群眾，已看不見回堵到哪了。四方都發出反覆震天的叫囂：「Harder！」一聲高過一聲的嘶吼：「Harder——」一隊隊人馬奮力鼓譟著，如蟻群般往前推擠。

有人開始爬上前人的背上，踩著他們肩膀，踏著他們頭頂，接著奮力一跳，就懸掛在廟口前的鐵柵上，然後往上攀爬，一個又一個，一波接一波，簡直像發狂的猴群。

有的掛在柵欄上的身影被扯落，有的又成為後來居上者的踏墊。傾斜的柵門眼見快垮了，他們仍不顧一切地踩踏，攀爬，張狂手臂，為了率先搶撞廟裡象徵濕婆靈迦的懸鐘。

噹！廟門提早被衝破了。噹！噹噹！噹！Harder！噹噹噹！歡呼吶喊不絕於耳，Harder！水泄不通的人潮，終於分批往上游的方向前進疏通。

我回頭，祇見雷鬼男仍滔滔在臭蓋，忽然決定脫下鞋，也去繞城。

擠入廟裡，勉強搖響一聲鐘，一鑽出來，竟見到茱莉亞站在高處張望。她一看見我，便大喊：「霖！一起走！」

我們加入一支操著火炬的青年隊伍，他們表示歡迎而特別高呼。我和茱莉亞被簇擁在人群中央，彷彿溶入這濕婆之城的脈動。不時有人在我們手中塞米粒、銅板，要我們向沿途河階上的乞丐布施。他們亂撒亂擲的，乞丐趴在地上撿。

我第一次這樣赤腳，踩在印度土地上，踩過米粒，踩過泥塵，踩過垃圾，踩過地上濕軟溫滑的糞尿和黏液，竟一點也不覺得髒。我好像第一次直接從身體去理解到，原來所謂的「骯髒」，大多是透過腦海和心理，想像出來的。

路上越來越暗，茱莉亞隱約在一旁。陸續又有叫囂的隊伍，從後方推擠，快步超前。有時，我的頭好像被擂了一拳，長髮被扯了一把，臀部被抓弄了一下。我總以為那是無意間難免的擁擠和碰撞造成的。

四周既混亂，又吵雜，我聽不到茱莉亞在說什麼。見她伸手過來，我就一把拉住。我們緊拉著手一起往前，不為信仰，不論目的，祇為了往前而往前。

黑暗的身影幾度強行衝過我們的手。

忽然，我的胸口一陣疼痛，明顯遭人擰了一把，接著下體也突遭襲擊。隨後茱莉亞就尖叫了。那高出我一截的女人，倏地縮起身子，宛如受驚的小貓，緊貼在我胸前躲著。她驚慌地說，被襲胸摸臀好多次，不行了。我環抱她趕緊擠出人群。然而後端的隊伍，竟又有好幾雙手，想把我們再拉扯進去。

茱莉亞猛搖著頭，臉貼靠在我肩上哭。沒想到看似一向強悍的她，竟會變得如此無助。我一直輕拍她的背，安撫著說，沒事，沒事的……。這彷彿是我們最貼近彼此的一刻。

我告訴茱莉亞，我也被摸、被偷襲了，還好有你提醒才反應過來，接著又說，可能他們誤以為長髮的我也是女人吧。她總算轉為一臉苦笑。

喧囂的漆暗中，我們默默緊牽著手，往回走，我感到手微微地顫抖，掌心泛著濕汗，搞不清楚是從她的餘悸傳來，還是我自己的。

繞城的隊伍漸漸零落遠去。而燈火通明的達薩斯瓦梅朵大街上，遊行的車隊才正要開始。茱莉亞似乎已把稍前的不快全拋諸腦後，一副躍躍欲試要去看的樣子。

旋即我們又陷入人海。先是進退失據，擠了又撞，然後就被人潮沖散了。這次，我完全無法回身，被整面人潮壓倒，好不容易踩著人爬起，卻祇能又被前來後湧的力量帶著浮蕩，最後被擠到街邊，牢牢貼在一間店家鐵門前，動彈不得。

一輛輛改裝成狀似郵輪的電子花車，劃著人潮推進。數十萬群眾爭先恐後擠在這兩線道的街上，搶觀那些花車上的人扮成的神——幾乎都是手持三叉戰戟的濕婆，從老到幼，通體染著紅橙黃綠藍紫的顏料，在霓虹燈旋轉的映照下，顯得繽紛又離奇。但我祇關心茱莉亞在哪？

大象隊載著金光閃閃珠光寶氣的王公一家經過，微笑揮手，微笑，揮手；駱駝隊伍、猴子兵團，緊接在後。我仍搜尋不見茱莉亞的身影。

濃妝豔抹、穿著火辣的舞孃駕到，妖騷地扭腰擺臀，拋媚眼，送飛吻，擠乳溝，伸舌挑逗。印度男人奮不顧身地群起圍堵，讓那龐大的舞台絲毫無能作動。「再來一段，再來一段！」血脈賁張的男人們不停叫喊，跺腳顫抖，伸出飢渴的手，甚至暴亂扯破舞台一角。茱莉亞到底在哪？

終於有位豐腴的舞孃，挺身而出，抖著馬達般的屁股，突然，一彎身下腰，掀起裙襬，展露兩球油亮的翹臀，一轉圈，又亮出陰部一叢黑毛——一條小小懸垂的陰莖。

「哇——」全場爆出萬般讚嘆，好像為此更加神魂顛倒。就在那高潮一瞬，花車突然動了，恍若地震，人群如骨牌般接連倒下，就連遠在邊緣貼著鐵門的我，也遭受波及，被壓得快窒息了。茱……莉亞呢？

所幸後來的遊行，無法再引起什麼注意。人潮逐漸散去。馬車，各種漆染的濕婆，軍樂隊，削瘦的聖牛拖著一車車衣衫襤褸已癱睡在車台的老人小孩……。我一直等到最後，穿梭在稀疏空蕩的大街上，卻依然找不到茱莉亞。

已過午夜，我反覆對自己說，可能她早已回到旅館了。

我又走回河邊，張望四周冷清的河階，然後循著那吟唱和鼓聲，往北走向米爾河壇。

小廟台前，幾十名白衣男子整齊列坐在階台上，跟著前方領唱的耆老、西塔琴、塔普拉鼓、小風琴樂手的伴奏高歌。

啊！在那——茱莉亞就在那些人後端，閉眼盤坐，隨歌聲節奏一起鼓掌，款款晃著上身。我來到她身後，但沒有叫她。我感覺，她好像知道我會找到她似的。

通常耆老，先唱一段，下面的人再用更強勁的合聲回應，但往往耆老一人沙啞宏亮的嗓音就占盡上風。

後來漸漸交給西塔琴，塔普拉鼓，兩名樂手較勁。那宛如兩貓的嬉戲挑逗，一方淺淺低迴的撓叫，誘引另一方觀望，慢慢踩著試探的步伐，逼近，稍退卻了幾步，又猛然撲上，一口輕咬住對方引吭的脖頸。兩名樂手相視而笑，接著就闔起眼睛。

撥弄琴弦的指尖，越挑越快，弦音的重疊越來越高，指頭和掌底交錯點擊鼓面悸動的節拍四面繚繞。兩方音聲，既對峙，又互有突破；既交纏，又時而融為一體。

有一瞬間，我彷彿在腦海看見：兩個騰空旋飛的樂器——昂昂豎挺的琴身和兩顆圓滾滾的鼓面，突然撞在一起，粉碎，竟合成一陽具完整的形象——啊！濕婆的靈迦，那象徵著源源不絕的毀滅又再生的力量。

茱莉亞戳了我一下，我驚醒過來。「你睡著了？還是在想什麼？」不曉得她何時挪坐到我身邊了。樂音仍在交互地演奏。

我想……我想告訴茱莉亞明天我就要離開了。我的聲音很微弱，不確定她聽見了沒有。她沒答腔，而祇是逕自點著頭，繼續跟著音樂擺晃。

樂聲停了。廟裡的神職人員，端出一盤盤染黃的甜點，還有一大桶混著牛奶、凝乳、蜂蜜、恆河水──灌頂過廟裡靈迦而流淌下的黃乳水，分送現場的人享用。

我從茱莉亞手中接過甜點，乳水，在她面前，一口吞下。我點點頭，第一次那麼清楚定眼盯著她，回想起她在晨光中初次為我捲菸優雅的笑顏。她咬著下唇，也默默地點點頭，似乎在示意什麼。

茱莉亞忽然提起裙襬，快步走跳下河階，然後縱身一躍。水花四起。那美麗綽約的身姿，在我還來不及反應的一瞬，就已浸立在恆河裡了。

註❶：阿拉哈巴德（Allahabad），印度北方邦恆河畔的一座城市，也是印度教重要聖地，恆河和雅穆納河於此交匯。在瓦拉納西之西，距離約一百三十公里。

註❷：卡修拉荷（Khajuraho），位於印度中央邦北部本德坎德縣。以性愛情慾、千姿百態交合的雕刻寺廟群馳名。約建於西元九五〇年～一〇五九年，蒙兀兒人入侵後遭到遺棄，直至十九世紀才重新面世。於一九八六年，被列入世界文化遺產。

註❸：毘濕瓦納塔寺廟（Vishwanath Temple），是瓦拉納西和濕婆信仰的中心地，當地最重要的印度教寺廟。最早歷史可追溯到五世紀，十二世紀後遭伊斯蘭教破壞而數度搬遷，甚至改建成清真寺。現位於清真寺一隅，則是十八世紀時又重建的，殿內覆滿金箔，所以又稱黃金寺廟。非印度教徒禁止入內。

註❹：帕爾瓦蒂（Parvati）即雪山神女，雪山神的女兒，恆河女神的妹妹。她的前世是：薩提（Saati），而帕爾瓦蒂之後還有不同的化身，如：杜爾迦（Durga，又譯為難近母），卡莉（Kali，也被稱為時母）等。

——原載二〇一八年五月《印刻文學生活誌》第一七七期

本文收錄於二〇一八年七月出版《走河》（時報出版）

高政全／攝影

謝旺霖，東吳大學政治、法律系雙學士，清華大學台灣文學所碩士。目前為文字工作者。著有《轉山》、《走河》。曾獲雲門舞集「流浪者計畫」贊助、文建會「尋找心中的聖山」散文首獎、桃園文藝創作獎、國藝會文學類創作及出版補助、誠品年度華文創作排行榜第二名、金石堂年度十大最具影響力書籍、台北國際書展大獎「非小說類」入圍、台灣文學獎圖書類散文金典獎等。《轉山》由廣西師大出版社發行簡體版，並於二〇一一年改編為同名電影在中國大陸上映。

和小朋友一起搭飛機——李桐豪

供餐已結束，機艙調暗了燈。黑暗中，有人睡著，有人醒著，醒著的人坐著看電影，座位前小螢幕兀自發光，像水族箱，像一個個的顛倒夢想。黑暗中，他頭戴耳機，拉開小桌板，藉著閱讀燈光寫一封長長的信，「當你寄來照片，你已經離開了風景」，寫五個字刪兩個字，續寫十七字，又刪十三字，他始終給誰寫著信，欲言又止，進退兩難，主旨分不清問候或訣別，永遠寫不完的一封信。

身旁的小朋友電影看一半，覺得無聊了，把頭湊過來，問他寫什麼呢？他說沒什麼。小朋友又把他的耳機摘下來，問他聽什麼呢？他說隨便聽聽，沒什麼。小朋友聽見耳機裡王靖雯呢喃：「我願意為你，我願意為你，被放逐天際。」飛機才剛起飛，小朋友即瞥見他從機上娛樂系統中撈出華語金曲頻道，飛機飛上三萬英呎的高空，飛過一片大陸和海洋，他還留在他的九〇年代。

撐過十二、三小時的長途飛行，他仰賴不是安眠藥，不是《復仇者聯盟》、《侏儸紀世界》等好萊塢大片，而是一份懷舊歌單。小朋友與他一起去過很多地方，深知那是他心愛的怪癖，但小朋友還是噗哧笑出聲來：「芭樂歌之夜。」然後便把頭轉回去，繼續看他的電影。他經年游泳和跑步，天天鍛鍊，與小朋友並排坐在一起，看上去像同學、像兄弟，並不顯老，而小朋友偶爾無心的調侃就在兩人之間劃出巨大的鴻溝。

志明與春嬌？男孩說那是五月天和彭浩翔啊，他說，那明明是陳昇、潘越雲男女對唱，或張菲綜藝節目的短劇橋段。小朋友並非懵懂無知，這些芭樂歌《星光大道》、《中國好聲音》之類的選秀節目總有人再三翻唱。酒過三巡，小朋友在KTV也嘶吼著：「你把我灌醉，你讓我流淚。」

小朋友生活不乏華語流行歌，張惠妹、郭頂和草東在他的Spotify全被收拾在一個名為Mandopop的分類。他和小朋友沒有不一樣，他用iTunes在手機上、在電腦前聽歌，懂得把歌曲投放在藍牙喇叭，並未在時代的進行曲中落拍，他想，小朋友與他的差異，是他們如何對待一首歌。小朋友iPhone在手，指尖一滑，就能掌握一整座唱片行，一張徐佳瑩歌單引出田馥甄，李榮浩替去薛之謙，男孩在音樂串流裡緣溪行，忘路之遠近。

他們不同之處是他把一張又一張實體專輯輸入電腦資料庫，堅持正確的曲目和封面。小朋友見狀總要哀嚎著：「拜託～～五月天都說不發實體專輯了，還CD咧。」他坐在電腦前聽歌時，心裡總有一張看不見的光碟旋轉著。他在維基百科上讀過一則冷知識，一張一百二十公釐光碟至多容納七十四分四十二秒的音樂。僅能存放七百MB的載體狹隘且封閉，如同旅行帶回來那個玻璃球城市，但他知道，按下PLAY鍵，他會隨著音響裡一道雷射光，穿透進透明的世界，時間再也奈何不了他。

六月的茉莉夢。標準情人。想要彈同調，就是喜歡你。鍾愛一生。跟你說聽你說。浪人情歌。新鴛鴦蝴蝶夢。夢醒時分。不是每個戀曲都有美好回憶。愛上一個不回家的人。愛的代價。瀟灑走一回。大雨。加州陽光。

漫長的夜間飛行，他大興土木擴建著記憶的資料庫，華語流行歌是時代的壁紙，給予他蒼白青春所有的富麗堂皇。彼時，他在國文課寫論說文的起手式是：「時代考驗青年，青年創造時代」，但他要到很後來才恍然明白一個世代年輕人們的自信其實都是時代的富裕所給予的。彼時，威權的手鐐腳銬才剛解下，整個世代隨著飛翔之島騰空，創作的真氣亂竄，搞音樂出版股票，弄劇場電影藝術，只要不過不失，誰都可以賺一桶金，誰都是壯志凌雲，誰都樂觀向上，誰走在街上都哼著歌，哀傷的情歌要唱得元氣淋漓，夢醒時分過後才發現台灣錢淹腳目。

彼時，他什麼都不能做，未成年，小朋友一樣的年紀，卻不是誰的小朋友，站在鏡子前，臉泛油光，長滿青春痘，面對一名憂鬱的胖子，他厭惡他自己。他在收音機旁聽歌，在電視機前聽歌，他用明信片票選他的金曲龍虎榜，寄到電視台去，「OH～啥咪攏不驚！OH～向前走，OH～啥咪攏不驚！OH～向前走。」他不是那種功課很好，體育表現傑出的人，他不知道是否能活過中學生活，只能哀傷地幻想跳上一列漸漸啟行的火車，遠離令人窒息的故鄉和親戚。

他心儀的女作家說現代人總是先看過大海的照片，然後才第一次看見真正的海。而他這一代人，在還未戀愛前，已經學會聽情歌，尚未牽過誰的手一起散步，便知道「我和你吻別，在狂亂的夜」；未成年禁止飲酒，卻懂得「凝心不驚酒厚，狠狠一嘴飲乎乾，尚好醉死，勿擱活」，幼稚的人最愛故作世故，在學生週記虛張聲勢喟嘆著「愛有多銷魂，就有多傷人」，唱歌的，寫詞的，全是淡水河邊men's talk，陪他在忠孝東路走九遍，事先預習了一整套愛的教育。

小朋友電影看完，覺得無聊了，把身體倚過來，耍賴地對他說：「你說你以前如何認識人的故事給我聽嘛。」他為男孩佩戴另一半的耳機，在時代的靡靡之音中，他重考，上大學，說彼時他們騎機車不戴安全帽，看電影，得翻報紙找場次時刻表。他的每一部周星馳王家衛都在大銀幕看院線，沒有手機的日子，跟誰約好星期天上午十點在西門町真善美見面，就是十點鐘，常存抱柱信，豈上望夫台？沒有網路覆蓋的上個世紀末，男孩們的感情生活蠻荒如七爺八爺鄉野奇譚，故而他自嘲地對小朋友說：「年輕的時候啊，我十餘年費心蒐集的色情照片加總，或許都不及你一個小時滑手機，不三不四的網站閱人無數。」

螢幕裡一個又一個漂亮的身體閃閃發亮，美好的笑容，喜歡就向右滑，謝謝再聯絡向左滑，經濟不景氣的年代，小朋友娛樂生活如此豐饒，而他富裕的少年時光，與此相較是太荒涼。「Kevin，男，二十六歲，給我酷兒，其餘免談」，「黎耀輝，男，二十八歲，尋找他的何寶榮，愛情不是一場歡喜，激情卻像一陣呼吸，不如我們重新開始。」他本想為男孩說一個他如何在這些歌曲中丟掉貞操的故事，但詞不達意，都變成了他對這些華語流行歌曲的喜歡，流行四十五轉，他在旋律裡啟蒙，戀愛，心碎，也在歌裡領悟。因為匱乏，想像遠比想念來得重要，一首歌、一個人得來不易，故而遇見了，只能全力以赴。說小朋友的年代裡沒有好聽的歌是不對的，他耳朵還是能欣賞好歌，但他真的無能像從前一樣，讓旋律滑過皮膚，在歌詞裡壓著聲音痛哭，用身體真真切切去愛一首歌了。

如果雲知道。姊妹。日光機場。囚鳥。孤獨的人是可恥的。只愛陌生人。征服。遺憾。絲路。天空。值得。愛像太平洋。鴨子。掌心。忘記你我做不到。Silence。愛情多瑙河。感謝無情人。無字的情批。鏗鏘玫瑰。

他忘情地呢喃說道：「能在這些歌裡度過青春期是一件多美好的事情啊。」

談論情歌，他說的也許是個殞落的年代。他以前讀過一篇《紐約時報》的報導，說流行文化的循環是四十年一個大循環，二十年小循環，深信鄧麗君、鳳飛飛、校園民歌之後，他的少年時代將會復辟。一部經典電影數位修復，心愛的小說重新出版，當新的文明無法生產新的事物，他們只能頻頻回顧，然而歲月如歌，但翻唱復刻混音，都不是他最初的心聲了，「活著：被我所願意的事物包圍，獨獨無法觸及巨大的圓心。」

小朋友不在那兒，小小聲地打了一個呵欠，發現那不是自己想聽的色情的故事，把頭別過去，鼻子貼在窗子上，像人造衛星上的小狗面對窗外的黑暗發問：「飛到哪裡了？飛過換日線了嗎？」男孩企圖把手錶調回原來的時區，他前言不搭後語地說：「那些時代懷舊和鄉愁，其實是愛的徒勞，萬事萬物除以一，還是原來的自己。」喃喃自語像夢囈，像獨白，他不清楚他們是否飛過換日線，處在哪一個時區中？但心裡比誰都清楚，他跟他的喜歡的歌留在每一個昨天了。

——原載二〇一八年十月二十四日《自由時報》副刊

李桐豪，記者，救生員。上海復旦大學新聞學院畢業。著有《絲路分手旅行》。

尋找孔雀——王盛弘

據說，金門到處看得到野生孔雀。

報導指出，走在路上，隨時會遇見藍孔雀；又聲稱，滿山遍野，整個大金門都有孔雀的蹤跡，曾有人開車，三五成群的孔雀突然從車前飛過，差點釀成車禍。

這是因為一九九九年丹恩颱風過境，吹翻了畜產所的屋頂，十四隻孔雀趁隙潛逃，經過二十年，繁衍成一千四百隻的孔雀大家族。

出發前，朋友為我轉述了這則新聞，驀地，我的金門之行的願望清單，邂逅野生孔雀空降到了第一。喔，不，其餘的都不算是願望了，它們一一失色成待辦事項。

想像人在郊外，孔雀家族攔路出現，此呼彼應嘩嘩開屏，猛然回過神來牠們已展翅遠飛，才意識到，快閃，這是快閃。驀然現身又倏忽隱匿，彷彿踏花歸去，留下滿眼不知靡費的奢華、毫無節制的燦爛，雄孔雀的存在，是為了造物主炫耀祂的大能。

抵達金門，一有機會我便向當地人探聽孔雀的消息，都說有啊很多啊，並且知曉前因後果，所不同的是，數量每回皆有不同，有一名老人說，出逃的孔雀超過百隻，而有上萬藍孔雀飛在金門的天空。

兩日後，同行友人先行返台，我打算再多待兩日，租車時選擇了電動機車，量體輕、噪音小，機動性大，有助於尋覓與追蹤。

第一日，午後三四點鐘，騎經一座寫著茅山的塔狀地標，而竟然，竟然相呼應地，大馬路旁便是遍地的茅草芒花，日頭偏西，金光中花穗繁茂如漲潮，浪頭上可以衝浪。我受到蠱惑，徒步往芒草叢裡走去。

草叢中開墾了一塊地，細如海沙一片灰黑，看來十分貧瘠，我挑著乾燥的地方小心移步。走到一座欄舍旁，依稀還嗅得到牛的排遺氣味，但已經廢棄了，草木接收了這個地方。走著走著，眼看離馬路已有數百公尺，眼前更加荒僻，我提醒自己應該回頭了，叢草中卻出現一條小徑，人或獸踩出來的。

再度提醒自己回頭，但回不了頭了，危崖有花，絕境才有絕美，好奇心驅使我帶著戰慄更往裡鑽，又有一座廢棄了的簡陋小屋子。樓高的菅芒將我包圍，腳下是短草，咬嚙出來的，研判有人在此地牧牛。

身後似有什麼，淺淺的呼息，晶亮的眼珠子，提防著我，監視著我。我屏氣，不動聲色轉身，才發現小屋開了一道窄門，陽光斜射，斜陽裡有一雙眼睛緊盯著我。黃牛，我鬆了口氣，屋裡拴了一條黃牛，牠似乎正納悶著。我靠近前，牠微低下頭作牴觸狀，雙眼瞪視，鼻孔一聲聲發出粗氣。

躡著腳步繼續深入不毛，我有一個預感，孔雀就在身邊。當地人指點過我，金門人拿酒糟養牛，而酒糟是孔雀的最愛。因此這一日，遠遠地我看到牛群，便離開幹道，轉進越是荒涼越讓我心喜的小徑，等上幾分鐘或十幾分鐘，巴望著發現孔雀的蹤跡。可惜是失望了。但這一刻，我強烈感覺到，孔雀就在身邊。

突然，一聲窸窣，當視線追蹤而至時，有一匹毛羽宛如刺繡織錦在遠處一翻，便不見了蹤影。是孔雀，孔雀無誤。預感成真，我興奮極了，忍者般腳步逡巡，企圖發現牠就躲在視線可及之處。

環顧四周，地面正有一攤酒糟，旁有一扇鏽蝕了的鐵門大敞，內裡一片荒蕪，而門上釘著一張金防部砲兵營公告。

只要我有足夠的耐心，孔雀就會再度現身。我決定守株，就近躲到一棵光臘樹後，坐矮石上，身後是雜木林，身前是短草地，攀爬著牽牛花、馬纓丹、葎草與菟絲，我企圖偽裝成它們之中的一員。

第一回到金門呢，自然不會光守在這雜花生樹的廢棄軍營旁等孔雀。

當天一早我便去了太武山，爬長長的山路，仰望「毋忘在莒」碑，這是一個圖騰，標誌一個時代。途中遇一雙父子，兒子推坐輪椅上的老父親上山，下山時，兒子將輪椅收攏，提在腋下，另一隻手攙扶著父親。老人顫巍巍地拄著拐杖挪步，再瞻仰一回「毋忘在莒」，或許是他晚年最大的心願。

也參觀了特約茶室，聽王禿子的故事。王禿子三十好幾了，想與特約茶室的侍應生成婚，連長得知後震怒，說：叫你上前線你不敢，茶室倒是跑得很勤。你要成家不會找個好人家的女孩？是我帶你出來的，現在我要怎麼跟你娘交代？王禿子語帶哽咽：報告連長，你看我這樣又禿又瘸的，別說好人家了，普通人家的女孩也看不上我的。連長長嘆一聲，重重抛下：以後發生什麼事，我都不管了。

太武山、特約茶室，或也是一早去的，以為走不到盡頭的瓊林防空坑道，如今都是熱門觀光景點，卻也是時代的眼淚。去金門都要吃的蚵仔麵線，用的是石蚵，珍珠般小小一粒，養在沿海，漲潮時泡進鹹水，退潮了就曝於日頭底，煎之熬之，也像是一層一層包裹住痛苦而發出光輝的珍珠。是這樣的堅苦卓絕，才讓牠如此甘甜、富有嚼勁。

又怎麼會錯過料羅灣？我這使用國立編譯館教科書的一輩，多曾透過楊牧的眼睛，「看它如貓咪的眼，如銅鏡，如神話，如時間的奧秘」，但這已是青春少艾才有的，右外野手的浪漫了。如今啊如今，現實的風沙刮擦得我的一顆心，宛如烈嶼貓公石，斑剝、粗礪，空空洞洞。

我在解嚴前已完成啟蒙，對我來說，金門，雖未曾履足，卻處處是集體記憶，想像的共同體，親臨現場之際，氤氤氳氳地我彷彿遇見了年代久遠的某一部分自己，這是屬於個人的也是屬於時代的。

正胡亂想著，一隻八哥自枝頭飛下，撲棱棱拍著翅膀，往地面啄著什麼。我定睛一看，那裡有一隻扁如鐮刀的螳螂，奮力對峙，伺機出手。讓我訝異的是，那麼大的一隻八哥，那麼小的一隻螳螂，看來實力懸殊，然而面對螳螂的還手，八哥並不輕鬆，連續發動攻擊十餘回，一度還顯得倉皇亂序。

看著螳螂頑強抵抗，坐石頭上的我生出一個念頭，想出手救牠一命。終究，我還是隱忍了下來，天道無親，我不過偶然目睹，若出手干預，八哥不就要餓肚子了？

螳螂終於倒下。八哥將享用牠的午餐？並不，牠任螳螂如辭枝葉片貼在地面，振翅一飛，停駐枝頭，又一揮翅膀，消失在了天際。這只是牠的一場遊戲。

飛鳥斂跡，螞蟻爬上褲管，天光一個刻度一個刻度往暗裡走，我明白，今天是等不到孔雀了。那就走吧，一起身才發現晚霞正緩緩幻變著光彩，熔漿岩流似的，豔異非常。沒等到孔雀，卻等到華美不遜於孔雀長尾羽的滿天金光燦爛。

但還是想一睹孔雀，第二日，我驅車山后。哪裡看得到孔雀？所有當地人異口同聲指向，山后。考古學家可以僅憑一枚碎瓷片重建一只碗，詩人說，一花一世界，但我不滿足於驚鴻一瞥。孔雀，動物園裡也有，我知道牠長什麼樣子，沒看過的，是金門的，野生，孔雀，一個想像裡有點魔幻寫實的畫面。

飛金門前，朋友滑著網路新聞告訴我，據說，金門的孔雀，數量已經多到有危害原生物種之虞，加上六七月間求偶期嚶嚶哭啼讓人毛骨悚然，還會偷吃莊稼，擔心影響飛安，因此政府出面，透過誘捕、收購和獵殺加以移除，不過啊，受雇跨海捕捉孔雀的台灣原住民說，孔雀十分機警、敏感，要抓到牠們可不容易。

這個叫作阿展的原住民指出，孔雀有家族觀念，彼此互相照應，有回他抓到一隻母孔雀，嘎嘎哀鳴卻引來一群同類圍攏關切。阿展又說，雄孔雀很難抓到，因為孔雀出行，由菜鳥與母孔雀開路，雄孔雀走在後頭。

你知道嗎，朋友說，你知道嗎，有人在研發孔雀食譜，說孔雀肉是優質蛋白質來源，可惜味道偏酸苦、腥羶，做成鹹酥孔雀或黑胡椒炒肉，可以，煮湯就不行了。嘖嘖，吃孔雀耶，這麼美麗的動物。

聽著他的轉述，我心想：我要拍張照片回來給你。話沒有說出口，但在心裡反覆含咀，逐漸發酵成一個承諾，一個給自己的課題。這是一個願望，但不是許願，許願是契約式的，以物易物、以小搏大，我沒有拿什麼去換，我只是想看到孔雀，拍一張照片，給你。以至於我來到山后，不知是為了馳名遠近的獅山砲陣地與民俗文化村，還是為了實現許在心底裡的諾言。

自然還是去了獅山砲陣地，剛巧遇上十一點整的射擊表演，八人一組進場時，一個大媽一屁股坐到我身邊，還擠擠挨挨地，試圖在已經沒有空位的椅子上再挪出一個位置給她的同伴。相較於那些陰著來的像水鬼摸哨，大媽真小人，是單打雙不打的大剌剌。我這個人啊，若後有來車我便靠邊緩行讓對方超車，不管日常或職場，基本上還保有讓位、排隊、靠右走的「乖孩子」特質，但這一刻她太粗魯太霸道，以至於我懲罰自己似地，寧願憋屈地與她隔著衣服肉擠著肉，也不願讓步。

又去看了民俗文化村，光為了閩式建築與西洋樓，就值得專程走一趟金門。不過，文化村井然有序十八戶不是我的首選，水頭村臨海迤邐的聚落更有家常感，可惜觀光客毀了這一切。最讓我心儀的，是沙美聚落，就在前往山后途中。

我像競逐花蜜的蜂或蝶，時行時停，滿沙美老街閒晃。看老建築門口晾一匹匹麵線，老牆上掛一圈圈釣魚繩；看一家叫作「美麗」的理髮店，歐巴桑美髮師手起刀落，為一名少年剪髮；有戶人家門口，九重葛開得正歡，雞冠花與之競豔，又有一戶破敗大宅，牽牛花爬上屋頂，在燕尾上盛開；牽牛花啊，我在世界各地都看過喔，但沒見過哪裡的牽牛花開得這樣眉清目秀、雍容自在。

還有一戶，對外兩扇門扉，右邊春聯貼的是「美麗」，左邊貼「人間」，美麗人間，人間多美麗。

逛過文化村，我騎車四處晃悠。租車行提醒，金城到山后路途迢遙，要注意電池，用罄了就回不來了。因此我有了忌憚，忐忐忑忑地卻越騎越遠。試試這條小徑吧，試試那條小徑吧，即將搭午後飛機返台的我，所能把握的，只剩這最後幾個小時了。

突然聽到樹林裡傳來一聲啼叫，又有一聲唱和，那叫聲不來自小型的鳥雀，也不是雞，是孔雀，我很篤定。停車，就近坐到一株相思樹的樹根上觀察動靜，高的是木麻黃，低的是大花咸豐草，又有這裡一叢那裡一簇的菅芒可以藏身。

我開啟相機待命，接著傳了一則LINE給朋友，告訴他，好想為你拍到野生孔雀喔。這麼強的念頭、這麼大的執著，我懷疑，孔雀已經不是孔雀，而是一個象徵了。尋找孔雀其實是尋找愛情，等待孔雀其實是等待幸福？而朋友，他，是我在放棄對愛情的想像，重新定義幸福應該由一個人完成之際，遇上的，因此我緊緊地牢牢地想要抓住這個徵兆。

如果沒有遇到孔雀，我可不可以說服自己，他就是我的孔雀。

某，你就是我的孔雀。

片刻後有人出現，一個高大、挺拔的老人，我問他，這附近看得到孔雀嗎？老人說，有啊。他比了比枝頭，每天早上都站在樹梢上，現在正中午，在地面活動了。老人說，很多很多，昨天才抓到一隻。什麼？你昨天才抓到一隻，用什麼抓的？老人回我，十字弓。說完，也沒有道別，便逐漸走遠。

我看著那個背影，彷彿看見一名壯碩頎長的獵人，左手提著十字弓，右手擒雞一樣自雙翅擒住一隻雄孔雀，牠的腹肚滴滴流淌著鮮血，牠的低垂的、褪了顏色的長尾羽一路在地面畫著血書。遭擒的孔雀拗折著脖子回望，牠已經放棄哀鳴求救或哭著說好痛好痛，一雙眼珠子直勾勾地盯著我。

——原載二〇一八年十二月三十日《自由時報》副刊

王盛弘，彰化出生、台北出沒，寫散文、編報紙，文學獎與各類文學選集常客，多篇散文入選大學通識課程教材、高中國文課本，著有《花都開好了》、《大風吹：台灣童年》、《十三座城市》、《關鍵字：台北》、《慢慢走》、《一隻男人》等十本散文集，主編九歌《一〇六年散文選》。目前為《聯合報》副刊副主任，曾獲報紙編輯金鼎獎。

一〇七年年度散文紀事

杜秀卿

一月

・九日，二〇一八台北國際書展大獎公布獲獎作品，非小說類：李欣倫《以我為器》、林育立《歐洲的心臟：德國如何改變自己》、李玟萱《無家者：從未想過我有這麼一天》。

・十一日，《台灣現當代作家研究資料彙編》第七階段十冊新書發表，其中傳主創作以散文為主者有許達然、張曉風。

・十七日，首座台中作家典藏館開館，規畫八大展區，收藏六十位作家之書籍、手稿、照片、文物、剪報與影音。

二月

・一日，九歌出版社為四十週年社慶，匯集不同世代、四十位作家書寫與九歌的情誼及文學因緣，出版《九歌四十》。

三月

・五日，《鹽分地帶文學》雙月刊策畫評選的「當代台灣十大散文家」揭曉，獲選作家為：陳列、簡媜、楊牧、夏曼·藍波安、林文月、吳明益、陳芳明、劉克襄、林文義、廖鴻基。

・十四日，九歌出版社舉辦「一〇六年文選新書發表會暨贈獎典禮」，年度文選由王盛弘、伊格言、亞萍分別主編散文選、小說選、童話選，「年度散文獎」得主：顏擇雅〈賽跑，在網中〉。

‧十八日，作家李敖過世，享年八十三歲。李敖一九三五年生，創作文類以論述、散文及小說為主，著作超過百種，曾於一九九九年出版四十冊《李敖大全集》。

四月

‧一日，第十一屆阿公店溪文學獎公布得獎名單，徵文類別為散文、台語童詩、客語童詩，大專組散文：第一名崔德輝〈對焦〉，第二名翁家宏〈時移〉，第三名鄭筠琳〈枇杷樹〉，優選楊佳蕙等十名，另有高中、國中、國小組得獎者。

‧二日，第二十屆台北文學獎公布得獎名單，徵文類別為小說、散文、現代詩、古典詩、舞台劇劇本、台北文學年金，競賽類散文組：首獎洪愛珠〈老派少女購物路線〉，評審獎蔡宗佑〈蜃樓〉，優等獎熊瑞英〈包餃子〉、游書珣〈白河〉；文學年金類入圍：瞇《滌這個不正常的人》、李屏瑤《同志百工圖》。

‧已徵獎四十屆的吳三連獎，今年停止徵件，並自一〇八年起改為兩年贈獎乙次。

五月

‧四日，第五十九屆中國文藝獎章舉行頒獎典禮，文藝獎章文學創作獎得主：楊宗翰、賴文誠、王素峰。

六月

‧十日，第三十六屆全球華文學生文學獎舉行頒獎典禮，徵文類別為散文、新詩、短篇小說，高中組散文：第一名鍾庭恩〈小蜜蜂〉，第二名盧涵雍〈龍爪映象〉，第三名蘇玟予〈起床氣〉，佳作吳培鎰等八名；國中組散文：第一名許立蓁〈茶韻小調〉，第二名黃喬柔〈釀〉，第三名熊文瑾〈從小吃店到商業樓〉，佳作劉若葳等五名。

‧十四日，第二十一屆夢花文學獎得獎名單揭曉，徵文類別為散文、新詩、短篇小說、報導文學、母語文學、小夢花兒童詩及青春夢花散文，散文獎：優選林麗秋〈三分地〉，佳作蔡其祥等六名。

・二十二日，二〇一八書寫高雄文學創作獎助計畫入選名單出爐，以散文獲選者：李念潔《任時間抽長陽光》、蔚宇蘅《入陣》；報導文學獲選者：葉思吟《哈囉！山上的朋友：台二十號公路旅行》、郭銘哲《雄著味：從時代入山海，尋訪高雄各區之傳家手藝與食飲私味》。

・二十九日，作家張拓蕪過世，享年九十歲。張拓蕪一九二八年生，創作文類以散文為主，代表作《代馬輸卒手記》系列描述軍中生活，忠實呈現大時代中小民的心聲。

七月

・一日，駱以軍臉書文《小兒子》集結出版散文集後，由夢田文創買下版權，製作為動畫，在公視、愛奇藝等平台播出，八月起陸續出版系列繪本，並由黃致凱編導為舞台劇，九月起巡演。

・三日，第五屆聯合報文學大獎揭曉，作家駱以軍獲獎。

・十七日，一〇七年教育部文藝創作獎公布得獎名單，徵文類別為散文、短篇小說、傳統戲劇劇本、古典詩詞、童話，散文類教師組：特優李鄢伊〈潔淨之地〉，優選沈芳如〈破曉〉、任宇文〈想像的遺囑〉，佳作陳春妙等三名；學生組：特優林文心〈好好照顧我的花〉，優選邱詠仁〈鬥雞眼〉、秦佐〈隔窗〉，佳作沈宗霖等三名。

・十三日，第二十二屆台北文化獎揭曉三位得主，作家雷驤獲獎，集作家、畫家、紀錄片導演於一身，跨界文學、美術與電影，圖文並茂的隨筆式散文建立獨特的文學風格。

八月

・十七日，第八屆台南文學獎公布得獎名單，徵文類別為散文、現代詩、短篇小說、報導文學、劇本，一般組台語散文：首獎杜信龍〈告別〉，優等王永成〈大寒的暗暝〉，佳作黃月春等三名；華語散文：首獎陳怡憓〈迷幻蒼蠅〉，優等陳昱良〈望梅〉，佳作李孟豪等三名。

・二十二日，二〇一八南投縣玉山文學獎公布得獎名單，徵文類別為散文、新詩、短篇小說、古典詩、報導文學，散文類：首獎徐麗娟〈時光的香氣〉，優選梁評貴〈蒸一塊寶石〉、謝綉華〈父親河〉、劉美雪〈草離離〉，南投新人獎郭伊婷〈子年的約會〉；文學貢獻獎得主為林黛嫚，創作文類以小說、散文為主，屢獲各項文學獎肯定，結集出版有五十多種。

・二十九日，第四十二屆金鼎獎得獎名單揭曉，圖書類文學圖書：黃崇凱《文藝春秋》、謝海盟《舒蘭河上：台北水路踏查》、周芬伶《花東婦好》、平路《袒露的心》；特別貢獻獎：九歌出版社總編輯陳素芳。

九月

・十二日，二〇一八打狗鳳邑文學獎公布得獎名單，徵文類別為小說、散文、新詩、台語新詩，散文組：首獎劉璩萌〈南方〉，評審獎林俐馨〈鳳梨心〉，優選獎腳腳腳腳〈一秒二十四格的老好日子〉。

・十四日，二〇一八馬祖文學獎公布得獎名單，徵文類別為散文、現代詩、故事書寫、青年創作，散文獎：首獎徐麗娟〈最初的遠方〉，評審獎林郁茗〈藍夜〉，優選陳盈如〈懸崖華爾滋〉、鍾金英〈跳島遊。點亮我心〉。

・二十日，第七屆台中文學獎公布得獎名單，徵文類別為散文、新詩、小說、童話、青少年散文、母語詩（台語、客語），散文類：第一名簡敏麗〈載妳去墓仔埔〉，第二名王鈞德〈透明的窗〉，第三名陳欣隆〈蝶〉，佳作林念慈等四名；文學貢獻獎得主為周芬伶，在文學創作的表現上屬於多面寫手，懷人狀物，題材寬廣，對情慾、情緒、情感等私密議題勇於探索。

十月

・五日，第九屆台灣原住民族文學獎公布得獎名單，徵文類別為散文、新詩、小說、報導文學，散文組：第一名潘貞蕙〈難以成眠的長夏〉，第二名程廷〈咖哩火雞〉，第三名胡惠莊〈沉默就好〉，佳作陳恩澤等三名。

・五日，第十七屆文薈獎——全國身心障礙者文藝獎舉行頒獎典禮，徵件類別為文學、圖畫書、心情故事，文學類大專社會組：第一名王秋蓉〈真愛風景〉，第二名彩恆〈再見，寂色之城〉，第三名小氣瑩〈最美麗的風景：我〉，佳作楚楚等三名，另有高中職、國中、國小組得獎者。

・十二日，第八屆新北市文學獎公布得獎名單，徵文類別為黃金組、成人組（散文、新詩、短篇小說、職場書寫）、青春組（散文、新詩）、舞臺劇本組、繪本故事組，成人組散文類：首獎蔡政洋〈Hardcore Dance〉，優等沈信宏〈說話魚〉、林念慈〈早安人生〉，佳作陳昱良等三名；職場書寫類：首獎廖紋伶〈創世紀〉，優等趙筱蓓〈寫在田中央〉、黃經綸〈人命成本〉，佳作江洽榮等三名。

・十七日，第三十一屆梁實秋文學獎公布得獎名單，徵件類別為散文類和翻譯類，散文類往年徵選單篇作品，此屆則徵選未出版之優秀散文作品集，文化部首獎：李巧玲《老去的小鎮》，評審獎：方秋停《違建天堂》、吳品瑜《臨在，終點的起點——德國居家安寧紀實》、邱怡青《兩者》。

・十七日，二〇一八桃園鍾肇政文學獎公布得獎名單，徵文類別為散文、新詩、短篇小說、報導文學、兒童文學，散文類：首獎范富玲〈伯公下做大戲〉，副獎呂政達〈大出海時代〉、葉衽榤〈魚〉。

・十九日，二〇一八後山文學獎公布得獎名單，徵文類別為在地書寫（散文、新詩）及全民書寫（不限文類），在地書寫散文類社會組：第一名游智雄〈飛越都蘭山〉，第二名廖宏霖〈二〉，第三名陳俐蓉〈老戲院〉，優選邱常婷等五名，另有高中職、國中組得獎者；全民書寫短文類：特優許博棋〈頭目的象徵〉，優選林佾靜等十五名。

・二十七日，第二十屆磺溪文學獎舉行頒獎典禮，徵文類別為散文、新詩、短篇小說、報導文學、微小說、電視電影劇本，散文獎：首獎梁雅英〈光田〉，優選陳昱良〈黑水〉、李喬智〈三叔公是進士〉、黃彥綺〈淑惠〉、張簡士湋〈尋找水源地〉、林佳儀〈成家〉、林佳樺〈石磨記〉。特別貢獻獎：劉靜娟。

十一月

・三日，第十四屆林榮三文學獎舉行頒獎典禮，徵文類別為短篇小說、散文、新詩、小品文，散文獎：首獎胡靖〈洗事〉，二獎曾柏勛〈出張〉，三獎李家棟〈鯨落〉，佳作陳其育〈天空〉、佳樺〈閻王低頭〉；小品文獎：王思婷〈我是一名色情守門員〉、伍季〈十三年〉、陳東海〈球審的卵葩〉、陳冠良〈遊牧的螞蟻〉、陳逸勳〈賞味期限〉、曾元耀〈我是芙里尼〉、黃文俊〈他們洗澡的時刻〉、蕭信維〈收淚〉、賴冠樺〈孤兒〉、簡君玲〈母親的布店回憶〉。

・八日，第二十一屆菊島文學獎公布得獎名單，徵文類別為散文、現代詩、短篇小說，社會組散文類：首獎王麗雯〈夏之愛〉，優等徐麗娟〈冬日午後在馬公〉、何承蔚〈冬日土魠〉，佳作黃有卿等三名，另有青少年組得獎者。

・十日，二〇一八蘭陽文學獎舉行頒獎典禮，徵文類別為散文、新詩、童話、歌仔戲劇本，散文獎：第一名徐麗娟〈我所在的時光〉，第二名陳曜裕〈薅惱〉，第三名陳怡如〈漬〉，佳作林佳樺等三人。

・十四日，第十五屆浯島文學獎公布得獎名單，徵文類別為散文、小品文、短篇小說，散文組：首獎徐麗娟〈遠方不遠〉，優等獎宋蕭波〈洞內與洞外〉、張慧玲〈植物與家族側寫〉、夏婉雲〈鱟的啟示錄〉、陳昱良〈夜中島〉，佳作林青蓓等三名；小品文組：優等游善鈞等十名。

・十四日，作家李維菁過世，享年四十九歲。李維菁一九六九年生，創作文類以小說、散文為主，生前參與編輯的遺作《有型的豬小姐》於十二月出版。

・十五日，一〇七年嘉義市散文及短篇小說徵文活動公布得獎名單，散文獎：第一名張耀仁〈陪父親說話〉，第二名邱致清〈阿爸的飯桌仔〉，第三名沈重宗〈斑馬煙〉，優選王淑美〈罐〉、何志明〈經過〉。

・三十日，東華大學楊牧文學研究中心揭牌成立。楊牧先後出版詩、散文專著超過五十種，被譽為台灣最具代表性的文學家，是諾貝爾文學獎評審委員馬悅然口中最有希望榮獲諾貝爾獎的台灣作家。

十二月

・三十日，二〇一八Openbook年度好書獎公布，中文創作得獎作品：陳柔縉《一個木匠和他的台灣博覽會》、駱以軍《匡超人》、金宇澄《回望》、李時雍等《百年降生：一九〇〇－二〇〇〇台灣文學故事》、蘇碩斌等《終戰那一天：台灣戰爭世代的故事》、張貴興《野豬渡河》、劉紹華《麻風醫生與巨變中國》、李奕樵《遊戲自黑暗》、李雪莉、簡永達《廢墟少年：被遺忘的高風險家庭孩子們》、西西《織巢：《候鳥》姊妹篇》。

・一日，一〇七年高雄青年文學獎舉行頒獎典禮，徵文類別為新詩、散文、短篇小說，依年齡分成三組，十九至三十歲組散文類：首獎凌少榆〈廟〉，二獎林芳瑜〈塑膠嘴〉，三獎吳孟珊〈膝蓋〉，另有十六至十八歲、十二至十五歲組得獎者。

・六日，第三十九屆旺旺時報文學獎公布得獎名單，徵文類別為影視小說、散文、新詩，散文組：首獎白樵〈當我成為靜物並且永遠〉，二獎林徹俐〈廚房〉，三獎林佳樺〈吹笛人〉。

・八日，二〇一八高雄文藝獎舉行頒獎典禮，卑南族作家巴代為五位獲獎人之一，近十年國內少見專攻歷史小說創作的好手，透過文學為部落保留自身文化精神與紀錄。

・八日，二〇一八台灣文學獎舉行頒獎典禮，圖書類散文金典獎：謝旺霖《走河》，另有七本入圍作品：王盛弘《花都開好了》、林文月《文字魅力：從六朝開始散步》、李欣倫《以我為器》、夏河靜《綿長的訣別》、謝海盟《舒蘭河上：台北水路踏查》、簡媜《我為你灑下月光：獻給被愛神附身的人》、顏崑陽《窺夢人》；創作類台語散文金典獎：呂美親〈佇普悠瑪列車內面Tī Phóo-iu-má Lia̍t-tshia Lāi-bīn〉，客語散文金典獎：謝錦綉〈kodama庄最尾正徙走个人家〉，原住民漢語散文金典獎：游以德〈游阿香〉。

・十日，導演、作家陳俊志過世，享年五十一歲。陳俊志一九六七年生，曾拍過多部紀錄片，散文集《台北爸爸，紐約媽媽》書寫個人及家族歷史。

・十二日，以作家全版權開發為目標，跨足出版、影視改編、電玩遊戲、漫畫等周邊的「鏡文學」宣布簽約作者近五百名，包含作家白先勇、駱以軍、伊格言、陳雪等，簽約作品達兩千件。

・十六日，第八屆全球華文文學星雲獎舉行頒獎典禮，徵文類別為創作獎，分歷史小說、報導文學、人間佛教散文及人間禪詩四類，人間佛教散文：首獎張馨潔〈挖掘的練習〉，二獎謝宛臻〈微微遷徙〉，三獎汪龍雯〈大樹公〉，佳作侯向陽〈木牛流馬〉、賴俊儒〈煩惱溜過掌心〉、吳俊霖〈水問〉、林郁茗〈薰〉、凌俊嫻〈印度解脫禪林四帖〉；貢獻獎贈予詩文雙美及評論、翻譯、編輯兼具的楊牧。

・十八日，金石堂書店公布「二〇一八年度風雲人物暨十大影響力好書」，年度風雲作家為駱以軍，十大影響力好書與散文相關者：張曼娟《我輩中人》、顏擇雅《最低的水果摘完之後》。

・二十日，《台灣現當代作家研究資料彙編》第八階段十冊新書發表，其中傳主創作以散文為主者有林語堂、洪炎秋。

九　歌　文　庫　1305

九歌一〇七年散文選
Collected essays 2018

國家圖書館出版品預行編目（CIP）資料

九歌散文選．一〇七年 / 胡晴舫主編．-- 初版．
-- 臺北市：九歌，2019.03
面；　公分．--（九歌文庫；1305）
ISBN 978-986-450-237-0（平裝）
855　108001844

主　　編——胡晴舫
執行編輯——杜秀卿
創 辦 人——蔡文甫
發 行 人——蔡澤玉
出　　版——九歌出版社有限公司
台北市 105 八德路 3 段 12 巷 57 弄 40 號
電話／02-25776564・傳真／02-25789205
郵政劃撥／0112295-1

九歌文學網　www.chiuko.com.tw

印　　刷——晨捷印製股份有限公司
法律顧問——龍躍天律師・蕭雄淋律師・董安丹律師
初　　版——2019 年 3 月
定　　價——400 元
書　　號——F1305
I S B N——978-986-450-237-0

本書榮獲 台北市文化局 Department of Cultural Affairs Taipei City Government 贊助